dtv
premium

Iván Sándor

Spurensuche

Eine Nachforschung

Roman

Aus dem Ungarischen
von
Katalin Fischer

Deutscher Taschenbuch Verlag

Editorische Notiz
Bei seiner Nachforschung griff Iván Sándor auf historische Dokumente sowie persönliche Aufzeichnungen zurück. Diese Passagen erscheinen kursiviert. Einige Quellen lassen sich aus dem Text erschließen, die übrigen Quellenverweise finden sich in einem Verzeichnis am Ende des Buches. Die chronologische Reihenfolge der Kapitel wurde vom Autor bewusst durchbrochen.

Der Inhalt dieses Buches wurde auf einem nach den Richtlinien des Forest Stewardship Council zertifizierten Papier der Papierfabrik Munkedal gedruckt.

Deutsche Erstausgabe
Oktober 2009
Deutscher Taschenbuch Verlag GmbH & Co. KG,
München
www.dtv.de
© 2006 Iván Sándor
Die Originalausgabe erschien 2006 in Ungarn unter dem Titel
›Követés. Egy Nyomozás Krónikája. Regény‹ bei Kalligram, Pozsony
© 2009 der deutschsprachigen Ausgabe:
Deutscher Taschenbuch Verlag GmbH & Co. KG,
München
Umschlagkonzept: Balk & Brumshagen
Umschlagfoto: gettyimages/Panoramic Images
Satz: Greiner & Reichel, Köln
Gesetzt aus der Berling 10,25/13˙
Druck und Bindung: Kösel, Krugzell
Gedruckt auf säurefreiem, chlorfrei gebleichtem Papier
Printed in Germany · ISBN 978-3-423-24722-1

»Wie wir wohl wissen,
birgt jeder Leichnam eine Geschichte.«
Geoffrey Hartman

»Lassen Sie mich endlich in Ruhe
mit Ihren Fragen über die Zeit!
Sie haben überhaupt keinen Sinn.«
Samuel Beckett, ›Warten auf Godot‹

1

Nachdem mich der Radfahrer an der Ecke Bem-Kai und Halász-Straße beiseite gefegt hatte, erkannten wir das gemeinsame Scheitern in unseren Blicken. Der Anblick seines Lenkers beschwor in mir jenen anderen Radfahrer herauf, der vor achtundfünfzig Jahren an derselben Stelle – die jedoch damals Margit-Kai hieß – über sein stierhörniges Lenkrad gebeugt in die Pedale trat. Doch als wäre mein Blick gar nicht der meine gewesen, sondern der jenes vierzehnjährigen Jungen in der Marschkolonne, der die Augen des neben ihm Fahrenden suchte.

Sah aber nur dessen Augenschlitz.

Das Aufblitzen einer schmalen Linie zwischen aufgedunsenem Lid und weichem Augenring.

Auch von den Augen der bewaffneten Begleiter war nicht mehr zu sehen.

Wieder riefen sie Befehle. Wieder musste man laufen zwischen den Maschinengewehren.

Was hatte ich an der Ecke Bem-Kai und Halász-Straße zu suchen?

Fünfzig Meter weiter führt die Pala-Straße zur Donau hinunter. Auf ihrem oberen Treppenabsatz steht das altehrwürdige Haus, in dem P., der Lektor meines letzten Buches, wohnt. Seit Tagen schon suchte ich nach einem Umschlagmotiv für das gerade entstehende Buch, um es ihm zu bringen. Ich blieb bei Hieronymus Bosch hängen. Vielleicht weil ich im Traum einem winzigen Monsterwesen begegnet bin. Insektenfüße, Heuschreckenflügel, Menschengesicht. Brille auf der Nase. Es winkte, wir gingen. Gerade waren wir noch zusammen, schon ging ich wieder allein. Das kleine Wesen war ich.

Für das Buch wählte ich aus Boschs Gemälde ›Der Heuwagen‹ jene Szene, in der die in die riesigen Räder eingeklemmten Geschöpfe gut zu sehen sind; zwei sind bereits überfahren, einige trampeln sich gegenseitig nieder, andere klammern sich mit erhobenen Händen fest, es ist nicht klar, ob sie um ihr Leben flehen oder versuchen, sich noch im letzten Moment, während sie sich gegenseitig an die Gurgel gehen, Lebensmittel aus der Wagenladung zu erbeuten. Um sie herum auf Menschenfüßen wandelnde Monster mit Tierkörpern. Über ihnen vier Gestalten. Zwei davon mit Musikinstrumenten. Die dritte, ein Mädchen mit weißem Kopftuch, hat ein vollgeschriebenes Blatt auf dem Schoß, der kleine Junge hinter ihr liest darin, mit dem Finger auf die Zeilen deutend.

Der Ausschnitt schien mit dem Gedanken zu harmonieren, wonach der Text die Distanz zwischen dem Verfasser, dem Leser und dem Gegenstand des Geschriebenen leugnet.

Auf dem anderen Bild lauscht der Heilige Johannes auf der Insel Patmos mit einem Buch in der Hand den Worten des Engels.

Als ich dieses Gemälde genauer in Augenschein nahm, entdeckte ich im scheinbar ruhigen Umfeld ein winziges Monster: Insektenfüße, Dämonenkörper, Heuschreckenflügel, menschliches Antlitz. Auf dem Kopf trug die Gestalt einen Korb voller Glut, auf der Nase einen intellektuell wirkenden Zwicker.

Bosch hatte sich also einen Erzähler für die Szene gesucht.

Als hätte er einen in die Ecke des Bildes gemalt, der seine Geschichte mit den Worten beginnen könnte: Ich war dort.

Im Traum brach ich auf den Insektenfüßen dieses kleinen Monsters auf, in die Pala-Straße.

Die Kolonne verlässt die Erzsébet-Brücke.

Wohin gehen wir?, frage ich meine Mutter. Das ist der Döbrentei-Platz, sagt sie. Gut, aber wohin gehen wir? Sie schaut meinen Vater an. Ich gehe zwischen ihnen. Der Blick meines Vaters sagt nein. Wir kommen zum Margit-Kai. Meine Mutter bleibt zurück. Wir gehen zu viert in einer Reihe. Der Vierte ist ein älterer Mann. Ich kenne ihn nicht.

Auf der einen Seite ein Straßenbahnschaffner, er trägt eine Pfeilkreuzler-Armbinde mit den rot-weißen Árpád-Streifen. Vor ihm ein Soldat mit Armbinde. Auf der anderen Seite ein Polizist mit Maschinengewehr. Am Ende der Kolonne die Schwarzgekleideten mit den grünen Hemden. Vorne ein Oberleutnant und ein Gendarmerie-Feldwebel.

Nicht gaffen, ruft der Straßenbahnschaffner. Schau nicht nach rechts, sagt mein Vater. Wir gehen an der gesprengten Gömbös-Statue vorbei. Die vom Sockel gestoßene Figur wurde bereits abtransportiert.

Von links biegt ein Radfahrer ein, fährt neben uns her. Auf einem Rennrad. Er beugt sich über den gehörnten Lenker. Zählt uns. Sagt etwas zum Straßenbahnschaffner. Fährt vor, biegt um, fährt zurück. Schneeregen. Zum ersten Mal sehe ich die gesprengten Bögen der Margit-Brücke, zwischen der Auffahrt zur Insel und dem Pester Brückenkopf in die Donau gestürzt.

Hatte ich am 15. November 1944 überhaupt den gesprengten Flügel der Margit-Brücke sehen können?

Vergilbte alte Zeitungen. Sie rascheln in der Stille der Bibliothek. Die Margit-Brücke war am 4. November in die Luft gejagt worden.

Beim Blättern reißt eines der dünn gewordenen Blätter.

»Wir werden jeden kampf- und arbeitsfähigen Menschen mit allen Mitteln, die wir für die Erreichung unseres Ziels für notwendig erachten, zur vollständigen Erfüllung der ihm zugeteilten Aufgaben zwingen, denn – wir wagen das auszusprechen und werden diesen Grundsatz auch umsetzen – wir finden, dass für diejenigen, die sich den Anforderungen des Überlebenskampfes unserer Nation entziehen oder dies auch nur versuchen, selbst das nackte Dasein noch zu viel ist. Wer heute nicht mit uns ist, mit unserer Nation, der ist gegen sie. Der aber muss vernichtet werden, dies ist die Proklamation der Bewegung der Hungaristischen Pfeilkreuzlerpartei an die Ungarische Nation.«

Am 16. Oktober beauftragt Miklós Horthy im Rahmen einer konstitutionellen Zeremonie Ferenc Szálasi mit der Regierungsbildung.

Juden dürfen die mit gelben Sternen gekennzeichneten Häuser nicht mehr verlassen.

Am 26. Oktober erscheint eine Variante dieses Befehls, wonach pro Familie eine Person, die einen gelben Stern trägt, zwischen 10 und 12 Uhr einkaufen gehen darf.

Am 27. Oktober die Rede von Ferenc Rajniss: Wer ein Kulturwesen bleiben wolle, müsse jetzt kämpfen. Vor dem Kampf gebe es nur die Flucht in den Tod …

Am 4. November wird angeordnet, dass der Besitz aller Juden dem Staat übertragen wird.

Am 10. November, dass es Juden am 10., 11. und 12. November verboten ist, sich auf der Straße aufzuhalten.

An jenem Tag, als unsere Marschkolonne am frühen Nachmittag am Margit-Kai anlangt, durchbrechen die amerikanischen Streitkräfte bei Metz die deutschen Verteidigungslinien.

Die Schlacht um Jászberény beginnt.

Auf Szálasis Befehl wird die Panzerdivision der achtzehn- bis zweiundzwanzigjährigen Freiwilligen eingesetzt.

Die in Ungarn stationierte Delegation des Schwedischen

Roten Kreuzes meldet offiziell, dass die Ausgabe von Schutzbriefen bis auf Weiteres eingestellt wird.

Nicht nur ich bin es, der darum ringt, die Stimme des vom Laufen außer Atem geratenen Jungen am Kai wahrzunehmen, auch er scheint sich zu bemühen, von mir gehört zu werden, doch »selbst wenn ich ihn höre, so höre ich doch nur so viel, als flüsterte mir die Vergänglichkeit ins Ohr, gefiltert durch ein Glas gewordenes Meer«.

Diese Worte las ich vor einigen Jahren. Mein Name stand unter diesen Zeilen.

Ich verspürte Genugtuung: Ich konnte die Zeit in Sprache formen. Kurz darauf wurde ich allerdings mit der Tatsache konfrontiert, dass zwar mein Name unter diesem Zitat stand, die Worte jedoch nicht von mir stammten.

Es war ein Palimpsest, das mir gewidmete Motto einer Novelle von Balázs S. Das erzählte er mir kurz vor seinem Tode, während eines Gesprächs, das sich bis in die Morgenstunden hinzog. Ich höre seine Stimme, wie sie durch die wahrhaft Glas gewordene Ferne der Zeit zu mir vordringt. In jener Morgendämmerung unterhielten wir uns gerade über derlei Hörbarkeiten.

Ich half ihm ins andere Zimmer hinüber, das zur Mexiko-Straße hin gelegen war. Nach Mitternacht hatten wir aus jenen seltsamen Kräutern Tee gekocht, die er in kleinen Dosen immer bei sich trug, und ich erzählte ihm, durch den wabernden Dampf über der Tasse in die Ferne schauend, dass er aus diesem Fenster genau dorthin blicken konnte, wo ich (zum Zeitpunkt unseres Gesprächs) 56 Jahre früher in einer Marschkolonne vom Sportplatz an der Königin-Erzsébet-Straße aus entlanggegangen war.

Ich konnte seinen Blick nicht ertragen.

Er ging zum Fenster. Schob die von der Berührung erzitternden Vorhänge beiseite. Das Glas beschlug von seinem Atem. Er drehte sich um, nicht weil ihn das lange Hinsehen ermüdete, sondern als hätte er etwas gesehen.

Mein Finger, der vorhin nach unten gedeutet hatte, schien gleichsam auf sein bevorstehendes Schicksal zu verweisen, über das er sich zum damaligen Zeitpunkt keine Illusionen mehr machte, denn er verlangte von seinen Ärzten vorbehaltlose Offenheit.

Wie gesagt, ich konnte seinen Blick nicht ertragen, obwohl wir uns, als ich beim Lesen seiner Gedichte über den nahen Tod vom Text aufblickten, lange anschauen konnten; das Gedicht trug das Gewicht unserer Blicke.

Er drehte sich wieder zum Fenster. Ich trat neben ihn. Wir sahen auf die spärlich beleuchtete Leere der Mexiko-Straße hinab, auf die knöchernen Arabesken der Bäume am Bahndamm; er blickte staunend hinunter wie einer, der das Ende seines sich dort auftuenden Schicksals schaut, und auch mich führte sein Blick, führte mich so weit weg, in eine Ferne, in der ich bislang noch nie gewesen war.

Aber war diese Ferne vor oder hinter mir?

Schließlich half mir das Gefühl dieser Unbestimmbarkeit, meinen eigenen Blick zu erkennen, den Blick des Vierzehnjährigen, der dort unten entlanggeht.

Meine Blicke konnten sich jedoch nicht begegnen, da ich ja von der Kolonne aus nicht zum Fenster jenes Hauses hatte hinaufsehen können, von dem aus sich mir jetzt alles auftat. Damals sah ich die Hinterköpfe, Rucksäcke, Schnürstiefel der vor mir Taumelnden. Dem Blick des Vierzehnjährigen folgend fühlte ich, dass ich nur dann die Chance hatte, mich dem Tatort – wie ich es nannte – anzunähern und zu begreifen, was dort geschehen war, wenn es mir gelänge, meinem damaligen Blick zu begegnen.

Jener Punkt, auf den sich die Nachforschung bezieht, ist auch eine Landschaft, nur dass sie innen liegt und tiefer, als ich je vorgedrungen bin; dort, wo sich mir in einem von der Erinnerung geschaffenen Raum alles in der unzerstörbaren Kontinuität des einst Geschehenen auftut.

Die stumme, überheblich gewölbte Linie seines Mundes schien zu fragen: Weißt du, wo du bist? Was das hier ist, unten auf der leeren Straße, was wir da zusammen anschauen? Was diese Stadt ist, in der du lebst? Aber er fragte nicht – wer weiß, wo er inzwischen schon mit seinen Gedanken war – und mir ist es lieber, diese Fragen ihm zuzuschreiben. Sie als meine eigenen zu formulieren hätte ich weder damals noch seither je gewagt, obwohl mein Leben genau das gewesen ist: eine Vorbereitung dafür, diese Fragen einmal auszusprechen.

Jedenfalls hatte ich im Interesse der Nachforschung den ersten Schritt getan, dachte, dass im Austausch der Blicke des Vierzehnjährigen mit meinem heutigen noch ein weiterer entstehen könnte – kein dritter, aber doch ein *anderer*, und dass ich in dieser Konstellation auf jeden Fall zunächst sehen und hören lernen musste.

Ich ging zur Hi-Fi-Anlage und legte die Platte mit den alten Walzern auf.

Als der Zug – an der Spitze der Oberleutnant und der Gendarmeriefeldwebel, am Schluss der bewaffnete Parteibeauftragte der Pfeilkreuzler – auf der Mexiko-Straße die Thököly-Straße erreicht, höre ich Walzerklänge.

Zweihundert Meter weiter, an der Ecke Kolumbusz-Straße, befindet sich die Erzsébet-Eiskunstbahn. Der Lautsprecher knarzt. Er hat schon immer geknarzt, auch damals, als ich vornübergebeugt große Runden drehte.

Rote Schals. Kurze Pelzjacken. Strickmützen mit Bommeln. Die Bahn von Hockeyspielern aufgekratzt, der glühende Eisenofen im Pausenraum.

Am Hungaria-Ring übernimmt mein Vater zum ersten Mal meinen Rucksack.

Die Steine der Thököly-Straße sind heute noch dieselben.

Sie wurden alle zwanzig bis fünfundzwanzig Jahre gedreht. Bei jeder Reparatur kam eine andere der sechs Würfelseiten nach oben.

Ich höre den Knall des Schusses, kurz bevor der Walzer ertönt.

Ich höre auch den Klingelalarm vor dem Schuss.

Es ist sechs Uhr. Mein Vater setzt sich auf den Bettrand. Meine Mutter beobachtet ihn unter der Bettdecke hervor. Meine Großmutter öffnet ihre Augen nicht.

Wir wohnen bei der Familie Róbert. Sechzehn Quadratmeter. Vier Schlafplätze, Schrank, zwei Stühle, kleiner Tisch.

Als es klingelt, zieht sich Vater an.

Ich höre Misis Stimme aus dem Wohnzimmer: Ich hole die Schlüssel. Er ist achtzehn. Vor einem Monat ist er aus dem Arbeitsdienst geflohen. Versteckt sich. Taucht nachts bei seinen Eltern unter.

Sechs Bewaffnete stürmen herein. Der Kommandant im grünen Militärmantel, mit offenem Pistolenhalfter. Die anderen mit Maschinengewehren. Alle mit Pfeilkreuzler-Armbinden. Wir haben dreißig Minuten Zeit. Die Alte kann bleiben, zeigt der mit dem Mantel auf meine Großmutter, die wird im Ghetto krepieren. Meine Großmutter setzt sich auf den Bettrand, sucht mit den Füßen nach ihren Pantoffeln.

Wir stopfen alles in die seit langem bereitstehenden Rucksäcke. Noch ein Paar warme Strümpfe, noch eine Konserve. Ich weiß nicht, ob ich den Wintermantel anziehen soll oder den Trenchcoat, den ich für Schulausflüge bekommen hatte. Den Trenchcoat, sagt Vater, darunter zwei Pullover. Die Hand meiner Mutter hält im Packen inne. Wir wickeln den Schal bis zum Kinn hoch, ziehen die Mütze über die Augen.

Nachdem Misi zur Tür hinausgerufen hatte, dass er die Schlüssel holen würde, zog er sich einen Mantel über den Pyjama und rannte, die Kleider über dem Arm, zur Küchentür hinaus. Im Hof liegt die Hausmeisterwohnung. Zehn Minuten später kehrt er mit den Papieren des abwesenden Hausmeistersohnes zurück, salutiert mit der Hand an der Schildmütze, auf Befehl zeigt er seine Ausweise vor. Beobachtet seine Eltern, seine kleine Schwester, seine Großeltern.

Einer der fünf mit den Árpád-Streifen packt inzwischen schon die Kristallvasen ein. Misi will widersprechen. Passen Sie bloß auf, Sie, sagt der mit dem Mantel, Ihr Kopf sitzt auch nicht besonders fest auf Ihrem Hals.

Das habe ich nicht selbst gesehen. Misis Schwester Madó erzählt es mir achtundfünfzig Jahre später. Sie ist aus Paris zu Besuch nach Budapest gekommen. Wir trinken bei mir zu Hause Kaffee. Wie lange schon kenne ich diese kühlen, nicht gleichgültigen Gesichter, die verständig von einer für den Verstand unbegreiflichen Welt sprechen.

Der KISOK, Vereinssportplatz der Mittelschüler, ohne Tribüne. Die Holztore stehen offen. Wir sammeln uns, einige Tausend im Schneematsch. Die Gruppen kommen von der Königin-Erzsébet-Straße, von der Kolumbusz-Straße, von der Amerika-Straße her, auch vom Bahnhof Rákosrendezö, angeführt von Pfeilkreuzlern, Straßenbahnschaffnern und Schwarzuniformierten. An den Spitzen der Kolonnen gehen Offiziere, Gendarmerieunteroffiziere.

Viele arme Leute. Ausgetretene Schuhe, abgewetzte Hosen, zerschlissene Tücher.

Ich stehe in der Nähe eines Fußballtors. Ich habe hier gespielt. Schulmeisterschaften. Weißes Trikot, schwarze Sporthose. Man kann sich kaum rühren im Ring der Bewaffneten.

Der erste Schuss fällt.

Von der Mexiko-Straße biegt die Straßenbahn der Linie 67 ein. Die Räder quietschen. Aus den Fenstern starren uns die Fahrgäste an. Die auf der anderen Seite sehen wahrscheinlich auf das Schild des Restaurants ›Die Triesterin‹.

Im Schneeregen gehen wir los. Die Älteren taumeln. Schneematsch spritzt auf meine helle Hose.

Zwischen Hungaria-Ring und Hermina-Straße, dort, wo ich gestern bei einem Straßenverkäufer ein Paar schwarze Socken gekauft habe, schauen Dutzende von Leuten dem Zug hinterher. Ein Junge mit Schiffchenmütze hüpft aufgeregt hin und her. Er ist zwei, drei Jahre älter als ich. Rennt vor, rennt zurück, winkt seinen Freunden. Zeigt auf mich. Er hat eine Narbe am Kinn, wohnt hier in der Gegend. Wir sind uns manchmal begegnet, auf der Straße, auf der Eisbahn. Er zeigt auf mich, wie ich bei der Klassenfahrt im Tierpark auf die Affen gezeigt habe.

Wir werden uns noch oft sehen, auf den Straßen von Zugló, auf dem Hof der Filmproduktion in der Gyarmat-Straße, vielleicht arbeitet er dort. Er weicht mir immer aus. Ich habe nie daran gedacht, ihn zu fragen …

Was könnte ich ihn fragen?

Die Tiefe des Unbewussten ist ein ungeheures Lagerhaus, identisch mit dem Vergessen. Obwohl zuweilen ein Ton, ein Blick das Vergessene hervorlockt.

Ich kaufe in der Bäckerei an der Ecke Hermina-Straße ein. Frauen mit Plastiktaschen warten wortlos. Wo jetzt der Tresen ist, standen in Herrn Zsilkas Friseurladen die bequemen Sessel vor den Spiegeln, auf dem sauberen, alle zehn Minuten frisch gefegten und mit nassen Lappen gewischten Linoleumboden.

Herr Zsilka schneidet mir die Haare, ich sitze auf dem drehbaren, hoch- und herunterfahrbaren Kinderstuhl, um meinen Hals ein geblümtes rosa Tuch. Meine Mutter wartet im Sessel an der Kasse. Sie erklärt Herrn Zsilka, welchen Haarschnitt wir möchten. Ich weiß, ich weiß, kissdihand, so wie das letzte Mal. Im Spiegel beobachte ich, wie die Gehilfen die Gesichter der Kunden mit Rasierpinseln einseifen. Herr Zsilka ist rotbäckig, sein Atem duftet nach Kölnischwasser, er hat graue Bürstenhaare. Wenn er sich über mich beugt, drückt sich sein Bäuchlein in meinen Rücken

Er steht in der offenen Tür. Schaut dem Zug zu.

Ich kann von der Straße aus in den Laden hineinsehen bis zu den Spiegeln.

Der Wind fährt in seinen weißen Kittel. Er will die Hand heben. Mein Vater, als wollte er ihm dabei helfen, winkt ihm. Wir werden eben arbeiten, sagt er, wir werden eben in Deutschland arbeiten.

Andere Gruppen gehen gleich der unseren auf anderen Straßen.

Budapest ist die Stadt der mit Waffengeleit staksenden und mit gelben Sternen gekennzeichneten Kinder, Frauen und Alten.

Auf dem Ring in der Nähe des Volkstheaters wird ein anderer Junge in die allmählich wachsende Menge der Zuschauer auf dem Gehweg schauen. Genauso wie ich in der Thököly-Straße.

So, wie ich den hüpfenden Jungen mit der Narbe sehe, kann er auf dem Bürgersteig einen großen, schlanken, blonden jungen Mann sehen, der nach achtundfünfzig Jahren sagt: Ich erinnere mich, wie ich neunzehnjährig auf der offenen Straße stand und auf Menschen in einer Kolonne starrte, die mit hinter dem Kopf verschränkten Händen vorbeigingen, zwei- bis dreihundert Leute mit dem gelben Stern auf der Brust; vor, hinter, rechts und links von ihnen je ein Mann mit Pfeilkreuzler-Armbinde und Maschinengewehr; in der Mitte Kinder, Frauen, Alte, und weil sie auf der Fahrbahn gingen, hielten sogar die Straßenbahnen an, warteten scheinheilig, bitte sehr, nur zu, ganz ruhig, wir haben Zeit. Und drei- bis viertausend sahen vom Gehweg aus zu, auch ich stand dort, erinnert sich in einem Zeitungsinterview D., der große Schauspieler, ich sah zu wie bei einer Veranstaltung; wenn diese drei-, viertausend Leute nichts anderes getan hätten, als nur auf die Kolonne zuzugehen, wenn sie ihr nur den Weg abgeschnitten hätten, dann wären diese Menschen am Leben geblieben – aber niemand rührte sich. Das, was von einem solchen Erlebnis übrig bleibt, ist die abgrundtiefe, ätzende Schande – dass ich dort war und nichts getan habe.

Der ältere Mann, der vierte in unserer Reihe, ringt pfeifend nach Luft, er stolpert. Mein Vater würde seinen Rucksack nehmen, wenn er nicht schon meinen schleppen müsste.

Den Walzer aus den Lautsprechern der Eiskunstbahn höre ich nicht mehr.

Einige Tage bevor mich der Radfahrer an der Ecke Bem-Kai und Halász-Straße beiseite gefegt hatte, war ein Buch des Schweizer Theologen Theo Tschuy auf Ungarisch erschienen, sein Buch über Carl Lutz, ab 1942 Schweizer Vizekonsul in Budapest.

Wir erreichen den Ring.

Von links, aus der Volkstheater-Straße, nähert sich ein anderer Zug, der sich unserem anschließt. In dieser Stunde tritt Carl Lutz ins Büro des Außenministers. Der riesige, brutal aussehende Kabinettschef, dessen diplomatische Erfahrung darin besteht, dass er früher am Hof des äthiopischen Kaisers Gendarm und Bandenchef gewesen war, stellt sich ihm in den Weg. Lutz hatte schon drei Tage zuvor, als die – wie es in den Erlassen hieß – Konzentration der Budapester Juden in der Ziegelei von Óbuda begann, ein Protestschreiben in fünf Punkten verfasst. Unter der Leitung des Innenministers Gábor Vajna hat die Regierung die Details der Konzentration und die Pläne für die Deportation ausgearbeitet: Die Ziegelei Óbuda soll der Ausgangspunkt für den Fußmarsch sein. Friedrich Born, der Beauftragte des Internationalen Roten Kreuzes, fordert eine Inspektion auf dem Gelände; in seinem Bericht schreibt er, dass bei den Gefangenen vom zehnjährigen Kind bis zum achtzigjährigen Greis Menschen aller Altersgruppen zu finden seien, die Pfeilkreuzler bestimmten, wer den Marsch antreten müsse, wobei nur Invaliden und sehr schwache Menschen verschont würden. Lebensmittel oder Decken bekäme niemand.

Wir kommen an den Trümmern der Margit-Brücke vorbei.

Nach links! Nach links!, schreien die Bewaffneten. Wir müssen einem Personenwagen Platz machen. Packard, sagt jemand hinter mir. Diplomaten-Nummernschild, sagt mein Vater.

Carl Lutz wird im Außenministerium aufgefordert, die als falsch einzustufenden Schweizer Schutzbriefe ausfindig zu machen, die die an der Rettungsaktion Beteiligten mit seinem Einverständnis, häufig sogar mit seiner Unterstützung, ausgestellt hatten. Sie fordern ihn auf, die »echten« und die »falschen« Schutzbriefe in der Ziegelei Óbuda persönlich zu sortieren. Die Nicht-Anerkennung eines Schutzbriefes sei für seinen Besitzer einem Todesurteil gleichgekommen, schreibt Theo Tschuy.

Wir rücken zur Seite, machen dem Packard Platz.

»Ich bin mit meiner Frau einmal vier Stunden in Schnee und Eis in der berüchtigt gewordenen Ziegelei in Óbuda gestanden und habe diese traurige Arbeit der Ausscheidung der Schutzbriefe vorgenommen. Herzzerreißende Szenen spielten sich ab. Fünftausend dieser unglücklichen Menschen standen in Reih und Glied, frierend, zitternd, hungernd, mit armseligen Bündeln beladen und streckten mir ihre Briefe entgegen. Nie werde ich diese verängstigten Gesichter vergessen. Immer wieder musste die Polizei eingreifen, weil mir die Leute die Kleider beinahe vom Leibe rissen, indem sie ihre Bitten vortrugen. Es war das letzte Aufflackern des Lebenswillens vor der Resignation, die so oft im Tode endete. Für uns war es eine seelische Tortur, diese Aussonderung vornehmen zu müssen. Es war bei solchen Anlässen, wo Menschen mit Hundepeitschen geschlagen wurden und dann mit blutenden Gesichtern auf dem Boden lagen und wir mit der blanken Waffe bedroht wurden, wenn wir versuchten zu intervenieren. Wie oft bin ich mit meinem Wagen an der Seite der nach der Ziegelei marschierenden Menschen gefahren, um ihnen zu zeigen, dass noch nicht alles verloren sei, bis dann die stark bewaffnete Begleitmannschaft mir den Weg versperrte.«

Zwei Leute sitzen im Fond des Wagens. Der Mann auf der

Seite, auf der wir gehen. Längliches Gesicht, dünnrandige Brille, schmaler, zusammengepresster Mund, glattes, seitlich gescheiteltes Haar, geschwungenes Kinn – das sehe ich achtundfünfzig Jahre später auf einer Fotografie.

Auch auf der Bécsi-Straße stehen viele Leute auf dem Bürgersteig. Am Tag zuvor war im Radio jene Nachricht wiederholt worden, die Hitler schon am 30. Januar 1942 der ganzen Welt verkündet hatte und die bei der Wannsee-Konferenz zehn Tage zuvor noch unter Geheimhaltung beschlossen worden war: Der Krieg würde siegreich mit der Vernichtung des gesamten europäischen Judentums enden.

Der Packard fährt vor uns her. Wir wissen nicht, dass er bald sein Ziel erreichen, durch ein riesiges Holztor fahren und im Schlamm anhalten wird, wo die Toten auf der Erde liegen, dass der Mann mit dem länglichen Gesicht und eine Dame im Pelz aussteigen würden.

Wir marschieren immer noch auf der Bécsi-Straße.

Das Kind soll nicht hinschauen, sagt mein Vater. Er sagt nicht »schau nicht hin«, er spricht nicht zu mir, sagt es zu meiner Mutter, als wäre es ihre Aufgabe, mich davon abzuhalten, irgendwohin zu schauen. Wohin? Ich gehe zwischen ihnen, sehe ihren Blickwechsel, es herrscht ein unausgesprochenes Einverständnis zwischen ihnen. Die Aufgabe meines Vaters ist es, zu erkennen, dass die Zeit für etwas gekommen ist, etwas für uns alle Unausweichliches, danach folgen all die kleinen Aufgaben für meine Mutter. Jetzt ist sie aber machtlos, sie geht links von mir, kann nicht verhindern, dass ich nach rechts schaue.

Unter dem Torbogen liegt ein Toter.

Man hat ihn von der Kolonne dorthin gezerrt und mit Zeitungspapier zugedeckt.

Zwei Füße in Stiefeln und eine Hand ragen hervor. Die Finger ausgestreckt. Die Handfläche muschelartig steif. Die Hand sieht verkohlt aus.

Herzinfarkt, sagt jemand vor mir.

Sollte ein Herzinfarkt so etwas wie Stromschlag sein? Flitzt durch den Körper und lässt das Fleisch verkohlen?

Wir müssen schneller gehen.

Die Zurückbleibenden werden mit Gewehrkolben geprügelt.

Vielleicht war das, was ich für verkohlt hielt, nur ein alter schwarzer Handschuh.

Die Zuschauer auf dem Bürgersteig gaffen geistesabwesend. Manche werfen einen flüchtigen Blick auf den Toten.

Aus einem anderen Torbogen tritt ein junger Mann heraus. Stellt den Kragen seines Wintermantels hoch. Zieht die Schildmütze tiefer ins Gesicht. Als sich der Schaffner mit der Pfeilkreuzler-Armbinde und der bewaffnete Pfeilkreuzler entfernen, tritt er vom Bürgersteig. Lässt einen Umschlag in die Hand des Mannes vor uns gleiten, sagt etwas zu ihm, dreht sich um und verschwindet in einem anderen Hauseingang.

Misi sieht also morgens um sechs Uhr in der Amerika-Straße 78 durch den Spion der Vorzimmertür die bewaffnete Einheit, bittet um Geduld, er würde die Schlüssel holen, holt sie aber nicht, sondern eilt durch die Hintertür zur Hausmeisterwohnung, kehrt nach zehn Minuten mit den Papieren des abwesenden Hausmeistersohnes zurück, schaut zu, wie die Schweizer Schutzbriefe seiner Familie zerrissen werden, eilt in die Vadász-Straße, kämpft sich durch die Menge von Hunderten um Schutzbriefe flehenden Menschen, besorgt beglaubigte Kopien, arbeitet sich durch die ganze Stadt bis zu unserem Zug vor, erreicht ihn, überholt ihn, wartet in der Bécsi-Straße unter einem Torbogen, tritt im richtigen Augenblick hervor, gibt dem Mann am Rand die Papiere, der sie sofort weiterreicht. Misi verschwindet, seine Schwester erzählt mir all das achtundfünfzig Jahre später, beim Kaffeetrinken. Ich kann mich nicht daran erinnern, sie kann sich nicht an den mit Zeitungspapier zugedeckten Toten unter dem Torbogen erinnern.

Misi ist mittelgroß. Brillenträger. Nicht sportlich. Geht gern in die Oper. Singt Verdi-Arien. Hat keine gute Stimme. Die Kolonne lässt den Toten hinter sich. Ihn auch.

Auf der Strecke der Millenniums-U-Bahn Richtung Zugló, Haltestelle Oper: in einer der unlängst gebauten Vitrinen ein altes Tableau mit den Abiturienten des Jüdischen Gymnasiums von 1944. Düstere Blicke. Dunkle Anzüge, weiße Hemden, Krawatten. Auf den Jacken Davidsterne in der vorgeschriebenen Größe. Misi ist der vierte von links in der zweiten Reihe.

»Erlass Nr. 1240/1944 des Ung. Königl. Ministeriums in Sachen unterscheidender Kennzeichnung der Juden. Ab Inkrafttreten dieses Erlasses ist jede jüdische Person nach Vollendung des sechsten Lebensjahres ohne Rücksicht auf Geschlecht verpflichtet, außer Haus auf dem linken Brustteil seiner Oberbekleidung gut sichtbar einen kanariengelben Stern von 10 mal 10 cm Größe aus Stoff, Seide oder Samt zu tragen.«

Auf dem Foto blinzelt Misi. Er kommt mir jünger vor, als er war. Sieben Monate später kämpft er sich zwischen den Truppen durch die Stadt. Wischt die beschlagene Brille nicht ab. Weiß, unter welchem Torbogen er warten, wann er heraustreten muss, um sich dem Zug zu nähern, wie er sofort verschwinden kann.

Ich möchte endlich ankommen. Ich möchte den Rucksack ablegen. Meine Strümpfe wechseln. Meine Kleider trocknen.

Am fernen Ende der Bécsi-Straße schießt in den letzten Minuten vor der Dunkelheit der Schlot der Ziegelei zum Himmel empor.

Links das Tor des Margit-Krankenhauses, verlässlicher Orientierungspunkt in der Dämmerung.

Man sieht auch schon die Trockenschuppen im Halbrund des Berghanges.

Der Platz hinter dem riesigen offenen Holztor verschluckt die vor uns gehenden Kolonnen.

Von ferne hört man Schüsse. Ich kann Gewehrschüsse und Maschinengewehrsalven vom Lärm der Geschütze unterscheiden. Die höre ich gedämpft aus nordöstlicher Richtung.

In der Kurve. Im Licht von Taschenlampen blitzt der Anfang unserer Kolonne auf. Bajonette werden auf die Gewehre gesteckt. Die Mündungen der Maschinengewehre sind auf uns gerichtet.

Der Oberleutnant geht vier Schritte vor der ersten Reihe, wie bei einer Parade. Hinter ihm zwei seiner Stellvertreter, ein Gendarmeriefeldwebel und ein Parteibeauftragter. Wir marschieren auf Kommando. Auch die Frauen, auch die Alten, auch die Kleinkinder. Ich marschiere wie beim Schulfest auf dem Schulhof vor der Tribüne. Nein, wie im Traum. Doch nicht die Kolonne ist mein Traum, sondern alles, was davor und seitdem passiert ist. Mein Weg ist die Wirklichkeit, die zum geöffneten Holztor hinführt. Ich bin der vierzehnjährige Junge und sehe das Gesicht eines alten Mannes, der mich beobachtet, während er über ein Blatt Papier gebeugt zu beschreiben versucht, was er sieht.

Das Licht der Taschenlampen fällt auf die Toten im Schlamm. Zu beiden Seiten Reihen von Maschinengewehren. Der Oberleutnant salutiert. Erstattet Meldung. Der Anfang des Zuges hat das Tor schon passiert. Unsere Reihe ist dran.

2

Wir gehen durch das geöffnete Holztor der Ziegelei.

Der Pfeilkreuzler mit den Árpádstreifen richtet sein Maschinengewehr zum Himmel und gibt eine kurze Salve ab.

Die Trockenschuppen sind orangefarbene Quader.

Der Schlot ist ein schwarzer Punkt, das Margit-Krankenhaus ein grünes Rechteck.

Die eine Karte ist eine Ausgabe des Ungarischen Geographischen Instituts AG (V.-Rudolf-Platz) von 1905. Eine andere aus dem Jahr 1943 stammt vom Königlich-Ungarischen Militärischen Kartographischen Institut (II.-Olasz-Allee 7–9). Die dritte ist von 2002.

Vor hundert Jahren standen Ziegeleien zu beiden Seiten der Bécsi-Straße und von der Szépvölgyi- bis zur Vörösvári-Straße. Vor sechzig Jahren gab es nur noch welche ab der Fényes-Elek-Straße, zwei Knotenpunkte waren die Újlaki-Ziegelei auf der rechten und die Bohn-Ziegelei auf der linken Seite der Bécsi-Straße. Die Karte von 2002 zeigt dort die neuen Wohnsiedlungen des Remete-Berges.

Wo früher der Schlot der Ziegelei stand, ist jetzt der Eingang eines Praktiker-Baumarktes.

Anstelle des einstigen Holztores, durch das kurz vor uns auch der Wagen von Carl Lutz gefahren war, steht ein Gedenkstein:

»Im Winter 1944 wurden Zehntausende verfolgter ungarischer jüdischer Mitbürger von hier, dem Gelände der Ziegelei Óbuda, in die Konzentrationslager der Nazis abtransportiert.

Wir bewahren ihr Andenken.«

Schüler kommen aus dem Kossuth-Zsuzsa-Gymnasium für Gesundheitswesen, fünfzig Meter vom Gedenkstein entfernt.

Ich kann den Rucksack nicht ablegen. Ich kann meine durchnässten Strümpfe nicht wechseln, ich muss mich festhalten, damit ich nicht vom Strom der Gehetzten fortgeschwemmt werde. Meine Mutter hält meine linke Hand, mein Vater meinen rechten Arm.

Eine Lehrerin tritt aus der Tür des Gymnasiums. Sie spricht mit zwei Schülerinnen.

Die Hand meiner Mutter wird im Gedränge von der meinen losgerissen. Mein Vater drängt sich zwischen uns, hält unsere Arme fest, schleppt uns mit sich. Die Menge drängt uns in einen der Trockenschuppen. Wir treten auf Körper. Jemand ruft den Namen meines Vaters. Das ist Lajos und seine Familie, sagt meine Mutter. Eine Taschenlampe blitzt auf. Die Familie Róbert. Sie sitzen auf ihren Rucksäcken. Auch ich habe nur so viel Platz, wie mein Rucksack einnimmt.

Die Lehrerin verabschiedet sich von den beiden Schülerinnen und geht in Richtung des Praktiker-Baumarktes. Es beginnt zu regnen. Meine Füße frieren in den dünnen Schuhen.

Meine Mutter legt eine Decke über mich. Mein Vater hatte die Decke vor dem Aufbruch zusammengelegt und sie als Wurst in U-Form an seinen Rucksack geschnallt. Es sah aus wie bei den Soldaten. Mein Vater ist nie beim Militär gewesen.

Wir öffnen eine Dose, brechen das Brot. Mein Vater und Onkel Lajos gehen Wasser holen, draußen gibt es einen Wasserhahn. Als sie zurückkommen, geht meine Mutter mit Tante Bözsi hinaus. Meine Mutter ist einundvierzig Jahre alt, Tante Bözsi vierundvierzig. Als sie zurückkommen, sagen sie: Die Frauen gehen auch dorthin, wo die Männer sind. Ich gehe hinaus in die Dunkelheit. Der Himmel ist sternenübersät. Bewaffnete umringen die stehenden und hockenden Menschen. Hinter den Trockenschuppen das ausgehöhlte Halbrund des

Berghangs. Während ich hocke, kommt mir der Schlot der Ziegelei noch höher vor.

Die erste Nacht vergeht. 16. November.

Die zweite Nacht vergeht.

Friedrich Born, der Beauftragte des Internationalen Roten Kreuzes, weicht am 17. November nicht von der Stelle, bis man ihn in die Ziegelei Óbuda einlässt, schreibt Theo Tschuy. Als er zurückkommt, berichtet er, dass er in der dicht gedrängten Menge Männer und Frauen aller Altersstufen gesehen habe, zehnjährige Kinder ebenso wie achtzigjährige Greise. Nach einem bis drei Tagen Wartezeit seien die Marschkolonnen nach Westen zusammengestellt worden.

Der Packard von Carl Lutz fährt wieder durch das Tor.

Wir müssen die Trockenschuppen verlassen.

Wir stehen im Matsch. Wir sehen das Auto.

Kleine Kinder spielen in den Pfützen.

In diesen Stunden meldet Edmund Veesenmayer, Gesandter und Bevollmächtigter des Großdeutschen Reiches in Ungarn, telegrafisch nach Berlin, dass Szálasi trotz der technischen Schwierigkeiten bereit sei, die Abschiebung der Budapester Juden energisch voranzutreiben.

In diesen Stunden bitten Carl Lutz und Raoul Wallenberg den päpstlichen Nuntius Angelo Rotta, Szálasi ein Protestschreiben der in Budapest akkreditierten Vertreter der neutralen Staaten zu überreichen.

»Am Tage nach dem 15. Oktober erklärten die neue Regierung und Seine Exzellenz Szálasi persönlich, dass es weder Deportationen geben sollte, noch die Vernichtung der Juden vorgesehen sei. Im Gegensatz dazu brachten die Vertreter der neutralen Staaten aus absolut sicheren Quellen in Erfahrung, dass von Neuem die Deportation aller Juden beschlossen wurde. Die Vorbereitungen werden mit einer unbarmherzigen Strenge durchgeführt, dass alle Welt Zeuge der Unmenschlichkeit ist, von der die Durchführung begleitet wird: Kleinkinder werden ihren Müttern entrissen, Alte

*und Kranke müssen selbst im Regen unter dem unzulänglichen
Dach einer Ziegelei liegen, Männer und Frauen bleiben tagelang
ohne die geringste Nahrung, Zehntausende werden in eine einzige
Ziegelei zusammengedrängt, Frauen vergewaltigt, wegen Nichtig-
keiten werden Menschen erschossen …*

*Dabei wird wie seinerzeit, im Laufe des Sommers, behauptet,
dass nicht von einer Deportation die Rede sei, sondern nur von
einem ausländischen Arbeitsdienst. Die Vertreter der neutralen
Mächte kennen aber die schreckliche Wirklichkeit, die sich hinter
diesem Namen für die meisten dieser Unglücklichen verbirgt. Im
Übrigen genügt es ja, zu wissen, dass Kleinkinder, Greise und
Kranke verschleppt werden. Man kann also davon überzeugt
sein, dass es sich hier nicht um Arbeit handelt. Dagegen machen
die Grausamkeiten, unter denen der Abtransport durchgeführt
wurde, klar, was das Ende dieses tragischen Auszugs sein wird.«*

Meine Mutter teilt das Essen ein. Gestern haben wir zweimal
gegessen. Heute einmal.

Der Berghang ist steil. An manchen Stellen ist er zwanzig
Meter hoch. Oben stehen alle zehn bis fünfzehn Meter Pfeilkreuzler mit Maschinengewehren. Ich wage mich in die Nähe
des Tores. Hinter dem Drahtzaun Schaulustige. Sie unterhalten
sich, zeigen auf uns.

Zwei Männer steigen aus dem Packard. Zwanzig, dreißig
Menschen laufen auf sie zu. Ein Pfeilkreuzler schießt in die
Luft. Hinter dem Drahtzaun ruft jemand meinen Namen. Ein
großes, braunes Augenpaar. Ein in die Stirn gezogenes Kopftuch. Ein abgetragener Wintermantel. Jolán Bors steht dort,
eine der drei, manchmal auch fünf Angestellten im Papierwerk
meines Vaters. Sie ist dreißig Jahre alt. Entsprungene Nonne.
Tütenkleberin. Die maßgeschnittenen Papierbögen werden auf
einen großen Holztisch gelegt. Der Kleister wird mit Bürsten
aufgetragen, dann wird gefaltet. Ich weiß nicht, wie lange Jolán-
ka schon am Drahtzaun steht. Sie hat zwei Kilo Äpfel mit-

gebracht. Sie fleht den Offizier der Wache an, die Tüte durchreichen zu dürfen. Wird erlaubt. Iss, solange du kannst, sagt ein alter Mann mit Brille. Die hier bringen jeden um.

Die Frau des Doktor Kövári aus dem Nachbarhaus fährt im Frühjahr 1941 zu ihrer Schwester nach Újvidék. Die ungarischen Soldaten erschießen beide und werfen sie in die Donau. Am Ende des Ersten Weltkriegs wurde Doktor Kövári als Oberleutnant aus der Armee entlassen. Als er erfährt, was passiert ist, zieht er seine Offiziersuniform an. Steckt seine Orden an. Geht mit der Offiziersmütze mit dem schwarz glänzenden Lackschild zu seinen Kranken. Der Blockwart warnt ihn, dass seine Kleidung gesetzeswidrig sei, dass er ihn anzeigen würde, wenn er sie nicht ausziehe. Als er das sagt, steht seine Frau neben ihm in einem Pelz, den der Bruder des Feldwebels aus einem in der Ukraine niedergebrannten Dorf mitgebracht hatte.

Ich verliere den Blick des vierzehnjährigen Jungen. Ich sehe nur noch seinen Rücken in der Menge. Ich versuche, ihm zu folgen.

Er zieht den Gürtel seines Trenchcoats enger.

Beim Tor wieder Gewehrsalven. Die Soldaten zerreißen wieder Schutzbriefe. Schleppen Tote hinter die Trockenschuppen. Mein Vater und Onkel Lajos beschließen, die Schweizer Schutzbriefe selbst auf Aufforderung nicht vorzuzeigen. Man darf nicht riskieren, dass sie zerrissen werden. Der Diplomat im Trenchcoat – von dem ich nicht weiß, wer er ist, ich sehe nur, dass er Anweisungen gibt – scheint uns zu beobachten. Als wäre er dankbar, dass wir nicht zu ihm rennen, dass wir ihn nicht um etwas anbetteln. Es wird achtundfünfzig Jahre dauern, bis sich die zwei Blicke treffen. Aber da kann nur noch ich ihn sehen.

Unser restliches Brot ist trocken. Meine Mutter gibt mir ein Stück Schokolade.

Der dritte Morgen. Das Gesicht meines Vaters ist grau. Er hat eine lederne Schildmütze mit herunterklappbaren Ohrenschützern. Die trug er beim Autofahren, als er noch als Handlungsreisender tätig war. Wie gut sie sich jetzt bewährt, sagt er zu meiner Mutter. Mein Vater absolvierte in Kiskunhalom sechs Volksschulklassen. Sie waren acht Kinder in der Familie. Er war das siebte. Wenn er abends an meinem Bett saß, erfand er Märchen für mich. Eines handelte von Jericho. Ein langer, flinker schwarzer Junge trieb sich im Dschungel von Afrika herum. Das andere Märchen erzählte von Rotkäppchen, die Kleine mit der roten Kappe konnte mit ausgestreckten Armen fliegen, konnte auf Wolken reisen.

Am 5. April 1944 tritt mein Vater zum ersten Mal mit einem gelben Stern auf die Straße. Er geht in seine Werkstatt in der Francia-Straße 41. Geht an der Schranke in der Thököly-Straße vorbei. Biegt nach links ab. Passiert die Holzhandlung des József Rübner. Einstöckige Proletarierhäuser. Einzimmerwohnungen mit Küche. Eine gemeinsame Toilette am Ende des Ganges. Nummer 41 ist das einzige mehrstöckige Haus mit Garten. Über der Werkstatt im ersten Stock wohnt der Anwalt Dr. Ernö Fogas mit seiner Familie in der Wohnung mit der Terrasse. An diesem Morgen tritt er in der Uniform eines Oberleutnants aus der Haustür. Mein Vater möchte umkehren, um ihm aus dem Weg zu gehen. Aber es geht nicht mehr. Zwanzig Meter. Zehn ... Er salutierte schon von weitem, sagt mein Vater abends zu meiner Mutter. Er blieb stehen. Grüßte als Erster. Ging weiter. Salutierte wieder.

Ich sehe nirgends deutsche Soldaten. Auch auf dem KISOK-Platz waren keine.

Wieder bricht eine Marschkolonne auf. Sie verschwindet in der Kurve an der Vörösvari-Straße. Kafkas Genie habe darin bestanden, schrieb Walter Benjamin an Gerschon Scholem, dass er die Wahrheit preisgab, um an der Tradierbarkeit, dem hagadischen Element, festzuhalten. Scholem antwortete, dass es sich also um eine Krise der Tradierbarkeit von Wahrheit handle. Sechs Jahre nach ihrem Briefwechsel lässt man uns antreten. Die Marschkolonnen stehen. Wieder Soldaten mit Pfeilkreuzler-Armbinden, wieder schwarz gekleidete Maschinengewehrschützen. Wieder ein Offizier an der Spitze jedes Zuges. Wieder Gendarmen und Nachhut.

Ich schultere den Rucksack. Wickle mir den Schal um den Hals. Kommandos. Der linke Flügel geht los. Biegt um die Kurve. Verschwindet im Nebel.

Der rechte Flügel geht los.

Ich nähere mich der Kreuzung, wo sich Bécsi- und Vörösvári-Straße und die Straßenbahn der Linie 1 treffen.

Rechts zwei einstöckige Häuser mit abbröckelndem Putz.

An sie kann ich mich erinnern. Sie dürften in den ersten Jahrzehnten des vergangenen Jahrhunderts erbaut worden sein. Einzimmerwohnungen mit Küche, ohne jeden Komfort. Zur Straße hin eine Ladenzeile, eine Motorrad-Filiale von Suzuki, eine Wäscherei, ein Farbengeschäft. An der Ecke ein Restaurant, ›Piazza Italia‹. Auf dem Remete-Berg, jenem steilen Hang von einst, stehen Villen. Riesige Fenster, Terrassen, Tiefgaragen.

Ich gehe nach links auf die Bécsi-Straße. Der Autosalon Seat. Interspar. Eurocenter. Große Bagger bei der Arbeit. Steinhaufen. Oben auf dem lehmigen Hügel führt ein asphaltierter Weg zu den Villen. Vor dem Praktiker-Baumarkt ein Parkplatz.

Je wahrscheinlicher es wird, dass ich meinen einstigen Fußspuren folge, desto unwahrscheinlicher wird es.

Am Tag vor unserem Appell, am 17. November 1944, verkündet Ferenc Szálasi den Plan für die Endlösung der Judenfrage in Ungarn.

»2. Punkt: Die an die deutsche Regierung ausgeliehenen Juden, die die deutsche Regierung im Interesse der gemeinsamen Kriegsführung als Arbeitskräfte zu beschäftigen bereit ist: Diese Juden sind zum Wohle der ungarischen Nation zur Arbeit verpflichtet. Über ihr Schicksal wird der ungarische Staat im Zuge der allge-

*meinen Lösung der europäischen Judenfrage in Übereinstimmung
mit europäischen Gesichtspunkten entscheiden.«*

Die europäischen Gesichtspunkte waren bereits auf der
Wannsee-Konferenz beschlossen worden.

*»3. Punkt: Die vorläufig in Ungarn zurückbleibenden Juden
werden in Ghettos konzentriert. Das Ghetto hat vier Tore in
vier Himmelsrichtungen. Juden dürfen das Ghetto nur dann verlassen, wenn sie als zur Arbeit verpflichtete Leihjuden abtransportiert werden.«*

Carl Lutz und Raoul Wallenberg finden am Nachmittag des
18. November in den Gruppen, die auf der Wiener Landstraße
bereits nach Gönyü marschieren, mehrere Hundert Menschen,
die im Besitz von Schweizer oder schwedischen Schutzbriefen
sind.

Am selben Tag meldet der kommandierende General der
Wehrmacht aus dem Budapester Hauptquartier an den Reichsführer-SS: Die Schweizer Botschaft störe die Judenaktionen,
wie schon zuvor, durch die Verteilung von Schutzbriefen. Man
bitte um Anweisungen bezüglich der weiteren Vorgehensweise.

Adolf Eichmann, Leiter des Judenreferats der Gestapo im
Reichssicherheitshauptamt, fügt Szálasis Memorandum an der
Stelle, wo von den bewachten Toren des umzäunten Ghettos
die Rede ist, Folgendes hinzu: *»Die Juden müssen durch diese
Tore hineingeführt werden, aber keiner darf mehr lebend heraus-
kommen.«*

Am Franziskanerplatz liegen zwei ermordete Soldaten, um
ihre Hälse hängen Schilder mit der Aufschrift »Deserteur«.

Auf Anweisung des Außenministers Ribbentrop reicht der
Gesandte Veesenmayer eine Protestnote ein, derzufolge die
Schweizer die deutsch-ungarischen Kriegsvorbereitungen sa-
botieren würden. Das ungarische Außenministerium leitet
sofort Maßnahmen ein, weitere Pfeilkreuzlertruppen werden
in die Ziegelei Óbuda abkommandiert.

Ich stehe in der Marschkolonne zwischen Mutter und Vater. Sie halten meine Hand. Sie haben keine Handschuhe an. Auch der Mann im Trenchcoat trägt keine Handschuhe. Der Mann neben ihm hat eine Rotkreuz-Armbinde. Sie verhandeln mit einem Oberstleutnant. Der Oberstleutnant lässt den Hauptmann kommen, der an der Spitze unserer Marschkolonne steht. Der Hauptmann ruft, dass die über Sechzig- und unter Sechzehnjährigen aus der Marschkolonne austreten dürften.

Kein Gedränge. Kein Ansturm. Alle schauen sich an. Eine ältere Frau geht los. Jemand fragt: Was geschieht mit denen, die austreten, was mit denen, die in der Kolonne bleiben?

Mein Vater richtet meine Mütze. Meine Mutter wickelt mir den Schal noch einmal um den Hals. Zieh deine Handschuhe an, sagt sie. Sie zählt auf, welche Lebensmittel in meinem Rucksack sind. Mein Vater zählt auf, welche Papiere ich bei mir habe. Steckt mir Geld in die Manteltasche.

Die Róberts nehmen Abschied von Madó.

Ein Gendarmerie-Unteroffizier lässt uns antreten.

Mein Vater kann mir nur noch ein paar Namen und Adressen zurufen.

Meine Mutter will meine Erinnerung an diesen Moment mit ihrem Lächeln prägen.

Sie halten sich an den Händen, winken.

Madó nimmt zwei Konserven aus ihrem Rucksack. Läuft zu ihren Eltern und gibt sie ihnen.

Aber daran kann ich mich nicht erinnern. Sie erzählt es mir beim Kaffeetrinken, achtundfünfzig Jahre später. Für unsere Eltern stand außer Zweifel, dass wir bleiben mussten, sagt sie.

Die Kolonne erreicht das Holztor. Biegt nach links ab. Verschwindet.

Wir müssen auch antreten. Vor mir eine kleine, spindeldürre ältere Frau. Ihr Mund ist rot geschminkt. Ihr Gesicht ist gelb, mit Rougeflecken auf beiden Wangen. Sie murmelt etwas.

Aber ich kenne sie ja.

Ein Gendarmerie-Unteroffizier führt unsere Kolonne an. Neben ihm der Mann mit der Rotkreuz-Armbinde. Ich trage Veras kleinen Koffer. Madó hat einen Rucksack. Vera ist im August zwölf Jahre alt geworden. Dunkelblauer Wintermantel, dunkelblaue Baskenmütze. Ihre Mutter war in der Marschkolonne mit meinen Eltern zusammen, jetzt ist sie vielleicht schon in den Hügeln von Pilis auf der Landstraße. Ihr Vater ist seit zwei Jahren im Arbeitsdienst, sie hat nichts mehr von ihm gehört.

Im Sommer haben wir uns zum ersten Mal geküsst, im Hof hinter dem Gelbsternhaus. Der eine Teil des Hofes ist Garten, der andere Baustofflager. Kalksäcke. Zementhaufen. Leitern. Wir sitzen auf einem Stapel Ziegel. Wir haben im Kino gesehen, wie man sich küsst, aber ich halte ihre Hand nicht, umarme sie nicht, nähere nur meinen Mund dem ihren, sie weicht nicht zurück, ich meine einen verschreckten Wehlaut zu hören, als wir schließlich auseinanderfahren. Auch ihr muss der Kuss wehgetan haben, ich spüre Schmerzen in der Leistengegend.

Wir kommen zu anderen Trockenschuppen. Auch hier hat jeder gerade so viel Platz in der Menge, wie sein Körper einnimmt. Vera ruft Madó. Sie flüstern. Madó hat schon ihre erste Menstruation hinter sich, sie gibt Ratschläge. Nach einiger Zeit traut sich Vera, meine Hand zu nehmen, und drückt sie, als die Krämpfe einsetzen.

Auf der Karte von 1943 ist die Bohn-Ziegelei auf der linken Seite der Bécsi-Straße eingezeichnet. Rechts die Trockenschuppen der Újlaki-Ziegelei. Im Osten die Zápor-Straße, im Süden die Vályog- und die Föld-Straße.

Diese drei Straßen sind auch auf der Karte von 2002 eingetragen. Bebaut mit Wohnblöcken. Viele alte Häuser. Einige neue Geschäftsgebäude.

Auf der Karte von 1943 befinden sich hinter der Vörösváry-Straße links der alte Friedhof von Óbuda und der Testvér Berg. Rechts die Kalkbrennerei Óbuda, der neue Friedhof von Óbu-

da. Die Bécsi-Straße neigt sich zum Tal von Solymár in nord-
westliche Richtung. Rechts der Arany-Berg und der Üröm-
Berg. Dort sind die Marschkolonnen verschwunden.

Manchmal stehen wir auf und setzen uns wieder. So viel Platz
haben wir, um uns zu bewegen. Abends treibt man uns auf einer geländerlosen Holztreppe in den Hof. Viele fallen hin. Die
nach ihnen Kommenden trampeln über sie hinweg.

Wieder müssen wir antreten.

Wieder geht ein Offizier an der Spitze der Kolonne. Jetzt
sind auch zwei Männer mit Rotkreuz-Armbinden dabei. Wir
gehen auf der Bécsi-Straße in Richtung Innenstadt. Manchmal
ertönt ein Befehl: Laufschritt! Die Straßen sind menschenleer.
Aus den mit Papier verdunkelten Fenstern dringt kein Licht.

Auch die Bewaffneten sind stumm.

Wir nähern uns der Donau.

Die da vorne werden langsamer, die Hinteren werden getrieben, wir werden dicht aufeinandergedrängt.

Zur Margit-Brücke.

Aber da ist keine Brücke.

Die Bewaffneten wiederholen schreiend den vorne ausge-
gebenen Befehl: Zu zweit! Zu zweit!

Ich sehe die Donau nicht.

Ich sehe sie.

Ich habe sie nicht gesehen, weil ich sie noch nie auf gleicher
Höhe mit meinen Füßen … Wellen schlagen über die Planken.

Auf dem behelfsmäßigen Steg ist Platz für zwei. Ich halte
Veras Hand. An dem schwankenden Geländer aus Stricken,
die an Bojen festgemacht sind, kann man sich nicht festhalten.
Der Steg führt über Schnellboote. Eine alte Frau rutscht aus.
Wir treten auf sie. Einer der Soldaten befördert sie mit einem
Fußtritt in den Fluss. Die Bewaffneten schwanken mitten unter
uns. Hinter mir brüllt einer: Links, rechts! Links, rechts! Links,
rechts! Sein Blick versetzt mich in Erstaunen. Noch nie habe
ich Schrecken auf dem Gesicht eines Pfeilkreuzlers gesehen.

Ein Unteroffizier schreit ihn an: Sie Rindvieh, nicht im Gleichschritt, man muss die Schwingungen verhindern!

Der Mond scheint nicht. Man sieht keine Sterne. Starker Wind. Die Kolonne schwankt. Vielleicht werden wir auch schwimmen müssen. Alles ist möglich. Ich gehe auf dem Weg des Zur-Kenntnis-Nehmens, gar nicht auf dem Holzsteg, der einen halben Meter vor der Brückenruine endet. Manche springen. Alte und Kinder helfen anderen Alten und Kindern hinüber. Wieder ist die ältere Frau mit den geschminkten Lippen neben mir. Sie trägt einen leichten schwarzen Wollmantel. An ihrem Arm eine lächerlich baumelnde Ledertasche.

Sie waren nicht in der Ziegelei, Luca, sage ich zweiunddreißig Jahre später. Wir sitzen in ihrer Wohnung in der Mexiko-Straße 30.

Ich war an jenem Morgen, als die Pfeilkreuzler kamen, gerade zum Holzholen in den Schuppen unter der Treppe gegangen, sagt Luca Wallesz, und habe mich dort versteckt, aber meine Mutter haben sie in die Ziegelei mitgenommen. Sie sagte, Sie hätten ihr das Leben gerettet. Daran kann ich mich nicht erinnern, sage ich. Doch, sagt Luca, Sie sagten ihr, dass Leute über sechzig aus der Marschkolonne austreten dürften. Ich kann mich nicht erinnern, sage ich wieder. Zweiunddreißig Jahre später und auch jetzt, weitere sechsundzwanzig Jahre später, kann ich mich nur noch an den geschminkten Mund der Malerin Gitta Gyenes erinnern und an ihre baumelnde Tasche.

Ich kann mich auch nicht erinnern, dass sich in dem Raum, in dem ich mich 1976 mit Luca unterhalte, noch ein junges Mädchen befindet, weshalb ich sie sechsundzwanzig Jahre später nicht wiedererkenne, als sie aus dem Kossuth-Zsuzsa-Gymnasium kommt, mit ihren Schülerinnen spricht, in Richtung Praktiker-Baumarkt aufbricht und, als sie an mir vorbeigeht, mich anschaut, als kennte sie mich.

Am Pester Brückenkopf stehen drei Luftabwehrkanonen. Eines der Rohre wird langsam auf uns gerichtet. Die beiden anderen ragen nicht in den Himmel, sondern in Richtung Stadt.

Im Universum meiner Erinnerungen verschwinden die Straßen. Ich taste mich suchend im Unauffindbaren vorwärts.

Warum sind die Kanonenrohre nicht in den Himmel, warum auf die Stadt gerichtet? Ungarische Soldaten waren in der Stellung. Ich glaube, damals hat mich das beruhigt. Als bewegten sich hinter den Trockenschuppen, die wir vor einer Stunde verließen, die beiden Flügel des Talrundes, um die dunkle Stadt langsam zu umarmen.

Der Komplex des Tempels in der Dohány-Straße.

Der Zug wird nicht zum Haupteingang geführt.

Wir gehen um das Gebäude herum. Kommen zu einer kleineren Tür. Man kann sich höchstens zu zweit hindurchzwängen. Wir werden wieder aneinandergepresst. Ich halte Veras Hand. Ziehe sie hinter mir her. Treppen. Gänge. Wieder Treppen. Großer Saal.

»In der Schauspielergilde beginnt ebenfalls die große Säuberung. Kiss Ferenc tat zwar während seiner Amtszeit als Vorsitzender alles, um die Rosen von Hebron mitsamt den jüdischen Schauspielern vor den Filmkameras wie von der Bühne verschwinden zu lassen, doch selbst diesen Bemühungen zum Trotz blieben zahlreiche Juden unter den Mitgliedern. Um nur einige zu nennen: Gyula Bartos, Lajos Básti, Oszkár Beregi, Dezső Ernster, Ella Gombaszögi, Gyula Gózon, Vilmos Komor, Andor Lendvai, Erzsi Pártos, Blanka Péchy, Gabriella Relle, Jenő Törzs. Jetzt wird auch ihnen mitsamt all ihren Kollegen endlich der Garaus gemacht.«

So zu lesen in der Tageszeitung ›Magyarország‹, in der Ausgabe vom 1. April 1944, in der Stille der Bibliothek.

Der große Saal, die zerstörte Goldmark-Halle. Stuhlruinen stehen an der Wand, das Halbdunkel verschmilzt mit alten Zeitungen, mit der frisch gefüllten Schreibfeder, mit den im Winter 1943 gehörten Stimmen von Dezső Ernster und Andor

Lendvai. Ich sitze in der achten Reihe des Theatersaals. Vilmos Komor dirigiert das Kammerorchester.

Als jüdische Künstler keine Bühne mehr betreten dürfen, richtet die Ungarische Israelitische Allgemeine Bildungsvereinigung im ersten Stock des Nebengebäudes des Tempels in der Dohány-Straße einen Theatersaal ein.

Ich kann mich genau an die achte Reihe erinnern. Dunkelbraune lange Hose. Ein Sakko mit Fischgrätmuster. Ein alter Mann singt auf der kleinen Bühne. Der alte Mann war damals 42 Jahre alt.

Dem Schauspielerlexikon von 1994 zufolge wurde Andor Lendvai 1901 in Vác geboren. Seine Ausbildung erhielt er in Wien, Mailand und München. Zwischen 1934 und 1961 war er Solist am Opernhaus. Er hatte große Erfolge bei Gastspielen in Wien, Luzern, Rom, Moskau. Eine seiner wichtigen Rollen war der Mephisto in Gounods ›Faust‹. Das Lexikon erwähnt nicht, dass er den Mephisto sang, als er gerade kein Mitglied des Opernhauses war.

Seine Stimme kommt mir hart vor, kratzig. Auch die von Dezsö Ernster. Ernster ist fünfundvierzig Jahre alt. Seine Weltkarriere hatte 1923 in Deutschland begonnen. Bis zu Hitlers Machtergreifung habe er in Berlin gesungen, bis zum Anschluss Österreichs in Graz, danach habe er einige Jahre in Budapest gelebt, schreibt das Lexikon. 1945 wurde er Mitglied der New Yorker Metropolitan Opera.

Wir kämpfen uns zwischen aufgetürmten Stühlen hindurch. Der Bühnenvorhang ist zerrissen.

Die Zeit lässt die Klänge durch. Die Zeit zieht sich zusammen, dehnt sich aus, hat einen Umfang, errichtet Barrikaden, baut Kanäle, macht den Weg frei für Lendvais kratzigen Bariton, für Ernsters weichen Bass, für das »Sein oder Nichtsein« Beregis, lassen wir also die Fragen bezüglich der Zeit, sie haben keinen Sinn. Zeit ist immer Gegenwart, in der vergangenen Gegenwart der Vergangenheit schichten sich viele vergangene

Gegenwarte aufeinander, in der Gegenwart des Schreibens höre ich all diese Klänge zusammen mit jenem Klang, den ich hörte, als ich in der Dunkelheit nach vorn lief, Veras Hand in der meinen. Zwischen die in der Ecke aufgetürmten zerschlagenen Stühle gedrängt werde ich Vera und Madó etwas über gefühlte Gesangesklänge erzählen, vorläufig aber versuche ich, mich im riesigen Tempelraum zu orientieren. Alles ist dunkel, nur bei der Bundeslade flackern Kerzen.

Wir sind einige Hundert. Arbeitsdienstler, auch gehbehinderte Alte, fünf-, sechsjährige Kinder. Jeder sucht etwas. Jeder ruft Namen. Die Arbeitsdienstler werden morgen früh weitergeschickt. Vielleicht über die Donau. Vielleicht nach Deutschland. Ärzte dürfen eine Rotkreuz-Armbinde tragen. Die Sterbenden werden an die Wand geschleppt. Die Kerzen vor der Bundeslade brennen herunter. Ich frage bei den Arbeitsdienstlern nach meinem Bruder, meinem Onkel. Manchmal rufe ich die Nummer unseres Postfachs. Jeder weiß etwas. Hat etwas gehört. Die Kompanie meines Onkels wurde in Rakosrendezö in Waggons verladen, aber vielleicht konnte man sie nicht mehr losschicken, weil die sowjetischen Soldaten die Straßen versperrten. Die Kompanie meines Bruders wurde vor drei Wochen von Bustyahaza aus zu Fuß nach Deutschland losgeschickt, einige konnten bei Kassa fliehen. Vera möchte schlafen. Bei der Bundeslade bittet ein Mann um Ruhe. Ein Offizier steht neben ihm, schießt mit seiner Pistole in die Luft. Er verteilt Blanko-Schutzbriefe an die Arbeitsdienstler.

Jemand sagt, er heiße Carl Lutz.

Ein Rabbi tritt zu ihnen. Der Schatten seiner in einen Gebetsumhang gehüllten Gestalt auf der Bundeslade.

Jetzt sehe ich diesen Schatten besser als den vierzehnjährigen Jungen im Dunkeln. Ich schließe die Augen, um auch ihn zu finden, mit geschlossenen Augen kann man natürlich nicht schreiben. Seine Situation wird dadurch erleichtert, dass er in der Menge verschwinden kann. Mein Wissen hindert ihn nicht

an seiner Bewegungsfreiheit. Er kann nicht wissen, dass in jenen
Tagen, vielleicht sogar genau in jener Nacht, die letzte Gruppe
von Juden in Auschwitz vergast wird. Das deutsche Kommando lässt hastig alle Spuren verschwinden. Die verbliebenen 204
Mitglieder des Sonderkommandos werden hingerichtet, damit
kein Zeuge übrig bleibt.

Carl Lutz kann in jener Nacht nicht bei der Bundeslade gestanden haben.

Als beobachtete mich jemand.

Als ginge nicht nur ich auf Spurensuche, sondern noch ein
anderer.

Als würde jemand, während ich die Spuren des vierzehnjährigen Jungen suche, meine Schritte begleiten.

Wir wären dann zu dritt.

Das gibt der, sagen wir, Chronik einer Nachforschung eine
neue Dimension.

Ich gehe vom Praktiker-Baumarkt zu Fuß bis zur Vörösvári-
Straße. Ich warte an der Endstation der Straßenbahnlinie 1. Seit
ich vom Baumarkt losgegangen bin, folgt mir jemand.

Wiewohl ich doch hier bin, weil ich der Verfolgende bin.

Im Geiste kreise ich die Orte ein, wo ich meiner Erinnerung
nach vor achtundfünfzig Jahren in die Kolonne eingereiht wurde, herumstand, auf meinem Rucksack saß. Im Geiste markiere
ich die möglichen Stellen mit Kreide, wie ein Detektiv die
Lage der Leiche, auf dem Asphalt, auf den Pflastersteinen des
Parkplatzes. Ich könnte eigentlich die ganze Stadt einkreisen,
auch die Spuren jener Schritte, auf denen mir mittlerweile
zweifellos jemand folgt. Ich blicke mich um, kann aber niemanden entdecken. Wir können also offenbar zu mehreren
auf Spurensuche sein, und manche dürften dabei umsichtiger
vorgehen als ich, denn ich kann sie nicht sehen. Wenn ich eine
Geschichte schreiben würde, könnte ich es riskieren, mich von

jenem vierzehnjährigen Jungen beobachten zu lassen, dessen Anwesenheit ich an verschiedenen Tatorten soeben in meiner Vorstellung fixiert habe. In einer Geschichte gibt es diese Möglichkeit. Wir erschaffen uns selbst, Beschreibender und Beschriebener, es fragt sich nur: Wer ist der eine, wer der andere? In der Geschichte sind sie sogar austauschbar, aber hier geht es nicht um eine Geschichte, höchstens um die Geschichte einer Entdeckung, und selbst wenn der vierzehnjährige Junge und der Mann, der zur Endstation der Straßenbahnlinie 1 geht, identisch sind, ist das Geschehene noch lange nicht identisch mit seiner Aufdeckung.

Rätselhafter als das ist im Moment jedoch, dass mir wirklich jemand folgt.

Warum denke ich, dass mir die Lehrerin folgt, obwohl es anzunehmen ist, dass sie ihren gewohnten Weg von der Schule nach Hause nimmt?

Obgleich es bemerkenswert ist, dass auch sie zu Fuß vom Praktiker-Baumarkt bis zur Vörösvári-Straße unterwegs ist. Ich bin die Strecke von zwei Straßenhaltestellen zu Fuß gegangen, weil ich mir einiges notieren wollte über die Häuser und Läden, die die Bécsi-Straße säumen. Sie aber, mit ihrem gefüllten Einkaufskorb in der Hand, warum hat sie nicht die Straßenbahn genommen?

Wir steigen schließlich beide in die Straßenbahn der Linie 1 ein. Nahe der hinteren Plattform finde ich einen freien Platz. Sie weiter vorne. Sie schaut sich nicht um.

An der Thököly-Straße steige ich durch die hintere Tür aus, sie durch die vordere. Bleibt stehen, wartet auf mich.

Als hätten wir beide einen Auftrag bekommen, dem anderen zu folgen. Sollten wir wirklich beide zugleich Beobachter und Beobachtete sein?

Sie ist um die vierzig. Weiße Bluse, enge Jeans. Mit der freien Hand streicht sie ihr schulterlanges braunes Haar aus der Stirn. Vielleicht kommt hinter mir ihr Mann auf sie zu. Sie treffen sich hier, damit er ihr den vollen Korb abnehmen kann. Oder sie wartet, weil sie einen Bekannten entdeckt hat. Vielleicht ihren Geliebten. Sie treffen sich hier für einige Augenblicke. Ich sehe mich nicht um. Bleibe neben ihr stehen. Sie schaut nicht hinter mich. Sieht mich an.

Sie erinnern sich nicht an mich, nicht wahr?

Ich bin ratlos.

Sie sagt ihren Vornamen, sagt, dass sie ihn deshalb nenne, weil sie sich auch bei unserer ersten Begegnung so vorgestellt habe.

Das einstöckige Haus, in dem ich Luca vor sechsundzwanzig Jahren traf, ist eine Ruine. Vier Katzen. Das Zimmer scheint seit Jahren nicht gereinigt worden zu sein. Als hätte Luca Puder und Lippenstift auf die Schminke ihrer Mädchenjahre geschmiert. Als trüge sie die mottenzerfressene Strickjacke ihrer Mutter.

Sie stellt mir das Mädchen als ihre Freundin vor. Luca ist fünfundsechzig, das Mädchen achtzehn. Frisch gebügelte weiße Bluse, geblümter Faltenrock. Sie sitzt auf dem Sofa wie jemand, der Angst hat, aufzustehen, weil sie zwischen den hervorspringenden Federn diese Kuhle nicht mehr erwischen könnte, wenn sie sich wieder setzen wollte. Luca und ich unterhalten uns seit einer Stunde, nicht mehr nur darüber, wann sie József Attila kennengelernt hat und wo sie spazieren gegangen sind, zusammen mit ihrer Mutter, der Malerin, der ich angeblich, damals hatte es mir Luca erzählt, in der Ziegelei Óbuda gesagt hatte, dass sie die Gruppe wechseln solle. Das achtzehnjährige Mädchen mit der weißen Bluse steht schließlich auf, die Sofafedern knallen, sie geht hinaus, vielleicht auf die Toilette.

Als hätte sie nur darauf gewartet, erzählt Luca schnell, dass die Großmutter des Mädchens ihre Freundin war, Ärztin auf der HNO-Station des Armenkrankenhauses in der Amerika-Straße, wissen Sie, da, wo jetzt die Neurochirurgie ist. Ja, ich weiß, sage ich. Klar, Sie wohnen ja immer noch dort gegenüber, sagt Luca. Als ich 1976 bei Luca saß, vor fünfunddreißig Jahren also, würde ich noch vierundzwanzig Jahre in der Amerika-Straße wohnen. Luca lernte ich kennen, weil sie von 1936 bis 1945 auch dort gewohnt hatte, in der Amerika-Straße 74, mit ihrer Mutter, der Malerin, und ihrem Vater, dem Redakteur, der im Krieg starb. Meine Freundin arbeitete dort auf der HNO-Station, sagt Luca, während das Mädchen mit der weißen Bluse auf der Toilette ist. Sie haben auch in der Amerika-Straße gewohnt. Sie kam mit ihrer Tochter ebenfalls in die Marschkolonne auf dem KISOK-Platz, warten Sie, die Tochter muss damals, 1944, siebzehn gewesen sein. Das weiß ich, weil damals Attila noch bei uns verkehrte und weil er mir, als die Tochter meiner Freundin geboren wurde, noch Gedichte schrieb – das muss also so um 1927 herum gewesen sein. Sie wurden auch in die Ziegelei gebracht, meine Freundin war noch keine vierzig und ihre Tochter nicht mehr unter sechzehn, deshalb kamen sie nach Ravensbrück. Es war Zufall, dass gerade an diesem Tag die Menschen unter sechzehn und über sechzig aus der Marschkolonne austreten durften, sage ich. Ich weiß, sagt Luca, und es war auch Zufall, dass ich gerade im Holzschuppen unseres Hauses war, als morgens um sechs die Pfeilkreuzler kamen. Ich wagte nicht, herauszukommen, und sie vergaßen, dort nachzuschauen, und so haben sie mich nicht mitgenommen. Aber sie nahmen meine Mutter mit. Es war natürlich auch Zufall, sage ich, dass ich und Tante Gitta aus der Reihe austreten durften – das sage ich 1976 zu Luca, als ich noch nichts von Carl Lutz weiß. Als ich mit der Lehrerin, die Györgyi hieß, über den Hungaria-Ring ging – und es ist durchaus Zufall zu nennen, dass ich sie traf –, fiel mir also ein, was Luca zu mir sagte, als sie auf der Toilette war: Tja, also, ihre Großmutter, meine Freundin, die haben sie vergast, und ihre Tochter, Györgyikes Mutter, die Klári, die hat gesehen, wie man sie mitnahm. Sie nahmen auch Kláris Freundin mit, sie selbst aber kam wieder nach Hause, heiratete den Verlobten ihrer Freundin, bekam Györgyike und ließ sich scheiden. Sie hat Györgyike nie erzählt, was mit ihr und ihrer Mutter passiert ist. Sie sagte zu mir, das Kind solle es nicht erfahren. Sie konnte darüber nicht sprechen, trotzdem musste sie es jemandem erzählen, also erzählte sie es mir, ich war die beste Freundin ihrer Mutter. Aber sie hat mir verboten, Györgyike irgendetwas davon zu sagen, und als mich Györgyike letzte Woche besuchte und ich ihr sagte, dass Sie kommen würden, um sich mit mir über Attila zu unterhalten, da ist es mir irgendwie herausgerutscht, dass Sie auch dort waren, in der Ziegelei. Deshalb ist sie gekommen. Jetzt könnte es sein, dass sie versuchen wird, Sie auszufragen, aber sagen Sie ihr bitte nichts, ich habe es ihrer Mutter geschworen. Was könnte ich schon sagen? Ich kannte sie ja nicht.

Das Mädchen kommt wieder zurück.

Wir verlassen den Hungaria-Ring. Sie sagt nichts, geht nur neben mir her.

Sie erinnern sich sicher auch nicht mehr, sagt sie an der Ecke Mexiko-Straße, dass wir zusammen von Luca weggingen und ich Sie bat, mit mir noch bis zum Krankenhaus zu gehen, wo meine Großmutter gearbeitet hatte.

Auf der HNO-Station.

Unter Chefarzt Pogány.

Ich kann mich nicht erinnern, ob wir zusammen bis zum Krankenhaus gingen, aber der Chefarzt Pogány hat 1941 oder 1942 meine Polypen herausgenommen, sage ich.

Ich muss mich ausruhen.

Ich wechsle den Füllfederhalter. Lege den Montblanc weg und schreibe mit dem Reform weiter.

Ich schreibe, dass ich zwölf Jahre alt bin. Man schiebt mich in den OP. Blaue Lichter. Man schnallt mich fest. Gesichter beugen sich über mich. Ein ovales Männergesicht mit Brille. Ein längliches Frauengesicht. Gazeknäuel auf meinem aufgesperrten Mund. Sie spritzen ein berauschendes Betäubungsmittel darauf. Die Frau fordert mich auf, bis zehn zu zählen. Ein Skalpell blitzt. Ich komme nur bis sechs. Klingeln ertönen, wie das Pausenläuten in der Schule, wo ist meine Stimme abgeblieben, ich sehe viele blaue Lampen. Die aufmerksame Ärztin war die Großmutter dieser jungen Frau, denke ich an der Ecke Mexiko- und Thököly-Straße. In der Nacht sehe ich uns beide im Traum an der Ecke stehen. Im Traum sehe ich auch das Gesicht der sich über mich beugenden Ärztin. Katzen schleichen in Lucas Zimmer umher. Das Mädchen mit der weißen Bluse ist in meinem Traum nicht achtzehn, sie ist um die vierzig, legt ihr volles Einkaufsnetz neben Lucas Sofa, knöpft ihre Bluse auf, knöpft weiter, steigt aus ihrem Rock, streicht sich das ins Gesicht fallende Haar mit der rechten Hand hinters Ohr, während sie den Kopf ein wenig in den Nacken legt. Die Handbewegung wiederholt sich, als wäre sie auf einen Filmstreifen gebannt, doch wird sie in meinem Traum von jemand anderem wiederholt, der inmitten einer Gesellschaft an einem großen ovalen Tisch sitzt. Ich sitze ihr genau gegenüber, die Gesichter der anderen liegen im Schatten, auch das Gesicht jener, die die Handbewegung wiederholt, ich sehe nur ihre Finger und ihre Haare genau, auch die weiße Bluse sehe ich genau, sehe aber nicht, wem sie gehören, wer das ist, der diese Handbewegung des Zurückstreichens ausführt. In der Zimmerecke schimmert rötlich ein Gasofen. Das ist ein anderes Zimmer, nicht das, in dem wir um den ovalen Tisch herum saßen. An der Wand Teppiche, Bauernmöbel, in einem der Sessel sitzt Luca, hoch oben eine blaue Lampe, ihr Licht ist wie das der Lampen im OP, ich spüre auch den Geruch des Betäubungsmittels, sehe aber nichts als die leichte Bewegung einer Hand, die das lange Haar hinter ein Ohr streicht.

Erinnern Sie sich auch nicht, fragt Györgyi, dass, als wir von Luca weggingen, ich Sie fragte, was Sie von meiner Mutter und Großmutter wüssten, und Sie sagten, Sie wüssten nichts?

Ich kannte sie nicht, sage ich, hätte Ihnen nichts erzählen

können. Ich verstehe, sagt sie. Aber damals verstand ich es nicht.

Was?

Warum ich nichts über sie erfahren kann. Vielleicht habe ich es sogar verstanden, konnte mich aber noch nicht damit abfinden.

Womit konnten Sie sich nicht abfinden?

Sie antwortet nicht. Ich frage, ob sie mir zufällig gefolgt sei.

Überhaupt nicht, sagt sie. Ich wollte Sie schon ein paar Mal aufsuchen, aber seit es vorbei war, dass ich mich nicht abfinden konnte, ließ ich es bleiben. Jetzt aber, als ich Sie vor der Schule sah, fiel es mir wieder ein ...

Ihr Blick ist glänzend und warm. Wieder wirft sie den Kopf in den Nacken, streicht das in die Stirn fallende Haar zurück.

Wohnen Sie immer noch hier in der Gegend?, frage ich.

Sie erinnern sich nicht an mich, erinnern sich aber daran, dass ich hier gewohnt habe? Nach einigem Zögern sage ich, dass ich selbst keine Erklärung dafür habe, aber es ist so, ich kann mich genau erinnern, dass sie hier gewohnt hat.

Sie wohnt in der Abonyi-Straße. Kennen Sie sich dort aus?

Ich weiß nicht, was ich antworten soll. Das sage ich ihr auch.

Sie sagt, also, das verstehe sie nicht.

Ich begleite sie zur Straßenbahnhaltestelle zurück. Ich möchte ihr Einkaufsnetz tragen. Sie lässt es nicht zu.

Carl Lutz konnte in jener Nacht nicht im Tempel sein. Jemand anderer muss die Schutzbriefe ausgeteilt haben.

Carl Lutz liest in jener Nacht Friedrich Borns Bericht:

»In Tausender-Kolonnen schleppten sich trostlos unglückliche Menschen, todmüde und ausgehungert, auf der alten Wiener Landstraße gen Westen. Alte Leute, Männer und Frauen. Burschen und Mädchen, aber auch Kinder, getrieben von pervertierten Pfeilkreuzlerwachen, wankten langsamen Schrittes am Straßenrand der sinkenden Sonne entgegen. Das leichteste Ge-

päck wurde schon am Anfang der Strecke von mehr als 200 km zu schwer und einfach liegengelassen. [...] Oft knallten Schüsse, wenn Übermüdete einfach nicht mehr weiterkonnten. [...] Vierzig Tausenderkolonnen mussten den Todesmarsch nach Deutschland antreten.«

Seine Kollegen in der Botschaft leiten folgenden Bericht weiter: »Die Strapazen der unendlichen Fußmärsche, das fast vollkommene Fehlen an Ernährung, gesteigert durch die ständige Furcht, in Deutschland in die Gaskammern gebracht zu werden, riefen bei diesen unglücklichen Deportierten einen Zustand hervor, der sie kaum noch wie Menschen aussehen ließ. [...] Sie waren aller elementarster Menschenrechte beraubt und dem sie brutal behandelnden Wachpersonal vollkommen ausgeliefert.«

Er liest – auch ich lese – den Bericht von Polizeihauptmann Batizfalvy: »Die in Hegyeshalom Ankommenden werden nach ihren Nummern, nicht nach Namen, an den Beauftragten der SS, Hauptsturmführer Wysliceny, übergeben. Der ungarische Übergabeausschuss wird von László Bartha geleitet. Unterwegs verschwanden zehntausend Menschen. Die meisten wurden erschossen. In Gönyü liegen nach mehrtägigem Marsch, Hunger und Folter mehrere Hundert Menschen auf Schleppkähnen in Erwartung des Todes. Auf dem Rückweg sahen wir Hunderte von Leichen auf der Straße liegen, niemand dachte an ihre Beerdigung.«

Lutz liest die Berichte zur selben Zeit, als ein Pfeilkreuzler in den Tempel stürzt und zehn Männer aus unserer Mitte holt. Sie werden auf den Hof geschleppt.

Ich höre die Gewehrsalven.

Seit zehn Tagen, seit der Schweizer Gesandte Maximilian Jaeger, dem Lutz unterstellt war, nach Bern zurückgefahren ist und ihm beim Abschied anheimgestellt hat, in Budapest zu bleiben oder nach Hause zu fahren, fragen sich Carl Lutz und seine Frau täglich, ob sie bleiben oder fahren sollen. Der Möbeltransport war schon seit Wochen vorbereitet. Es hätte ihn gefreut, lese ich, auch seinen Namen auf jener telegrafischen Anweisung zu finden, die der Gesandte Jaeger vom Außenministerium in Bern erhielt, nachdem er angefragt hatte, ob er dem Aufruf der Regierung Szálasi Folge leisten und den Sitz der Botschaft nach Sopron verlegen solle, wohin die Regierungsämter bereits geflohen seien: »Sehen kaum Möglichkeit, dass schweizerische Gesandtschaft der Regierung Szálasi folgt. Bitten Sie, Kilchmann und Personal zur Verteidigung Interessen der Kolonie in Budapest zu belassen und dass Sie, zusammen mit Major Fontana, zur Berichterstattung nach Bern kommen.«

Frau Lutz fragt ihren Mann: Was wird aus uns? Weder unser Name noch das Schicksal unserer Abteilung werden im Telegramm erwähnt, sagt Lutz, nachdem er mit dem Gesandten gesprochen hatte. Und was hat Jaeger gesagt? Er sagte, so Lutz, dass dieser auf sein Gewissen hören solle.

Am nächsten Tag wird er vom ungarischen Außenministerium aufgefordert, seine Abteilung, die Abteilung für Fremde Interessen, nach Sopron zu verlegen, andernfalls er all seiner diplomatischen Vorrechte verlustig ginge. Eine Stunde später kommt von der deutschen Botschaft die Nachricht, dass auch ihre Verlegung nach Sopron kurz bevorstehe. Der Überbringer der Nachricht fügt geheimnisvoll hinzu: Die Pfeilkreuzler hätten den Befehl erhalten, keine jüdischen Häuser anzugreifen, die unter dem Schutz ausländischer Botschaften stünden, solange Lutz in Budapest sei.

Wer schickt dir verschlüsselte Nachrichten aus der deutschen Botschaft?, fragt Frau Lutz.

Lutz geht vor seinem Schreibtisch im Kolonialstil auf und ab. Feine, sagt er. Wer ist dieser Feine? Die Frau zündet sich eine neue Zigarette an. Schenkt sich Cognac ein. Ihrem Mann schenkt sie keinen ein. Botschaftssekretär, sagt Lutz. Das ist der, der sich vor vier Jahren, als wir die Deutschen bei der englischen Regierung in Palästina vertraten, immer für meine Arbeit bedankte. Mein Gott, die Partys damals, sagt die Frau, stürzt den Cognac hinunter, die Partys waren nett, nur das Klima war unerträglich.

Genauso schenkt sie sich ein, genauso stürzt sie den Cognac hinunter, als zwölf Tage später Miklós Krausz, Mitarbeiter des Palästina-Büros in Budapest, dem Vizekonsul das Protokoll jener Konferenz vorlegt, bei der er in Lutz' Auftrag die Schweizer Botschaft vertreten hat.

Die Frau ist im Morgenrock. Er ist tief ausgeschnitten, man sieht die Spitze des blauseidenen Nachthemds. Es ist eine Stunde nach Mitternacht. Der Kronleuchter bebt von den nahen Bombeneinschlägen.

Lutz liest das Protokoll, in dem dokumentiert ist, was Hauptmann Batizfalvy neulich auf seiner Reise zur Grenze bei Hegyeshalom festgestellt hat. Er denkt dabei, so lese ich, dass er diese Leute, von denen im Protokoll die Rede ist, aus der Ziegelei Óbuda losmarschieren sah. Laut Batizfalvy, so Miklós Krausz, ertrügen viele aus dem Wachpersonal den Anblick der gepeinigten Menschen nicht mehr und es gebe welche, die sagten, dass sie lieber an die Front gingen, als weiter an diesen Gräueln teilzuhaben. Batizfalvy habe sich einen Befehl besorgt und versprochen, mit ihnen nach Hegyeshalom zu fahren, wenn sie einen Botschaftswagen losschickten, sagt Miklós Krausz. Wenn sie Blanko-Schutzbriefe mitnähmen, könnten sie sie an der Grenze gleich an die ausgeben, die am schlimmsten dran seien, dazu seien ja die Herren Offiziere da.

Die Herren Offiziere sind zu zweit. Ein schlanker blonder Artilleriehauptmann und ein untersetzter Infanterieleutnant. Sie gehören zur Widerstandsgruppe der Offiziere. Neben dem Hauptmann eine hochgewachsene, schöne blonde Frau um die vierzig. Sie hängt sich bei ihm ein. Frau Lutz beobachtet sie mit Interesse. Sie fragt: Was nimmst du für ein Haarfärbemittel, meine Liebe, was ist deine Originalfarbe? Braun, sagt die Frau, dunkelbraun. Frau Lutz schenkt ihr und den beiden Offizieren Cognac ein. Die blonde Frau stürzt ihn hinunter, bleibt aber beim Hauptmann eingehängt.

Lutz schien zunächst ratlos, gab aber dann rasch Anweisungen, würde die blonde Frau später zu meiner Mutter sagen. Gizi konnte nicht schlüssig erzählen, was passiert war, wird meine Mutter zu mir sagen. Beide überlassen mir den Versuch, die in der Zeit schwebenden, auf Zettel geschriebenen Satzbruchstücke und Worte zusammenzusetzen, das Nicht-Wiederherstellbare wiederherzustellen. Wie zum Beispiel, dass Gizi nicht so sehr auf die Gesichter geachtet hatte – obwohl sie sich an die Worte von Frau Lutz über ihre Haarfarbe erinnerte und auch daran, Hennessy getrunken zu haben –, sondern sich vor allem daran erinnerte, dass Károly eine Stunde zuvor wegen eines Befehls von seinem Burschen geweckt wurde: Er solle sofort zum Schweizer Konsulat kommen.

Aber fünf Minuten wirst du noch haben, sagt Gizi im Bett. Sie lieben sich noch fünf Minuten lang. Gizi erzählte mir auch dies, sagt meine Mutter, Gizi erzählte mir sogar, dass sie keine Zeit mehr zum Duschen hatten, im Hauseingang wartete bereits Károlys Offizierskamerad, der Infanterieleutnant, mit dem Wagen auf sie.

Gizi ist die Tante meiner Mutter. Sie ist nur zwei Jahre älter. 1944 ist sie dreiundvierzig Jahre alt.

Sonst hatte Károly immer die Form gewahrt, diesmal erlaubte er mir sogar, mich bei Lutz einzuhängen. Die Frau war ohne Hemmungen, man sah ihr an, dass sie sich gern in Károlys Bett gelegt hätte. Vielleicht gab sie mir auch deshalb zu trinken, um mein Einverständnis zu erlangen.

Lutz' Hand zitterte, aber er gab sogleich Anweisungen. Wir wussten, dass er die Konsulatsarbeit längst beherrschte, er hatte in Amerika gearbeitet, in Palästina für die Engländer, er gab seine Anweisungen automatisch. Wir haben auch automatisch … alles … Wenn wir es nicht so gemacht hätten, hätten wir uns nicht einmal auf die Straße gewagt. Ich vergesse auch nicht, dass mich Lutz sehr lange angesehen hat. Er fragte sich wohl, was ich hier zu suchen hätte – vielleicht hielt er mich für eine Spionin.

Lutz gibt Anweisung, dass der andere Botschaftswagen vorfahren solle. Der Infanterieleutnant meldet, dass auch sein Wagen zur Verfügung stehe. Der Hauptmann sagt, dass sie beide sowie die Dame in ihrer Gesellschaft, deren Rotkreuz-Armbinde Lutz erst jetzt bemerkt, bereit zum Aufbruch seien. Er sagt, dass sie mit den Chalutzim in Verbindung stünden, die auch an der Rettung teilnähmen, sie verfügten über Wagen, die als Rotkreuz-Krankenwagen getarnt seien. Frau Lutz wendet sich an Gizi: Wird das nicht zu gefährlich für dich, meine Liebe? Gizi sagt, sie habe diesen Weg schon einmal zurückgelegt, sie suche ihre kleine Schwester, die sich in einer der Marschkolonnen aus der Ziegelei befinde.

Miklós Krausz flüstert Lutz etwas zu. Lutz telefoniert. Er verlangt, dass von den Leuten, die sich in der Synagoge in der Dohány-Straße befinden, die unter Sechzehnjährigen vom Roten Kreuz übernommen werden.

Im Morgengrauen fahren zwei Wagen aus der Vadász-Straße los. Gizi sitzt im zweiten, zwischen den beiden Offizieren hinten im Fond.

Lutz weiß nicht, dass die ungarischen Sanitäter an diesem Morgen das Protokoll der ersten Tatortbesichtigung in ihr Ereignisbuch eintragen, nachdem eine Gruppe von Menschen zum Donauufer geschleppt und von Gewehrsalven niedergestreckt worden ist. Er weiß nicht, dass der Abgeordnete Károly Maróthy in seiner Rede mittags im Parlament betont, dass man mit den Sterbenden auf der Wiener Landstraße etwas machen solle, damit sie nicht Tag und Nacht so laut im Straßengraben stöhnten. Er sagt, man solle die Juden lieber exekutieren, man dürfe aber auf keinen Fall zulassen, dass sie Mitleid erregten.

Auf den Stufen zur Bundeslade sitzt ein alter Mann. Er verhüllt den Kopf mit einem Gebetstuch. Er erinnert mich an meinen Großvater, wie er in der Wohnung in der Rákóczi-Straße am Tischende saß. Es ist Seder-Abend, aber er trägt kein Gebetstuch, ich höre von meiner Mutter, dass er es nur an Samstagen, beim Gottesdienst, anlegte.

Etwa ein Dutzend Leute sitzen am großen ovalen Tisch, ich zwischen Vater und Mutter, meinem Großvater gegenüber. Auf der üppig gedeckten Tafel stehen volle Schüsseln mit den rituell vorgeschriebenen Speisen.

Erinnerst du dich, wird Gizi meine Mutter fragen, wird meine Mutter mir später erzählen, meine kleine Schwester strich ihr langes Haar immer mit der rechten Hand nach hinten, hinter das Ohr, auf die Schulter? So hob sie ihr Glas, und weißt du noch, wenn sie einen Schluck Wein getrunken hatte, bekam sie gleich glänzende Augen? Sie küsste mich auf die Wange, wie damals, als meine Mutter noch lebte und es ihre größte Freude war zu sehen, wie sich ihre große und ihre kleine Tochter küssten – wir waren sechzehn Jahre auseinander. Ich erinnere mich, sagt meine Mutter zu mir. Sie fragt, ob ich mich an jene Seder-Abende erinnere, damals sei ich sechs oder sieben Jahre alt gewesen. Ja, werde ich meiner Mutter antworten, ich erinnere mich an die vollen Schüsseln, an die große Gesellschaft am Tisch. Nicht an Bözsikes Gesicht, aber an ihre Handbewegung, als sei es etwas von ihrem Körper Losgelöstes gewesen. Das sage ich meiner Mutter nicht, sehe aber wie auf einem sich ständig wiederholenden Film die Wellen ihres Haares, das Spiel ihrer Finger, die Bewegung ihres leicht zurückgeworfenen Kopfes. Ich habe nur einen einzigen Schluck Wein getrunken, da wurde mir schon schwindelig. Meine Mutter bringt mich ins Schlafzimmer der Großeltern, ich gehe an Bözsike vorbei, bekomme einen Kuss auf die Wange, spüre den Duft ihres Parfums – das fällt mir später ein, ich erzähle es meiner Mutter. Es beruhigt sie, wenn sie mit jemandem über Gizi und Bözsike sprechen kann. Ich erfahre auch, dass Gizis Vater, als er hörte, wer um die Hand seiner Tochter anhielt, sagte, ein Offizier käme gar nicht in Frage, schon gar kein jüdischer Offizier, das sei keine sichere Existenz in diesen Zeiten. Gizis Vater ließ das in der Bibliothek verlauten. Ich erfahre, dass Józsi trotzdem die Oberleutnantsuniform aus Kammgarn anlegte, sich den kleinen Silbernen und das Karl-Truppen-Kreuz ansteckte, seine Lackstiefel polieren ließ und trotz allem bei ihm erschien.

Bevor ihn das Dienstmädchen bei Vater melden konnte, erzählte Gizi meiner Mutter seinerzeit, als Gizi zweiundzwanzig war und meine Mutter zwanzig, bevor sie melden konnte, dass der Herr Oberleutnant da sei, ging ich zu Vater hinein, um ihn zu bitten. Er sah gar nicht auf, saß in seinem großen Ledersessel und las. Er hatte seinen tabakfarbenen Seidenmorgenrock an, nicht einmal ein Sakko, so wollte er mir zu verstehen geben, dass Józsi für ihn eine Null sei, Schlusspass, eine Null! Ich weiß nicht, von wem Gizi dieses »Schlusspass« hatte, warf meine Mutter ein.

Die Tür ging auf, Józsi trat ein und trat vor meinen Vater, wie zu einer Audienz, erzählte Gizi meiner Mutter. Józsi war damals vierunddreißig Jahre alt. Gizi konnte sich kaum das Lachen verkneifen, als sie Józsis Auftritt beschrieb, wird meine Mutter sagen. Ihr Vater, Onkel Zsiga, blickte zuerst nicht einmal auf, stand aber dann doch auf und Józsi dachte schon, dass er jetzt endlich etwas sagen dürfe, aber der Vater ging nur zum Schreibtisch und notierte etwas. Er setzte sich nicht einmal, erzählte Gizi. Der Vater schrieb immer Sätze, die kein anderer lesen konnte, die er aber später bei seinen Vorlesungen an der Uni benutzte. Er notierte einfach, Schlusspass, mindestens zwei Minuten lang, und der Józsi stand die ganze Zeit in Habachtstellung vor dem Schreibtisch. Endlich legte der Vater den Bleistift weg, stützte sich mit beiden Händen auf den Tisch, wie es seine Art war, beugte sich ein wenig nach vorn, und stell dir vor, er sah nicht den Józsi an, sondern seine zwei Verdienstorden, grüßte den Józsi auch gar nicht, obwohl der Józsi »Schönen guten Tag, Herr Professor« gesagt hatte. Das hat er schon in der Früh geübt, erzählte er mir später, sagt Gizi zu meiner Mutter. Als sie es mir weitererzählte, kicherte Mutter wie eine Zwanzigjährige. Gizi sagte, dass ihr Vater, als er endlich sprach, mit dem Finger gegen Józsis Jacke stieß und sagte: Karl-Truppen-Kreuz, nicht wahr? Józsi antwortete sofort: und das daneben sei der kleine Silberne, der Vater unterbrach, ihn interessiere nur das Karl-Truppen-Kreuz, er wusste, wer das bekam, der hatte einen ganz schön heftigen Frontdienst hinter sich.

Dann sah er den Józsi lange an, nicht mehr das Karl-Truppen-Kreuz, sondern ihn selbst, wie er vor ihm stand, so fesch mit seinem umwerfenden kleinen Bärtchen, mit seiner Brillantine im Haar. Er sagte: Schauen Sie, Herr Oberleutnant, ich weiß, dass meine Tochter Sie liebt, ich bin nicht glücklich über diese Heirat, ich habe ernste Bedenken bezüglich Ihrer Karriere, aber meine Tochter liebt Sie! Er winkte ab, trat zum Barschrank, nahm den französischen Cognac heraus und schenkte ein, nur dem Józsi und sich, mir nicht, und stieß mit dem Józsi an. Und der Józsi, der, seitdem er eingetreten war und »Schönen guten Tag Herr Professor« gesagt hatte und dass »das daneben der kleine Silberne« sei, kein Wort mehr herausgebracht hatte, stand weiter in Habachtstellung vor meinem Vater! Schlusspass, so war das mit dem Heiratsantrag, erzählte Gizi meiner Mutter.

Dann kam der Hustenanfall. Józsi konnte ihn nicht unterdrücken.

Gizis Vater hatte schon davon gehört, dass Józsi an der Front einen Lungenschuss abbekommen hatte, aber vollständig genesen sei, jeder Arzt habe das bestätigt. Gizi hatte ihre Mutter angefleht, Gizis Mutter hatte Gizis Vater angefleht, sagte meine Mutter.

Zehn Jahre später, im Jahr von Hitlers Machtergreifung, wurde Józsi vom Führungsstab nahegelegt, um seine Entlassung zu

bitten – er solle sich auf seinen verschlechterten Gesundheitszustand berufen. Ein Hauptmann meinte so nebenbei: Weißt
du, Alter, die Juden mag man dort oben sowieso nicht.

József forderte den Offizier zum Duell, erzählte meine Mutter, er bat zwei junge Kadetten, seine Sekundanten zu sein. Sie
erschienen zur festgesetzten Stunde am festgesetzten Ort auf
einer Lichtung im Kamara-Wald. Gizi wusste von nichts. Der
Hauptmann kam aber nicht. Er ließ durch seinen Burschen
ausrichten, dass er sich mit Juden nicht duelliere. József erzählte
später, dass sich der Gefreite vor ihm aufpflanzte, salutierte
und sagte: Melde gehorsamst, Herr Oberleutnant, Sie möchten
nicht warten, der Herr Hauptmann lässt ausrichten, wenn Sie
ein Jude zu sein belieben, dann duelliert er sich nicht.

József bekommt einen Hustenanfall, wird ins Krankenhaus
gebracht, und als er herauskommt, bittet er mit Hinweis auf
seinen Gesundheitszustand um seine Pensionierung.

An jenem Seder-Abend sah ich ihn zum letzten Mal. Gleich
als er sich zu Tisch setzte, goss er sich ein Glas Wein ein. Als
mein Großvater den ersten rituellen Schluck nahm, war er
schon beim dritten Glas, wollte alle Frauen abküssen, auch
seine Schwägerin Bözsike.

Neben meiner Knopfarmee und meinen Zinnsoldaten habe
ich lange auch das Karl-Truppen-Kreuz aufbewahrt. Ich habe
gesehen, dass es dir gefällt, sagte Gizi einige Wochen nach Józsis
Beerdigung, du sollst es haben.

Schwarz steht Gizi gut, sagt meine Mutter zu meinem Vater.

Im Sommer 1944, wir wohnen schon bei den Róberts in
einem mit dem Stern gekennzeichneten Haus in der Amerika-Straße 78, klingeln Gizi und Bözsike. Um Gottes willen,
sagt meine Mutter, weil sie keinen gelben Stern tragen, habt ihr
keine Angst, dass ihr kontrolliert werdet? Wir verschwinden,
sagt Gizi, wir wollten uns nur verabschieden, der Karcsi sorgt
für uns. Der Karcsi ist Oberleutnant der Artillerie. Er kommt
nicht mit den beiden herein, spaziert unten auf der Straße

herum. Er war einer der beiden Sekundanten beim Duell, sagt meine Mutter, als Gizi und Bözsike schon weg sind. Blond steht ihnen gut, meinst du nicht auch, fragt sie meinen Vater. Vater antwortet nicht.

Am 12. November ist auch Károly in der Wohnung des Generals Vilmos Tartsay, wo der militärische Flügel des nationalen Widerstandskomitees gegründet wird. Eine Woche darauf wartet Gizi in der gemeinsamen Wohnung in Óbuda auf ihn. Sie hat keine Nachricht von Bözsike, macht sich Sorgen, bittet ihn, sie nach Zugló zu begleiten, man müsse das Kind suchen, sagt sie, Gizi bezeichnet ihre sechsundzwanzigjährige Schwester immer noch so. Der Oberleutnant besorgt sich ein Auto von einem Offizierskollegen. In der Gyarmat-Straße finden sie Bözsi nicht. Der Bekannte, bei dem sie mit falschen Papieren gewohnt hatte, sagt, dass der Hauswart Bözsike denunziert habe. Zwei Pfeilkreuzler hätten sie abgeholt und zum KISOK-Platz am Königin-Erzsébet-Platz gebracht. Ich habe gehört, sagt Bözsis Vermieter, dass von dort alle in die Ziegelei Óbuda kommen.

An diesem Nachmittag sieht Gizi zum ersten Mal Carl Lutz in der Ziegelei. Sie erfährt, dass die Gruppe, in der Bözsi war, bereits nach Hegyeshalom losgeschickt worden war.

Von diesen Marschkolonnen liest Carl Lutz drei Tage später im Bericht des Polizeihauptmanns Batizfalvy: »*Die Richtung ist Pilisvörösvár, Dorog, Süttö, Szöny, Gönyü, Mosonmagyaróvár. 10 000 Juden wurden den Deutschen bereits an der Grenze übergeben, zur Zeit marschieren ca. 13 000 auf der Landstraße. Von denjenigen, die aus der Ziegelei losgeschickt wurden, verschwanden etwa 10 000. Zum Teil starben sie, weil sie den Weg nicht schafften, zum Teil wurden sie erschossen, einige Hundert sind geflohen. In Gönyü ankern Todesschiffe, auf ihnen liegen Hunderte mit der Ruhr, die Schleppkähne werden von Gendarmen bewacht.*«

Der Gesandte Veesenmayer teilt Berlin mit, dass man sich

laut Eichmanns Bericht auf die Übergabe von weiteren 40 000 Juden vorbereiten müsse.

SS-Obergruppenführer Hans Jüttner, General der Waffen-SS, meldet am selben Tag, dass er zur Inspektion der in den Gebieten um Ungarn kämpfenden SS-Einheiten aufbreche und sich im Zuge dessen in Wien mit Obersturmbannführer Kurt Becher treffen wolle. Er schenkt Bechers Meldung über den Zustand der Marschierenden keinen Glauben, will sich deshalb auf dem Weg nach Budapest selbst überzeugen. Auf halbem Weg trifft er auf die Marschkolonnen. Er sieht, dass die Begleiter ungarische Soldaten und Pfeilkreuzler sind. Er sieht die Toten, die den Weg säumen. Er kehrt nach Wien zurück und meldet Kurt Becher, dass er nun doch glaube, was er von ihm gehört hatte, und dass er beim Leiter der Budapester Polizei-SS, Otto Winkelmann, sofort Protest einlegen werde.

Hans Jüttner kommt nicht in Budapest an, man schickt ihn woandershin.

Am selben Tag gibt Szálasis Verteidigungsminister Károly Beregfy eine Anordnung heraus, in der er den Gruppenkommandanten die Befugnis zu Hinrichtungen sowie zu Dezimierungen erteilt:

»Befehlshaber, die mit den ihnen zur Verfügung stehenden Mitteln nicht fähig sind, Recht und Disziplin aufrechtzuerhalten, sind zum Befehlen nicht geeignet, dementsprechend muss mit ihnen verfahren werden. Den Angehörigen von Deserteuren ist jede Kriegshilfe zu entziehen.«

Die schwedische Botschaft in Budapest berichtet in einem offiziellen Schreiben, dass die in Hegyeshalom ankommenden Überlebenden von Hauptmann Péterfy übernommen würden. Seine nächsten Mitarbeiter, Hauptmann Kalotay und Csepelka, brächten die Überlebenden vor ihrer Übergabe an die Deutschen in Scheunen unter, wo das Stroh dreckig und verseucht sei, eine Ruhr-Epidemie gehe um.

Der alte Opel Kadett rollt über die Landstraße.

Vor Gönyü erreichen sie die erste Kolonne.

Der Wagen fährt langsam an den Marschierenden vorbei. Gizi schaut in jedes Gesicht. Steigt aus. Sieht sich die Toten im Straßengraben an. Sie findet Bözsike weder unter den Lebenden noch unter den Toten. 15 bis 20 Kilometer liegen zwischen den Gruppen. Immer wenn sie bei der nächsten Gruppe ankommen, steigt Gizi aus, sieht in die Augen der Sterbenden am Wegesrand, in die Gesichter der Toten. Nach der dritten Gruppe lässt Károly sie nicht mehr allein aussteigen. Er muss sich beim Befehlshaber jeder Gruppe melden. Er zeigt einen der Befehle, die Batizfalvy unausgefüllt an Lutz übergeben hatte, Károlys Name und Offiziersrang wurden mit Schreibmaschine darin eingetragen.

Bei Abda nähert sich von Wien her ein deutscher Wagen. Die zwei Fahrzeuge können nicht aneinander vorbei, da die Kolonne zwischen ihnen vorbeizieht. Sie müssen halten. Obersturmbannführer Kurt Becher steigt aus. Károly steigt auch aus. Er salutiert, meldet dem General, dass er auf Kontrollfahrt sei und dem Hauptmann Péterfy eine Anweisung nach Hegyeshalom überbringe. Der General nickt, tritt zum Wagen.

Er sah mich lange an, sagt Gizi später zu meiner Mutter.

Der Offizier lächelt, fragt, wo die Damen untergebracht seien. Er benutzt die Mehrzahl, sieht aber nur eine von ihnen an, die große Blonde. Gizi lächelt zurück. Mit der Rechten streift sie sich die Ecke ihres Kopftuchs aus dem Gesicht.

Bei Abda hängen Paprika- und Knoblauchgirlanden vor den Geschäften an der Landstraße. Glasierte Teller. Kannen. Gewebte Decken. Von Wien aus kommen Fords, Audis, Mazdas, Opel. Touristen steigen aus. Kaufen ein. Trinken Bier.

Hätten sie doch nur einen einzigen Stall stehen gelassen. Ein einziges Lagerhaus. Wenn dort wenigstens ein neues Gebäude mit Plastikwänden stünde, worin sich die bestürzten Gesichter in den vorbeifahrenden Autos spiegeln könnten. Wenn man doch auch in den Innenraum sehen könnte, komponierte

Haufen von Requisiten, nicht etwa zerrissene Decken, aufgeweichte Rucksäcke, Schuhe mit aufgelösten Sohlen, Kleiderfetzen, sondern Jeans, Jacken mit Reißverschlüssen, bunte T-Shirts, Diplomatenkoffer, Adidas-Reisetaschen – und dazwischen blutige Strohballen, ein paar hingeworfene menschliche Gliedmaßen aus Kunststoff, wie auf Picassos ›Guernica‹, sodass zufällige Betrachter in den vorbeifahrenden Autos schnell den Blick abwenden müssten.

An der Grenzstation hält der Opel Kadett vor dem Büro des Befehlshabers. Károly überreicht General Péterfy den Befehl und eine Liste mit fünfundzwanzig Namen von Personen, die er nach Budapest bringen müsse. General Péterfy stellt fest, dass Unterschrift und Stempel echt seien.

Drei Krankenwagen fahren vor, parken hinter dem Opel Kadett.

Gizi geht mit Károly. Sie betreten den ersten Stall.

Aus den drei Rettungswagen steigen drei junge Männer in weißen Kitteln. Sie gehören zur Widerstandsgruppe der zionistischen Chalutzim.

Im Stall liegen mehrere Hundert Leute. Gizi ruft Bözsis Namen.

Die Chalutzim haben die Anweisung erhalten, sich nicht um die Namenslisten zu kümmern, sondern jene Menschen in die Krankenwagen zu tragen, die sich in besonders schlimmem Zustand befänden.

Gizi ruft schon im zweiten Stall Bözsis Namen.

Sie geht in den dritten Stall.

Hört ihren Namen.

Kein Rufen, ein Flüstern.

Mein Gott, Rózsika!

Gizi … Gizi …, flüstert meine Mutter.

Gleich … sofort … gleich … wartet …

Gizi, Gizi … die Róberts sind auch hier …

Die Jungs in den weißen Kitteln kommen mit vier Tragen.

Die Krankenwagen sind auf dem Weg nach Budapest. Vor ihnen der Opel Kadett. Gizi sitzt in dem Wagen, in dem meine Mutter und mein Vater liegen, insgesamt sind sie zu zehnt auf sechs Plätzen. Sie hält die Hand meiner Mutter. Meine Mutter hält die Hand meines Vaters. Kann sein, dass Bözsike schon an der Grenze übergeben wurde, aber ich hoffe, dass sie unterwegs geflohen ist, sagt Gizi, mein Gott, sie hat sicher schon Läuse im Haar. Mein Vater ist nicht bei sich. Einmal blickt er auf, sagt, wir werden arbeiten, meine Liebe, auch in Deutschland.

Wir lagen in Gönyü auf dem Schleppkahn, wird meine Mutter später sagen, ganz nahe am Wasser. Plötzlich spüre ich, dass dein Vater auf den nassen Planken wegrutscht, ich greife nach ihm, bekomme ihn aber nicht mehr zu fassen – aber das habe ich schon im Krankenwagen geträumt, sagt meine Mutter zum wer-weiß-wie-vielten Mal. Wir sitzen vor dem Fernseher, Zsuzsa Koncz singt, wirft den Kopf in den Nacken, streicht ihr Haar mit jener wohlbekannten Geste aus der Stirn. Mein Gott, sagt meine Mutter mit Tränen in den Augen, aber sie sagt es nicht mehr deswegen, weil diese Handbewegung sie an etwas erinnert, sondern weil sie schon vergessen hatte, was ihr zu dieser Handbewegung jetzt wieder einfällt.

Drei Tage später werden die Anführer des militärischen Widerstandes verhaftet. Am nächsten Tag erfuhr ich, sagt Gizi später zu meiner Mutter, dass, als die Generäle ins Gefängnis gebracht wurden, Károly von einem Pfeilkreuzler in den Hinterkopf geschossen wurde, weil er zu fliehen versuchte.

Es ist Morgen.

Wir stehen auf dem Hof des Tempels in der Dohány-Straße. Appell. Ein Feldwebel mit Pfeilkreuzler-Armbinde erteilt Befehle. Zwei Männer mit Rotkreuz-Armbinden stehen hinter ihm.

Wir marschieren wieder.

3

Unsere Kolonne wird über den Hof des Tempels in der Dohány-Straße getrieben.

Ich weiß nicht, dass meine Großmutter, die ich zum letzten Mal auf dem Bettrand sitzend sah, mit den Füßen ihre Pantoffeln suchend, im Keller eines Hauses im Ghetto ist, einige Hundert Meter von hier. Ich kann auch nicht wissen, dass sie einmal unter dem wenige Zentimeter hohen Erdhügel liegen wird, unter dem zehn Leichname begraben wurden und auf dem ich jetzt die Spuren meiner Füße hinterlasse. Ich erfahre es erst, als sich meine Mutter sechs Wochen später fest an mich geklammert über den Hügel beugt und von einem Pappschild, das an einem Stück Holz befestigt ist, den Namen abliest. Ungefähr fünfzig ähnliche Hügel wird es auf dem Hof des Tempels geben. Inmitten einer Gruppe von etwa dreißig Personen werden wir mindestens dreihundert Namen gelesen haben, bis wir den Namen meiner Großmutter finden. Ich schaue mich nicht um, weil bei den Arkaden, an denen ich jetzt mit Veras Hand in meiner in der Kolonne vorbeigehe, zu Eis gefrorene Leichen aufeinandergestapelt liegen.

Die Brille meiner Mutter ist noch auf der Landstraße zerbrochen. Sie muss sich tief bücken, um die Namen zu lesen. Sie trägt Schnürstiefel. Schleppt sich schwer vorwärts im Schlamm.

Wir sind etwa dreißig, der Zug biegt in die Kaiser-Vilmos-Straße ein. Der Feldwebel mit der Pfeilkreuzler-Armbinde gibt Befehle. Manchmal müssen wir laufen.

Früh am Morgen. Aber es ist wie Nacht.

Wir verlassen die Andrássy-Straße.

Ich kenne diese Straßen nicht. Als wären wir in einem Tunnel, in der Kanalisation. Seitlich blitzt etwas auf. Am Fenster im Erdgeschoss eines Hauses zieht jemand den Vorhang weg. Ein kleiner Junge. Sieben oder acht Jahre alt. Sein Gesicht ist das eines alten Mannes. Runzelig. Er sieht nicht uns an, er beobachtet den Feldwebel an der Spitze des Zuges. Auch im nächsten Zimmer zieht eine Hand den Vorhang beiseite. Jetzt schaut der kleine Junge von dort aus nach draußen. Als ginge er mit uns, blickt er uns auch aus dem dritten Fenster nach.

Achtundfünfzig Jahre später gehe ich vom Tempel in der Dohány-Straße aus die Route von damals entlang. Ich erkenne das Haus in der Vadász-Straße, wo ich den kleinen Jungen sah. Die Fenster im Erdgeschoss sind auch jetzt verhängt. Vielleicht wohnt ein alter Mann dort. Mit seinen Kindern. Vielleicht seine Kinder mit seinen Enkelkindern.

Links die alte Markthalle.

Ich kenne diese Straßen nicht.

Ich kenne die Straßen von Zugló. Kenne auch den Baross-Platz mit der Einmündung in die Rákóczi-Straße, dort wohnt meine Großmutter, von der ich nichts weiß, während der Zug die Vadász-Straße erreicht. Die Andrássy-Straße kenne ich. Gizi wohnt an der Ecke Laudon-Straße. Sechs Jahre früher haben wir von einem Fenster im zweiten Stock aus der langen Prozession von Gästen des Eucharistie-Kongresses zugesehen, die zum Heldenplatz marschieren. Józsi trinkt Schnaps, Bözsike bringt den Kindern Limonade, ich staune über die kardinalrote, purpur- und goldfarbene Parade.

In der Vadász-Straße bin ich noch nie gewesen, mein Rucksack ist jetzt leichter als noch vor wenigen Tagen. Die Konserven sind aus. Den Reservepullover habe ich an. Veras kleiner Koffer wiegt fast nichts. Die schmutzige Wäsche hat sie weggeworfen.

Laut Stadtplan aus dem Jahr 1943 war der heutige Podmaniczky-Platz, wo jetzt der Eingang zur Metro ist, zugebaut.

Der Zug muss bei der Arany-János-Straße nach links abgebogen sein, die erste Straße rechts ist die Vadász-Straße.

Ich bleibe nicht an der Metrostation stehen. Ich gehe am Burger King an der Ecke vorbei, im nächsten Haus ist die chemische Reinigung Crystal, dann kommt der Vadász-John-Bull-Pub.

Ich gehe hinein. Setze mich nicht. Bestelle kein Bier.

Carl Lutz gibt am 22. November die Anweisung, dass jedem, der sich im ›Glashaus‹ genannten Geschäftsgebäude des Glas- und Spiegelgroßhändlers Arthur Weisz in der Vadász-Straße meldet, ein Schutzbrief ausgestellt werden solle.

Nummer 29. Der John-Bull-Pub befindet sich genau davor. Ich trinke jetzt doch ein Glas Bier.

Mehrere Hundert Leute verstellen unserem Zug den Weg. Zwei Männer mit Rotkreuz-Armbinden erklären, dass wir warten müssten.

Da für die riesige Rettungsaktion nicht genug Schutzbriefe vorhanden waren, mussten in der Budapest-Druckerei heimlich weitere gedruckt werden, wird sich Lutz später erinnern. Damit überschreitet er die ihm von Bern zugestandenen Befugnisse.

Hilfe aus Bern zu erwarten sei aussichtslos gewesen, schreibt er, sie seien schon ganz zu Anfang telegrafisch ermahnt worden, dass Flüchtlingen in den Räumen der Botschaft auf keinen Fall Schutz gewährt werden dürfe. Inzwischen sind bereits einige Hundert Juden in das ›Glashaus‹ gelangt, man konnte sie nicht zwingen, das Gebäude wieder zu verlassen, weil die Pfeilkreuzler jede Person, die einen gelben Stern trug, aufgriffen, zur Donau trieben und exekutierten.

Der Feldwebel meldet einem Pfeilkreuzler-Offizier, dass er mit unserer Gruppe angekommen sei.

Madó kämpft sich in der Menge nach vorne. Diktiert einem

Mann, der am Tor die Daten aufnimmt, unsere Namen. Jemand sagt, dass drinnen fünfzig Schreibkräfte arbeiteten, sie stellten Schweizer Schutzbriefe aus. Im Fenster des benachbarten Hauses neugierige Gesichter. Ein Mann macht Aufnahmen. Einige Menschen bedecken ihre Gesichter. Andere blicken zu ihm hinaus, als sei es ihnen wichtig, auf den Bildern zu erscheinen.

Achtundfünfzig Jahre später entdecke ich einige Kinder auf Fotos, die in verschiedenen Büchern veröffentlicht wurden. Wäre ich eines von ihnen, würde ich mich dann wiedererkennen? Neben den Bildunterschriften steht: ETH/Archiv für Zeitgeschichte. Die meisten Männer auf den Fotos tragen weiche Hüte. Die Frauen tragen weder Hut noch Kopftuch.

Vera wurde fortgedrängt, ich beobachte den fotografierenden Mann nicht länger, versuche sie zu finden.

Im Tor nehmen drei Leute die Daten auf. Sie geben sie sofort weiter. Manchmal kann man für einen Moment in den Hof sehen. Das äußere Glasdach setzt sich hinter dem Eingang fort. Ein Mann mit Schildmütze bringt die fertigen Schutzbriefe. Liest die Namen vor. Die vielen Hundert Leute verstummen. Sie geben die Namen weiter. Sie lassen die Aufgerufenen durch. Jemand erklärt, dass es gut wäre, ins Haus zu gelangen und dortzubleiben. Ein anderer sagt, es seien schon Tausende drin, auch auf dem Dachboden und im Keller.

Das äußere Glasdach ist nicht mehr da. Innen sieht man noch die alten Trägerbalken. Eine Frau kommt durch das Tor. Sie öffnet es, um mit ihrem Opel aus dem Hof hinauszufahren. Ich frage sie, ob sie hier wohne. Nein, mit Erlaubnis des Hausmeisters parke sie tagsüber hier, sie wisse nicht einmal, ob das Haus bewohnt sei, in der Ecke sei eine Werkstatt, dort solle ich fragen.

Die Frau ist um die dreißig. Halblange Pelzjacke, bunter Seidenschal. Sie ist blond, trägt eine randlose Brille. Ihr Mund ist frisch geschminkt. Mir ist, als sähe ich Mitleid in ihrem Blick, während sie mich mustert. Sie richtet die Fernbedienung auf den Wagen, der jaulend antwortet. Würden Sie das Tor hinter mir zumachen, fragt sie, ich bin spät dran, ich muss zum Kindergarten meiner Tochter rasen, mein Gott, diese ständige Hetze. Ich sehe kein Mitleid mehr in ihrem Blick. Sondern Ohnmacht. Vielleicht galt auch das Mitleid nicht mir. Vielleicht nur ihr selbst. Trotzdem, wenn sie es eilig hat, warum schaut sie mich so lange an? Sie ruft: Machen Sie das Tor nun zu oder nicht?

Der Mann mit der Schildmütze, der im Tor steht, sagt, sie könnten keine weiteren Schutzbriefe ausgeben, diejenigen, deren Daten aufgenommen wurden, sollten morgen früh um acht wiederkommen.

Es ist schon nach vier, mit einem Stern kann man nicht mehr auf die Straße gehen, brüllt ein Junge neben mir. Jeder strebt zum Tor. Ich umarme Vera, halte Madós Hand. Die Menge spült mich in den Hof. Hinter uns wird das Tor zugesperrt. Ich nenne dem Mann auf der Treppe einen Namen. Er fiel mir gerade ein, mein Vater hatte ihn mir von der Marschkolonne aus zugerufen. Der Mann fragt, woher ich den Namen kenne. Ein Freund meines Vaters, sage ich. Der Mann fragt, wer mein Vater sei und wo. Ich sage ihm, wer er ist, sage ihm, dass unsere Eltern vor fünf Tagen aus der Ziegelei weggebracht wurden. Ich spreche in der Mehrzahl, der Mann schaut Vera und Madó an. Vera zittert. Madós Brille ist zerbrochen.

Na, dann geht mal hinauf. Erster Stock links, zweite Tür.

Abteilung Schutzbriefe.

Schild an der Tür: Dr. E. Beregi, Dr. M. Blei, D. Friedmann, V. Geiger, Dr. E. Gellért.

Die Namen finde ich achtundfünfzig Jahre später in einem Archiv. Auch, dass hier neunzehn Abteilungen gearbeitet haben.

Wir gehen an der ersten Tür vorbei.

Schild: Abteilung Verbindungen.

In der Dokumentation lese ich: Verbindungen zu neutralen

Botschaften, Rotkreuz-Organisationen, Untergrundorganisationen, Parteien, Kinderheimen.

Wir öffnen die zweite Tür. Zwanzig bis fünfundzwanzig Leute warten vor vier Tischen. Antike Möbel, Kommoden, Sessel. Ältere und jüngere Frauen in weißen Blusen. Sie tippen auf Remington-Schreibmaschinen. Die kenne ich, auf so einer habe ich in der Werkstatt meines Vaters Maschineschreiben gelernt. Ein Mann mit schütterem Haar sucht lange in den Listen. Findet unsere Namen nicht. Sagt, sie könnten uns am nächsten Morgen Schutzbriefe geben, jetzt hätten sie nur noch so viele, wie Namen auf den Listen stehen, wir sollten uns so lange einen Platz suchen, auf dem Dachboden oder in der Garage.

Madó kann sich nicht erinnern, wer von uns – nachdem wir auf dem Dachboden und in der Garage nicht einmal so viel Platz fanden, dass wir uns hätten hinsetzen können – gesagt hat, dass wir nicht hierbleiben würden. Wieder ziehe ich Vera an der Hand hinter mir her. Im schlammigen Hof rutscht sie aus. Weint. Ich bin voll mit Scheiße, ruft sie. So etwas habe ich sie noch nie sagen hören. Ich wische ihren Mantel mit meinem Taschentuch ab.

Also schließen Sie jetzt das Tor oder nicht, fragt die Frau in der Pelzjacke.

Vielleicht, antworte ich, vielleicht auch nicht. Sie neigt sich zu mir. Sie benutzt Givenchy. Sieht mich forschend an. Etwas scheint ihr jetzt trotz der drängenden Zeit doch wichtiger zu sein. Wenn ich nur wüsste, was es ist, könnte ich, das fühle ich jetzt, zu grundlegenden Erkenntnissen gelangen. Über ihrem rechten Auge ist eine kleine Warze. Sie streicht sich übers Kinn, ihre Fingernägel sind silbern lackiert. Sie geht zum Tor. Nimmt die zwei vollgestopften Einkaufstaschen. Aus der einen ragt ein Blumenkohl heraus, aus der anderen ein Hefezopf und Brote, sie wirft beide auf den Rücksitz. Alles Arschlöcher, murmelt sie vor sich hin. Lässt den Motor an. Die Reifen quietschen,

als sie hinausfährt, sie hält nicht an, steigt nicht aus, macht das
Tor nicht zu.

Ich betrachte die alten Fotos mit der Lupe. Entdecke einen
Jungen mit Studentenmütze. Er ist in meinem Alter. Trägt eine
Brille. Steht an die Wand gedrückt in der Menge.

Vera und ich ziehen uns auch an die Wand zurück. Eine Frau
fragt, was wir im Haus gesehen hätten.

K., ein früherer Klassenkamerad, schreibt mir im Herbst
2003 aus Jerusalem: »*Es verbreitete sich die Nachricht, dass auch
die Bewohner der Kinderheime in die Ghettos umgesiedelt würden. Die Zionistische Bewegung beschloss, uns vier junge Leute
im ›Glashaus‹ in der Vadász-Straße in Sicherheit zu bringen.
Am Eingang gab es ein riesiges Gedränge. Sie wollten uns auf
keinen Fall hineinlassen. Nach längerer Diskussion wurde das
Tor endlich geöffnet. Der Anblick war unbeschreiblich. Massen
von Menschen überall. Uns wurde ein Platz auf dem Dachboden
zugewiesen. Ich entdeckte mehrere Bekannte. Sie saßen oder lagen
apathisch auf einer riesigen Pritsche. Löffelten irgendwelche Es-
sensreste aus Blechnäpfen. Ich fragte, wo man hier schlafen könne.
Hier, sagten sie. Toiletten gab es im ganzen Haus nur wenige. Man
gelangte nur nach langem Schlangestehen hin. Zusammen mit
den drei anderen Jungs beschlossen wir, nicht dazubleiben. Den
Wächtern sagten wir, dass wir einen Auftrag erhalten hätten. Sie
ließen uns hinaus.*«

Ich lege die Fotos mit dem Gedränge am Tor in einen Ordner.
Ich lege das Foto mit der Beschriftung »Die Entdeckung der
Leichen im Hof der Synagoge in der Dohány-Straße« dazu.
Man sieht darauf fünf ältere Männer mit Hüten. Sie gehen
zwischen den Gräbern umher. Tragen Rotkreuz-Armbinden.
Hinter ihnen ein sowjetischer Offizier und ein Polizist. An der
Seite mit Lumpen bedeckte Haufen. Ein Gewirr von Füßen
schaut daraus hervor.

Die Leute auf dem Bild waren vielleicht am selben Tag dort,

als meine Mutter und ich den Namen meiner Großmutter auf
einem der Gräber entdeckten. Vielleicht sind wir in ihre Fußstapfen getreten. Vielleicht sie in die unseren. Der Leichenhau-
fen auf dem Bild ähnelt dem, den wir gesehen haben.

Ich schließe das zweiflügelige Tor hinter dem Opel der Frau.
Verletze dabei meine Hand am Feststellhaken. Am Tor eine
Gedenktafel: »*Dies war das legendäre ›Glashaus‹. Wer hier
die Befreiung erlebte, bewahrt in Dankbarkeit das Andenken
an Arthur Weisz, den Helden und, seit dem 1. Januar 1945, den
Märtyrer der Errettung von Tausenden.*«

Ich lege die Dokumentation über den organisatorischen Auf-
bau des ›Glashauses‹ mit den Namen der Leiter, Sekretäre und
Vorsitzenden aller neunzehn Abteilungen in den Ordner. Einer
der vier Vorsitzenden ist Arthur Weisz.

Ich lege auch das Foto des Büros bei (Archiv des Museums für Neueste Geschichte), in dem ich gewesen bin. Erster
Stock links, zweite Tür. Auf dem Bild eine altdeutsche Kommode, eine Standuhr, geblümte Tapete. Vier Vasen. Rechts ein
Thonet-Tisch mit Lehnstuhl. Ein etwa fünfundvierzigjähriger
Mann in Anzug und Fliege liest in den Akten und diktiert der
neben ihm sitzenden jungen Dame – ungefähr zwanzig Jahre
alt, Kostüm und weiße Bluse, sie hält einen Füllfederhalter –
irgendetwas, vermutlich Daten. Eine andere Frau mit einem
Ausweis oder Meldeformular in der Hand, ihr offener Mund
und die Haltung ihres Oberkörpers deuten darauf hin, dass
sie ihrer Mitarbeiterin – weiße Bluse, sie sitzt an der Schreibmaschine – etwas diktiert. Man sieht noch eine Schreibkraft,
sie schreibt etwas von einem Blatt Papier ab, das neben ihr auf
dem Tisch liegt. Hinter ihr eine Fünfte, sie sitzt am Schreibtisch
und schreibt mit einem Füller.

Ich lege das Bild mit der Beschriftung »Hochzeit von Carl
Lutz und Gertrud Frankhauser« in den Ordner (ETH/Archiv
für Zeitgeschichte). Hinter ihnen ist ein weißes Gebäude zu
sehen. Sicher die Kapelle. Man kann nur einen Fenstersims

erkennen. Im Hintergrund Hochzeitsgäste. Die Sonne scheint. Lutz im schwarzen Anzug, man sieht seine weiße Fliege. Er hält den Hut in seiner Linken. Gertruds Kleid, ihre Perlenkette und ihr Schleier sind weiß, in ihrer rechten Hand hält sie den Brautstrauß.

Innerhalb weniger Tage füllt sich der Ordner.

Im Park zwischen Lukács-Bad und Donau-Korso ein Springbrunnen. Üppige Vegetation. Diese Aufnahme habe ich im Herbst 1943 mit meiner Adox-Kamera gemacht. Lichtstärke des Objektivs: 4,5. Ich hatte den Fotoapparat von einem Freund meines Vaters zum Geburtstag bekommen. Auf dem kleinen See starke Lichtreflexe um den Springbrunnen, üppige südländische Vegetation verdeckt das Badehaus, trotzdem sieht man einige Balkone. Beim landesweiten Fotowettbewerb der Mittelschulen lande ich unter den Drittplatzierten. Vierzehn Monate bevor ich mit Vera zusammen von der Menge an die Wand der Vadász-Straße 29 gedrückt werde, habe ich die Urkunde erhalten.

Ich lege auch dieses Foto in den Ordner.

Schere. Gefaltetes Papier.

Ich kaufe neue Ordner.

Ich räume ein Regal für sie aus.

Ich räume noch eines aus, für die neueren Ordner.

Kaufe mir ein Kopiergerät.

Lege die Bücher, aus denen ich noch Fotos ausschneiden will, aufeinander.

In der Bibliothek arbeite ich vorsichtig.

Ich schaue mich um, bevor ich aus einem Buch etwas ausschneide. Eines Vormittags kann ich dem Blick eines Jungen nicht ausweichen. Schnell schiebe ich das Ausgeschnittene in den Ordner, merke aber, dass er mich ertappt hat.

Ich lege den Zeigefinger auf den Mund. Er grinst. Steht auf.

Will er mich etwa verpfeifen?

Ohne die Mappe gehe ich nicht mehr aus dem Haus.

Nach einiger Zeit kommt auch noch eine Tasche hinzu.

Aus immer anderen Buchhandlungen entwende ich Bücher, die mit Fotos illustriert sind.

Ich räume ein Zimmer aus, um Platz für die Ordner zu schaffen.

Ich beginne mit der Auswahl des Materials.

Meine Erinnerungen vermischen sich mit den abgebildeten Schauplätzen.

Ich fertige Zeichnungen aus dem Gedächtnis an.

Ich mache Fotos von den einstigen Schauplätzen, die auf den Bilddokumenten zu sehen sind.

Ich lerne scannen.

Ich lege die neueren Fotos auf die alten, die alten auf die neueren.

Ich will der Frau mit dem Opel aus der Vadász-Straße auflauern.

Ich warte tagelang. Während ich warte, trinke ich Bier im John-Bull-Pub auf dem Podmaniczky-Platz.

Endlich erblicke ich den Opel. Ich erwische ihn mit meiner Kamera. Die Frau lässt auch diesmal das Tor offen.

Ich finde eine Archivaufnahme vom Hof des ›Glashauses‹, er ist voller Menschen. Ich montiere den Opel darauf.

Ich steige in den ersten Stock des gegenüberliegenden Hauses. Klingle an einer Tür, die Wohnung liegt zur Straße hin. Ich bin ein belgischer Fotojournalist, sage ich, würden Sie erlauben, dass ich von Ihrem Fenster aus ein paar Aufnahmen von der Fassade des Hauses Nummer 29 mache? Vor dem Haus steht ein Taxi. Ich montiere das Taxi mitten in die Menschenmenge auf den Archivbildern.

Ich brauche keine Erinnerung.

Ich brauche kein Vergessen.

Ich räume noch ein Zimmer für die Ordner aus.

Es gibt keinen Unterschied zwischen den alten und den neuen Aufnahmen, denke ich, sie gehören zusammen, die einen können ohne die anderen gar nicht existieren. Nach jahrelanger Arbeit entwickle ich eine besondere Brille, die mich der Fotografiererei enthebt, mit der Brille sehe ich die heutigen Schauplätze auf den alten Fotos und die alten auf den neueren. Ich probiere, was geschieht, wenn ich all meine Energie darauf konzentriere, dass alles Einstige von den Bildern wie auch aus meiner Erinnerung verschwindet. Meine Bemühungen führen zu keinem Ergebnis, also bin ich auf dem richtigen Weg, denke ich. Auf die Ordner mit dem alten Material schreibe ich das heutige Datum, auf die alten ein neueres. Am nächsten Tag erscheint auf jedem Ordner das Originaldatum. Ich lese Schopenhauers Werk ›Die Welt als Wille und Vorstellung‹, zerschneide die Seiten des Buches mit einer Schere, lege in jeden Ordner eines hinein. Dann muss ich noch die Stadtpläne aus den Jahren 1905, 1943 und 2002 übereinandermontieren, dafür ist aber mein Tisch nicht groß genug, ich lasse einen größeren anfertigen, für den Tisch muss ich noch ein Zimmer ausräumen. Als Fortsetzung meiner Träume träume ich, dass ich vielleicht in der Ziegelei Óbuda Platz für meine Ordner finden könnte, doch dort steht schon der Praktiker-Baumarkt.

Veras Mund ist blau, ihr Gesicht weiß. Sie ließ immer ein, zwei blonde Locken unter ihrer Baskenmütze hervorlugen, wenn sie zur Schule ging, auch in der Ziegelei zog sie ihre Mütze zurecht, jetzt zieht sie sie über beide Ohren, wie einen Helm. Auf ihrer aufgesprungenen Unterlippe erscheint ein Herpes. Sie hängt sich bei mir ein, schmiegt sich an mich. Ihr Körper wärmt mich nicht.

Madó sehe ich nicht. Sie sagte, sie hätte einen Bekannten gefunden, einen Freund ihrer Eltern.

Es schneit wieder. Der Mann vor mir sagt, dass auch er bis morgen auf den Schutzbrief warten müsse. Wir gehen. Wohin? Nach Hause. Man müsse dableiben, sagt er. Die Ausgangszeit ist vorbei. Wenn du mit einem gelben Stern durch die Stadt gehst, erwischt dich ein Milizionär, und sie bringen dich zum Donauufer.

Wir weichen langsam rückwärts aus der Menge. Ich lege meinen Rucksack ab. Stopfe ihn in Veras kleinen Koffer. Ich reiße die gelben Sterne von unseren Mänteln. Vera zupft die restlichen Fäden heraus. Wir gehen denselben Weg zurück, auf dem wir heute Morgen vom Hof des Tempels aus hierhergebracht wurden. Wir gehen nicht schnell, das wäre auffällig. Wir gehen nicht langsam. Das könnte auch auffallen. Wir schauen niemanden an.

Jeder drückt etwas an sich – die, die uns entgegenkommen, die, die an uns vorbeihasten. Als hätte jeder Angst, dass man ihm etwas wegnehmen könnte. Als würde jeder im anderen jemanden vermuten, der ihn beobachtet, der nur darauf lauert, ihm etwas zu rauben. Ein Plakat an einer Hauswand: »*Aus Angst vor Bestrafung durch die Standgerichte wagen es einige Leute nicht, sich bei ihren Einheiten zurückzumelden. Denjenigen Soldaten jedoch, die zurückkehren wollen und ihr Fernbleiben zutiefst bereuen, will ich eine mannhafte Rückkehr ermöglichen, ohne dass dabei ihre Ehre Schaden nimmt. Deshalb sichere ich denjenigen, die sich am 2. Dezember 1944 bis 24 Uhr melden, völlige Straffreiheit zu. Gez. Verteidigungsminister Beregfy.*«

An der Ecke Rákóczy-Straße nehmen wir die Straßenbahn. Ich habe eine Straßenbahnmünze. Wir gehen nicht ins Wageninnere. Umarmen uns auf der Plattform. Schauen immer nur nach draußen. Der Wagen wird von einer einzigen blau gefärbten Lampe erleuchtet. Die Plattform füllt sich. Ich werde zwischen zwei Jungen mit Junkermütze gedrängt. Ich sehe ihr Gesicht nicht, spüre aber den Druck ihrer Körper in der Menge. Die Fahrgäste sitzen schweigend auf den Bänken. Blaues Licht auf den Gesichtern, das sie wie Schatten aussehen lässt. Ein Offizier sitzt dort. Sein Gesicht ist auch blau, er zieht sich ebenfalls zusammen, unter der Mütze trägt er einen Verband. Was auf dem Verband an seiner linken Schläfe so dunkelblau aussieht, dürfte getrocknetes Blut sein. An der Ecke Stefánia-Straße steht ein bewaffneter Wachposten vor dem Pfeilkreuz-ler-Hauptquartier des Viertels. Auf dem Baross-Platz funktioniert die Straßenbeleuchtung noch. Hinter der Aréna-Straße brennen nur noch wenige Straßenlaternen. Ab der Hermina-Straße fährt die Straßenbahn im Dunkeln. Ich kann das Schild von Herrn Zsilkas Friseurladen an der Ecke nicht sehen, auch nicht die Schranke an der Francia-Straße. Keiner steigt aus, keiner steigt ein, der Fahrer fährt schneller, der Schaffner ruft die Namen der Haltestellen. Wir sind schon in der Amerika-Straße, ich sage mit belegter Stimme – als wollte ich nicht einmal an der Stimme erkannt werden: Es gibt eine Haltestelle in der Amerika-Straße.

Wir stehen an der Haltestelle.

Die Straßenbahn lässt die Dunkelheit scheppernd hinter sich, verschwindet in noch dunklerer Ferne.

Das Eis auf der Erzsébet-Eiskunstbahn ist mit Schnee bedeckt, der Lautsprecher schweigt. In der Amerika-Straße brennt auch kein Licht, als würden wir nicht vorwärts-, sondern abwärtsgehen, wo die Stille immer größer und alles immer dunkler wird. Kann sein, dass wir gleich weitergehen, wenn wir am Tor etwas Verdächtiges sehen, sage ich zu Vera. Was heißt hier verdächtig, fragt sie, na ja, verdächtig, dass es gefährlich sein könnte, hineinzugehen. Und wohin gehen wir dann?, fragt sie.

Carl Lutz überwacht die Verteilung der Schutzbriefe in der Vadász-Straße.

Am Tag zuvor? Am Tag darauf?

Die Schreibkräfte beobachten ihn beim Telefonieren. Er zählt die Häuser in der Katona-József-Straße, Tátra-Straße, Pannónia-Straße auf, an deren Eingang erkennbar sein muss, dass ihre Bewohner unter dem Schutz der Schweizer Botschaft stehen. Er beschlagnahmt die Häuser Tátra-Straße 4, 15a, 15b und 14 bis 16. Er überlässt dem schwedischen Konsulat die

Häuser Holán-Straße 7a und 7b und bittet im Gegenzug darum, am Haus Pannónia-Straße 36 neben dem Zeichen für den schwedischen Schutz auch das Schweizer Zeichen anbringen zu dürfen.

Ich finde kein Foto von Lutz, wie er mit dem Telefonhörer in der Hand vor den Damen steht.

Er geht hinaus. Öffnet die Tür mit der Aufschrift »Versorgung geschützter Häuser«. Er verhandelt im Amt. Verlässt das Haus, bahnt sich draußen seinen Weg durch die Menge.

Ich stehe an der Ecke Arany-János-Straße. Ich will zurückgehen, will die Schritte zurückverfolgen, nicht nur meine, sondern auch die von Carl Lutz, die einst von Hunderten, später von Hunderttausenden von Spuren bedeckt worden sind.

Ich lege das Foto von Pater András Kun neben jenes, auf dem die Arbeit der Schreibkräfte dokumentiert ist.

Er steht nicht am Donauufer, wo er einige Tage später Maschinengewehrsalven abgeben wird, er spricht vor einer Versammlung im Freien. Neben ihm steht ein streng blickender Mann mit kahlrasiertem Schädel in schwarzer Uniform. Auf der anderen Seite ein begeistert blickender junger Mann mit Trenchcoat und Krawatte. Das Gesicht der Paters ist sehr männlich. Dichte, geschwungene Augenbrauen. Die rechte Hand zum Nazigruß erhoben, der weite Ärmel seiner Kutte hochgerutscht, das Pfeilkreuz ist gut zu sehen.

Lutz kommt am Botschaftsgebäude auf dem Szabadság-Platz an. Geht hinauf ins Büro. Gertrud eilt ihm entgegen, sie küssen sich. In einem Sessel sitzt eine blonde Frau. Sie kommt ihm bekannt vor. Auf dem Tisch eine Flasche Cognac, zwei Gläser. Gertrud holt noch eines und schenkt ein. Sie stoßen an. Gertrud schenkt wieder ein. Frau Gizella, sagt sie zu Lutz, erinnerst du dich an sie? Sie ist mit den Herren Offizieren zur Wiener Landstraße gefahren.

Die Herren Offiziere wurden verhaftet, die Herren Offiziere wurden in den Hinterkopf geschossen, die, die noch leben, warten auf ihr Urteil, das weiß Lutz. Er telefoniert, lässt sich dabei langsam in den tiefen Ledersessel sinken, lehnt sich zurück, streckt die Beine aus. Am anderen Ende der Leitung ist der schwedische Gesandte Danielsson. Lutz fragt ihn, ob er nach Stockholm zurückbeordert worden sei, ob er fahre und was man im schwedischen Außenministerium dazu sage, dass Szálasi die Botschaften in Budapest aufgefordert habe, zusammen mit der Regierung nach Sopron umzuziehen. Gertrud zündet sich eine Darling an, bläst Rauchringe in die Luft. Gizi starrt sie an wie ein kleines Mädchen, das im Zirkus sitzt, als säßen rundherum andere Leute und beklatschten eine Darbietung, andere kleine Mädchen mit Zöpfen, kleine Jungs mit kurzen Haaren. Carl Lutz wählt erneut, legt nach einigen Sätzen den Hörer auf, Danielsson ebenfalls. Angelo Rotta bleibt auch, sagt er. Bleiben wir dann auch?, fragt Gertrud. Wir bleiben.

Er sah nicht angespannt aus, nicht unsicher, er sah nur müde aus, wird Gizi zu meiner Mutter sagen, ich habe eigentlich gar nicht auf ihn geachtet, ich habe mir ein Foto an der Wand angesehen, stell dir vor, eine Kuh starrte mich an, sie stand auf einer wunderschönen, farbenprächtigen Wiese, hinter ihr die sonnenbeschienenen Berge. Das Foto war in den Schweizer Alpen entstanden, dein Großvater und ich, wir waren auch einmal dort, wird meine Mutter sagen, warte mal, das war ungefähr 1923.

Gertrud erzählt. Carl Lutz fotografiert seit zwanzig Jahren, die Bilder erscheinen sogar in Zeitungen. Er fotografierte nicht nur in der Schweiz, sondern auch in Schweden, Deutschland und natürlich in Palästina, wo er nach Kriegsausbruch als Beamter des Schweizer Außenministeriums bei den Briten die deutschen Interessen vertrat. Es hingen etwa zwei Dutzend Fotos an der Wand, wird Gizi zu meiner Mutter sagen, auch solche, die er schon in Budapest gemacht hatte. Auf einem davon zerren zwei bewaffnete Pfeilkreuzler eine Frau an den Haaren hinter sich her, an der Hauswand ein Straßenschild: Pannónia-Straße. Ich fragte Gertrud, von wann das Bild sei, sie sagte, sie habe es letzte Woche gemacht, als Carl gerade auf der Wiener Landstraße unterwegs war.

Gizi steht auf. Sie betrachtet die mit Reißnägeln an die Wand gehefteten Bilder. Die meisten entwickele sie selbst, sagt Gertrud. Gizi denkt nicht daran, dass für Lutz ein Blick auf die Bilder die einfachste Form dessen ist, was ich Annäherung an den Tatort nenne. Sie kann auch nicht wissen, dass mir meine Mutter alles detailliert berichten wird, was sie ihr erzählt hat.

Von der Aussichtswarte Meldegg kann man zu jeder Tageszeit Bilder machen. Lutz liebt den Sonnenuntergang. Die ferne Schlange des Rheins bekommt einen silbrigen Glanz, alles Licht scheint plötzlich innezuhalten, die Ostseite des Bodensees färbt sich grau. Die Dörfer ruhen im stillen Grün an den gefleckten Berghängen. Unter den vielen Kirchtürmen würde sich kein anderes Auge zurechtfinden, er aber weiß genau, welcher von ihnen der Kirchturm seines Geburtsortes Walzenhausen ist. Wohin er auch fährt, ob nach Palästina, Berlin oder Budapest, die Fotos hängen immer an den Wänden seiner wechselnden Büros, ihr Anblick lässt die fremde Umgebung heimischer erscheinen, wenn sie auch nicht über jenes Gefühl von Heimatlosigkeit hinweghelfen können, die ihren Grund, wie er meint, in einer tieferen, unaufhebbaren Unlösbarkeit hat.

Vielleicht, sagt er zu Gertrud, während er in seinem Büro in Haifa gerade zwei neue Fotos an die Wand heftet, fünf Jahre bevor sie nach Budapest kommen, vielleicht lassen sich diese Gegensätze niemals miteinander versöhnen. Auf dem einen Foto werfen Araber Steine auf einen Lastwagen mit Juden, zwei weitere zerren einen der Insassen aus dem Wagen, neben ihnen steht ein dritter mit einem Dolch. Auf dem anderen Foto dringen jüdische Kämpfer in eine arabische Hütte ein, im Vordergrund beobachtet ein kleiner arabischer Junge die Vorgänge mit großem Interesse. Carl begann die Araber zu hassen, sagt Gertrud vor dem Bild zu Gizi, er begann die Juden zu hassen, er begann auch die britischen Beamten zu hassen.

Lutz' Aufzeichnungen verraten, dass er Gertrud nicht alles erzählt. Oft glaubt er, manches von dem verstanden zu haben, was er in den verschiedenen Ländern erlebt hatte, doch er erfährt auch Dinge, angesichts derer seiner Meinung nach jede Vernunft erstarren müsste. Zuweilen befürchtet er, sich nie wieder aus dieser Verwirrung befreien zu können. Er hätte so vieles zu erzählen, zu besprechen, stößt jedoch immer wieder auf die Unaussprechlichkeit der Dinge. Nicht wegen der Regeln der diplomatischen Arbeit. Nicht weil er Gertrud nicht beunruhigen will. Er selbst ist sich über seine Gefühle und Ahnungen nicht ganz im Klaren.

Er besitzt einen Fotoapparat der Marke Leica mit einem 2,8-mm-Objektiv. Nach jahrelangem Dienst in Palästina kehrt er heim. Er möchte sich ausruhen.

Er geht zur Kirche von Walzenhausen. Blühende Mandelbäume im Aprilsonnenschein. Nicht weit hinter der Kirche, in der Kurve der kleinen Straße nach St. Margarethen, stehen die Häuser des Lachen-Hofes. Eines davon ist sein Geburtshaus. Dahinter die Meldegg.

Er macht mehrere Aufnahmen. Er wartet, fotografiert am Morgen, am Mittag und bei Sonnenuntergang vom selben Punkt aus. Er stellt sich so hin, dass immer ein blühender Mandelzweig in die obere Ecke des Bildes hineinragt. Im Mai 1941 kommt er nach Berlin. Er wird vom Züricher Außenministerium mit der Vertretung der jugoslawischen Interessen betraut. In der Nacht seiner Ankunft wird die Stadt von Flugzeugen der Alliierten bombardiert. Am Tag darauf berichten die Zeitungen von der Niederlage der gegen die Nazis kämpfenden jugoslawischen Armee. Lutz begreift, dass seiner neuen Aufgabe kein langes Dasein beschieden sein würde.

Er wird vom Protokollchef des Reichsaußenministeriums empfangen. Dieser sagt, man könne sich gut daran erinnern, wie erfolgreich er die deutschen Interessen in Palästina vertreten habe. Er trifft einige Beamte, die er kurz nach Kriegsausbruch in Panzerfahrzeugen und unter Polizeischutz nach Haifa begleitet hatte, von wo aus sie nach Deutschland zurückkehrten. Er weiß nicht, wie lange er nach dem Zusammenbruch Jugoslawiens noch in Berlin zu tun haben würde, doch als disziplinierter Beamter beginnt er zu arbeiten. In seiner Freizeit erkundet er die Umgebung der Stadt. Besucht die Potsdamer Garnisonskirche. Der Sakristan, ein fünfzehnjähriger Junge mit Engelsgesicht, erzählt stolz, dass Hitler 1930 nach seinem Wahlsieg hier seine Regierungserklärung abgegeben habe. Er fügt hinzu, Johann Sebastian Bach habe hier gespielt und seine Verehrer, wie er sagt, in höhere Sphären entführt.

Er fährt in den Spreewald. Kanäle kreuzen sich. Viele Menschen sind auf dem Wasser. Die Kähne werden mit langen Stangen vorwärtsgestoßen.

Das ist sein Lieblingsbild, Gertrud zeigt es Gizi, das habe nicht ich aufgenommen. Das kann auch Lutz nicht fotografiert haben, denkt Gizi, weil er selbst auf dem Bild ist.

Der Kahn gleitet lautlos auf der Spree. Lutz sitzt vorne. Hinten steht der Bootsmann, er bedient die lange Stange mit gemessenen Bewegungen. Flügelschläge, Schatten herabhängender Äste. Lutz hat die Leica dabei. Bei einer Pappelallee steigen sie aus. Lutz bemerkt erst jetzt, dass der Bootsmann das linke Bein nachzieht. Er ist ihm am schlammigen Ufer behilflich. Der Mann ist um die vierzig. Lutz denkt, dass er vielleicht wegen seines verkrüppelten Beines nicht eingezogen wurde. Vielleicht war er auch an der Front verwundet worden. Ich könnte ihn fragen, was ihn hierher verschlagen hat. Er könnte mich auch fragen. Er fühlt sich in ein gemeinsames Schicksal eingebunden, an dem jetzt viel mehr Menschen teilhaben als früher.

Mein Bein, Sie wollen wissen, was mit meinem Bein geschehen ist?

Ich habe nicht gefragt, denkt Lutz, er fühlt sich ausgeliefert, weil der Mann aus seinem Blick herausgelesen hat, was er nicht fragen wollte.

Der Drecksack, der hat mit seinem Spaten draufgehauen, der Drecksack.

Der Raum weitet sich für Lutz. Die Zeit ist nicht mehr identifizierbar. Hinter der Wiese, den Kanälen, der Pappelallee meint er das Bein des Mannes zu sehen, wie ein Spaten in seinen Knöchel dringt, kann aber keinen Hinweis darauf finden, wer, warum, wo und wann den Spaten gehoben hat.

Ein paar Schüler nähern sich. Lutz bittet einen von ihnen, sie zu fotografieren. Er stellt die Entfernung ein, misst das Licht, die Belichtungszeit, tritt neben den Mann.

Gizi sieht sich das Foto an. Die Landschaft war sehr schön, ruhig, wird sie zu meiner Mutter sagen. Lutz lächelte in die Kamera, aber es war ein gezwungenes Lächeln. Der andere Mann hielt sich sehr gerade, Gummistiefel, Reithosen, Lodenjanker, militärische Haltung, er war um einiges größer als Lutz.

Die Polen sind schlimmer als die Juden, sagt der Mann, als der Schüler Lutz die Leica zurückgibt. Wenn ich an mein Bein denke, muss ich immer daran denken – dabei sind eigentlich doch die Juden schlimmer als die Polen, und am schlimmsten sind die polnischen Juden, wenn sie einen Spaten in der Hand halten.

Lutz begreift: Das also ist die Geschichte. Er weiß kaum etwas darüber, trotzdem ist ihm, als hätte er selbst mit diesem geringen Wissen einen gewissen Anteil daran.

Ich war auf Wache bei den Totengräbern. Acht Stunden Dienst, acht Stunden Bereitschaft, acht Stunden Ruhe. In den ersten Monaten. Später vierzehn Stunden Dienst, sechs Stunden Bereitschaft, vier Stunden Ruhe. Er hat einfach zugeschlagen mit seinem Scheißspaten.

Lutz denkt, als er mit Gertrud zusammen das Bild betrachtet, dieser Deutsche müsse irgendeine Verbundenheit zwischen ihnen gespürt haben, seine Haltung, die Schulter leicht zu ihm geneigt, den Blick nicht ins Objektiv, sondern auf ihn gerichtet. Weißt du, sagt er zu Gertrud, er schien zu erwarten, dass ich mich erkundige, wie das mit dem Spatenhieb war, er wartete darauf, dass ich wenigstens einmal nachfrage. Als er davon sprach, sagt Gertrud zu Gizi, hatte ich das Gefühl, seine Empfindungen mit ihm zu teilen. Das verstehe ich nicht, wirft Gizi ein. Kein Wunder, meine Liebe, ich verstehe es selbst nicht, aber so habe ich es eben empfunden und so empfinde ich es auch jetzt.

Ich habe ihn nicht deshalb nicht gefragt, sagt Lutz vor dem Bild zu Gertrud, weil ich seine Geschichte nicht hören wollte, sondern weil ich mich vor dem fürchtete, was ich erfahren würde. So etwas hast du schon einmal gesagt, sagt Gertrud, als du die Deutschen in Haifa zur Grenze begleitet hast. Lutz kann sich nicht erinnern, damals etwas Ähnliches geäußert zu haben. Damals war alles klar. Berlin hatte seine Beamten zurückberufen. Sie waren in gepanzerten Fahrzeugen bis zur Grenze gefahren, er kann sich an das Eingesperrtsein, an den mit Schweißgeruch vermischten Benzingestank erinnern. Er hatte sich mit Gerhart Feine, dem deutschen Vizekonsul, darüber unterhalten, dass sie beide nicht wüssten, wo ihr nächster Einsatzort sein würde. An der Grenze hatte ihm Feine lange die Hand geschüttelt und ihn gebeten, Frau Lutz seinen Handkuss zu übermitteln.

In der Silvesternacht 1941 sind wir von Zürich nach Budapest gefahren, sagt Gertrud zu Gizi, also wirklich, an Silvester in einen Zug zu steigen, was sagst du dazu? Kannst du dich erinnern, wo du Silvester 1941 warst?

Gizi sagt nicht, dass sie ihren Mann schon drei Jahre zuvor beerdigt hatte, dass sie damals noch immer nicht zu Gesellschaften ging, sie sagt nicht, dass sie allein am Radio saß, als Károly mit einer Flasche Sekt klingelte, sie sagt nicht, dass der Oberleutnant damals zum ersten Mal über Nacht geblieben ist, weil sie weiß, dass Gertrud sofort nachfragen würde, oh, meine Liebe, ist das der, den ich gestern auf der Straße ...

Sie würde die Frage vielleicht gar nicht beenden, würde es

nicht wagen, zu sagen, dass er auf der Straße erschossen wurde. Gizi schweigt, Gertrud begleitet Lutz ins andere Zimmer, kommt zurück, schenkt sich wieder ein, Gizi bedeckt ihr Glas mit der Handfläche. Sie denkt an das, was Gertrud in den vergangenen Jahren alles durchgemacht haben muss, fragt sich, ob diese Bewegung ihres Handgelenks, mit der sie den Cognac hinunterstürzt, auch vorher schon so routiniert gewesen sei. Unser Zug fuhr Punkt Mitternacht aus St. Margarethen ab, sagt Gertrud, wir sahen auf die Uhr und ich sagte, 1941, Carl wartete einen Moment und lachte dann, deine Uhr geht schon wieder nach, wir haben ja schon 1942.

Die Wege zu beiden Seiten der Grenze zwischen der Schweiz und Österreich waren schwarz, wird Lutz notieren, weil die Kantonalverwaltung auf deutschen Druck hin die Verdunkelung des Landes angeordnet hatte. So wollten die Deutschen den englischen Fliegern die Orientierung über den besetzten Gebieten erschweren, auch über Österreich. Die Strecke München–Linz–Wien. Auch in der nächsten Nacht war alles ins Dunkel des Krieges gehüllt. Wir sind erster Klasse gefahren, sagt Gertrud zu Gizi, unter ranghohen Offizieren und Parteibonzen, wir sahen an jeder Station Kontrollen von Milizionären und Sicherheitsbeamten, mussten auch oft auf offener Strecke warten, um die Militärzüge vorbeizulassen. Wir sahen, dass sie Kanonen und allen möglichen Nachschub und Panzer transportierten. Es war, als hätte der Krieg alles überschwemmt und eingesponnen – das hatte Carl einmal gesagt, gerade aus dem Schlaf gerissen blickte er aus dem Fenster, ein Zug beladen mit Panzern fuhr an uns vorbei. Ich hätte es nicht so schön ausdrücken können, der Zug ruckelte gerade, ich werde nie vergessen, wie Carl aufsprang, vielleicht hatte er gerade etwas geträumt, sein Blick war so verschreckt, als er das sagte.

Sie unterhielten sich, sagte meine Mutter, als seien sie alte Freundinnen.

Lutz steht am Abteilfenster. Neben dem vom plötzlichen Bremsen ruckelnden Zug fährt ein anderer vorbei, er transportiert Panzer. Schweigende Soldaten sitzen auf ihnen und rauchen. Lutz setzt sich wieder, erzählt Gertrud nicht, was er erst Jahrzehnte später notieren wird; dass er, bevor ihn das Bremsen aufweckte, etwas geträumt hatte: Sie standen am Kanalufer, er und der deutsche Mann aus dem Boot, der Deutsche wiederholte immer nur, mit der Kante des Spatens, dieser Drecksack. Während er dies notiert, hat er schon eine Erklärung für seinen Traum, aber als er die rauchenden, düster blickenden Soldaten in Grau erblickt, weiß er noch nicht, warum er gerade dies geträumt hatte, und das erfüllt ihn mit solcher Unsicherheit, als laste nicht nur ein Traumbild auf ihm, sondern alles, was er zu kennen und zu begreifen glaubte, was jedoch unbegreiflich und unübersichtlich war. Seine Verunsicherung wandelt sich allmählich in Furcht, und Gertrud, auf dem violetten Samtsitz in den Rauch ihrer Darling gehüllt, will ihn vor diesem Gefühl bewahren. Mal sehen, wer uns in Budapest empfängt, sagt sie, daraus lässt sich dann ersehen, ob wir etwas wert sind oder ob es wieder nur die offiziell »amtliche Befugnis« genannte Tretmühle ist, die auf uns wartet.

Carl wusste nur zu gut, sagt Gertrud zu Gizi, dass, wenn ein Beamter gesucht wurde, der die amtlichen Befugnisse immer gewissenhaft einhielt, früher oder später jemand seinen Namen nannte – und er hatte es satt, satt, sagt Gertrud mit veränderter, hoher Stimme, wie jemand, dem gerade erst bewusst wird, wie sehr er das schon seit langem satthatte.

Sie verstummte, sagte Gizi zu meiner Mutter, es verschlug ihr fast die Sprache, dann neigte sie sich zu mir, obwohl wir nur zu zweit im Zimmer waren, und flüsterte, weißt du, manchmal ist er unerträglich empfindlich, so beleidigt, weil man immer andere auf die ihm längst zustehenden Posten berief – doch dann beruhigte er sich, als wir am Ostbahnhof vom Gesandten Jaeger persönlich empfangen wurden.

Gertrud dachte, ich spreche zu viel mit dieser Jüdin, aber ich fühle mich wohl mit ihr. Du bist ganz anders, sagt sie, als die anderen Juden. In Palästina haben wir uns von den Arabern ferngehalten, aber auch von den Juden, nimm's mir nicht übel, aber Carl hat immer gesagt, dass man immer noch am besten mit den Deutschen auskomme.

Gizi schweigt. Jetzt schweigt auch Gertrud. Zuletzt sagt Gizi, wir danken sehr für alles. Gertrud küsst sie auf die Wange, fragt, was sie für ein Parfum benutze.

Der Gesandte Jaeger wartet am Ostbahnhof auf den einfahrenden Zug.

Auch Kilchmann war da, der Konsul, ein netter Kerl, sagt Gertrud, warte mal, meine Liebe, das ist so einer, über den man im Ungarischen sagt, dass er »jeder Frau die Höfe tut«. Gizi korrigiert sie: den Hof macht. Sie ist müde vom Cognac, weißt du, sagt sie zu meiner Mutter, der Józsi und auch der Károly haben immer darüber gelacht, dass ich gleich schlafen muss, wenn ich etwas getrunken habe.

Der Gesandte Jaeger schreibt im Dezember 1942 an den Schweizer Bundesrat Pilet-Golaz, dass die hiesige Regierung einem fortwährenden und immer stärkeren Druck ausgesetzt sei, aus ganz Ungarn alle Juden ohne Ausnahme zu entfernen. Die Deutschen forderten, dass die ungarische Regierung alle Juden einsammeln und ihnen übergebe solle. Sie sollten mit Zügen abtransportiert werden. Die Deutschen würden behaupten, dass sie die Arbeitsfähigen zu Straßenbau- und Erdarbeiten nach Osten transportieren wollten. Die Arbeitsunfähigen würden auf eine nicht näher bezeichnete Weise zum Verschwinden gebracht werden. Wie weit zukünftig die deutschen Forderungen durchgesetzt werden könnten, hänge, wie letztlich alles, vom Ausgang des Krieges ab.

Sechs Monate später warnt Pilet-Golaz Carl Lutz in einem Brief davor, die Flucht von Kindergruppen nach Palästina zu unterstützen. Mit solchen Aktivitäten, schreibt er, überschreite er seine Befugnisse, das gehöre nicht zu den Aufgaben ausländischer Interessenvertretungen.

Gizi möchte schlafen. Seit sie auf der Wiener Landstraße auf der Suche nach Bözsike in die Gesichter der Sterbenden im Straßengraben gesehen hatte, wird meine Mutter sagen, konnte sie nur wenig schlafen. Seit sie erfahren hatte, dass man Károly in den Kopf geschossen hatte, wollte sie nur noch schlafen. Gizi hört Gertrud Lutz zu, der Ledersessel ist tief, jetzt könnte sie schlafen, aber sie wartet und trinkt, weil sie Lutz um zehn Blanko-Schutzbriefe bitten will. Ich wollte damals auch für euch welche besorgen, wird sie meiner Mutter sagen.

Das Telefon klingelt. Lutz kommt zurück. Er hält den Hörer fest. Gizi sieht, wie seine Finger weiß werden, sich krümmen, solche Finger hatte sie an den Toten im Straßengraben gesehen. Wie würde er mit solchen Fingern Schutzbriefe unterschreiben können?

Am anderen Ende der Leitung wiederholt Gerhart Feine, dass er aus Berlin die Anweisung erhalten habe, solange sich Carl Lutz in Budapest aufhalte, nicht dazu beizutragen, dass Pfeilkreuzler das Ghetto und die Juden in den geschützten Häusern angriffen. Lutz weiß, dass es Berlin angesichts der Kriegssituation wichtig ist, die Beziehungen zu Bern nicht zu stören. Er unterrichtet Feine nicht darüber, dass nach dem Gesandten Jaeger jetzt auch Vizekonsul Kilchmann Budapest verlassen habe und dass es für Bern nicht von Bedeutung sei, was die Pfeilkreuzler taten, dass es auch nicht von Bedeutung sei, ob er, im Moment der ranghöchste Beamte, bleibe oder heimfahre.

Zwei junge Männer bringen große Stapel von Drucksachen. Legen sie vorsichtig auf den Schreibtisch. Lutz sieht die frisch gedruckten Schutzbriefe durch. Kontrolliert seine eigene gefälschte Unterschrift. Findet sie in Ordnung.

Gizi legt sich eine Rotkreuz-Armbinde an. Bittet Lutz um zehn Blanko-Schutzbriefe. Versteckt sie unter ihrer Bluse. Verabschiedet sich. Die beiden jungen Männer eilen hinaus. Der eine fragt sie im Treppenhaus, ob sie eine Unterkunft für die Nacht habe. Sie nennt eine Adresse, einen Namen. Zu Fuß eine Stunde durch die Stadt, sagt Gizi, es ist nach zehn, Ausgangssperre.

Die Jungs setzen sie in einen Krankenwagen. Auf der Andrássy-Straße ist kein Mensch zu sehen. Aus den verdunkelten Fenstern dringt kein Licht. Die Stadt ist eine dunkle Masse. Besteht nicht aus Häusern. Nicht aus Straßen. Nur aus Dunkelheit.

In dieser Nacht übermittelt der Militärsprecher aus der Wilhelmstraße Hitler die Nachricht, dass man es nicht für möglich halte, Budapest zu verteidigen, auch die Generäle würden es akzeptieren, wenn man sie zur offenen Stadt erklärte. Hitler bekommt einen Wutanfall, er brüllt, es täte ihm nicht leid, deutsche Städte zu opfern, da werde ihm gerade eine fremde Stadt leidtun. Veesenmayer ist auch zugegen, er fügt hinzu, dass die Zerstörung von Budapest niemanden kümmere, wenn dadurch Wien geschützt werden könne. Auf den in Budapest eintreffenden Befehl hin beruft Ferenc Fiala, Szálasis Stellvertreter, eine Pressekonferenz ein: Budapest und seine Bewohner könnten nur durch bewaffneten Kampf gerettet werden, den die ungarische und deutsche Führung, das ungarische und deutsche Militär in gegenseitigem Einvernehmen aufnehmen würden.

Hitler beauftragt den SS-Obergruppenführer Otto Winkelmann persönlich mit der Verteidigung der Stadt. Nach vier Tagen setzt er ihn durch einen persönlichen Befehl wieder ab, nachdem auch Winkelmann gemeldet hat, dass die militärische Verteidigung der Stadt aussichtslos sei. Szálasi akzeptiert die deutsche Anweisung, in eventuell aufzugebenden Gebieten Brücken und Stadtwerke zu zerstören.

Gizi steigt an der Ecke Andrássy- und Munkácsy-Mihály-Straße aus dem Krankenwagen. Das dreistöckige Haus ist eines der modernsten Gebäude der Stadt. Klare Linien, Erker. Am Tor ein Schild des Roten Kreuzes. Die Jungs erklären ihr, dass sie viermal klingeln müsse. Auf den Fluren rechts und links Türen. Manche öffnen sich. Neugierige Jungengesichter. Im zweiten Stock kleine Mädchen.

Über eine Hintertreppe wird sie in ein winziges Zimmer geführt: Sofa, ein Schrank, zwei Stühle, ein Waschbecken. Man sagt ihr, wo sich am Ende des Flurs der Waschraum befindet. Sie darf kein Licht machen, die Verdunkelung des Fensters ist mangelhaft. Sie bekommt eine Taschenlampe. Auf einem Stuhl liegen Bücher und Zeitungen. Unter der Decke sieht sie beim Licht der Taschenlampe die Zeitungen durch. Ein Aufruf kündigt für Donnerstag um sieben Uhr morgens einen Junkeralarm an: *»Unsere begeisterte Budapester Junkertruppe muss eine äußerst wichtige Aufgabe lösen, die zahlreiche junge Arbeiterhände erfordert. Der größte Schatz des Junkers ist seine Ehre, besagt die Junkerregel. Jetzt können unsere Junker wieder einmal beweisen, dass sie die treuesten Bewahrer und Beschützer unseres nationalen Vermögens sind.«*

Sie weiß nicht, welcher Tag heute ist. Sie weiß nicht, wann Donnerstag ist.

Am Ostbahnhof steigt Carl Lutz mit seinem Diplomatenkoffer in der Hand aus dem Packard. Er geht die acht Stufen zum Bahnsteig hinauf.

Es ist Donnerstagmorgen. Er wird mit dem Zug um 7:30 Uhr nach Wien fahren, dort muss er zwei Stunden auf den Anschlusszug nach Zürich warten.

Zur selben Zeit wacht Gizi im Rotkreuz-Wohnheim in der Munkácsy-Mihály-Straße auf. Ihrem Täschchen entnimmt sie frische Unterwäsche. Wäscht die benutzte im Bad. Wickelt Schlüpfer und Baumwollstrümpfe in ein sauberes Taschentuch.

Die Rolltreppe befördert mich von der Metrostation Baross-Straße nach oben. Rechts eine Prinzess-Konditorei. Links wird Gyros verkauft. Eine Pizza-Hut-Filiale. Auf einem Schild wird Espresso aus Omnia-Kaffee angeboten, für 70 Forint. Aus dem

Untergrund führen fünf Treppenaufgänge nach oben auf die Bahnsteigebene. Ich gehe hinauf.

Lutz blickt zurück auf die Baross-Statue in der Einmündung zur Rákóczy-Straße. Offene Lastwagen biegen von der Rottenbiller-Straße her auf den Platz vor dem ›Filléres-Kaufhaus‹ ein, vollbeladen mit fünfzehn-, sechzehnjährigen Junkern. Auf dem Bahnsteig kontrollieren zwei Leute mit Pfeilkreuzler-Armbinden die Ausweise. Hinter ihnen ist ein hahnenfedergeschmückter Feldgendarm zu sehen.

Ich schaue mir die Anzeigentafel der ankommenden und abfahrenden Züge an. Zwei Obdachlose sitzen auf einer Bank und klauben Fleisch aus einer Konservendose. Ein dritter liegt auf einer verschlissenen Daunendecke neben ihnen.

Lutz sucht den Zug nach Wien. Die gewölbte Glasdecke ist an manchen Stellen von Bombeneinschlägen durchlöchert. Langsam rieselt der Schnee durch sie hindurch auf den Bahnsteig. Er erreicht den Wagen der ersten Klasse. Ein weiterer Milizionär der Pfeilkreuzler geht vorbei. Wieder muss er seinen Diplomatenpass vorzeigen. Zwei Gendarmen führen einen Jungen in Soldatenuniform ab, ihre Gewehre sind auf ihn gerichtet. Ein Dienstmann nähert sich, elegante Koffer auf seinem Handwagen. Eine Frau im Persianer, Arm in Arm mit einem Hauptmann. Zwei andere Pfeilkreuzler verpassen einem auf dem Boden liegenden Arbeitsdienstler Fußtritte. Lutz macht Fotos. Versucht auch die Rauchfahne der Lokomotive eines einfahrenden Zuges einzufangen.

Ich stehe am Ende von Gleis 4. Auf Gleis 5 fährt der »Wiener Walzer« aus Wien ein. Spuckt Fahrgäste aus. Jeans, bunte Hemden, Adidas-Taschen, Koffer mit Reißverschluss. Der Asphalt am Bahnsteig wurde in den letzten sechzig Jahren sicher einige Male erneuert, trotzdem sieht er aus wie ein Fund aus Pompeji. Die beiden Obdachlosen tragen wohlerzogen die leeren Konservendosen zum Mülleimer. Der dritte rührt sich nicht von der schmutzigen Decke.

Lutz hört Schüsse.

Er hört auch Geigenklänge.

Er hat noch Zeit bis zur Abfahrt des Zuges, geht hinüber zur Ankunftshalle.

Als er in Budapest ankam, hatte ihn hier, in der Ankunftshalle an der Kerepesi-Straße, der Gesandte Maximilian Jaeger erwartet.

Er hört Maschinengewehrsalven aus Richtung der Pferderennbahn. Er weiß, welche die kurze Salve und welche die lange ist. Musik erklingt in seiner Nähe. Schubert. Lutz hatte in seiner Jugend Geige gespielt. Manchmal hatte er auch in Palästina in einem improvisierten Quartett mitgespielt. Er erkennt das Streichquintett C-Dur, erkennt den Part der ersten Geige und jenen der Celli. Hier werden beide auf Geigen gespielt. Die Ausgänge zur Kerepesi-Straße werden von Gendarmen bewacht.

Das zweite Streichquintett. Es ist unendlich, hatte er einmal in Zürich nach dem Konzert zu Gertrud gesagt. Unendlich traurig, hatte Gertrud entgegnet. Nein, nein, hatte Lutz abgewehrt, nur unendlich, unendlich.

Von der Decke des Wartesaals hängen auch sechzig Jahre später vier mit je fünf Lampen bestückte Lüster. Die zwei Geiger stehen links an der Wand. Einer trägt einen verschlissenen Trenchcoat, der andere einen ausgefransten schwarzen Wintermantel. Sie sind unrasiert. Tragen karierte Schildmützen. Beide mit schwarzer Brille. An der Wand lehnen zwei weiße Stöcke.

Sie beenden den zweiten Satz. Beginnen gleich wieder von vorn. Lutz hat das Gefühl, dass sie schon sehr lange spielen; wenn sie zum Ende kommen, beginnen sie immer wieder von neuem.

Vielleicht fallen sie deshalb den Pfeilkreuzlern, den Gendarmen nicht auf. Er zieht einen Geldschein hervor, lässt ihn in den Blechteller auf dem Boden fallen. Sie bedanken sich nicht, trotzdem hat er das Gefühl, dass sie ihn durch die schwarzen Brillengläser sehen. Ihre Bögen sind sehr verbraucht, der Cellopart quietscht beinah.

Ich umgehe die Autos, die am Ausgang zur Kerepesi-Straße warten, gehe zurück zum Platz, zähle die Treppen an der Stirnseite. Gegenüber, anstelle des einstigen ›Filléres-Kaufhauses‹, steht das ›Grand Hotel Hungária‹. Links neben dem ›Golden Park Hotel‹ wird die Zahnlücke des im Krieg weggebombten Gebäudes von einem Bretterzaun verdeckt. Im obersten Stock des Hauses an der Ecke zur Bethlen-Gábor-Straße sind unverputzte Einschläge zu sehen.

Wieder steige ich dieselben acht Treppen hinauf, auf denen Carl Lutz zum Bahnsteig gegangen ist. Ich spaziere zur Halle an der Kerepesi-Straße. Zähle wieder die Lüster. Ich nehme Lutz die Geschichte von den zwei seit Tagen spielenden, schwarz bebrillten Männern mit weißen Stöcken nicht ab. Unmöglich, dass die Pfeilkreuzler-Patrouillen sie nicht kontrollierten, sie mussten doch darauf kommen, dass die Brillen und die weißen Stöcke nur Verkleidung waren. Unmöglich, dass sie das C-Dur-Quintett mit zwei kaputten Bögen spielten, noch dazu den Cellopart, während um sie herum Deserteure verhaftet, Arbeitsdienstler mit Füßen getreten wurden und die Gendarmen jeden, der den Bahnsteig betrat, kontrollierten. Lutz floh wahrscheinlich vor diesem Anblick, versteckte sich hinter der Musik, verstopfte sich die Ohren mit den als unendlich empfundenen Klängen des Allegros vom C-Dur-Streichquintett.

Aber er schreibt, dass er sie gesehen hat.

Muss ich das also akzeptieren?

Ich schaue mir die linke Wand der Halle an. Die Ecken sind ziemlich schmutzig.

Ob sie hier gespielt haben?

Ich kann nichts mehr über sie erfahren. Auch über Carl Lutz lediglich, dass er ihre Musik gehört hatte. Das ist nicht viel. Aber die minutenlange Zeitspanne, in der ich an dieses wenige denke, ist durchlebte, ist erworbene Zeit. Wahrscheinlich gingen Carl Lutz die zwei Gesichter verloren, die schwarzen Brillen, die weißen Stöcke, der zerrissene Trenchcoat, der zerschlissene schwarze Wintermantel, nur der Klang blieb, und der beschwor in ihm Erinnerungen herauf, Gefühle, die er festhalten wollte.

Mittags kommt er auf dem Westbahnhof an. Sieht dort keine Soldaten. Spaziert die Mariahilfer-Straße entlang. Biegt am Ring nach links ein. Staunt die Fußgänger an.

Geht weiter bis zum Heldenplatz. Er weiß, dass hier die Juden vor der Deportation versammelt wurden, Alte, Frauen, Kinder. Schüler veranstalten auf dem Platz eine Schneeballschlacht. Auch Lutz wird von einem Schneeball getroffen.

Auf seinen Spuren spaziere ich über den Platz. Ich weiß nicht, wo Carl Lutz stehen blieb, sicher ist nur, dass er das Holocaust-Mahnmal gegenüber nicht sehen konnte.

Unweit davon steht eine Lessing-Statue.

Ich bewege mich unter farbigen Touristen.

Wir bewegen uns in derselben Geschichte, die Zeitregionen rutschen, von ihrer eigenen Energie angetrieben, übereinander.

Am Abend trifft er in Bern ein. Am nächsten Morgen um acht Uhr tritt er ins Büro des leitenden Beamten im Außenministerium. Der leitende Beamte hört ihn an. Nickt. Bietet ihm etwas zu trinken an. Er wird in zwei weiteren Büros angehört. Aber wir haben ja schließlich Ihre Meldungen gelesen, sagt Dr. Heinrich Rothmund, der Chef der Eidgenössischen Fremdenpolizei, und bietet ihm auch etwas zu trinken an. Gertrud wird mich fragen, denkt Lutz, warum ich nach Bern gefahren bin, wenn ich doch wusste, dass ich kein Gehör finden würde. Boten hatten ihm nach Budapest bereits dieselbe Botschaft überbracht, die er jetzt in den Büros zu hören bekommt: Er solle abwarten, vorläufig sei die Lage unübersichtlich. Ich habe sie beobachtet, wird er zu Gertrud sagen, und ich fühlte Erleichterung. Gertrud versteht nicht. Na, weil, Lutz lächelt seine Frau an, weil ich diesseits jener Glaswand bin, die sie um sich errichtet haben.

Seine Aufzeichnungen brechen ab.

Später finde ich die Fortsetzung.

Am nächsten Morgen kommt er wieder am Budapester Ostbahnhof an. Auf dem Bahnsteig immer noch dasselbe Durcheinander. Nicht Bern, nicht Zürich, nicht einmal Wien, denkt er, während er zweimal von den Patrouillen kontrolliert wird.

Die beiden Musiker sind nicht mehr in der Halle an der Kerepesi-Straße. An der Wand, wo sie gestanden hatten, kontrollieren zwei Gendarmen die Ausweise. Lutz zeigt zum dritten Mal seinen Diplomatenpass vor.

Sie waren bestimmt nicht blind, sagt er zu Gertrud, bestimmt nicht …

Was heißt das, dass wir weitergehen, wenn wir etwas Verdächtiges sehen, fragt Vera zum zweiten Mal auf der Amerika-Straße … wohin weiter? …

4

Die Häuser mit den Nummern 74, 76 und 78 in der Amerika-Straße wurden alle 1927 erbaut. Nr. 74 ist eine zweistöckige Villa, Nr. 76 eine vierstöckige, Nr. 78 eine einstöckige. Große Gärten, gepflegte Vorgärten. Nr. 76 wurde von Lajos Róbert, einem Freund meiner Eltern, geplant, die Nr. 78 hatte er für seine eigene Familie gebaut. Im Juni 1944 bezogen wir dort eines der Zimmer, als wir unser Heim im ersten Stock von Nr. 74 der Leitung des deutschen Militärkrankenhauses überlassen mussten.

Eine gemeinsame Nacht legt sich über alle drei Häuser. Vera und ich stehen vor dem Tor von Nr. 76. Die Fenster der Wohnungen sind mit blauem Papier verdunkelt. Hinter uns, am Eingang zum Krankenhaus, ein Maschinengewehrstand.

Fünf Monate zuvor hatten zwei Wehrmachtsoffiziere mit weißen Handschuhen an unserer Tür geklingelt. Ein Unteroffizier mit Maschinengewehr begleitete sie. Vom Fenster aus hatten wir sie gemessenen Schrittes über die Straße gehen sehen. Meine Mutter spricht Deutsch.

Die Offiziere salutieren. Sie gehen durch die Zimmer, befinden, dass sich die Wohnung als Büro eigne. Weisen den Hauswart und die Hausmeisterin an, eine Inventarliste zu erstellen. Wir bekommen vierundzwanzig Stunden Zeit, um auszuziehen. Familie Róbert erwartet uns schon, sagt mein Vater, als sie weg sind.

Ich bewahre die Inventarliste in einem der alten Ordner auf.

In den vergangenen sechzig Jahren habe ich sie oft gelesen. Jetzt lese ich sie wieder, dreimal nacheinander. Auf den Erinnerungsspuren der aufgelisteten Gegenstände kann man durch das einstige Zuhause gehen. Beim dritten Mal Lesen verspüre ich den ehemaligen Duft der Dinge. Alles ist greifbar. Auf der Liste ist auch die Adox-Kamera mit dem 4,5er-Objektiv, die ich in meinem Schreibtisch aufbewahrte. Eine Schülergeige. Sie gehörte meinem Bruder. Ich kann mich gut an den Bücherschrank erinnern, der Liste ist zu entnehmen, dass wir 250 Bücher besaßen, in der nächsten Zeile ist festgehalten, dass sich in der Wohnung 250 Kilo Heizmaterial befanden. Erstaunlich, dass mein Vater auch einen Frack besaß. Ich habe ihn nie darin gesehen. Das Hochzeitsfoto blitzt auf. Damals, ja ... der Frack ... Sechs große Kochtöpfe ... sechs kleine.

Die Schränke sind alle ausgeräumt.

Meine Mutter tippt in ihre Olympia-Reiseschreibmaschine, was der Hauswart diktiert. Die Hausmeisterin steht hinter ihr.

Ich benutze die Olympia-Reiseschreibmaschine kaum noch. Trotzdem steht sie neben meinem Schreibtisch.

Wir warten, sage ich zu Vera in der Toreinfahrt.

Wir hätten doch nicht hierherkommen sollen.

Woanders können wir aber nicht hin.

Sechzig Jahre später wähle ich einen der unbekannten Namen auf der Klingeltafel.

Ich möchte gern das Treppenhaus sehen, sage ich. Warum? ... Na ja, früher einmal ...

Man lässt mich hinein.

Die alten violetten Fliesen.

Ich läute jetzt, sage ich zu Vera, warte aber noch.

Nach dem Läuten hören wir Schritte aus dem Souterrain. Vera lässt meine Hand los.

Frau Linnert, die Hausmeisterin. Wenn wir sie treffen, nennen wir sie Tante, wenn wir über sie sprechen, sagen wir Frau Linnert, wie wir es von unseren Eltern gehört haben.

Oh mein Gott … ihr seid es? …

Sie hatte mehr Angst als wir, sagt Madó sechzig Jahre später. Jeder hatte Angst vor jedem, vor der Bombardierung, der Front, davor, dass sie Probleme bekommen, wenn sie helfen.

Madó war damals noch nicht mit uns zusammen, wie kann sie sich an Frau Linnerts Angst erinnern? Ist es möglich, dass wir doch zu dritt vor dem Tor gestanden haben? Vielleicht erinnert sie sich, dass ich ihr einmal von unserer Rückkehr berichtet habe? Habe ich ihr vielleicht von der Angst in Frau Linnerts Gesicht erzählt? Ja, vielleicht erinnert sie sich an meine Erinnerung, dennoch ist nicht auszuschließen, dass ihre Erinnerung präziser ist – jedenfalls ist der Blick von Frau Linnert keine vernachlässigbare Spur. Ihr Gesicht ist nicht ein einziges Gesicht. Es ist gar kein Gesicht, sondern ein Gefühl. Es schlüpft in die Dinge, verbirgt sich in den Tiefen von Behausungen. Als wollte das Halbrund des Tales um die Ziegelei Óbuda die Stadt umarmen, als wäre die Stadt in ihrer Eigenschaft als Tatort selbst das Tal.

Ja, sie hatte mehr Angst als wir. Damals, als wir nach Hause kamen, hatte auch Vera keine Angst, sage ich zu Madó.

Frau Linnert führt Vera in die Hausmeisterwohnung.

Ich begebe mich auf Entdeckungsreise. Ich gehe um die Nr. 78 herum, um die einstöckige Villa, in der wir den Sommer und den Herbst verbracht hatten. Die Seitentür neben der Küche steht offen. Die Bettwäsche im Schlafzimmer der Róberts ist überall auf dem Boden verteilt. Die Jalousien sind heruntergelassen. Eine Wandlampe brennt. Ihr Licht leuchtet durch die Jahrzehnte.

Der Bücherschrank ist offen. Einige Bände liegen auf dem Boden. Ich hebe das literarische Lexikon von Marcell Benedek hoch. Als wir hier wohnten, habe ich jeden Tag darin gelesen. Braunes Leinen, goldene Buchstaben. Ich wollte es von A bis Z durchlesen, bis zum 15. November bin ich bis K gekommen. Ich verstaue das Buch in meinem Rucksack. Von der Kirschholzkommode her höre ich ein leises Summen. Rosafarbenes Licht. Eine riesige opalisierende Meeresmuschel. Sie gehört Onkel Róbert. Es war verboten, sie anzufassen. Einmal durfte ich sie an mein Ohr halten. Unter den vielen Fingerabdrücken darauf dürften auch meine sein. Sein Großvater habe sie seinem Vater hinterlassen, sein Vater ihm, hatte Onkel Lajos gesagt. Sie bewahrt die Stimmen von 150 Jahren, diese Tiefseemuscheln saugen Stimmen auf. Wenn du willst, sagte er, darfst du auch etwas hineinsprechen. Ich sagte meinen Namen, etwas anderes fiel mir nicht ein.

Jetzt halte ich sie in der Hand. Spreche wieder meinen Namen hinein. Liegt jetzt diese meine Stimme auf meiner früheren?

Als ich in der vergangenen Woche die Schritte von Carl Lutz auf dem Ostbahnhof beschrieb, habe ich das Adagio aus Schuberts Streichquintett C-Dur auf den Plattenspieler gelegt, das er von den beiden blinden Bettlern am Ausgang gehört hatte, als er im Dezember 1944 zur Berichterstattung nach Bern gefahren war. Jetzt lege ich die Muschel in die Nähe des Plattenspielers, die Musik setzt ein. Ich möchte so gerne, dass sie jenes Adagio aufnimmt, von dessen Klang sich Lutz niemals befreien konnte.

Es ist dunkel. Vorsichtig lege ich die Muschel zwischen den Reservepullover und die warmen Socken in meinen Rucksack.

Ich stehle mich aus dem Haus.

Gehe zurück in die Nr. 76. Die violetten Fliesen des Treppenhauses glänzen im Dunkeln. Die Tür der ersten Wohnung im Hochparterre ist geschlossen. Das ist Veras Wohnung. Die andere Tür lässt sich aufdrücken. Ich stehe im Wohnzimmer der Wohnung der Beifelds. In der Ecke steht ein Kartentisch. Meine Mutter und mein Vater haben hier oft gespielt. Obwohl die Frauen eigentlich eher in den inneren Räumen Rommé spielten. Einer der Korbstühle steht genau dort, von wo aus ich neben meinem Vater sitzend die aufgedeckte Trumpfkarte im Blick hatte.

Im Speisezimmer fehlen die Perserteppiche. Und die Bilder. Zweiter Stock. Ich drücke die Klinke hinunter, die Wohnungstür der Hirschs öffnet sich.

Ich kenne hier jedes Zimmer. Ich könnte den Geschmack der Geburtstagstorten schmecken, aber meine Aufmerksamkeit gilt jetzt der Tatsache, dass auch hier eine Wandlampe brennt. Die Vorhänge sind heruntergerissen, die Schranktüren stehen offen, die Stühle liegen auf einem Haufen, in der Küche ist offenbar jemand über die Töpfe hinweggetrampelt, im Kinderzimmer über die Spielsachen, ein kleiner Reiter ist unversehrt geblieben, ich stecke ihn in meinen Rucksack, es war mein Lieblingszinnsoldat.

Ich öffne die Tür zum großen Zimmer. Es ist Vollmond. Die grüne Samtdecke mit den goldenen Troddeln wurde vom Klavier gefegt. Ich lege sie wieder zurück.

Eine Tapetentür führt ins kleine Zimmer. Auf der Recamière finde ich Bettwäsche. Das Verdunkelungspapier wurde vom Fenster gerissen, ich mache kein Licht. Ich hatte nie ein eigenes Zimmer. Wenn es hell wird, kann ich lesen. Gut, dass ich das Lexikon mitgenommen habe.

In der Nähe, aus Richtung der Ecke Korong- und Kolumbusz-Straße, ertönen Maschinengewehrsalven.

Am Morgen wasche ich mich mit kaltem Wasser. Wähle eines der drei bunten Zahnputzgläser aus. Finde eine halbe Tube Zahnpasta, drücke etwas davon auf meinen Finger. Wasche meine Socken, Unterhosen. Nehme frische Unterwäsche aus dem Rucksack. Gehe hinunter ins Souterrain. Vera trinkt Tee, isst ein Marmeladenbrot. Sie schneiden Marmelade vom Block. Ich bekomme auch etwas. Ich bringe Vera in die Wohnung der Hirschs, zeige ihr, wie ich mich eingerichtet habe. Im Treppenhaus verschränken wir unsere Finger. In der Wohnung entzieht sie mir ihre Hand. Setzt sich ans andere Ende der Recamière. Ich will wieder ihre Hand nehmen, sie lässt mich nicht. Ich frage, ob sie nicht Lust hätte, hierher zu ziehen, ich würde ihr

95

mein Zimmer abtreten, so drücke ich mich aus, würde mir
einen anderen Schlafplatz suchen. Sie sagt, vorerst fühle sie sich
bei den Linnerts wohl.

Im Sommer hatten mich meine Eltern in die Musikschule
eingeschrieben. Von der zweistündigen Ausgangszeit gingen 10
Minuten für den Weg ab: fünf Minuten hin, fünf wieder zurück. Die Musiklehrerin empfahl mir weder die Geige noch das
Klavier, dafür brauche man eine Perspektive, sagte sie zu meinen Eltern. Ich kannte dieses Wort nicht, hatte aber das Gefühl,
zu begreifen, was sie meinte. Ich empfehle das Akkordeon,
sagte sie, in zehn bis zwölf Unterrichtsstunden könnte er die
Grundkenntnisse erlernen. Sie brachte mir Wiener Walzer und
den ›Tango Bolero‹ bei.

Ich versuche, Vera den ›Tango Bolero‹ auf dem Klavier vor-
zuspielen. Greife manchmal daneben.

Sie bringt einen Stuhl, stützt die Ellbogen auf das Klavier,
legt ihr Kinn in die rechte Handfläche. Sie imitiert Filmschau-
spielerinnen, vor allem Katalin Karády im ›Tödlichen Frühling‹.
Es fehlt nur noch, dass sie sich eine Zigarette anzündet. Ich
verstehe nicht, warum sie mir nicht erlaubt, sie zu berühren.
Als sie in der Ziegelei ihre Menstruationskrämpfe bekam, hatte
sie meine Hand so heftig gequetscht wie ein Gummikissen. Sie
steht auf, geht zum Fenster. Ihr Gang ist auch so wie der von
Katalin Karády. Ich lasse den ›Tango Bolero‹ bleiben und beuge
mich zu ihrem Hals hinunter. Sie riecht schlecht. Konnte sich
wahrscheinlich nicht waschen. Offenbar seit Tagen nicht mehr.
Sie läuft ins Bad, ich höre die Wasserspülung, sie kommt zurück, schreitet nicht mehr wie Katalin Karády, sie sagt, sie habe
Hunger, wolle hinuntergehen, vielleicht gebe es etwas zu essen.
Nimmt meine Hand, zieht mich mit sich.

Wir essen in der Küche. Einbrennsuppe und Bohnengemüse,
aus demselben Teller. Vera lässt die Hälfte der Bohnen stehen.
Herr Linnert ist fünfzig Jahre alt. Sein Schnurrbart ist weiß und
hängt beim Essen in seinen Löffel. Er sagt: Sie kommen. Wahr-

scheinlich meint er die Russen, obwohl man jetzt keine Schüsse hört. Seine Stimme ist wie die eines Bauern in Szilasliget, bei dem wir den Sommer verbracht haben, als ich sechs war. Er stand beim Nussbaum, sah zum Himmel und sagte, da kommt der Scheißregen. Er sagte es auch, als gar keine Wolke am Himmel stand. Er sagte es auch, als er gar nicht befürchten musste, dass das Eis die Obstbäume kaputtschlägt. Er sagte es einfach nur so, selbst als er nach einer langen Trockenperiode auf ein Gewitter wartete.

Am Nachmittag finde ich Verdunkelungspapier und Reißnägel. Ich befestige es am Fenster, lese am Abend beim Licht der kleinen Lampe. Ich höre die Maschinengewehrsalven aus derselben Richtung wie am Tag zuvor. Ich lösche das Licht und öffne das Fenster. In der Kolumbusz-Straße schlagen Flammen hoch.

Ich lege die Kopie einer Dokumentation in einen meiner Aktenordner:

»Eine der Aktionen der Pfeilkreuzler-Kommandos, die die meisten Opfer gefordert hatten, richtete sich gegen das Lager in der Kolumbusz-Straße, das unter dem Schutz des Internationalen Roten Kreuzes stand. Trotz heftiger Proteste der anwesenden Vertreter des Roten Kreuzes drangen sie in das Lager ein. Der Kommandant und seine Familie wurden sofort liquidiert. Auch der Lagerarzt wurde erschossen, als er im Namen der Kranken protestierte. Die Alten wurden ins Ghetto geschickt. Die über Sechzehn- und unter Sechzigjährigen wurden zum Josefstädter Bahnhof getrieben und in Züge nach Bergen-Belsen gepfercht.«

Ich lehne mich aus dem Fenster.

Höre die Salven.

Ich weiß nicht, was geschieht.

Mein Weg führt mich täglich an der vor zwölf Jahren aufgestellten Gedenktafel für den Kommandanten Dr. Kanizsai und die übrigen Opfer vorbei.

Zum Abendessen bekommen wir Brot und Tee. Herr Vespi

sagt, die Kinder dürften nicht hierbleiben, weil sie die Hausbe-
wohner in Gefahr brächten. Er sagt es nicht zu uns, er sagt es
zu Herrn Linnert. Herr Vespi ist der Hauswart. Er hat rötliches
Haar. Blaue Augen. Im Ersten Weltkrieg war er Feldwebel.
Wurde verwundet. Hinkt.

Ich gehe in mein Zimmer hinauf. Mache mir das Bett. Ziehe
die Schnürstiefel aus, die Hosen. Das Hemd lege ich über die
Stuhllehne.

Als Friedrich Born, der Beauftragte des Internationalen Roten Kreuzes, am Bahnhof Josefstadt ankommt, kann er die
Verladung der Verschleppten aus der Kolumbusz-Straße nicht
mehr verhindern.

Mir ist kalt unter der Daunendecke. Ich ziehe mein Hemd
wieder an. Später erfahre ich, dass Herr Vespi Frau Linnert
währenddessen wiederholt ermahnt, die Meldung von Flüchtigen, wie er sagt, sei obligatorisch. Was der Herr Vespi von den
zwei Kindern wolle, fragt Frau Linnert und fügt hinzu, sie kenne das Gesetz, sie würde schon morgen etwas unternehmen.
Herr Linnert schweigt. Weiß nicht, was man tun sollte. Und
was wird der Herr Feldwebel später den Russen sagen?, fragt er.

Langsam wird mir warm unter der Decke. Ich denke an
Vera. In der Ziegelei, im Tempel in der Dohány-Straße lagen
wir aneinandergeschmiegt, trotzdem geschah nicht, was jetzt
geschieht, wenn ich an sie denke. Ich verlasse mich auf meine
Hand, um den Reiz zu befriedigen. Zum ersten Mal geschah es
im Sommer, in jener Nacht, nachdem wir uns am Nachmittag
auf dem Ziegelhaufen geküsst hatten. Ich spüre immer noch
den Duft ihres Parfums vom Sommer.

Die Nacht vergeht.

Der nächste Tag vergeht.

Vera sagt, dass sie im Küchenschrank der Linnerts das Kaffee-
service ihrer Eltern gesehen habe.

Am Morgen des dritten Tages öffnet Frau Linnert die Tür.
Schnell! …

Ich schlüpfe rasch in meine Kleider. Sie bringt mich in den Keller. Vera ist schon dort.

Durch das vergitterte Fenster sehe ich einen Lastwagen, der in den Hof einfährt. Jungs in meinem Alter mit Junkermützen springen herunter. Einige sind auch etwas älter. Frau Linnert ruft uns. Wir müssen hinausgehen. Jeder Bewohner muss sich vor seine Wohnungstür stellen. Wer kein Jude ist, darf zurückgehen. Herr Vespi hebt die Hand an seine Pelzmütze und meldet, dass er alle Befehle ausgeführt habe.

Er meldet einem Gefreiten mit Pfeilkreuzler-Armbinde.

Die Jungs scheinen noch müde zu sein. Es ist halb sieben. Es schneit. Vera lässt sich jetzt von mir umarmen. Die Jungs erhalten den Befehl, die unbewohnten Wohnungen auszuräumen. Frau Linnert muss für die wertvolleren Sachen eine Kiste besorgen. Einer der Jungen fragt den Gefreiten, was bitte schön als wertvollere Sache eingestuft werden solle. Er ist blond, braunäugig, trägt einen Mantel mit Bocskai-Schnurbesatz. Er trägt keine Junker-, sondern eine Gymnasiastenmütze. Während er fragt, beobachtet er mich. Herr Vespi meldet, dass sich im Gebäude noch zwei Juden aufhielten.

Der Junge mit der Gymnasiastenmütze kommt zu mir, warum seid ihr nicht abgehauen?, fragt er flüsternd.

Was wird eingestuft als ...? Na warte, ich stuf dich gleich ein, brüllt der Gefreite.

Sie tragen Anzüge zum Lastwagen, Damenkleider, Hüte, Tischdecken, ich sehe auch zwei Tennisschläger. Ein älterer Junge fragt, ob sie auch das Klavier aus dem zweiten Stock mitnehmen sollen. Der Junge mit der Gymnasiastenmütze sagt, ach nein, das verstimme sich.

Der Gefreite ist groß. An seinem Gürtel hängen zwei prall gefüllte Munitionstaschen. Seine Stiefel sind abgetragen. Er hält sein Bajonettgewehr in der Hand.

Ich hab gehört, du weißt, wo sie die Seife versteckt haben. Hier gibt es irgendwo drei Kisten Seife.

Wir stehen in der Wohnung, in der ich die vergangenen Tage verbracht habe. Die Schränke sind schon leer. Die Jungs treten auf die Sachen, die auf dem Boden herumliegen. Im Kinderzimmer ein großer Haufen Brettspiele, Autos, Puppen. Sie stecken sich einige Zinnsoldaten in die Tasche. Zwei werfen sich die große Schlafpuppe zu.

Der Gefreite brüllt. Wir sind nicht zum Vergnügen hier, verdammte Scheiße! Na, Söhnchen, jetzt aber raus mit den drei Kisten Seife.

Er wirft seine Schildmütze aufs Klavier. Grenzsoldaten tragen solche Schildmützen. Sein Kragen ist grün, er ist Infanterist. Die Grenzsoldaten haben einen roten Streifen am Kragen. Mein Bruder und ich hatten die Rangabzeichen und die Farben der Waffengattungen auf unsere Zinnsoldaten gemalt. Mein Bruder ist im Arbeitslager. Er ist neunzehn. Wurde nach Bustyaháza abkommandiert. Sie mussten auf dem Militärflugplatz Zementsäcke abladen. Wenn einer allein keine 50 Kilo tragen konnte, durften sie die Säcke zu zweit schleppen. Die letzte Postkarte kam im Oktober. Da waren sie schon zu Fuß nach Deutschland unterwegs.

Ich wohne nicht hier, sage ich zum Gefreiten, ich weiß nichts von der Seife.

Halt's Maul, Bürschchen! ...

In unserer Klasse war ein Junge aus Köbánya. Der hat so gesprochen: Pass mal auf, Bürschchen, ich schmier dir gleich eine, Bürschchen ...

Rede, sonst polier ich dir die Fresse ...

Der Junge mit der Gymnasiastenmütze kommt heran. Er beobachtet die anderen. In Filmen habe ich gesehen, dass weißbehandschuhte Lakaien so auf Gäste schauen, die kein Benehmen haben. Er setzt sich ans Klavier, spielt.

Der Gefreite schlägt mich mit der Faust. Der Schlag ist fest, aber ich fühle keinen großen Schmerz. Als würde ich nur beobachten, wie er jemand anderen schlägt.

Er schlägt mit der anderen Faust zu.

Ich will wieder sagen, dass ich von der Seife nichts wisse, aber es kommt kein Laut heraus, ich gestikuliere nur mit den Händen.

Er geht hinaus. Spricht im Vorzimmer mit Herrn Vespi.

Die Jungs starren mich an. Zwei machen sich davon. Der Gefreite kommt zurück. Ich hoffe, du hast es dir anders überlegt, sagt er leise, oder sollen wir wieder von vorne anfangen? …

Er wartet meinen Protest nicht ab, tritt mir in den Unterleib. Langsam gehe ich zu Boden.

Spiel mir hier nichts vor, Bürschchen …

Ich kann aufstehen.

Schnell! Schnell!, brüllt er die Jungs an. Wahrscheinlich haben sie noch viel zu tun.

Wer wird sich bei den vielen Wohnungen noch an diese eine in der Amerika-Straße erinnern?

Die Jungs kehren nach einem langen Arbeitstag heim. Einer prahlt ein bisschen, einer vergisst, wo er gewesen ist, einer schweigt, wenn seine Eltern ihn fragen, einer klagt über Kopfschmerzen, einer setzt sich ans Klavier und spielt, einer liest die Zeitung: *»Unsere begeisterte Budapester Junkertruppe muss eine äußerst wichtige Aufgabe lösen, die zahlreiche junge Arbeiterhände erfordert. Der größte Schatz des Junkers ist seine Ehre, besagt die Junkerregel. Jetzt können unsere Junker wieder einmal beweisen, dass sie die treuesten Bewahrer und Beschützer unseres nationalen Vermögens sind.«*

Ich stehe im Treppenhaus. Die Fliesen sind dieselben. Einige fehlen. Lila Ölfarbe wurde an ihre Stelle geschmiert. Drei Generationen hinterließen ihre Fingerabdrücke darauf. Irgendwann sind auch meine hinzugekommen, als ich gegen die Wand fiel.

Vera ist schon im Keller. Hockt in der Ecke. Bedeckt ihr Gesicht mit einem schwarzen Tuch.

In der Halle des Hotels ›Astoria‹ wird Staub gesaugt. An der Rezeption steht eine japanische Touristengruppe.

Das erste Mal war ich vor ungefähr fünfzig Jahren hier.

Die Schwingtür ist unverändert. Rechts das Café, zur Kossuth-Lajos- und Magyar-Straße, links das Restaurant, es sieht fast so aus wie vor fünfzig Jahren und, wie den alten Fotos zu entnehmen ist, wie schon vor dem Krieg.

Carl Lutz sitzt am mittleren Tisch im Restaurant und wartet. Der Ober tritt zu ihm. Weißer Smoking, weiße Fliege. Seine Haare glänzen vor Brillantine, er trägt einen Mittelscheitel. Sagt nichts, nickt nicht, wartet. Er bemerkt, dass Lutz die ganz und gar unberufsmäßige Strenge seines Blickes wahrnimmt.

Lutz sitzt mit dem Rücken zum Eingang. Bemerkt am Gesichtsausdruck des Kellners, dass Gerhart Feine das Lokal betreten hat. Der Ober richtet sich auf, seine Haltung deutet an, dass er vor dem Major salutieren möchte.

Lutz hat Feine noch nie zuvor in Uniform gesehen. Neben dem Eisernen Kreuz erkennt er noch zwei Reihen weiterer Orden. In Palästina hatte er immer nur leichte Leinenanzüge und bunte Polohemden an.

Der Ober nimmt ihm die Tellermütze ab, schreibt die Bestellung nicht auf, prägt sie sich ein. Beim zweiten Gang steckt Feine Lutz in eine Damastserviette gewickelt die Kopie eines Telegramms zu. Lutz legt die Kopie in die eigens dafür bereitgelegte Zeitung und liest. Die Zeitung ist vom selben Tag, dem 30. September 1944: »*Nr. 65, Budapest, 3. April 1944. Reichsaußenministerium. Die Reaktion der Budapester Bevölkerung auf die zwei Luftangriffe trug in weiten Kreisen zur Verstärkung einer judenfeindlichen Haltung bei. Gestern wurden Flugblätter verteilt, auf denen für jeden getöteten Ungarn das Leben von hundert Juden gefordert wurde. Selbst wenn das praktisch undurchführbar ist, denn wir müssten mindestens dreißig- bis vierzigtausend Juden erschießen, so steckt doch in der Idee der Vergeltung und der Statuierung eines abschreckenden Beispiels ein riesiges Propagan-*

dapotenzial. Während meines Gesprächs mit den Ministern Ratz und Kunder gewann ich den Eindruck, dass eine solche Anordnung ohne weiteres durchführbar wäre. Ich bitte um Anweisungen, um die Vergeltungsmaßnahmen nach dem nächsten Luftangriff beginnen zu können. Veesenmayer.«

Nach dem Dessert schlägt Feine vor, ins Café hinüberzugehen. Der Ober begleitet sie. Lutz sieht aus dem Fenster, im ›Forum‹-Kino wird der ›Afrikanische Bräutigam‹ gezeigt, mit Kálmán Latabár in der Hauptrolle.

Feine bestellt Sahne zum Kaffee. Als er die Tasse zum Mund führt, flüstert er Lutz zu, er solle ihm sein Ehrenwort geben, niemandem, nicht einmal dem Gesandten Jaeger, nicht einmal der lieben, wie er sagt, gnädigen Frau Gertrud etwas von diesem Gespräch zu sagen, denn wenn diese Nachricht bekannt würde, könnte er ohne weiteres zufällig Opfer eines Autounfalls werden.

Lutz fragt, seit wann er wisse, dass in Auschwitz Menschen vergast würden. Wir sind im Krieg, sagt Feine. Sein Ton sei ganz normal gewesen, wird Lutz sich erinnern. Ich besitze ein Foto, das mich gemeinsam mit einem Mörder zeigt, sagt er. Feines Blick verändert sich. Ein ehemaliger SS-Mann, fügt Lutz schnell hinzu, auf dem Bild lege ich meinen Arm um ihn. Feine versteht nicht. Bezahlt die Rechnung. Der Ober geht vor und öffnet ihm die Schwingtür.

Lutz nimmt in seinem Büro das Foto von der Wand, auf dem er mit dem deutschen Bootsmann zu sehen ist. Abends sieht Gertrud den leeren Platz, findet nach einigem Suchen das Bild in einer Schreibtischschublade. Heftet es wieder an die Wand. Du hast es doch geliebt, sagt sie am nächsten Tag zu Lutz.

Ich hätte es längst zerreißen sollen, denkt Lutz. Der Schüler, dem er die Leica in die Hand gedrückt hatte, war gut. Damals wusste er noch nicht, dass dieser Bootsmann mit dem lahmen Bein zum Wachpersonal in Auschwitz gehört hatte.

Sag mal, verstehst du, warum diese Juden unbedingt Ungarn

sein wollen?, fragt Gertrud. Lutz ist froh, dass sie wenigstens nicht mehr über das Bild sprechen. Nein, sagt er, er verstehe es nicht. Er sagt nicht, was er sonst noch nicht versteht, obwohl er das gern tun würde. Er hätte so viel zu sagen, aber das, was er besprechen möchte, ist unaussprechlich. Nicht nur, weil er Feine sein Wort gegeben hat.

Als der tschechische Widerstand 1942 Reinhard Heydrich, einen der furchtbarsten Tyrannen der Geschichte, tötete, war ich in Ungarn, wird er schreiben. Wir alle wussten von jener Vergeltungsaktion, bei der sie das kleine Dorf Lidice dem Erdboden gleichmachten, die Männer auf brutalste Weise ermordeten, Frauen und Kinder deportierten. Als die ersten Nachrichten eintrafen, dass die Deutschen in Auschwitz und anderen Konzentrationslagern Millionen von Menschen vernichteten, wollte ich es in meinem Arbeitszimmer in Budapest anfangs nicht glauben. Als ich mich in der deutschen Botschaft danach erkundigte, flüsterte mir ein Bekannter zu: Das darf man nicht wissen und es wäre besser, wenn auch Sie nichts davon wüssten. 1943 erfuhren wir vom Aufstand im Warschauer Ghetto, wir wussten, dass die Deutschen mit Panzern einmarschierten und die verbliebenen 40 000 Menschen im wahrsten Sinne des Wortes verbrannten …

Ich sehe Gizis Schritte vor mir, obwohl ich nur den Blick meiner Mutter sehen kann, als sie mir erzählt, was sie von Gizi erfahren hat. Meine Mutter schaut so, als hätte sie das, was sie mir erzählt, nicht nur gehört, sondern als wäre es eine alte Geschichte. Sie lauscht Gizis Stimme wie aus weiter Ferne, als wäre das, was sie da sagte, nicht erst wenige Monate zuvor geschehen. Sie lauscht Gizis junger und schon heiserer Stimme, weißt du, sagt Gizi zu meiner Mutter, man hatte mich ja mit Károly gesehen, bevor sie ihn mit den Offizieren des Widerstands verhafteten. Diese Tiere erschossen Károly an der Straßenecke. Jemand muss mich verpfiffen haben, ich habe mir schon gedacht, dass die Lage dort brenzlig werden würde. Ich ging wieder zu Lutz in die Schweizer Botschaft, seine Frau ist ganz nett, ein bisschen kokett, aber das gehört dazu. Zu was dazu, fragte ich Gizi, sagt meine Mutter. Meine Mutter schaut so unschuldig, so muss sie auch geschaut haben, als sie Gizi fragte, zu was gehört es dazu, Liebste? Na, zu dieser ganzen Kriegsschweinerei, Liebste, lachte Gizi, sie muss darüber gelacht haben, mit welch unschuldigem Gesicht meine Mutter das gefragt hatte.

Blicke sind wichtiger als Ereignisse. Vielleicht ist es leichtsinnig, so etwas zu behaupten, vielleicht auch nicht. Ich halte die Erinnerung an Blicke deshalb für wichtiger, weil die Ereignisse in ihnen stecken, man muss nur vom Blick bis zum Gefühl vordringen, vom Gefühl bis zu den Geschichten. Diese Arschlöcher haben mich verpfiffen, sagt Gizi zu meiner Mutter, meine Mutter spricht Arschlöcher mit einiger Verlegenheit aus, als sie mir widergibt, was ihr erzählt wurde.

Gizi konnte nicht in der Schweizer Botschaft bleiben, wollte es aber auch gar nicht, erfahre ich von meiner Mutter. Sie wollte nur Informationen bekommen, wie sie mit Károlys überlebenden Offizierskollegen Kontakt aufnehmen könnte. Es war ihr auch wichtig, auf die frisch gedruckten Schutzbriefe aus der Druckerei zu warten. Danach ging sie ins Wohnheim des Roten Kreuzes in die Munkácsy-Mihály-Straße. Von dort habe ich eine Nachricht an eine Chalutzim-Truppe geschickt, sagt sie zu meiner Mutter, dass ich die Schutzbriefe habe. Die Detektive, die mich mit Károly gesehen haben, fanden offenbar heraus, wo ich war, vielleicht gab es auch jemanden in der Kette, der mich verraten hat – jedenfalls kamen noch am selben Abend zwei Zivilisten, kommen Sie mit, Schlusspass, fertig. Weiche graue Hüte, schwarzer Wintermantel mit Samtkragen, ich wusste nicht einmal, wohin sie mich bringen würden, sie setzten mich in ein Taxi und ich dachte, es gehe geradewegs in die Andrássy-Straße 60. Wir hielten aber vor dem ›Astoria‹, gingen durch die Halle, die Treppen hinunter. Da fiel Gizi ein, erzählt meine Mutter, dass man früher über diese Treppe zur Weinstube ins Kellergewölbe gelangte. Wir waren einmal dort, zu viert, mit deinem Vater und mit Gizis Mann, als er noch lebte. Gizi fragte die zwei mit den weichen Hüten – du weißt ja, wie sie ist, sagt meine Mutter, für sie ist alles nur Schlusspass –, sie fragte, wollen die Herren vielleicht mit mir ausgehen?

Gizi sitzt im Gestapo-Keller.

Ein Kriminalrat verhört sie.

Gizi will keinen Dolmetscher. Der Kriminalrat ist frisch rasiert, als er sich vorbeugt, riecht Gizi den Duft seines Rasierwassers. Er hatte auffallend lange Finger, wird Gizi sagen. Stell dir vor, sie fragte den Kriminalrat sogar, sagt meine Mutter, ob er Pianist sei.

Der Kriminalrat ist so überrascht, dass er bereitwillig antwortet: Nein, Elektroingenieur.

Ich dachte, sagt Gizi, weil Ihre Finger so feingliedrig sind, na ja, ein Elektroingenieur benutzt seine Hände sicher auch für delikate Sachen.

Der Kriminalrat wendet seinen Blick von Gizis lockenden Augen ab, stellt seine Fragen. Ach, wo denken Sie hin, lacht Gizi, ich bekomme meine Aufträge von Herrn Friedrich Born, dem Direktor des Internationalen Roten Kreuzes, Sie müssen ihn doch kennen, Herr Kriminalrat. Und wie haben Sie den Herrn Direktor kennengelernt? Oh, bei einem Empfang. Jemand stellte mich ihm vor, er suchte nach einer perfekt Deutsch sprechenden Mitarbeiterin, die Erfahrung als Krankenschwester hat.

Der Kriminalrat lehnt sich in seinem Sessel zurück. Zündet sich eine Zigarette an. Löscht die Streichholzflamme mit einer leichten Bewegung seines Handgelenks.

Und auf wessen Empfang fand diese Begegnung statt?

Gizi weiß, was von ihrer Antwort abhängt.

Herr Gerhart Feine gab eine nette Party in Ihrer Botschaft. Ihn hatte ich schon früher kennengelernt.

Gizi weiß von Gertrud Lutz, dass Feine nicht mehr in Budapest ist. Sie weiß auch, dass Feine, obwohl er enge Kontakte zu Carl Lutz und Friedrich Born unterhält, ein ungestörtes Verhältnis zur Gestapo hat. Sie weiß auch, dass Born vor wenigen Tagen Budapest verlassen hat, um Meldung zu erstatten.

Auch der Kriminalrat der Gestapo weiß, dass Born nicht in der Stadt weilt.

Wer kann das bestätigen, gnädige Frau?

Am einfachsten wäre es, Herr Kriminalrat, wenn Sie meine Freundin in der Schweizer Botschaft anriefen, Frau Gertrud Lutz, die Frau des Vizekonsuls.

Die Lage des Kriminalrats ist nicht einfach. Er hat nicht nur genaue Informationen über Lutz' Aktivitäten. Er besitzt auch eine Kopie jener geheimen Notiz, in der Feine Lutz als Gegenleistung für dessen hilfreiche Arbeit in Palästina im Namen des Außenministeriums in Berlin Immunität garantiert.

Er ruft in der Botschaft an. Fragt nach Gertrud Lutz.

Er wusste sogar, dass das Paar die Nacht nicht in seiner Wohnung verbringen würde, weil der Weg nach Buda im Dunkeln nicht mehr sicher war, wird Gizi meiner Mutter sagen. Er wandte sich ab, als er in die Muschel sprach, ich konnte nicht hören, was er sagte, aber als er aufgelegt hatte, gab er den beiden Detektiven ein Zeichen, dass ich gehen könne.

Die Gestapo-Leute begleiten Gizi nach oben in die Halle. Junge Burschen sitzen in den Ledersesseln. Pfeilkreuzler-Armbinden. Maschinengewehre. Am Eingang salutieren zwei Männer, als hätten sie Uniformen an. Gizi wirft ihnen eine Kusshand zu, überquert die Straße, bleibt am ›Forum‹-Kino stehen, schaut sich die Fotos mit Kálmán Latabár an. Zieht ihre Rotkreuz-Armbinde zurecht. Geht los in Richtung Donau.

Frau Manntz wohnt im Souterrain der Amerika-Straße 74. Bei mir können sie nicht bleiben, sagt sie zu Frau Linnert, der Vespi hat gesehen, dass sie hergekommen sind.

Frau Linnert flüstert ihr etwas zu. Na gut, sagt Frau Manntz, aber nur bis abends um halb acht, du weißt, Helmut kommt um acht aus dem Krankenhaus herüber.

Wenn dein Mann von der Front zurückkommt, wird er deinen Helmut erschießen, sagt Frau Linnert.

Der Mann von Frau Manntz ist Tischler. Er ist seit einem Jahr an der Ostfront. Baron Helmut von Friedenburg, Major und Militärarzt, stellvertretender Leiter des Krankenhauses gegenüber, verbringt seit Mai seine Nächte bei Frau Manntz. Frau Manntz ist im Gebiet Jászság geboren. Sie ist groß. Wenn sie geht, wiegt sie die Hüften. Vormittags putzt sie im Krankenhaus, abends erwartet sie den Major. Wenn István heimkommt, wird Helmut als Erster schießen, sagt sie.

Lieber Gott, was bist du doch für eine Hure, Ilonka, sagt Frau Linnert. Ein wenig Neid liegt in ihrer Stimme. Hast du Kartoffeln?, ruft ihr Frau Manntz hinterher. Na, eben so viel, wie ich hab … du kannst dir Zwiebeln holen …

Es ist sechs Uhr. Ich packe meine Sachen um. Frau Manntz bemerkt die Muschel. Gehört sie dir? Ich sage ihr nicht, dass ich sie aus der Wohnung der Róberts geholt habe. Sie gefällt ihr sehr. Sie will mir dafür eine Konserve geben. Will mir zwei geben.

Du wirst sie eh nicht mehr brauchen.

Ich gebe sie nicht her, sage ich.

Vera bittet mich, mich umzudrehen, weil sie die Unterhose wechseln will.

Ich warte nicht bis halb acht. Vera versteht nicht, wohin wir gehen. Die Straßen sind dunkel. Vor dem Krankenhaus im Maschinengewehrstand sind deutsche Wachsoldaten. Der Regen stört mich nicht. Ich bin froh, dass ich Veras Hand halten kann.

Gyarmat-Straße, Kolumbusz-Straße, Thököly-Straße. Die Straßenbahn der Linie 44 nähert sich mit blau übermalten Lichtern. Auf der hinteren Plattform stehen zwei Parteifunktionäre. Sie starren uns an, als die Bahn an uns vorüberscheppert.

Das Papierwerk meines Vaters geht auf den Hof der Francia-Straße 41. Vor der Baracke des Holzlagers von Josef Rübner fällt mir ein, dass Oberleutnant Dr. Ernö Fogas hier vor meinem Vater salutierte an dem Tag, als dieser zum ersten Mal mit dem gelben Stern auf die Straße ging.

Das Fenster der Hausmeisterwohnung ist neben dem Tor. Nach dem dritten Klopfen wird das Fenster geöffnet. Ich höre, wie Frau Ulbert ihrem Mann nach hinten etwas zuruft.

Herr Ulbert ist Briefträger. Sie mögen uns, sage ich zu Vera. Meine Eltern haben ihnen oft geholfen. Sie haben meinen Eltern oft geholfen. Er kommt uns vorsichtig entgegen. Auf seine Frage antworte ich: Ich weiß nicht, was mit meinen Eltern ist, wir würden uns gern in der Werkstatt verstecken. Ich habe die Schlüssel nicht hier. Er bringt einen Hammer und einen Franzosen. Drückt die Zange gegen das Schloss. Schlägt darauf. Der Knall ist weithin in der Nacht zu hören. Nach dem sechsten oder siebten Schlag gibt das Schloss nach.

In der Werkstatt steht eine kleine Maschine, mit der man Texte auf Tüten drucken kann. Hinten ein Papierschneider. Der Tütenkleberaum ist durch eine Bretterwand vom Büro getrennt. In der Mitte steht ein großer Holztisch, rundherum Bänke. Der Kleberaum hat keine Fenster. Wir können Licht machen. Mein Vater hat im Sommer zwei Koffer zwischen den Papierballen versteckt. Darin finde ich warme Sachen, dahinter Decken.

Wir machen uns ein Bett auf dem Klebetisch. Wir essen nicht zu Abend, sind nicht hungrig. Wir legen uns auf den Tisch, umarmen uns unter den Decken.

Eine Maus läuft in der Ecke hin und her.

Vera kann auch schlafen, wenn ich sie umarme. Wir tragen nur Unterwäsche. Irgendwie arbeite ich mich geschickt aus meiner Unterhose heraus. Mit der einen Hand greife ich unter ihre Taille, mit der anderen in ihr Höschen. Sie macht keine Anstalten, aufzuwachen.

In der Ecke müssen mehrere Mäuse sein. Vera, als wäre sie davon aufgewacht, beobachtet entsetzt meine Hand. Ich mache das Licht an. Finde einen Besen, schlage damit in der Ecke um mich. Vera schaut von oben aus aufmerksam zu, tut so, als bemerke sie nicht, dass sie kein Höschen anhat. Ich krieche zu ihr zurück. Hast du sie verscheucht? Ich habe sie verscheucht. Gut, sagt sie. Legt sich langsam wieder hin.

Zwischen ihren Schenkeln, wie eine aufgesprungene Pflaume, aber das Fleisch ist nicht grün, sondern rosa. Rundherum goldener Flaum. Ich stütze mich auf meinen linken Ellenbogen. Die Spuren der Schläge vom Vormittag tun weh. Die Erregung hebt meinen Unterleib auf ihren Schenkel, ihre Haut streichelt meine Haut. Wir erstarren beide vor Schreck. Ich drehe mich zur Seite. Ich verdecke meine Lenden mit der Hand, ich will nicht, dass sie sieht, was mir passiert ist. Ich ziehe ihr das Höschen wieder an. Jetzt schaut sie wieder so wie an dem Tag, als sie am Klavier die Karády imitierte. Ich versuche, sie zu küssen. Ihre Augen sind tränenfeucht. Sie dreht sich schnell weg. Ich decke sie zu, mache das Licht aus. Nach kurzer Zeit streckt sie mir ihren Hintern in den Schoß, schnauft leise wie jemand, der schläft. Ich spüre, dass sie nicht schläft. Ich weiß nicht, was sie fühlt. Sie wird es mir zwanzig Jahre später erzählen.

Ich träume, dass ich ins Treppenhaus gehe. An der ersten Tür läute. Ich drücke die Klingel einmal, höre aber sechs Hammerschläge. Ich läute an jeder Wohnungstür. Nach jedem Läuten höre ich den Klang von sechs Hammerschlägen. Alle Spione an den Türen gehen auf. Und sofort wieder zu. In Sekundenschnelle erkenne ich alle bekannten Gesichter. Ich verstehe nicht, wie Frau Linnert und Frau Manntz in einer Wohnung zusammengekommen sind. Ich sehe es ihren Augen an, dass auch sie nicht verstehen, wie ich an ihre Haustür gelangt bin. Sie machen den Spion zu, trotzdem sehe ich in die Wohnungen hinein. Vom Läuten sind alle aufgewacht, jetzt legen sich alle wieder hin. Alle liegen auf solchen Holztischen wie Vera und ich. Um jeden Tisch rennen Mäuse herum.

Hier können wir auch nicht lange bleiben, sage ich im Traum zu Vera.

Es ist noch dunkel, als ich mich anziehe. Ich lege die Decken wieder hinter die Papierballen. Ich weiß nicht, ob die Frauen in der Frühe zur Arbeit kommen, ich weiß nicht, ob eine von ihnen einen Reserveschlüssel hat. Wenn sie kommen, sollen sie uns nicht unbekleidet antreffen. Vera zittert in der Kälte. Ich bitte sie, sich wenigstens das Gesicht zu waschen, hinten sei ein Wasserhahn. Eine Toilette gibt es nicht. Neben der Hausmeisterwohnung ist eine Toilette, aber wir können jetzt nicht über den Hof gehen. Ich sage Vera, dass neben dem Wasserhahn ein Abfluss sei, wenn sie mal müsse, solle sie dorthin gehen.

Das Café des ›Astoria‹. Vielleicht haben Lutz und Feine ihren Kaffee hier getrunken, am Fenster zur Magyari-Straße. Ich bestelle einen Cappuccino. Die Bedienung ist um die fünfundzwanzig, ihre schlanke Taille passt nicht zu ihren drallen Formen, ebenso wenig wie die scharfen Züge und der vorspringende Kieferknochen zu ihrem rundlichen Gesicht. Sie scheint aus lauter Gegensätzen zu bestehen.

Ob sie mir helfen könnte, ich möchte wissen, wie die Einrichtung vor sechzig Jahren ausgesehen hat, vielleicht gibt es alte Fotos, an wen ich mich wenden könnte?

Es wäre natürlich möglich, den Direktor zu fragen oder mich an der Rezeption zu erkundigen, aber wichtiger als der einstige Lageplan ist mir, wie sich das Gesicht einer jungen Frau verändert, wenn ich ihr solche Fragen stelle.

Sie ist so eifrig, als wollte ich noch eine Bestellung aufgeben. Die Farbe ihrer Augen ist mit keinem Blau vergleichbar. Wahrscheinlich gibt es irgendwo ein solches Blau, zumindest auf Malerpaletten, gemischt aus vielen verschiedenen Blautönen, vielleicht ist auch ein bisschen Gelb darin. Aber vielleicht sind sie doch eher schwarz, oder beides. Ihr Blick verdunkelt sich manchmal oder hellt sich auf.

Ich kann fragen, sagt sie, ich habe nur gehört, dass 1944 die Gestapo hier unten im Keller war. Haben Sie es hier gehört? Sie weiß es nicht ... hat es eben gehört ...

Fünf Minuten später bringt sie einen Prospekt mit Fotos, er wurde vor Kurzem anlässlich des neunzigjährigen Bestehens des Hotels herausgegeben. Wieder frage ich, woher sie von der Gestapo weiß. Statt einer Antwort sagt sie, die Schauspieler Katalin Karády und Pál Jávor seien auch hierher gebracht worden, das habe sie von ihrem Vater gehört. Ihr Vater muss während des Krieges ein kleiner Junge gewesen sein, vielleicht hat er noch gar nicht gelebt, sage ich, ihr Vater habe es von ihrem Großvater gehört, sagt sie, der habe auch hier gearbeitet. In ihrem Blick liegen Verlegenheit und Stolz, ihr Lächeln scheint von unterschiedlichen Gefühlen herzurühren, Familientradition, ihr Vater hatte hier begonnen, jetzt ist er Oberkellner im ›Palace Hotel‹.

Karády und Jávor wurden nicht hierher gebracht, sondern zum Gestapo-Hauptquartier auf dem Schwabenberg, sage ich. Ihr Lächeln verschwindet. Sie hat trotzdem noch Lust, sich mit mir zu unterhalten. Dann müsse sich ihr Vater eben geirrt haben, sagt sie, vielleicht habe sich aber auch der Großvater falsch erinnert.

Man müsste ihn fragen.

Ein hinterhältiger Satz, ich wage es nicht, ihr in die Augen zu sehen.

Ich kenne ihn nicht, ich glaube, er ist schon tot. Wieder das Dienstlächeln. Ich kenne viele verschiedene Varianten des Lächelns, dieser hier bin ich noch nie begegnet. Ich empfinde es als einen Deckel über unendlicher Langeweile.

Zweimal in der Woche trinke ich hier Kaffee, immer am selben Tisch. Ich stelle der Bedienung keine Fragen mehr. Manchmal trinke ich einen Cabinet Brandy. Ich will, dass sie sich an mich gewöhnt. Einmal erwähne ich, dass die Tante meiner Mutter auch hier in den Keller gebracht worden sei, 1944. Nach einiger Zeit erfahre ich, dass ihr Vater 1951 geboren ist. Zu Hause mache ich mir Notizen. Ihr Vater fing im ›Astoria‹ als Boy an. Ihr Großvater hatte ebenfalls im ›Astoria‹ angefangen. Er war auch während des Krieges da, sie weiß nicht, in welcher Funktion, ihr Vater weiß es auch nicht, vielleicht war er Dienstmann, vielleicht Kellner oder sogar Oberkellner. Ihr Vater sagte, das sei alles »so nebulös«, vielleicht »habe er sogar eine Waffe gehabt«. Jedenfalls kam er 1945 ins Gefängnis, er bekam fünf Jahre, aber warum das alles »so nebulös« ist ... 1956 wanderte er aus, sie hörten nie wieder von ihm, »das ist doch ganz uninteressant ...«.

Ich notiere, dass in ihren Augen, während sie erzählt, das Schwarz stärker ist als das Gelb. Ich notiere, dass ich nicht glaube, was sie sagt. Ich glaube nicht, was sie von ihrem Vater und Großvater erzählt. Ich glaube nicht, dass sie das alles »ganz uninteressant« findet. Ich notiere, dass sie es vielleicht doch uninteressant findet. Ich notiere, dass sie, als wir schon alte Bekannte sind, auf eine meiner Fragen antwortet, sie wisse nicht, ob ihr Vater ihr nichts mehr vom Großvater erzählen wollte, weil das, was er eventuell wusste, verheimlicht werden sollte, oder weil er einfach nicht verstand, was sie eigentlich wissen wollte. Ich notiere, dass sie also doch danach gefragt hat. Ja, sagt sie, ich glaube, er hat es einfach nicht verstanden, und so gab es nichts mehr zu besprechen.

Als sie das sagt, wartet sie am Tisch wie jemand, dem gerade etwas klar geworden ist, über das er jetzt nachdenken muss.

Vielleicht sieht sie den gleichgültigen Blick ihres Vaters vor sich.

Sie zuckt mit den Schultern. Vielleicht tut sie dasselbe, was ihr Vater auf ihre Fragen hin getan hatte.

Ich glaube, sie wäre froh, wenn ich sie nicht weiter mit Fragen belästigte.

Zum ersten Mal, seit ich in den Spuren meiner einstigen Schritte wandle, spüre ich: Endgültig verloren geht nur, was schon in Vergessenheit gerät, während es geschieht.

Sie blickt von einem anderen Tisch zu mir herüber, sieht, dass ich arbeite.

Früher habe ich auch hier im ›Astoria‹ gearbeitet, warum nicht jetzt …

Bis ich den Absatz beende, notiere ich, muss ich einer Tatsache ins Auge sehen, wozu ich bis jetzt noch nicht den Mut hatte: Ich bin auf Abwege geraten. Aber der Absatz ist noch nicht zu Ende. Wie könnte ich in einer Geschichte weiterkommen, über die nicht einmal derjenige Bescheid weiß, dem sie widerfuhr? Diese Frau ist nirgendwohin aufgebrochen, ihr Vater ebenso wenig, ihr Großvater bewegte sich in seinem Schicksal auch so vorwärts, als ob er gar keine Ahnung hätte, wo es hinging. Müsste ich wissen, was sie selbst nicht gewusst haben? Ich stecke in einer Falle, schreibe ich, ich könnte hinausfinden, wenn ich verstehen könnte, woher sie das haben, was ich Gleichgültigkeit nenne. Ich müsste in jene nächtliche Welt hinabtauchen, die ich durchwandert habe, doch der Einsatz dabei wäre, dass ich mich mit ihren Augen betrachten müsste. Nur kann ich nicht an ihrer Stelle ans Ende ihrer Geschichten gelangen. Ich möchte es trotzdem, schreibe ich, ich habe furchtbare Angst vor solchen Widersprüchen.

Ich muss daran denken, dass der Kellner, der dem Gestapo-Kriminalrat während Gizis Verhör den Kaffee serviert hatte, möglicherweise der Großvater dieser Bedienung war, ich muss ihn als den Ober vor mir sehen, der das Treffen von Carl Lutz und Gerhart Feine beobachtet hatte, bevor zu einem späteren Zeitpunkt, in einer anderen Nacht, das Telefon bei Carl Lutz zum zweiten Mal klingelte.

Den ersten Anruf erhalten sie um neun Uhr, es heißt, dass die Pfeilkreuzler die Bewohner eines unter Schweizer Schutz ste-

henden Hauses im St.-István-Park herausholten. Lutz und seine
Frau setzen sich in den Wagen. Als sie ankommen, richten die
Pfeilkreuzler ihre Waffen auf sie. Im Außenministerium macht
Lutz Gábor Keményi mündlich Meldung. Der Außenminister
weist den Bezirkskommandanten der Pfeilkreuzler telefonisch
an, seine Leute von dem unter diplomatischem Schutz stehenden Haus abzuziehen. Der Kommandant erscheint und gibt
seine Erlaubnis zur Fortführung der Aktion. Lutz fährt mit dem
Kabinettschef des Ministers wieder in den St.-István-Park. Der
Kommandant der Pfeilkreuzler und der Kabinettschef ziehen
ihre Pistolen. Gertrud fotografiert. Der Kabinettschef lässt sich
von der Waffe, die auf ihn gerichtet ist, nicht stören, er lässt die
Leute wieder ins Haus geleiten.

Wird das jetzt jede Nacht so weitergehen?, fragt Gertrud
Lutz, als sie nach Hause kommen.

Eine Stunde später klingelt das Telefon wieder. Gertrud
nimmt den Hörer ab. Natürlich kenne ich sie, sagt sie auf die
Frage des Gestapo-Kriminalrats, sie ist eine sehr gute Freundin
von uns, ganz besonders von mir, Mitarbeiterin von Herrn
Friedrich Born beim Internationalen Roten Kreuz, ihre Aufgabe ist die Pflege kranker Kinder.

Das war ganz einfach, sagt Gertrud zu Lutz, an deiner Stelle,
Liebling, würde mir diese jüdische Frau gefallen.

Verteidigungsminister Károly Beregfy lässt in derselben
Nacht einen Aufruf verkünden: »*Alle, die noch ohne Waffen
zu Hause sitzen, sollen aufstehen und mitkämpfen. Meldet euch
bei der Bezirksorganisation der Pfeilkreuzler-Partei. Ungarische
Frauen! Verachtet die zu Hause Gebliebenen! Schande und die
Forderung nach Rechenschaft werden jene erwarten, die sich nicht
an der Verteidigung unserer Hauptstadt beteiligen.*«

Das gemeinsame Komitee der deutsch-ungarischen Heeres-
führung akzeptiert einen Plan für die Aktionen während des
Rückzugs. Sie zählen die Fabriken, öffentlichen Gebäude, Ei-
senbahnknotenpunkte und Brücken auf, die gesprengt werden

sollen. Sándor Csia, Szálasis Stellvertreter, eröffnet die Sitzung mit dem Wort des Grafen István Széchenyi: *»Wir sind verloren, wenn wir uns in Zeiten, die Taten erfordern, nur in Beratungen ergehen.«*

Eine Bekanntmachung erscheint mit den Unterschriften Karl Pfeffer-von Wildenbruchs und Iván Hindys, den Befehlshabern der deutschen Streitkräfte in Budapest sowie des 1. Ungarischen Armeekorps: *»In Groß-Budapest tritt das deutsch-ungarische Standrecht in Kraft. Alle Verräter, die mit Sabotageakten, mit Unruhestiftung und Aufwiegelung in Wort oder Tat die kämpfenden Truppen gefährden, werden mit dem Tode bestraft.«*

Einige Tage später verkündet Ferenc Szálasi: Im Interesse der großen europäischen Sache sei er bereit, dazu beizutragen, dass die deutsche Heeresleitung Budapest nicht zur offenen Stadt erkläre; zu diesem Zweck müsse man also unverzüglich und mit unbedingter Opferbereitschaft damit beginnen, ihre Verteidigung zu organisieren.

Ich kann mich nicht erinnern, wann Gizi wieder zu uns ins Alice-Weiss-Krankenhaus kam, sagt meine Mutter, wir waren bestimmt schon seit Tagen dort. Die, die man aus Hegyeshalom zurückgebracht hatte, fanden nur noch auf dem Flur Platz, auf Strohsäcken. Sicher ist, dass wir Gizi baten, Jolán Bors zu suchen, weißt du noch, die, die ... Ich weiß, unterbreche ich sie, meine Mutter erzählte mir allzu oft, wie sie Jolán Bors suchen ließ, ich erzählte es ihr auch ganz oft. Ich erinnere mich auch, dass uns Jolán Bors Äpfel in die Ziegelei mitgebracht hatte. Wir gaben Gizi ihre Adresse und Jolán machte sich auf, dich zu suchen, zuerst ging sie in die Amerika-Straße, dann zur Werkstatt.

Ich erzähle meiner Mutter wieder, dass wir in der Amerika-Straße niemandem verraten haben, dass wir in die Francia-Straße gingen. Ich weiß nicht, warum ich das so oft wiederhole. Vielleicht, weil ich in ihrem Blick die Freude darüber sehe, dass sie mir noch einmal erzählen kann, wie Jolán Bors uns fand.

Es wäre gut, auch Jolán Bors zu befragen. Damals muss sie um die fünfundzwanzig gewesen sein. Vielleicht lebt sie noch. Sie wohnte in Kispest. Trug immer ein Kopftuch. Ein ovales Gesicht. Große braune Augen. Immer einen Korb über dem Arm. Entsprungene Nonne, sagt mein Vater. Aber warum? Niemand fragt danach. Über den Klebetisch gebeugt trägt sie mit mechanischen Bewegungen den Leim auf. Mit einer Bürste auf das zugeschnittene Papier. Sie faltet es, wendet die halbfertige Tüte, streicht wieder Leim auf die Ränder, fährt darüber, stapelt die fertigen Tüten zu je 25 neben sich.

Meine Mutter versucht nicht mehr, ihre Erinnerungen herbeizurufen, sondern ihre früheren Erzählungen.

Ich höre die Geschichte der Wörter.

Die 3. ukrainische Front kommt bis Vác. Die Truppen der 2. und 3. ukrainischen Front vereinigen sich bei Ercsi. Der ungarische Kriegsschauplatz stehe an der gesamten, 250 Kilometer langen Front in Flammen, berichtet der Korrespondent des ›Völkischen Beobachters‹ aus Budapest. In diesen Tagen sei nicht nur von der ungarischen Hauptstadt die Rede, sondern auch davon, wie man um den Preis ihrer Verteidigung Wien und den südöstlichen Teil Deutschlands verteidigen könne.

Als der Belagerungsring bis zur Gegend von Kispest, Újpest, Sashalom, Rákospalota, Zugló, Pestújhely gelangt, fordert der Generalstab der Pfeilkreuzler den neuen Befehlshaber der Stadt, General Otto Wöhler, auf, den Ausbruch der in Budapest festsitzenden Verteidigungstruppen zu unterstützen. Das komme gar nicht in Frage, meldet der General, Hitler habe den Befehl gegeben, die Frontlinie um jeden Preis zu halten.

Jolán Bors eilt durch die Straßen von Kispest. Die Straßenbahnen fahren nur selten. Nur noch auf den Stufen ist ein wenig Platz. Sie kommt bis zum Boráros-Platz. Geht zu Fuß zur Rákóczy-Straße. Vor den Lebensmittelläden stehen lange Schlangen, sie stellt sich an, kauft zwei Kilo Äpfel. Klettert in eine Straßenbahn der Linie 44. Die Sirenen kündigen einen Luftangriff an. Der Verkehr stoppt. Bewaffnete Pfeilkreuzler treiben die Menschen in die öffentlichen Luftschutzkeller am Baross-Platz. Nach einer Stunde kann sie ihren Weg nach Zugló zu Fuß fortsetzen.

Vera friert sehr. Ich kann sie nicht dazu überreden, sich hinten beim Wasserhahn kalt abzureiben.

Frau Ulbert kommt. Hinter ihr Jolán Bors. Das braune Kopftuch mit dem Rosenmuster bis über die Augen gezogen. Oh Gott, sagt sie, Jesus Maria! Ich weiß nicht, ob sie es aus Freude darüber sagt, dass sie uns gefunden hat, oder vor Schrecken darüber, wie wir aussehen. Sie legt die Tüte mit den Äpfeln auf den großen Tisch. Küsst uns beide. Vera weicht zurück, sie weiß nicht, wer die Person ist, die sie da abküsst.

Jolán Bors erzählt, was sie von Gizi gehört hatte: Meine Eltern leben. Ich denke zum ersten Mal daran, was wäre, wenn sie nicht mehr lebten. Seit ihre Marschkolonne aus der Ziegelei losmarschierte und auf der Landstraße im Nebel verschwand, habe ich nicht einmal daran gedacht, dass ich sie vielleicht nicht wiedersehen würde.

Dann gehen wir doch lieber zu ihnen.

Geht nicht, sagt sie, man nimmt dort nur Kranke und es sind fünfmal so viele da, wie Platz ist. Die Pfeilkreuzler nehmen täglich welche mit, die schon gehen können, der Oberarzt Herr Temesváry hat die Tore schließen lassen. Tante Gizi lässt euch sagen, dass ihr in die Munkácsy-Mihály-Straße 4 gehen sollt, dort ist ein Wohnheim des Roten Kreuzes, wenn ihr dort ihren Namen nennt, wird man euch bestimmt aufnehmen.

Vera fragt: Was ist mit meiner Mama?

Von ihr habe ich nichts gehört, sagt Jolán Bors.

Sie zeigt uns, wo noch ein Koffer zwischen den Papierballen versteckt ist. Ich finde eine wärmere Hose und Skisocken. Für Vera suchen wir etwas aus der warmen Unterwäsche meiner Mutter aus. Es ist ihr alles zu groß, aber wenn sie zwei Hosen anzieht, rutschen sie nicht so. Am meisten freut sie sich über die Damentaschentücher.

Ihr könnt nicht bleiben, sagt Frau Ulbert. Ihr Mann ist Deserteur, in der Nacht will er zu seinem Bruder nach Pestújhely, aber sie werden ihn suchen, sie werden das Haus durchsuchen, ihr könnt nicht bleiben.

Ich gehe ins Büro hinter der Trennwand. Tippe auf der Remington-Schreibmaschine einen Brief an meine Eltern. Jolán Bors sagt, wenn sie Tante Gizi trifft, werde sie ihn ihr geben, wenn nicht, gehe sie ins Alice-Weiss-Krankenhaus – sie sagt es mit einem S, Alis, sagt sie. Vielleicht würde ihr der Wachposten erlauben, den Brief abzugeben.

Wir warten bis zum Abend. Öffnen eine Konserve. Wir haben noch trockenes Brot. Bei Einbruch der Dunkelheit nehme ich den Rucksack, Vera ihren kleinen Koffer. Frau Ulbert verabschiedet sich. Bekreuzigt sich.

In der Francia-Straße verläuft der Bürgersteig nur auf der einen Seite. Bis heute. Auf der anderen Seite ist der Bahndamm. Eine einzige Lampe brennt.

Gegenüber, von der Thököly-Straße her, nähert sich eine Pfeilkreuzler-Patrouille. Wir können nicht mehr umkehren. Wir haben keine Papiere. Ich drücke Veras Hand. Noch zwanzig Meter. Ich umarme sie. Daran, wie sie sich an mich schmiegt, erkenne ich, dass sie versteht, dass wir weitergehen müssen. Zehn Meter. Die Lampe leuchtet hinter den beiden Soldaten mit den Maschinengewehren, ich kann ihre Gesichter nicht sehen. Ihre Hände auf den Gewehrgriffen. Sie gehen im Gleichschritt. Ich drücke Vera an die Wand, presse mich an sie, schleudere meine Rechte in die Höhe: Es lebe Szálasi!

Hinter uns ist keine Lampe, vielleicht sehen sie uns erst jetzt. Vera umarmt mich, drückt ihr Gesicht an meinen Hals. Hast du keinen besseren Platz zum Knutschen gefunden, kleiner Schwanz? Er ist vielleicht zwei, drei Jahre älter als ich. Lacht.

Wir kommen zur Lampe.

Vera kann nicht weitergehen, aber ich kann nicht zulassen, dass sie stehenbleibt.

Aus der Ferne das Rattern der Straßenbahn. An der Ecke Thököly- und Hermina-Straße ist die eiserne Jalousie vor Herrn Zsilkas Friseursalon geschlossen. Noch nie kam mir der Turm der St.-Domonkos-Kirche so hoch vor. Der Eingang des ›Gloria‹-Kinos ist dunkel. Es läuft kein Spätfilm.

Ich biege in die St.-Domonkos-Straße ein. An der Ecke Abony-Straße liegt das Gymnasium. Hinter dem schmiedeeisernen Tor ist der Schulhof. Ich zeige Vera von der Straße aus die Basketballzäune. Wir gingen immer durch den Flur im Souterrain in die Turnhalle, aber eine Tür geht auch auf den Hof, bei gutem Wetter liefen wir dort hinaus, Turnschuhe, Turnhose, weiße oder blaue Trikots. Ich erzähle Vera, dass der Boden der Turnhalle mit Sägespänen bedeckt war; wenn jemand hinfiel, tat es nicht weh, die Bälle hingegen prallten nicht sehr gut zurück.

»Ich lebte monatelang im Keller des früheren jüdischen Gymnasiums in der Abonyi-Gasse Nr. 7. In diesem Haus waren 2 000 Menschen untergebracht. Es war kaum möglich, sich dort überhaupt zu bewegen. Ich war im Kellerraum zusammengepfercht mit noch 80 Menschen. Wir schliefen am Boden ohne Decken. Anfangs gab es eine sogenannte Gemeinschaftsküche. Später war überhaupt nichts mehr zu essen da. Trotzdem das Haus ein sog. ›geschütztes Haus‹ war, wurden einmal 150 Menschen weggenommen, und den übrigen Menschen wurde dasselbe Schicksal angedroht. Sooft ich draußen Schritte hörte, glaubte ich, dass auch meine Stunde gekommen sei, und ich erstarrte vor Schreck, mein Herzschlag setzte aus, um dann noch wilder zu klopfen. Meine Mutter konnte es eines Tages nicht mehr aushalten. Sie ging hinaus und kehrte nicht mehr zurück. Sie wurde erschossen.«

Den Brief mit dieser Erinnerung lege ich in einen meiner Ordner.

Ich konnte nicht wissen, dass das im Dämmerlicht der Aula

bei verschlossenen Türen die Wachmannschaft ist, die sich nach der Verschleppung der 150 Menschen vom Vortag formiert hatte.

Schnee bedeckt den Stadtpark.

Aus der Nähe hört man Maschinengewehrsalven. Von weitem Kanonendonner.

Wir kommen zur Arena-Straße. Deutsche Panzer scheppern in Richtung Heldenplatz vorbei.

Später erfahre ich, dass der Gatte von Frau Manntz desertiert war und in der Nacht, als wir über die Arena-Straße schlichen, nach Hause gekommen ist.

Zugführer Manntz wirft seinen verdreckten Mantel ab, geht ins Schlafzimmer. Geht wieder in die Küche. Will gerade das große Küchenmesser nehmen, als Major Helmut von Friedenburg zweimal durch die offene Tür schießt. Der Zugführer wird im Garten begraben.

In den Gärten sind viele Gräber.

5

Maschinengewehrsalven vom Heldenplatz.

Vera wagt sich nicht hinter den Bäumen im Stadtpark hervor.

Wir warten.

Eine Wolke schiebt sich vor den Mond.

In der Délibáb-Straße brennt keine einzige Lampe. Am Tor des Hauses Munkácsy-Mihály-Straße 4 hängt ein Schild des Roten Kreuzes. Auf unsere drei Klopfzeichen hin wird die Tür geöffnet. Eine riesige Eingangshalle. Zu beiden Seiten führt eine gewundene Treppe zum Hochparterre. Man bringt uns in ein Zimmer. Ein Schreibtisch, ein Schrank, drei Stühle. Eine Frau im Morgenmantel kommt herein. Sie ist etwa vierzig Jahre alt. Sie notiert unsere Namen, Geburtsdaten, Wohnorte. Auf ihre Frage hin antworte ich, dass ich meine Eltern zum letzten Mal in der Ziegelei Óbuda gesehen habe, aber gehört hätte, dass sie vom Roten Kreuz in Hegyeshalom gerettet worden seien. Jetzt befänden sie sich im Alice-Weiss-Krankenhaus, von dort hätten sie mir ausrichten lassen, dass wir hierherkommen sollen.

Vera schweigt. Ihre Mama war in derselben Marschkolonne wie meine, sage ich, aber wir haben nichts mehr von ihr gehört, ihr Papa ist beim Arbeitsdienst, auch von ihm weiß sie nichts.

Die Dame nimmt sie an der Hand und führt sie weg. Fünf Minuten später kommt sie zurück, wir gehen in den ersten Stock. Der Flur ist leer. Ich frage sie, wo Vera ist. Bei den Mädchen im zweiten Stock, keine Angst, es geht ihr gut. Im ersten Zimmer auf der linken Seite fragt sie, wie viele Personen dort drin seien. Sie schaut in noch zwei Zimmer hinein. Im dritten sagt man ihr, dass sie zu elft seien. Da ist noch Platz, sagt sie. Versuch zu schlafen. Hör auf niemanden. Morgen kannst du dann sehen, mit wem du dich anfreunden kannst.

Das Zimmer ist dunkel und es stinkt. Niemand rührt sich. Die Dame wiederholt mit scharfer Stimme, dass sie einen Strohsack für mich freimachen sollen. Sie leuchtet mit der Taschenlampe hinein. Die Jungen liegen eng nebeneinander. Ich weiß nicht, wie ich zwischen ihnen noch einen Platz finden soll. Sie fordert zwei Jungs auf, enger zusammenzurücken. Unter dem Fenster finde ich eine Decke. Ich zwänge mich zwischen zwei Körper. Alle paar Stunden höre ich eine Stimme. Später erfahre ich, dass es der Zimmerkommandant ist. Links! Rechts! Alle drehen sich gleichzeitig um. Manche wachen erst auf, wenn ihnen der Nachbar ins Gesicht schnauft.

Das Klappern von Blechnäpfen weckt mich. Auf dem Flur steht eine lange Schlange. Türen schlagen. Einen Schöpflöffel Tee in den Napf, eine Scheibe Brot. Einige gehen ins Zimmer und frühstücken auf dem Strohsack. Die meisten hocken auf dem Flur oder lehnen an der Wand. Ich setze mich auf meinen Strohsack. Stelle mich dem Jungen vor, der neben mir sitzt, frage ihn, wo ich Vera finden könnte. Er sagt, am Ende des Flurs im zweiten Stock sei eine Glastür, da solle ich anklopfen, die würden mich aber eh nicht hineinlassen. Ich gehe hinauf, klopfe. Eine junge Frau mit Kopftuch macht die Tür auf. Geht nicht, sagt sie sanft, sieht mich lange an, weißt du, nicht jeder ist so wie du. Sie würde Vera sagen, dass ich da gewesen sei, ich solle vor dem Abendessen wiederkommen.

Wir sind zu zwölft im Zimmer. Es ist etwa fünf mal drei Meter groß. Einer der Jungs näht seine zerrissene Hose. Ein anderer sammelt seine schmutzige Wäsche ein, stopft sie in einen weißen Leinensack. So einen hatte ich auch, für mein Turnzeug, ich habe ihn immer an meinem Schulranzen festgebunden. Ein dünner, schielender Junge mit Bartstoppeln lehnt an der Wand, er jauchzt, tut so, als würde er onanieren, zieht seine Faust vor dem zugezogenen Reißverschluss seiner Hose rauf und runter, steckt die Zunge heraus, macht aber eigentlich nur Spaß. Ein sechs- oder siebenjähriger Junge staunt ihn an wie einen Clown im Zirkus.

Ein Junge mit Brille kommt. Er ist ein wenig älter als ich. Stellt sich vor. Reicht mir die Hand. Sein Name kommt mir bekannt vor. Als hätte ich ihn schon von meinem Vater gehört. Sein Vater sei auch in der Papierbranche, sagt er, sie haben eine Werkstatt in der Szív-Straße. Er stellt mir seinen Bruder vor. Wir beschließen, dass ich mich neben sie lege. Sie glauben auch, dass sich unsere Eltern kennen, sie seien die Riegler-Jungs.

Vor dem Abendessen gehe ich wieder in den zweiten Stock hinauf. Nach dem Klopfen öffnet dieselbe Aufseherin. Ich soll warten. Vera kommt inmitten einer Gruppe von Mädchen. Sie trägt die Haare offen, jemand hat ihr eine weiße Schleife umgebunden. Ich sage ihr, dass ich Bekannte getroffen habe. Auch sie hat eine Bekannte getroffen, eine Klassenkameradin, eine sehr nette. Sie sagt es souverän, als wäre sie um Jahre älter. Sie hängt sich bei mir ein. Ich glaube, die anderen sollen es sehen. Hinter der Glastür macht der Flur einen Knick. In der Kurve stehen Sessel. Die Dame mit dem weißen Kopftuch hält ein kleines Mädchen auf dem Schoß, sie hat sehr langes Haar, die Dame kämmt es mit einem dichten Kamm, nestelt an ihrem Kopf. Sie hat Läuse, flüstert mir Vera zu. Sie fragt, wann ich wiederkommen könne. Am nächsten Tag, vor dem Abendessen.

Das Abendessen besteht aus einer BB-Tütensuppe. Zum Brot bekommen wir jetzt »Hitler-Speck«, der Essensausteiler schneidet dünne Scheiben von einem Marmeladenblock. Die Großeltern der Riegler-Jungs sind im Ghetto. Meine Großmutter wahrscheinlich auch, sage ich. Durchs Fenster am Ende des Flurs sieht man auf die Andrássy-Straße. Es ist kaum jemand auf der Straße zu sehen, meist nur Pfeilkreuzler-Patrouillen.

Die Jungs sagen, die kämen bestimmt von der Andrássy-Straße 60, dort sei das Hauptquartier.

Ich sitze auf dem Strohsack. Ein großer Junge kommt herein. Er ist um die achtzehn. Bist du gestern gekommen? Wir gehen auf den Flur. Er stellt sich vor. Sein Name ist Soproni. Seinen Vornamen nennt er nicht. Er hat einen kleinen Schnurrbart. Er fragt, ob ich falsche Papiere hätte. Nein. Für fünf Pengö könnte er mir welche besorgen, glaub bloß nicht, dass ich das Geld brauche, die Bewegung braucht es, man muss Papier kaufen, Stempel machen lassen, das Drucken kostet auch Geld. Vorläufig können sie Junker-Kurierausweise herstellen, solche, mit denen man auch bei Fliegeralarm unterwegs sein darf. Ich gebe ihm das Geld. Er fragt nach meinen Daten, ich müsse einen anderen Namen wählen. Ich lasse den Namen meiner Mutter auf »y« enden, als Geburtsort wähle ich den meines Vaters, Kiskunhalas. Glaubenszugehörigkeit, will er wissen. Wir einigen uns auf römisch-katholisch. Vera bräuchte auch einen Ausweis. Das ist schwerer, sagt er, vorläufig gibt es nur Stempel für Fliegeralarm-Kuriere, für Mädchen ist das nicht realistisch.

Ständig eilt jemand auf dem Flur irgendwohin. Irgendwo sind kleine Kinder, man hört sie weinen. Der ältere Riegler-Junge sitzt am Fenster. Er sagt nichts. Ich auch nicht. Ein Junge in der Ecke gibt einem kleineren einen Fußtritt, der versucht ihn zu treten, der andere hält seinen Fuß fest, zieht ihn hinter sich her, der Kleine brüllt, auf einem Bein hüpfend. Riegler sagt mit leiser Stimme: Lass ihn los! Er lässt nicht los. Riegler verpasst ihm eine Ohrfeige. Der Junge fällt gegen die Wand, geht in Boxerposition. Alle schauen hin. Bevor der Junge zuschlagen kann, gibt ihm Riegler noch eine Ohrfeige und sagt: Kusch! Auf deinen Platz!

Wir stehen wieder am Fenster, schweigen wieder. Riegler hat einen starken Unterkiefer. Geschwungene Lippen. Gerade Nase. Gar nicht jüdisch, denke ich. Ich vielleicht auch nicht, denke ich. Als mich im vergangenen Jahr ein großer Schüler mit Junkermütze auf der Straße anspuckte, sagte er: Du siehst eigentlich gar nicht so aus, kleiner Scheißer. Riegler hat volles braunes Haar, nach hinten gekämmt. Meines ist auch braun. Einmal habe ich nach dem Haarewaschen die Klammern meiner Mutter hineingesteckt, um sie wellig zu machen. Meine Eltern hatten Gäste, die Freundin meiner Mutter kam ins Bad und ich hörte, wie sie sagte: Rózsika, dein Söhnchen benutzt deine Haarklammern, erlaubst du ihm das? Meine Mutter lachte. Ich hätte den Jungen nicht schlagen können, der den kleineren gequält hat. Bin aber froh, dass er von Riegler zwei verpasst bekam.

Er fragt mich, wie meine Eltern von Hegyeshalom ins Alice-Weiss-Krankenhaus gekommen seien. Ich erzähle ihm, was ich von Jolán Bors weiß.

Er habe im Büro falsche Daten angegeben, flüstert er mir zu, in Wahrheit sei er siebzehn, stellte sich aber in der Ziegelei in die Gruppe der unter Sechzehnjährigen, in der auch sein Bruder war. Sein Vater – er nennt ihn den Alten – lief zu seinem Bruder hin, ein Pfeilkreuzler wollte ihn zurückprügeln, aber da legte der Alte eine Riesenszene hin, er werde sich wohl noch von seinem Sohn verabschieden dürfen! Er umarmte meinen Bruder, sagt er, und flüsterte ihm schnell ins Ohr, er solle ihm seinen Meldezettel geben – der Alte versteht sich auf solche Tricks, sagt er. Dann brachte er mir den Meldezettel und schubste mich zur Gruppe der unter Sechzehnjährigen, aber so, dass nicht derselbe Pfeilkreuzler meinen Meldezettel zu sehen bekam, der den meines Bruders geprüft hatte. Bei uns hat keiner auf die Meldezettel geschaut, sage ich, wir durften uns in die Rotkreuz-Gruppe stellen. Das ist es ja, sagt er, mal war es so, mal so, an so etwas liegt's dann. Sag niemandem, dass ich schon siebzehn bin. Seine Brille ist beschlagen, er nimmt sie ab, wischt sie sauber. Er hat lange Finger. Er bemerkt, dass ich ihn ansehe. Ich spiele Klavier, sagt er. Seine Stimme ist anders als vorhin, als er den Zirkus beschrieb, den sein Vater in der

Ziegelei veranstaltete. Tja, Kumpel, das Üben wird mir sicher fehlen.

Ich möchte sein Vertrauen erwidern, erzähle ihm, dass man von Soproni für fünf Pengö einen Ausweis bekommen könne. Ich weiß, wir haben auch welche, nützt einen Scheißdreck, wenn du kontrolliert wirst, aber einen Fünfer ist er trotzdem wert.

Ich frage, was passiert, wenn sie uns kontrollieren, und ziehe den Ausweis hervor, der einen Scheißdreck wert ist. Wer morden will, Kumpel, in den kannst du nicht hineinsehen. Wir haben mit dem Alten darüber gesprochen, er sagte, dass man in solchen Situationen versuchen müsse, den Typen in die Augen zu schauen und fest zu bleiben.

Jetzt sieht er nicht älter aus als ich, sogar jünger.

Das verstehe ich nicht, sage ich.

Was zum Henker verstehst du nicht? Ich verstehe nicht, warum jemand morden will. Darum, weil du ein Jude bist. Das verstehe ich nicht. Lassen wir das, Kumpel, das kann man eh nicht verstehen. Ich erzähle ihm, dass wir in der Nacht, als wir auf der Francia-Straße zur Thököly-Straße gingen, zwei bewaffneten Pfeilkreuzlern begegnet seien und ich sie mit »Es lebe Szálasi!« begrüßt habe. Genau, das ist es, man muss ihnen auf Augenhöhe begegnen. Schießen sie dann nicht? Vielleicht schießen sie, vielleicht schießen sie nicht, das ist erst entschieden, nachdem sie geschossen oder nicht geschossen haben.

Ich frage ihn, wie lange man seiner Meinung nach in diesem Heim bleiben solle. Er weiß es nicht. Das ist eine gute Straßenbahn, sagt er, aber man muss aussteigen, solange es noch geht. Und woher weiß man, wann man aussteigen muss? Er antwortet nicht.

Der schielende Junge lehnt an der Wand, er spielt wieder, dass er onaniert. Seine Hand knetet wieder die Luft vor dem zugezogenen Reißverschluss. Er lacht. Lass ihn, sagt Riegler, dieser Arsch hat bestimmt noch nie wirklich genossen.

Wir setzen uns auf meinen Strohsack. Ich packe langsam meinen Rucksack aus. Ganz unten liegt die Muschel, die ich aus der Wohnung der Róberts mitgenommen habe. Ich zeige sie ihm. Er nimmt sie, hält sie ans Ohr. Toll, sagt er. Gehört sie euch? Ich denke zum ersten Mal daran, dass ich die Muschel entwendet habe, aber ich habe das Gefühl, dass das unwichtig ist, jeder stiehlt, ich habe sie mir nur ausgeliehen, nach dem Krieg gebe ich sie Herrn Róbert zurück. Jeder Ton ist in der Muschel drin, sage ich, auch das, was wir jetzt sprechen. Er gibt sie mir zurück. Streichelt meinen Kopf wie ein Erwachsener. Pass auf sie auf, nicht dass die Kerle sie dir klauen. Tun sie das? Das kam schon mal vor, nicht hier, im anderen Zimmer, dann gibt's Kontrollen. Zwei Stockwerkbeauftragte kommen, dann musst du alles auf deinen Strohsack räumen, sie durchsuchen alles, und wenn sie gestohlene Sachen finden, nehmen sie sie weg und dafür gibt's Essensentzug.

Nach dem Frühstück sagt Soproni zu mir, dass ich ins andere Zimmer kommen solle. Dort sind noch zwei andere Jungs, ältere. Vielleicht wohnen sie gar nicht im Heim. Der eine verabschiedet sich von Soproni, gibt ihm aber vorher meinen Ausweis. Soproni hebt ein Stück vom Parkett hoch, in der Mulde liegen Stempel und Stempelkissen. Er stempelt den Ausweis ab. Legt das Stempelkissen mitsamt der Blechdose und dem Stempel, den er in Butterbrotpapier wickelt, in die Mulde, das Stück Parkett wieder darauf. Auf dem Fliegeralarm-Ausweis steht, dass Iván Károly Seres, röm.-kath., geboren am 11. März 1930 in Kiskunhalas – Name der Mutter: Rózsa Imrey –, berechtigt ist, sich während des Alarms in seiner Eigenschaft als Kurier auf den Straßen aufzuhalten. Unterschrift: József Bakos, Fliegeralarm-Bevollmächtigter, 4. Bezirk.

Jemand auf dem Flur ruft meinen Namen. Ich habe Besuch, solle in die Halle hinuntergehen. Das große schwarze Tuch bedeckt Jolán Bors' Schultern. Bisher habe ich noch gar nicht bemerkt, dass Wachen im Eingang stehen, ein bewaffneter

Polizist und ein Mann mit Rotkreuz-Armbinde. Sie fragen mich, ob ich die Besucherin kenne. Jolán Bors packt ihren Korb aus. Sie hat ein sauberes Hemd mitgebracht, saubere Strümpfe, zwei Tafeln Schokolade, eine Hartwurst, ein Kilo Äpfel. Sie sagt, dass sie meine Schmutzwäsche mitnehmen würde. Sie ist froh, in der Halle auf der Bank sitzen zu können. Sie hat noch einen langen Weg vor sich. Meinen Eltern gehe es besser. In ein, zwei Wochen könne man sie im Alice-Weiss-Krankenhaus besuchen, bis dahin solle ich hierbleiben. Ich weiß nicht, ob meine Eltern ihr das gesagt haben oder ob sie mir dazu rät.

Ich gehe ins Büro hinauf. Bitte um zwei Blatt Papier. Schreibe einen Brief auf meinen Knien. In meiner Gesäßtasche ist ein Bleistift. Es ist nur noch ein Stummel mit stumpfer Spitze. Ich graviere das Papier. Es wäre besser gewesen, sich auch einen Bleistift auszuleihen, aber ich wage nicht zurückzugehen. Jolán Bors' Gesicht ist weiß. Vielleicht war es immer weiß, aber jetzt fällt es mir auf. Sie sagt, sie sei gestern bei meinen Eltern gewesen, heute Morgen sei sie von Kispest aus losgegangen, werde jetzt meinen Brief ins Krankenhaus bringen und bis zum Abend wieder zu Hause sein. Ob ich Tante Gizi getroffen habe? Ich verstehe nicht, wieso ich sie hätte treffen sollen. Ja, weil sie auch hier ist.

Sie verabschiedet sich. Muss sich beeilen. Wickelt sich in ihr schwarzes Tuch. Ich trage die Sachen hinauf, auf der Treppe breche ich zwei Riegel von der Schokolade ab. Die andere Tafel gebe ich am Abend Vera. Den beiden Riegler-Jungs gebe ich je zwei Stücke. Im Büro treffe ich eine andere Person an. Eine junge Frau um die zwanzig. Ich erzähle ihr, was ich gehört habe, dass meine Tante hier irgendwo sein müsse. Tante Gizi ist die Tante meiner Mutter, aber ich habe das Gefühl, das müsse ich jetzt hier nicht ausführen. Nach fünf Minuten kommt sie zurück, nimmt mich an der Hand und führt mich in den dritten Stock, zeigt auf eine Tür: Klopf da an!

Ich bekomme keine Antwort. Ich zähle bis 50. Drücke vorsichtig die Klinke hinunter. Alles ist grau von Zigarettenrauch. Oder eher lila. Selbst der Vorhang. Auch die Gestalt, die im Morgenrock mit dem Rücken zu mir am Fenster steht. Ein lilafarbener Morgenrock aus Seide mit weißen Blumen. Sie dreht sich nicht um. Ich erkenne ihre Stimme nicht wieder. Sie ist heiser. Dreht sich doch um. Ihr Gesicht ist auch verändert. Vielleicht hat sie sich aber auch nur mit Creme eingeschmiert, ihre Haut glänzt. Im Weiß ihrer Augen sind viele Äderchen zu sehen. Als ich sie das letzte Mal gesehen habe, war ihr Haar nicht blond. Der Morgenrock ist nicht zugeknöpft. Ihr BH ist schwarz. Ich sollte mich abwenden. In der Ziegelei erledigten Frauen und Männer ihr Geschäft voreinander, niemand wandte sich ab. Ihre Stimme ist wie die eines Soldaten. Sie erkennt mich. Umarmt mich. Sie riecht nicht nach Rauch. Nicht nach Schweiß. Sie riecht nach Körper, nach Parfum. Sie lässt mich auf dem Bett Platz nehmen, setzt sich neben mich. Sie sagt, meine Eltern seien sehr geschwächt, erholten sich aber langsam. Sie fragt, ob Jolán Bors schon hier gewesen sei. Das hier sei ein guter Platz, man müsse nur Geduld haben. Ob ich meinen Eltern schreiben wolle? Ich sage, ich habe ihnen schon geschrieben, gerade eben, Jolán Bors hat den Brief mitgenommen.

Sie kämmt sich. Bittet mich, mich umzudrehen. Ich höre ein Rauschen und weiß, dass sie den Morgenrock auszieht. Verstohlen sehe ich hin. Sie steht mit dem Rücken zu mir. Auch ihr Höschen ist schwarz. Sie stellt sich in Rock und grüner Bluse vor mich. Ihr Haar ist gekämmt und in der Mitte gescheitelt. Sie fragt mich, ob ich irgendwo ihre kleine Schwester gesehen hätte, Bözsike. Ihre Stimme ist wieder so wie vorhin, als ich eintrat. Sie müsste hier irgendwo sein, sicher ist sie hier irgendwo. Im Weiß ihrer Augen schwellen die Äderchen an. Ich sage, ich hätte gehört, dass es hier nur Kinder gebe. Ich weiß, mein Herz, aber wenn du sie zufällig irgendwo siehst, versprich mir, ihr zu sagen, dass es mir gut geht und sie mir eine Nachricht hierher ins Heim zukommen lassen soll. Ich sage, klar. Ich versuche, Worte zu finden, die sie beruhigen könnten. Sie küsst mich auf die Stirn. Komm morgen wieder, klopf dreimal, dann weiß ich, dass du es bist. Wohin sie gehe? Sie sagt, sie hätte viel zu erledigen. Zieht ihren kleinen Pelz an. Weißes Kopftuch, Rotkreuz-Armbinde. Wir treten zusammen auf den Flur. Die Jungs starren sie an. Mich auch, weil ich mit ihr gehe. Ich frage, was heute für ein Tag sei. Der 8. Dezember.

Ich gehe zur Glastür. Auch dort muss man anklopfen.

Am 8. Dezember werden Generalleutnant János Kiss, Jenö Nagy, Oberst im Führungsstab, sowie Vilmos Tartsay, Hauptmann im Führungsstab, als Anführer des Offizierswiderstandes im Befreiungskomitee des Ungarisch-Nationalen Aufstands hingerichtet. Dem Vorsitzenden des Komitees, Endre Bajcsy-Zsilinszky, wird vom Parlament die Immunität, die ihm als Abgeordneten zusteht, entzogen. Er wird am Weihnachtsabend im Gefängnis von Sopronköhida hingerichtet.

Karl Pfeffer-von Wildenbruch, am 5. Dezember zum Befehlshaber der Verteidigungstruppen von Budapest ernannt, stehen nur noch 70 000 Leute zur Verfügung. Die ungarischen Streitkräfte rekrutieren sich aus Militäreinheiten, Hilfstruppen und Polizeikräften. Die blutigsten Schlächter finden sich im Sonderkommando unter Eichmanns Führung und bei den SS-Einheiten, die vorwiegend aus in Ungarn lebenden Deutschen bestehen.

Wo wird meine Mutter meinen Brief, den sie von Jolán Bors bekam, hingetan haben, als sie im Alice-Weiss-Krankenhaus auf ihrer Matratze saß? In ihren Rucksack? Unter die Decke? Sie liest ihn meinem Vater vor. Faltet die Blätter zweimal. Die Falten haben sich nach sechzig Jahren scharf in das dünn gewordene Papier gepresst.

Sie gibt ihn mir. Ich halte einen Brief in Händen, zwanzig oder dreißig Jahre nachdem ich ihn geschrieben habe. Dreißig Jahre können es nicht sein. Da lebte meine Mutter nicht mehr.

Gizi kam noch am selben Tag zu uns, sagt meine Mutter und lehnt sich im Sessel zurück. Der Bezug ist nicht mehr aus goldgelber Seide, der wurde im Krieg zerschnitten. Sie sitzt im erbsengrün bezogenen Sessel, zwei oder drei Jahre vor ihrem Tod. Sie reicht mir die Briefe. Sie hat ein Vierteljahrhundert nicht darüber gesprochen. In welcher Schublade wird sie sie aufbewahrt haben? Sicher in der Kirschbaumkommode meiner Großeltern. Hat sie sie manchmal hervorgeholt? Auseinandergefaltet, glattgestrichen? Als sie sie mir gibt, berühren meine Finger die ihren. Am selben Tag, sagt sie, als Jolán Bors meinen Brief ins Krankenhaus brachte, sei auch Gizi gekommen. Wie kann sie sich so genau daran erinnern, was an welchem Tag passiert ist und dass Gizi ins Krankenhaus kam, um ihr von unserer Begegnung zu erzählen? Gizi sagte, du seist ein großer Junge geworden.

Sie war geschminkt und sah in ihrem Pelz sehr elegant aus, sagt meine Mutter, Gizi weiß, wie man etwas trägt, das hat sie von Józsi gelernt, mein Gott, wie fesch der Józsi immer in seiner Oberleutnantsuniform war mit seinen Auszeichnungen aus dem Ersten Weltkrieg, da konnte Gizi lernen, wie man etwas trägt. Als junges Mädchen war sie ganz die Tochter ihres Vaters gewesen, Onkel Henrik ließ alles in seinem Arbeitszimmer liegen, schnippte Asche auf den Teppich, musste immer Gizi und seine Frau nach seinen Notizen fragen, obwohl sie auf seinem Schreibtisch lagen. Gizi hatte einen Pelz an, sagt meine Mutter fünfundzwanzig Jahre später, mit Rotkreuz-Armbinde, die Lippen rot geschminkt, aber sie war an dem Tag genauso zerstreut wie als junges Mädchen. Sie legte ihre Handtasche auf die Matratze und fand sie im nächsten Moment nicht mehr, sie fragte uns nach Bözsike, dein Vater und ich sahen uns nur an und sagten kein Wort. Sie erwähnte Bözsike dann noch einmal, dass sie jetzt zum Oberarzt Temesváry gehen wolle, um ihn zu fragen, ob er etwas über sie wüsste. Ich habe ihr gesagt, dass wir Temesváry auch schon gefragt hätten, er wisse nichts über sie – obwohl das nicht stimmte, aber wir hatten Angst um Gizi, dass sie hysterisch wird. Als junges Mädchen schrie sie immer so, wenn sie hysterisch wurde, wir wollten nicht, dass sie damit anfängt, dort lagen Sterbende auf den Matratzen, sogar Tote, die noch nicht weggebracht worden waren, weil das Leichenhaus voll war. Damals begannen sie, im Hof des Krankenhauses Gräber auszuheben, das ging langsam, weil es kaum noch Männer gab, und die Männer, die dort waren, waren so geschwächt, dass sie kaum den Spaten heben konnten.

Ich sehe, wie die Augen meiner Mutter feucht werden, obwohl sie nicht weint. Das habe nichts zu bedeuten, hatte der Arzt gesagt, das komme mit dem Alter. Weißt du, sagt meine Mutter, Gizi ist nach Józsis Tod und insbesondere nach Évis Tod nur noch Bözsike geblieben. Onkel Henrik und ihre Mutter sind schon vor dem Krieg gestorben.

Wenn meine Mutter über Gizi spricht, sagt sie immer Onkel Henrik, Gizis Mutter nennt sie nie mit Namen. Mochte sie sie nicht? Hatte Gizi auch nur ihren Vater angebetet? Dass Gizis Tochter Évike zwei Jahre nach Jószi gestorben war, hatte ich vergessen.

Ich falte die karierten Blätter auseinander.

»Liebste Mutter und Vater! Als wir uns trennten, hieß es, dass wir noch am selben Tag mit den anderen Kindern zum Roten Kreuz gehen würden, aber wir mussten noch zwei Tage in der Ziegelei bleiben und danach im Tempel in der Dohány-Straße. Von dort sind wir in die Vadász-Straße gekommen, wo wir aber nicht bleiben wollten. Vera und ich sind ohne gelben Stern nach Hause gegangen. Von der Amerika-Straße mussten wir wieder weg, wir haben zwei Tage in der Werkstatt verbracht, von dort sind wir dann hierhergekommen. Mädchen und Jungen sind hier getrennt. Erst war ich sehr verzweifelt, weil das so ein Scheißspiel ist, in das ich da hineingeraten bin, aber dann war es doch einigermaßen in Ordnung. Ich habe sogar zwei Freunde, die Söhne von Papier-Riegler.

Ich beschreibe euch unsere tägliche Kost.

Morgens: eine furchtbar schlechte BB-Suppe, eine Scheibe saures Brot.

Mittags: BB-Suppe oder irgendeine schlechte Nudelsuppe, im besten Fall harte Bohnen.

Abends: BB-Suppe oder Tee ohne Zucker.

Es hieß, dass es noch bis zum 15. Dezember eine Verlängerung gebe, bevor wir ins Ghetto müssten. Das haben sie jetzt noch bis zum 20. verlängert.

Jetzt kommt das Wichtigste.

Also, es ist so, dass wir nicht ins Ghetto gehen werden. Angeblich werden alle zwischen 14 und 50 Jahren aus dem Ghetto fortgebracht. Wohin? Ich habe von Jolán Bors gehört, dass ihr versucht, Papiere zu bekommen. Ich brauche nur einen Geburtsschein, einen Junker-Ausweis, Personalpapiere und eventuell noch eine Melde- bzw. Abmeldebescheinigung. Wenn es geht, gebt Jolán unbedingt noch ein leeres Formular mit, weil ich mir schon einen Junker-Kurierausweis besorgt habe.

Wenn es geht, versucht auch für Vera Papiere zu besorgen. Für sie reicht ein Geburtsschein. Sie weiß nichts über ihre Mama, Herr Seidel ist angeblich nach Deutschland gebracht worden. Sie will nicht allein hierbleiben, und ich will sie auch nicht hierlassen.

Liebste Eltern, schreibt mir genau, wie es steht. Geht ihr? Bleibt ihr? Wie lange könnt ihr bleiben? Wo würdet ihr hingehen? Könnt ihr mir die Papiere schicken? Schreibt mir, wie es euch geht. Wenn ihr Jolán hinschicken könnt, soll sie mir aus der Werkstatt Hemden, Socken, Unterhosen bringen.

Wenn es geht, schickt bitte Essen, aber am dringendsten Geld, so viel wie möglich. Ich habe nur noch 20 Pengö.

Die bisherigen Sendungen habe ich bekommen. Vielen Dank!!! Ich hoffe, es geht euch gut, liebste Mutter und Vater, tausend Küsse, Iván.

P.S.: Wenn es irgend geht, besorgt auch Papiere für Vera!!! Jolán

*soll versuchen, herauszukriegen, was in der Amerika-Straße 76
los ist.«*

Ich klopfe an die Glastür im zweiten Stock. Öffne die Tür.
Mädchen sitzen im Flur. Vera kommt mir nicht entgegen, winkt
nur. Zwei Kinder hängen an ihr. Ich kenne sie. Es sind ihre Cousine und ihr Cousin. Ich wusste nicht, dass sie hier sind. Vera
wusste es auch nicht. Edo ist sechs, Judi wird fünf. Sie wissen
nicht, was mit ihren Eltern ist, sagt Vera. Gestern Abend hat
sie sie getroffen. Sie durften ins selbe Zimmer, in dem ich bin,
sagt sie, wir können zusammen schlafen.

Sie erzählt ein Märchen. Judi hat einen ovalen Kopf. Ihre
Gesichtszüge begleiten das Märchen. Sie wird ganz rot. Zieht
die Brauen zusammen.

Ich muss zurück in mein Zimmer.

Soproni kommt.

Ob ich ihm meinen Trenchcoat leihen würde? Er müsse für
ein, zwei Tage verschwinden, das solle ich niemandem sagen,
sein Mantel sei zu lang und zu schwer, in meinem Trenchcoat
könnte er sich besser bewegen. Du bist größer als ich, er wird
dir zu eng sein. Er probiert ihn an. Spannt ein bisschen, macht
nichts, sagt er, gut, dass er vier Taschen hat. Bis zu seiner Rückkehr würde er mir seinen Mantel geben. Er bringt mir einen
milchkaffeebraunen dicken Filzmantel. Gefällt mir sehr. Ich
hatte noch nie einen Mantel mit Bocskai-Schnurbesatz.

Er sagt, er habe ihn aus Siebenbürgen. Schade, dass er wirklich ein bisschen schwer ist, er ist mir auch zu lang.

Wir prüfen, ob dort, wo der gelbe Stern war, der Fleck ganz
verschwunden ist. In Ordnung, sagt er, damit kann man schon
auf die Straße gehen. Keine Angst, ich habe einen fantastischen
Ausweis, wenn ich zurückkomme, bringe ich dir auch einen mit.

Im Zimmer ist es kalt. In der Nacht lege ich den Mantel über
meine Decke. Der ältere Riegler-Junge sagte gestern, dass Soproni auch Handgranaten habe.

Im Traum gehe ich im dicken Filzmantel auf die Straße. Eine Pfeilkreuzler-Patrouille kommt. Sie bewundern den Mantel. Wir grüßen uns mit »Halte durch!«. Sie treiben Menschen mit gelben Sternen an mir vorbei, ich wende mich ab, damit mich niemand aus der Kolonne erkennt. Auf dem Bürgersteig stehen zwei Männer und eine Frau, sie lachen. Das Lachen bekommt ein Echo, es tönt durch die ganze Stadt. Als würden nicht drei lachen, sondern Tausende. Vera tritt neben mich. Sie hat Edo und Judi dabei, wir gehen zur Francia-Straße, in unsere Werkstatt. Ziehen uns aus. Edo und Judi sind verschwunden, Vera fragt nicht danach, wo sie sind, zieht ihr Höschen aus, wir liegen auf dem großen Holztisch, sie setzt sich auf, stützt sich auf die Ellbogen, lässt ihr Kinn in ihre Hand fallen, zündet sich eine Zigarette an, bläst den blauen Rauch durch die Nase, ihre nackten Schenkel öffnen sich, sie weiß, dass ich hineinsehen kann, sie stößt den Rauch aus.

Ich schrecke auf, weil jemand ein Fenster aufmacht. Von meinem Strohsack aus sehe ich den Mond. Der Junge, der gespielt hat, dass er onaniert, steht am Fenster. Ich stehe auf, gehe auch zum Fenster. Ich weiß seinen Namen nicht, sein Gesicht sieht im Mondschein aus wie das eines weiß gepuderten Clowns. Vor dem Eingang geht ein Polizist auf und ab. Die Hände in den Manteltaschen, den Kragen hochgeschlagen.

Mindestens zehn Grad minus, sagt der Junge. Findest du den Fraß hier essbar? Ich finde es ungenießbar. Ich antworte nicht. Ich gehe zu meinem Platz zurück, breche zwei Riegel von der Schokolade ab, gebe sie ihm. Ich kann nicht tauschen, sagt er, ich habe nichts. Komm, sage ich, lass uns schlafen gehen.

Vielleicht hat es gar nicht geschneit. Vielleicht war das Mondlicht gar nicht so hell.

Das traurige weiße Clownsgesicht.

Wenn ich mich recht erinnere, sage ich zu meiner Mutter, wurde am Morgen, nachdem ich die Briefe bekommen hatte, gegen sechs Uhr an die Tür gehämmert.

Morgen. Sechs Uhr. Jemand hämmert mit Fäusten an die Tür des Rotkreuz-Wohnheims an der Munkácsy-Mihály-Straße. Die Zimmerwarte sammeln sich. Na, Jungs, der ältere Riegler kommt ins Zimmer zurück, die Brüder warten auf uns, ab ins Ghetto oder zum Donauufer.

Wir sitzen auf den Strohsäcken und packen unsere Rucksäcke. Wir haben fünf Minuten Zeit. Ich bin schon ganz routiniert.

Auf dem Treppenabsatz gibt ein Gendarm Befehle. Die Mädchen vom zweiten Stock werden losgeschickt. Ich stelle mich auf die Zehenspitzen, kann Vera aber nicht entdecken. Die Aufseher haben Rotkreuz-Armbinden. Trotzdem schubsen die Pfeilkreuzler sie zu uns.

Wir stellen uns in Dreierreihen auf, los, Richtung Délibáb-Straße. Ich entdecke Vera, sie steht fünfzehn oder zwanzig Meter vor mir. In ihrer Linken hält sie Judis Hand, in der Rechten ihren kleinen Koffer, Edo hält sich am Griff fest. Unter der Baskenmütze trägt Vera ein Kopftuch, um ihre Ohren zu wärmen.

Gizi rennt aus dem Haus. Sie hat eine Rotkreuz-Armbinde, ein Soldat mit Maschinenpistole stößt sie zurück. Gizi verlangt schreiend nach dem Kommandanten. Ein anderer Pfeilkreuzler kommt hinzu. Gizi zeigt einen Ausweis vor. Man führt sie nach vorn. Ein Leutnant lässt sie wieder ins Gebäude hinein.

Die Pfeilkreuzler stellen drei Gruppen auf. Vera und die beiden Kleinen sind in der zweiten Gruppe. Ich bin in der dritten. An der Spitze jeder Gruppe stehen zwei Soldaten mit Maschinengewehren. Gendarmen bilden die Nachhut.

Gizi kommt wieder heraus, verhandelt mit dem Leutnant. Als sie an mir vorbeigeht, flüstere ich ihren Namen. Sie flüstert zurück: Versucht, Zeit zu schinden, auch wenn sie den Aufbruch befehlen, sag's weiter, versucht, Zeit zu schinden!

Riegler lacht. Und wenn sie uns in den Arsch schießen, sollen wir dann auch versuchen, Zeit zu schinden?

Einige Aufseher treten aus der Reihe. Sie gehen zu den Kleinen und den Mädchen. Verhandeln mit Gizi.

Die erste Gruppe wird losgeschickt. Bajonette werden auf Gewehre gesteckt. Die Rechte am Gewehrkolben. Kommandos für die zweite Gruppe. Vera wird von den größeren Mädchen verdeckt. Aus der Andrássy-Straße biegt ein schwarzer Packard ein. Bremst. Ich habe den Mann mit der Brille, der aus dem Auto steigt, schon einmal gesehen. Auch die Frau, die bei ihm ist.

Gizi rennt zum Wagen.

Im Wagen sitzt auch ein Oberstleutnant. Lässt den Leutnant holen. Der Leutnant stellt sich in Habachtstellung vor ihn hin, sagt, er müsse den Befehl seines Vorgesetzten ausführen. Zwei Pfeilkreuzler mit Maschinengewehren treten zu ihm, richten ihre Waffe auf den Oberstleutnant. Die Frau zieht einen Fotoapparat hervor, einer der Pfeilkreuzler reißt ihn ihr aus der Hand. Der Oberstleutnant lädt seine Pistole. Der Mann mit der Brille zeigt seinen Ausweis vor. Der Oberstleutnant sagt dem Leutnant, dass er vom Außenministerium komme, es gelte der Befehl des Ranghöheren, jeder Militär, egal welchen Ranges, müsse sich an die diplomatischen Vereinbarungen halten. Er entreißt dem Pfeilkreuzler den Fotoapparat und gibt ihn der Frau zurück.

Der Leutnant salutiert. Die Dame fotografiert. Sie sagt zu Gizi: Stell dich auch dazu, meine Liebe, ich will endlich ein Foto von dir haben. Gizi rührt sich nicht. Die Frau fotografiert sie, wo sie steht. Vielleicht bin ich auch auf dem Foto.

In Dreierreihen gehen wir zurück. Die erste Gruppe konnten sie nicht mehr einholen. Ein Mann mit Rotkreuz-Armbinde läuft herbei, sie wurden schon durch das Holztor des Ghettos getrieben, sagt er.

»Nationalführer Szálasi nimmt das Memorandum des Internationalen Roten Kreuzes über den Schutz jüdischer Kinderheime und anderer karitativer jüdischer Einrichtungen nur insofern zur

Kenntnis, als diese ihre Akitvitäten einzig innerhalb des Ghettos fortführen dürfen.«

Der Packard fährt los. Gizi sitzt auch darin. In der Halle tritt der Mann zu mir, der gesagt hatte, dass sie die erste Gruppe nicht mehr einholen konnten. Er betrachtet den Filzmantel. Bist du derjenige, der Soproni seinen Mantel geliehen hat? Er lässt dir ausrichten, du sollst nicht böse sein, aber erst einmal könntet ihr eure Mäntel nicht zurücktauschen. Der ist mir aber zu groß, sage ich, und zu schwer. Ich sehe es, aber trotzdem, er kann nicht. Warum? Meine Stimme klingt fordernd. Deshalb, Jungchen, weil er an einer Aktion beteiligt war, und jetzt holen sie erst einmal die Kugeln aus ihm raus, erst einmal waschen sie sein Blut aus deinem Trenchcoat.

Lutz' Frau war Gizi zufolge sehr nett, wird meine Mutter sagen. Sie habe zwar ein bisschen viel getrunken, meinte Gizi, aber damals hat Gizi auch schon ziemlich viel getrunken, damals konnte man eigentlich schon wissen, dass sie Bözsike nicht finden würde, trotzdem hat sie ständig jeden gefragt, als sie alle zwei Tage zu uns ins Krankenhaus kam.

Wir gehen wieder in unser Zimmer. Vera winkt mir auf dem Flur zu. An der anderen Hand hält sie Judi.

Carl Lutz versucht, mit Bern Kontakt aufzunehmen. Dann sucht er Friedrich Born. Findet ihn nicht in seinem Büro. Gertrud entwickelt den Film von der Pfeilkreuzler-Aktion in einem Zimmer, das ihr als Dunkelkammer dient. Sie heftet die neue Serie mit Reißzwecken neben die anderen Bilder an die Wand.

Auf dem ersten Bild ist Gizi zu sehen, hinter ihr, am Eingang des Rotkreuz-Wohnheims in der Munkácsy-Mihály-Straße, zwei Parteiaktivisten mit Maschinengewehren. Auf dem nächsten Bild stehen drei Jungen in einer marschbereiten Kolonne neben Gizi. Sie sind vierzehn oder fünfzehn Jahre alt. Einer hat einen auffallend langen Mantel an. Gertrud hat noch nie einen solchen Mantel mit Bocskai-Schnurbesatz gesehen. Aus der Loggia des gegenüberliegenden Hauses beugt sich eine ältere Frau heraus. Sie hält ein Brötchen in der Hand, beißt gerade hinein.

Auch auf dem Weg zum Szabadság-Platz fotografiert Gertrud aus dem Packard heraus. Diese Serie zeigt ausgebombte Gebäude. Vor der Andrássy-Straße 60 stehen Pfeilkreuzler-Wachposten. Auf dem Hitler-Platz eine Kindergruppe mit gelben Sternen. Neben der Kolonne ein Junge mit Fahrrad. Nicht älter als vierzehn. Er trägt die Uniform der Schülersoldaten. Grüner Kragen ohne Rangabzeichen. Auf seiner Mütze, ähnlich den Offiziersmützen, zwei Kupferknöpfe. Gertrud drückt auf den Auslöser, als der Junge an ihnen vorbeifährt und den Wagen mit dem Diplomaten-Nummernschild beäugt. Sie betrachtet den Jungen auf dem Foto. Ein Eierkopf. Die Mütze über die rechte Augenbraue gezogen. Ein strenger Blick.

Die Front erreicht an diesem Tag Gödöllö. Die restlichen Soldaten der zerschlagenen 18. und 10. Infanterie, kaum ein Bataillon, werden den deutschen Einheiten angegliedert. Am 12. Dezember desertiert ein Großteil der schlecht ausgebildeten Reservisten, die bei Tápiógyörgye eingesetzt wurden. Um sie zu ersetzen, sammeln sich 2000 freiwillige Pfeilkreuzler auf der Insel Szentendre. Oberstleutnant Prónay, einer der Befehlshaber des sogenannten Weißen Terrors von 1919, der sich gegen Juden und Kommunisten richtete, bereitet den Einsatz seines Sonderkommandos vor. Der andere ehemalige Sonderkommando-Mann, László Vannay, organisiert ebenfalls ein Bataillon, größtenteils aus fünfzehn- bis achtzehnjährigen Jungen. Er besorgt sich Ausbilder von der 22. SS-Kavallerie. An dem Tag, an dem Gertrud den Jungen von der Militärschule auf seinem Fahrrad beobachtet, ermordet die Vannay-Einheit im Keller des Toldy-Gymnasiums in Buda und am Donauufer mehrere Dutzend Menschen. Sie richten Deserteure und gefangene russische Soldaten hin. Ferenc Szálasi hebt Vannay in den Rang eines Majors. Vannay gleicht die Verluste des Bataillons aus, indem er in den Kellern Razzien veranstaltet; wer als kampffähig eingestuft wird, bekommt ein Gewehr in die Hand gedrückt und wird ohne Ausbildung eingesetzt.

»Erwin Galántay, freiwilliger Kurier des Vannay-Bataillons, als Kadett«, Fotounterschrift auf Seite 91 in ›Budapest ostroma‹ (dt.: ›Die Schlacht um Budapest‹) von Krisztián Ungváry aus dem Jahr 1998. Ein Eierkopf. Die Soldatenmütze über die rechte Braue gezogen. Ein strenger Blick.

Carl Lutz kommt aus dem anderen Zimmer. Sieht sich die Fotos an der Wand an. Am längsten das, auf dem Oberstleutnant Bagossy neben ihm steht und seine Waffe auf den Leutnant mit der Pfeilkreuzler-Armbinde richtet. Ich verstehe diesen Bagossy nicht, sagt Carl Lutz, das ist doch ein Tier. Er denkt, dass das Geheimnis dieser Bilder wohl außerhalb seines Vorstellungsvermögens liege. Er fotografiert, um festzuhalten, was andere nicht entdecken. Gertrud auch. Könnte es sein, dass es auf diesem Bild etwas zu entdecken gibt, aber nicht das, woran er dachte? Viele Details sind ihm unverständlich, obwohl er sich an alles zu erinnern glaubt. Die Blicke, der Ort, die Zeit … obwohl, vielleicht doch nicht … Er versucht, sich sein früheres Selbst zu vergegenwärtigen, wenn er sich auf den Bildern sieht. Alles ist da, trotzdem scheint es, als wäre etwas verlorengegangen. Vor zwei Wochen hatte er in Bern ein Bild vom Eingang des Außenministeriums gemacht. Er hatte Lust, die Stadt zu fotografieren. Am Eingangstor hatte er vergebens nach irgendetwas gesucht, aber das wird ihm erst jetzt klar, als er das Bild an der Wand betrachtet. Im Außenministerium erhielt er auf all seine Anfragen die Antwort, man habe seine Berichte erhalten und zusammengefasst. In Wahrheit hätten sie sagen müssen, dass sie alles verschwiegen und in den Schubladen hatten verschwinden lassen.

Gertrud schenkt sich einen Cognac ein. Carl Lutz bietet sie keinen an. Es überrascht sie, dass auch er einen will.

Du hast die Juden in Palästina auch nicht gemocht, sagt Gertrud. Die lügen alle, rekonstruiert Lutz Jahre später seine Antwort darauf. Wer? Na, die im Außenministerium in Bern, alle. Natürlich, sagt Gertrud. Und trotzdem wolltest du bei denen Karriere machen, auch jetzt willst du mit ihnen …

Lutz stellt den vollen Cognacschwenker auf den Tisch. Gertrud wendet sich ab. Vielleicht, dachte sie, wird Lutz später notieren, dass sie doch nicht hätte aussprechen sollen, was sie da gedacht hatte.

Er antwortet seiner Frau lediglich, dass das Zusammentreffen mit Feine in Palästina eine glückliche Fügung gewesen sei.

Aber du hast mir damals auch nicht alles gesagt, was du wusstest, nicht wahr, Liebster, und auch jetzt nicht.

Habe ich nicht.

Findest du das richtig?

Dienstgeheimnis.

Auch das, was du von Feine erfahren hast?

Ich musste es ihm schwören …

Alle lügen, was zählt es also, dass du geschworen hast?

Ich breitete hilflos die Arme aus, wird Lutz schreiben.

Er geht ins andere Zimmer.

Ich habe auch nicht erzählt, dass Feine beim Abschied sagte: Sie können das nicht verstehen, Carl, aber wir kennen die Zukunft – bis jetzt ist es ihnen nur noch nicht gelungen, sie zu verwirklichen.

Gertrud sitzt im Sessel. Kreist mit ihrem Fuß. Atmet tief. Zieht den Bauch ein, spannt die Bauchmuskeln an. Kreist mit dem Kopf. Steht auf. Füllt die Kaffeemaschine mit Wasser. Zündet die Flamme an. Das Wasser kocht dreimal auf im Glaskolben. Vorsichtig öffnet sie die Tür zum anderen Zimmer. Lutz schläft bereits im französischen Bett des unlängst zum Schlafzimmer umfunktionierten Raumes. Die Stehlampe brennt. Das ist ungewöhnlich. Der Lichtkegel fällt auf einen kleinen runden Tisch. Auf dem Tisch liegt ein Ordner. Orangefarben, mit grüner Schnur. Der Knoten ist geöffnet, der Ordner aufgeschlagen.

Gertrud hat den orangefarbenen Ordner noch nie gesehen. Sie hat keinen Zweifel, dass ihn ihr Mann für sie hingelegt hat.

Sie schaltet die Stehlampe aus, geht wieder ins Arbeitszimmer.

Fünfundzwanzig Minuten vor Mitternacht.

Ganz oben im Ordner die Notizen von Carl Lutz. Die erste noch aus Budapest.

Dr. Jezler unterrichtet die zentralen Behörden am 30. Juli 1942 in einer streng vertraulichen Mitteilung über die entsetzlichen Ereignisse im Osten, die Folgen der Wannsee-Konferenz. Die Reaktion der Berner Zentrale: Man müsse die gegenseitigen Verleumdungen kritisch betrachten.

Gertrud zündet sich eine Zigarette an. Wer ist dieser Dr. Jezler? Was heißt hier, gegenseitige Verleumdungen?

Warum werden die Sitzungen des Bundesrates nicht protokolliert?, würde Lutz am nächsten Tag schreiben. Wollen sie nicht, dass das Schweizer Volk erfährt, was sie schon wissen?

Fotokopien: »*In Frankreich werden Kinder brutal von ihren Eltern losgerissen, wir werden Augenzeugen von Szenen, die an den Kindermord von Bethlehem erinnern. Allem Anschein nach gibt es nur ein einziges Ziel: die völlige Ausrottung des Judentums*«, aus der ›Schweizerischen Kirchenzeitung‹ vom 27. August 1942.

Nationalrat Albert Oeri richtet im Oktober 1942 einen Aufruf an die erste Schweizer Konferenz für Flüchtlingsfragen: »*Wir können nicht alles veröffentlichen, was wir wissen. Aber ich darf behaupten, dass das, was auf die Flüchtlinge wartet, die von unseren Grenzen zurückgewiesen werden, noch viel schlimmer ist als der Tod.*«

In Vilnius seien 60 000 Juden ermordet worden, berichtet das Schweizer Blatt im Februar 1943.

Die Zürcher Arbeiterwohlfahrt macht im März 1943 darauf aufmerksam, dass eine Zurückweisung von den Grenzen praktisch einem Todesurteil gleichkomme.

Im Juli 1943 wird in der Züricher Synagoge verkündet, dass Hunderttausende Familien vernichtet wurden.

Gertrud hört Maschinengewehrsalven auf der Straße.

Es ist fünf Minuten nach Mitternacht.

Anweisung von Dr. Heinrich Rothmund, Chef der Eidgenössischen Fremdenpolizei, an den Grenzschutz am 29. Dezember 1942:

»Auf jeden Fall muss darauf geachtet werden, dass die abzuweisenden Flüchtlinge mit niemandem, weder mittelbar noch unmittelbar, telefonisch in Kontakt treten können.«

Gertrud würde gern noch mehr Cognac trinken, doch sie fühlt, dass sie sich dann würde übergeben müssen.

Sie trinkt trotzdem.

Sie übergibt sich nicht.

All das habe ich ihnen vorgehalten, als ich letzte Woche in Bern war, schreibt Lutz.

Gertrud sieht am Datum, dass diese Notiz zwei Wochen alt ist. Sie nickten, lasen darin und sprachen dann von etwas anderem. Sie entwürdigten nicht nur sich selbst, sondern auch mich. Trotzdem bereue ich diesen Weg nicht. Ich erkenne die Schuld klar, an der ich keinen Teil habe, an der ich aber hätte teilhaben können, und ich trage die Schande dafür. Gestern fand ich in der hiesigen Bibliothek der amerikanischen Botschaft eine englische Ausgabe der ›Brüder Karamasow‹. Nachts las ich darin. Gertrud schlief Gott sei Dank ganz ruhig. Ich las Aljoschas Worte: »Wir sind gut, gut …« Wann war ich das letzte Mal in der Kirche?

Gertrud spuckt Erbrochenes auf den Perserteppich. Verschmiert es mit ihrem Schuh.

Gestern übergab Friedrich Born die deutsche Übersetzung des Dokuments, das später als ›Auschwitz-Protokoll‹ bekannt wurde. Von ihm erfuhr ich, dass die Widerstandsgruppe des Lagers am 7. April 1944 zwei slowakischen Juden zur Flucht verhalf, Walter Rosenberg und Alfred Wetzler, die sich später neue

Namen gaben. Sie legten Beweise vor, Lagerpläne, Daten über die Ermordeten, über das Zyklon-B-Präparat. Sie wiesen darauf hin, dass man sich in Auschwitz bereits auf den Empfang und die Vernichtung der ungarischen Juden vorbereite. Der Umfang des Protokolls umfasst auf Ungarisch 38 Seiten, 1130 maschinengeschriebene Zeilen. Sie geben die Lage des Lagers bekannt, informieren über seine Ausstattung, sein Bewachungssystem, die Selektionsmethoden für die Gaskammer.

Das Protokoll wird in Ungarn im kleinen Kreis verbreitet, schreibt Lutz. Ich bekomme im Juni ein Exemplar.

Meines Wissens erhalten es die jüdischen Organisationen in Genf zur selben Zeit und leiten es gleich an die Presse weiter. Die Presse veröffentlicht es nicht einmal auszugsweise.

Meines Wissens erhält es zeitgleich auch der Vatikan. In Ungarn bekommen es Angelo Rotta, der päpstliche Nuntius, Jusztinián Serédi, Primas, László Ravasz, reformierter Bischof, und Miklós Horthy, Reichsverweser.

Der nächste Stapel ist mit einer großen Büroklammer zusammengefasst. Ein eigener Aktenstapel im Ordner.

Gertrud liest die erste Seite, reißt die Büroklammer ungeduldig weg, um besser blättern zu können. Durch die heftige Bewegung rutscht ihr der Stapel aus der Hand, wie wenn Zugluft durch den Raum fegt und in die Blätter fährt.

Sie steht auf. Will prüfen, ob ein Fenster oder eine Tür offensteht. Sie findet alles verschlossen. Kniet sich hin, davon wird ihr schwindelig. Rappelt sich wieder hoch. Geht ins Bad. Merkt nicht, dass sie auf die Protokollseiten tritt. Wäscht sich das Gesicht mit kaltem Wasser. Denkt, dass vielleicht ihr Blutdruck wieder zu niedrig ist. Legt sich auf die Bank im Bad. Lässt den Kopf hängen. Wartet. Geht zurück ins Zimmer. Sie hatte gerade gelesen, dass das Protokoll 38 Seiten umfasst. Sie wagt nicht, sich nach den verstreuten Blättern zu bücken, sie fürchtet, dass ihr wieder schwindelig werden würde. Langsam geht sie auf alle viere. Sammelt die Blätter ein.

Sie weiß nicht, wie lange sie gelesen hat, wie lange sie im Bad war, seit wann sie die verstreuten Blätter aufsammelt.

Sie holt einen Krug Wasser, zuvor spült sie sich den Mund am Waschbecken aus. Sie benutzt Mundwasser und Schweizer Zahnpasta. Tupft sich einige Tropfen Givenchy an die Schläfen. Setzt sich wieder in den Sessel. Die Zeit scheint nicht die ihre zu sein, dennoch ist sie daran beteiligt. Sie ist außerhalb der Zeit, kann sich ihr aber nicht entziehen, sie weiß nicht, ob es die Echtzeit des Lesens ist oder dessen, was sie da liest.

Das eigentliche Lager, liest sie, habe eine Grundfläche von ca. 500 x 300 Metern, es sei von einer etwa drei Meter hohen Betonmauer umgeben, die Pfeiler seien durch Hochspannungsleitungen verbunden. Die Wachtürme seien fünf Meter hoch, mit Scheinwerfern und Maschinengewehren ausgestattet. Um Viertel nach zwei liest sie, dass der Arzt zweimal die Woche, montags und donnerstags, die Zahl derjenigen festlegt, die in der Gaskammer vernichtet werden sollen, ihre Leichen werden verbrannt. Zehn Minuten lang versucht sie, die Zahl der Vergasten anhand der eintreffenden Transporte zu ermitteln. Diese Zahl ist so ungeheuer groß, dass sie unfähig ist, fortzufahren. Gegen drei liest sie, dass die neuerbaute Gaskammer und das Krematorium in Birkenau 1943 eröffnet wurden und die Asche aus dem Krematorium auf dem landwirtschaftlichen Hof Hermannsee als Dünger Verwendung findet.

»In der Mitte der Öfen ragt ein hoher Schornstein empor, um den herum neun Öfen mit vier Öffnungen erbaut sind. Jede Öffnung kann drei normale Leichen fassen, die in ungefähr eineinhalb Stunden verbrannt werden. Die Kapazität der Öfen beläuft sich auf 2 000 Leichen täglich. […] Zur Einweihung des ersten Krematoriums im März 1943, welches durch die Vernichtung von 8 000 Juden aus Krakau geschah, kamen prominente Gäste aus Berlin. Sie waren sehr zufrieden mit der Leistung des Vernichtungsapparats, und sie schauten persönlich durch die Gucklöcher der Gaskammer.«

Während sie liest, weiß sie, dass wenige Monate zuvor bereits 400 000 Menschen jenes Landes, in dessen Hauptstadt sie sich jetzt befindet, dasselbe Schicksal erlitten haben. Sie denkt an diejenigen, die nur wenige Meter von ihr entfernt in der Ziegelei Óbuda vor ihren Augen zusammengetrieben und losgeschickt wurden und auf die ohne Zweifel dasselbe Schicksal wartet. Gegen halb vier Uhr früh hört sie auf zu lesen, versucht die Blätter des Protokolls mit der übergroßen Büroklammer zusammenzufassen, legt sie wieder in den Ordner. Ein Blatt fällt heraus, auf den vom Erbrochenen nassen Teppich, sie hebt es auf, trocknet es sorgfältig mit ihrem Taschentuch, klappt den Ordner zu. Ihr Blick fällt auf den vollen Cognacschwenker, sie greift danach, führt ihn aber nicht zum Mund, obwohl das ihre Absicht war.

Sie versteht nicht, wieso ihre Hand nicht zum Mund findet, sie will doch trinken. Sie hält das Glas so krampfhaft fest, dass es platzt, sie schleudert es irgendwohin. Nach dem Krach hört sie eine Tür aufgehen, sie wagt es nicht, sich umzudrehen, um nicht Carl Lutz gegenüberzustehen.

In der Tür steht eine der Sekretärinnen im Morgenrock, kann ich helfen, gnädige Frau, fragt sie. Nein, schon gut, sagt Gertrud. Aber Ihre Hand blutet doch, sagt die Sekretärin, führt sie ins Bad, wäscht ihre verletzte Hand, verbindet sie mit Gaze. Gertrud küsst sie auf die Wange, schickt sie wieder ins Bett, drückt den Ordner an sich, geht ins Schlafzimmer. Macht die Stehlampe an. Carl Lutz liegt mit offenen Augen da. Gertrud sieht, dass Lutz sie dabei beobachtet, wie sie den Ordner auf den Tisch legt. Wie ein Toter, denkt Gertrud. Sie macht die Lampe wieder aus. Zieht ihren Morgenrock aus. Zieht das Nachthemd über. Legt sich neben Lutz, schlüpft unter die gemeinsame Decke. Sie hat das Gefühl, ihrem Mann so nahe zu sein wie noch nie. Sie möchte ihn umarmen, ahnt aber, dass Lutz das jetzt nicht recht wäre – selbst wenn er wüsste, dass sie ihn jetzt nicht lieben wollte.

Sie wachen in der Früh um halb sieben auf. Bereiten gemeinsam das Frühstück in der kleinen Küche zu.

Sie sprechen nicht.

Gehen gemeinsam ins Schlafzimmer.

Gertrud nimmt den Ordner vom kleinen Tisch und legt ihn in die unterste Schublade von Lutz' Schreibtisch.

Meine Mutter zeigt mir das Foto von Gizi in der Munkácsy-Mihály-Straße. Sie sagte mir, sagt meine Mutter, dass es noch eines gebe, dieses hat sie mir geschenkt, weil du auch darauf bist, du stehst dort am Rand.

Hinter den Reihen, in der Loggia des gegenüberliegenden Hauses, sieht man eine Frau, die gerade in ein Brötchen beißt.

12

Die Post bringt zwei Fotos. Es liegt kein Brief dabei. Es steht kein Absender auf dem Umschlag.

In einem meiner ganz alten Ordner finde ich einige Zeilen darüber, dass 1976, als ich Luca Wallesz besuchte, auch ein junges Mädchen zugegen war.

»Sie hofft, dass sie von mir etwas darüber erfährt, was 1944 mit ihrer Familie passiert ist. Luca meint, dass ihre Mutter und Großmutter am selben Tag in die Ziegelei gebracht wurden wie ihre eigene Mutter, der ich angeblich gesagt haben soll, dass sie sich in die Gruppe der unter Sechzehn- und über Sechzigjährigen stellen soll, in der auch ich war. Luca meint, dass auch die Freundin der Mutter dieses Mädchens dabei war. Sie heiratete später den Bräutigam der ermordeten Freundin, aber Ende der fünfziger Jahre haben sie sich getrennt ... Ich habe den Namen des Mädchens vergessen, aber Luca hatte mich sowieso um Diskretion gebeten ...«

Diese Notiz hatte ich ganz vergessen. Der Ordner ist hinter die Stapel anderer Ordner gerutscht und wurde gequetscht. Er war mir nicht in den Sinn gekommen, als sich die Lehrerin an meine Fersen heftete, und auch nicht, als sie mir erzählte, dass wir damals gemeinsam von Luca fortgegangen seien.

Vielleicht gab es in den geheimen Ecken meines Ichs – so würde ich es heute sagen – eine Neigung, vor dem zu fliehen, was mir Luca erzählt hatte, obwohl ich nicht zu jenen gehöre, die sich an Erinnerungsverfälschungen beteiligen.

Ich empfand immer Scham, wenn mir jemand zu verstehen gab, dass er gewisse Ereignisse lieber vergessen möchte, und ich ihm dafür mein Verständnis ausdrückte.

Ich empfand auch Scham, wenn mir irgendjemand zu verstehen gab, dass er sich nicht von Erinnerungen an bestimmte Ereignisse lösen könne, und ich ihm dafür mein Verständnis ausdrückte.

Die Lehrerin spricht leise. Sie ist nicht schüchtern, auch nicht vorsichtig. Ihre Behauptungen klingen, als wären sie Fragen. Ich höre Hoffnung aus ihrer Stimme heraus, zugleich scheinen ihre Worte auch Schutzmauern zu errichten. Sie will ihr Gegenüber nicht zu nahe an sich heranlassen, aber sie ist bereit, auf interessierte Fragen zu antworten.

Wann war ihre Stimme so? Damals, bei unserer ersten Begegnung? Oder als wir zusammen aus der Straßenbahn der Linie 1 stiegen?

Kann ich vielleicht mit Hilfe der heraufbeschworenen Stimme versuchen, zum Anfang jener Geschichte vorzudringen, über die sie mich ausfragen will?

Ich lege Schuberts Streichquintett C-Dur auf den Plattenspieler.

Seit ich aus Carl Lutz' Tagebuch weiß, dass er in diesem Klang die Unendlichkeit gespürt hat, höre ich es mir immer an, wenn ich bei der Arbeit in eine Haarnadelkurve gerate.

Ich rufe im Kossuth-Zsuzsa-Gymnasium an. Ich frage nach dem Nachnamen der Lehrerin, die mit Vornamen Györgyi heißt. Man verbindet mich mit dem Direktor. Wir klären den Grund meiner Anfrage. Ich notiere ihre Adresse in der Abonyi-Straße, suche im Telefonbuch ihre Nummer und wähle.

Würde sie den Hörer abheben?

Würde ich vielleicht eine Männerstimme hören?

Wenigstens würde sich dann herausstellen, ob sie einen Mann oder Partner hat, ich muss zugeben, dass ich darauf neugierig bin.

Sie habe mich auch gerade anrufen wollen, sagt sie am Telefon, habe mich fragen wollen, ob ich die zwei Fotos bekommen hätte. Ich dachte mir schon, dass sie von Ihnen sind, will ich sagen, aber sie lässt mich nicht. Wissen Sie, unterbricht sie, manchmal fällt es mir gar nicht mehr ein, aber als ich Sie damals vor der Schule sah ...

Wie konnten Sie mich erkennen, nach mehr als zwanzig Jahren, frage ich. Das ist gar nicht so viel Zeit, sagt sie.

Ob sie wirklich meine, dass das nicht so viel Zeit sei, frage ich. Wirklich, sagt sie, als Sie dort am Gedenkstein standen, begann alles von vorn. Was das heiße: alles von vorn, frage ich. Na ja, dass Sie doch etwas wissen müssten, deshalb habe ich die zwei Fotos geschickt, vielleicht ... – Wieso vielleicht, frage ich, und warum schreiben Sie nicht wenigstens einen Absender auf den Umschlag? Sie antwortet nicht, auch ich schweige, ich höre ihrem Schweigen zu. Keiner von uns scheint formulieren zu wollen, worüber wir eigentlich sprechen sollten, und vielleicht ist mir gerade deswegen so klar, woran sie denkt, und ich spüre, dass es ihr genauso geht. In Bezug auf diese Fotos hätte ich ein paar Fragen, sage ich schließlich, gut, in Ordnung, sagt sie. Sie sagt nicht, dass sie ihr Kind zum Unterricht bringen müsse, sie sagt nicht, dass sie Familienbesuch erwarte, sie sagt, Moment, sie müsse in ihrem Stundenplan nachschauen.

Wir einigen uns auf einen Zeitpunkt.

Und wo?

Ich sage es.

Gut, dort ...

Eine Viertelstunde vor der vereinbarten Zeit bin ich im Hotel ›Andrássy‹.

Ich bin zu Fuß durch den Stadtpark gekommen. Ungefähr auf derselben Strecke, die ich mit Vera gegangen bin.

Es ist nicht Dezember. Es ist nicht die Aréna-Straße. Es ist Spätherbst. Es ist die Dózsa-György-Straße.

Im Geist zeichne ich an der Ecke Munkácsy-Mihály- und Délibáb-Straße einen Kreidekreis auf den Bürgersteig. Hier lag Soproni in meinem blutigen Trenchcoat. Nachdem wir ins Rotkreuz-Wohnheim zurückgehen durften, bin ich mit dem Verwalter, der mir zu verstehen gab, dass ich jetzt den knöchellangen Filzmantel tragen dürfte, hinausgeschlichen, und er zeigte mir die Stelle, wo Soproni von zwei Kugeln getroffen worden war. Ob sie sie ihm herausoperieren konnten?

Das ehemalige Rotkreuz-Wohnheim ist jetzt das Fünfsternehotel ›Andrássy‹. An der Stirnseite nehme ich nur unwesentliche Veränderungen wahr. Der Eingang ist an seinem alten Platz. Damals gab es keine Glastür vor der Eingangshalle. Rechts ist die Rezeption, links der Durchgang ins Restaurant und zum Café.

Györgyi kann nicht wissen, warum ich diesen Ort für unser Treffen ausgesucht habe. Ich werde es ihr nicht gleich sagen, ich möchte ihren Blick sehen, wenn ich ihr die Vergangenheit des Hotels offenbare.

An der Rezeption begrüßt mich ein junger Mann. Ich muss ihm erklären, warum ich mich auf den Stockwerken umsehen möchte.

Von welcher Zeitung?

Er wartet nicht auf Antwort, stellt sich vor, berichtet ohne Nachfrage, was sein Aufgabenbereich ist und seit wann er hier im Hotel arbeitet, er bittet mich, in meinem Report – so drückt er sich aus – seinen Namen zu erwähnen, das würde seiner Karriere – so drückt er sich aus – nützen.

Die roten Teppiche auf dem Flur werden von Kupferstangen gehalten. Die Tapete ist cremefarben. An den Wänden hängen Reproduktionen von impressionistischen Gemälden. Ich gehe in den zweiten Stock. Der junge Mann begleitet mich zuvorkommend. Die Türen sind an ihrem alten Platz. Ich bleibe links von der Treppe an der zweiten Tür stehen. Auf meine Bitte hin eilt der junge Mann hinunter und bringt den Zimmerschlüssel. Zum Glück ist dieses nicht belegt, sagt er, gerade ist nur mittelmäßig viel los, hoffentlich wird es zu Weihnachten top.

Möbel aus Eschenholz. Ein französisches Bett mit azurblauen Bezügen. Die Vorhänge sind cremefarben mit Arabeskenmuster in ähnlicher Farbe wie die Bezüge.

An der Wand eine Klee-Reproduktion. Das Bild heißt ›Spielplatz‹, sage ich, eine seiner interessantesten Arabeskzeichnungen. Der Blick des jungen Mannes verändert sich. Ich glaube, es stammt aus den zwanziger Jahren, sagt er. Ich fotografiere und zeichne auch, habe aber sicherlich nicht genug Talent, ich bin nicht in die Akademie aufgenommen worden, nächstes Jahr versuche ich es wieder.

Ich bin schon einmal hier gewesen, sage ich. Ich bin kein Reporter, schreibe keinen Artikel, kann Ihren Namen nirgendwo erwähnen, tut mir leid. Kein Problem, es freut mich, dass Sie schon mal hier gewesen sind. Nicht wahr, Sie finden Klee auch außergewöhnlich, mir führt er manchmal Zusammenhänge vor, da erkenne ich Dinge, die über das Bild hinausgehen.

Ich erzähle ihm, dass ich ein altes Dokument besitze, auf dem eine Unterschrift zu sehen ist, deren Linienführung den Arabesken auf dem Bild ähnelt.

Ist es vielleicht irgendeine Arbeitserlaubnis, die Sie da haben?

Ich erzähle ihm, dass mein Dokument ein gefälschter Ausweis ist, er wurde hier in diesem Zimmer ausgestellt, der Stempel dazu wurde hier unter dem Parkett hervorgeholt, hier unterschrieb jemand mit einem Namen, der nicht sein Name war … und seine Buchstaben waren wie Arabesken …

Die gegenüberliegenden Häuser, die Vorgärten sind alt. Die Straße ist leer. Ich suche den Platz, wo ich damals in der marschbereiten Kolonne stand.

Am 18. Dezember 1944 bringt das Internationale Rote Kreuz die Bewohner des jüdischen Knabenwaisenhauses in den leeren Räumen unter. Man einigt sich mit dem Kommandanten des

XIII/1 Hilfsbataillons, dass im Bedarfsfall für ihre Verteidigung gesorgt werde.

Ich bleibe allein im Zimmer zurück. Mein Begleiter wollte mich allein lassen. Ich gehe ins Café. Mache mir Notizen. Bestelle einen Cabinet Brandy.

Ich warte seit zwanzig Minuten. Die Bedienung kommt, fragt nach meinem Namen. Ich werde an der Rezeption am Telefon verlangt.

Wahnsinn, sagt Györgyi, es tut mir schrecklich leid, man hat mich vor einer Stunde benachrichtigt, dass ich eine erkrankte Kollegin vertreten muss, Studienfahrt der Klasse, nach Deutschland, der Zug fährt heute Abend, ich weiß gar nicht, wo mir der Kopf steht, ich packe, sie wussten, dass ich einen gültigen Pass besitze, ist das nicht Wahnsinn, wenn ich zurückkomme, melde ich mich sofort.

Ich bestelle Kaffee. Frage die Bedienung, ob sie mir einige Bögen Papier bringen könne. Die Frage überrascht sie, doch sie ist bereitwillig, kommt nach längerer Zeit zurück, entschuldigt sich. Um Papier zu holen, habe sie ins Büro hinaufgemusst.

Über mir im zweiten Stock liegt das Zimmer von damals, durch das Fenster kann ich den Straßenabschnitt sehen, wo ich einst mit Vera, Edo und Judi in der Reihe stand.

Ich notiere mir, dass auf einem der beiden Fotos, die mir Györgyi geschickt hat, zwei etwa sechzehnjährige Mädchen vor dem Tor einer zweistöckigen Villa stehen. Sie umfassen einander an der Taille. Die eine ist blond, zierlich, mit einem länglichen Gesicht, sommersprossig, fröhlich, die andere dunkelhaarig, mit ovalem Gesicht und ernstem Blick. Ich kenne sie nicht. Ich kenne jedoch das Haus. Ich weiß nicht, woher, aber ich meine, schon mal in diesem Haus gewesen zu sein. Große Balkone, große Eckfenster, ein schmiedeeisernes Gartentor, die Haustür wahrscheinlich aus Eichenholz, auf dem Bild ist die blanke kupferne Klinke gut zu sehen. Im Vorgarten steht eine Hundehütte mit einem riesigen, aufmerksam blickenden Jagdhund.

Der Hund ist ein Anhaltspunkt.

Im Sommer 1944 kam ich einige Male zum Akkordeonspielen in dieses Haus. Fünf Minuten von der Amerika-Straße 78 entfernt, das zweite Haus hinter der Königin-Erzsébet-Straße. Hier hatte ich den ›Tango Bolero‹ gelernt, den ich Vera vorspielte, während sie sich ans Klavier lehnte und ihr Kinn in die Hand stützte.

Die Botschaft des Fotos ist Györgyis erneuter Versuch, etwas aus der vertrocknenden Zeit hinüberzuretten. Ihr Anliegen öffnet mir den Weg zum Vergessen, das in mir schlummert, weil die Identifizierung des Hauses die beiden Mädchen vom Vorgarten in die Straßenbahnhaltestelle der Linie 67 versetzt. Die Straßenbahn nähert sich von der Róna-Straße her, ich komme von der Amerika-Straße, die beiden Mädchen kommen mir entgegen. Wir steigen ein, ich immer auf die hintere Plattform, sie vorne, wir fahren bis zur St.-Domonkos-Straße, steigen zusammen bei der Kirche aus. Ich gehe hinter ihnen her, bewundere sie, ich bin dreizehn Jahre alt, sie sind etwa sechzehn. Ich gehe durch das Tor des Knabengymnasiums, sie gehen weiter zum Mädchengymnasium in der Abonyi-Straße.

Manchmal finde ich einen Sitzplatz, sie auch. Sie unterhalten sich. Nach einiger Zeit grüßen wir uns. Wenn sie sich unterhalten, spricht meist die schlanke Blonde mit den Sommersprossen, die Dunkle mit den langen Haaren nickt mit ernstem Gesicht. Sie scheint an etwas anderes zu denken als an das, worüber sie sprechen, denn sie fährt zusammen, als die Sommersprossige zu lachen anfängt. Ihr Lachen ist aufreizend, das andere Mädchen sieht sich um, wer hört zu, ich wende schnell den Blick ab, sie soll nicht sehen, dass ich sie anschaue.

Durch das Fenster im Flur sehe ich sie, wenn die Mädchenklasse im Turnunterricht Handball spielt. Sie sind in derselben Mannschaft. Die Sommersprossige ist flinker, ihre Würfe sind kraftvoll, die Ernste sucht mit zusammengekniffenen Augen nach ihren Mannschaftskameradinnen, gibt den Ball präzise weiter. Ziemlich viele meiner Mitschüler stehen am Fenster, als die blonde Sommersprossige von einer gegnerischen Spielerin am Unterleib getroffen wird. Einer der Jungen sagt zynisch, na, jetzt hat sie sicher das Gefühl, als hätte man sie gebumst. Blödmann, sagt ein anderer, das ist doch ganz anders, ihr tut das genauso weh wie dir, wenn dich der Ball trifft.

Sie muss sich auf den Boden legen. Ihre Freundin läuft zu ihr, beugt sich über sie, massiert sie, dehnt sie.

Am nächsten Tag kommt der zurechtgewiesene Junge angerannt und sagt, dass er ein Loch in der Wand zu den Duschen beim Turnsaal gefunden habe. Er legte zwei Kästen übereinander, stellte sich darauf und konnte hineinsehen. Gerade seien die blonde Sommersprossige und die braune Langhaarige drin gewesen, beide nackt, sie hätten sich gegenseitig die Rücken gewaschen, und als sie sich umgedreht hätten, hätten sich sogar ihre Ärsche berührt. Verpiss dich, sagt der andere, der ihn am Vortag zurechtgewiesen hatte, dein Arsch berührt den meinen auch, wenn wir alle gleichzeitig duschen.

Ich bestelle mir noch einen Cognac. Wenn mir Györgyi den Weg weist, muss sie auch die Folgen tragen, obwohl ich ziemlich verunsichert bin, auch durch die zwei Mädchenkörper unter der Dusche im engen Raum, in dem sie sich aneinanderdrängen.

Ági, die Sommersprossige, mag nach dem heißen Wasser gleich kaltes, Klári öffnet die Tür, der Vorraum ist leer, sie holt sich ihr bereitgelegtes Handtuch von der Bank, reibt sich ab. Kláris Haut ist ganz rot vom Wechselbad der heiß-kalten Dusche. Plötzlich fängt sie an, flüsternd von ihrem Freund zu erzählen. Beide reiben sich mit den Frotteehandtüchern ab, Ági breitet die Arme aus, wie von einem Zwang getrieben, den Klári nicht versteht. Sie haben schon oft gemeinsam geduscht, ihre Brüste verglichen, dennoch spürt Klári, dass sich jetzt der Körper der anderen verändert hat. Sie versteht nicht, warum Ági ihren Busen so lange ansieht. Beide sind verlegen, schauen sich nicht in die Augen, werden aber von irgendeinem unbekannten Gefühl getrieben, und Ági spricht es aus und ihre Brust schwillt: Es ist geschehen, flüstert sie, gestern Abend. Was, fragt Klári, obwohl sie genau weiß, was geschehen ist. Na, *das*, flüstert Ági, mit Miklós. Wo? Bei ihnen zu Hause. Sie haben es nie so genannt, wie es manche ihrer Klassenkameradinnen so aufreizend taten, sagten immer nur: *das*. Ági streckt sich, ihr Busen zittert, Klári streichelt ihr Haar, küsst ihre Schulter, sie lachen.

In Zugló wurden alle aus den Häusern mit den gelben Sternen auf dem KISOK-Platz versammelt. Vielleicht sind Ági, ihre Mutter und Großmutter mit derselben Kolonne in die Ziegelei gelangt wie wir, sie waren über sechzehn, die Großmutter noch weit unter sechzig – mit welchem Transport wurden sie wohl nach Hegyeshalom geschickt? Luca erzählte mir, dass Klári sogar mitansehen musste, wie Ági und ihre Mutter in jene Gruppe kamen, die in die Gaskammer geschickt wurde. Sie rannte zu ihnen hin, ein deutscher Soldat prügelte sie zurück. Ich habe Fotos gesehen von skelettartigen, dünnen, nackten Menschen, wie sie in Reih und Glied standen und zum weiß gekalkten, quadratischen Gebäude gehen mussten, zwischen Bewaffneten und Hunden hindurch. Vielleicht habe ich deshalb verdrängt, was mir Luca darüber gesagt hatte – warum erzählt sie es mir, warum?

Doch jetzt muss ich versuchen, die kahlgeschorenen Schädel mit Kláris Blick zu sehen, die Hinterköpfe, an die sie sich erinnern wird, an den Hinterkopf ihrer Mutter, an Ágis Hinterkopf – die zwei Schlote des Krematoriums verschwinden, als hätte die Filmrolle Licht abbekommen, doch die Erinnerung an die Hinterköpfe, die Bewaffneten, die Hunde bleibt. Verliert im Lauf der Zeit zwar immer mehr an Schärfe – manchmal jedoch ist alles wieder ganz klar zu sehen. Meist in meinen Träumen. Aus dem Traum hochschreckend sehe ich den Weihnachtsbaum auf dem Appellplatz. Zwei Gefangene werden von Soldaten getreten, der Galgen wird neben dem Weihnachtsbaum aufgestellt, sie treiben alle aus den Baracken ins Freie, zünden zur Hinrichtung die Kerzen am Tannenbaum an. Ágis Körper war schon so dreckig und stinkig wie Kláris, sie wollte den Geruch ihrer Mutter nicht riechen. Sie stoßen den Schemel unter den Füßen am Galgen weg.

Ich gehe in den Waschraum.

Komme zurück, bitte die Bedienung um noch mehr Papier. Sie eilt davon, sicher wieder ins Büro, jetzt bringt sie die Bögen schneller, sie bekommt ein doppeltes Trinkgeld von mir.

Auf der Rückseite des einen Bildes, das mir Györgyi schickte, steht »Klári und Ági, 1943«, auf dem anderen »Mutter und Vater, 1945, noch nicht verheiratet«.

Der Ort des zweiten Bildes ist nicht schwer zu identifizieren, es ist die Terrasse am See im Stadtpark. Im Hintergrund ist die Treppe der Kunstgalerie zu sehen. Derjenige, der das Bild gemacht hat, stand mit dem Rücken zum See. Man sieht das karierte Tischtuch, zwei Biergläser. Kláris Haare sind ganz kurz. Sie war bis vor Kurzem kahlgeschoren, denke ich, als ich das Bild zum ersten Mal sehe. Ihr Gesicht ist eckig, nicht oval wie auf dem anderen Bild. Auch ihr Kinn hat sich verändert, steht spitz nach vorne. Sie lehnt sich im Gartenstuhl zurück, als wollte sie sich von dem Mann gegenüber distanzieren.

Der Mann ist groß und breitschultrig. Er trägt ein kurzes Hemd, man sieht seine muskulösen Arme. Er hat sehr dichtes Haar. Dunkel, nach hinten gekämmt, vorn eine Locke. Sie schauen nicht in die Kamera. Sie schauen einander nicht an. Wen haben sie gebeten, sie zu fotografieren? Wenn sie schon jemanden gebeten haben, warum schauen sie ihn oder einander dann nicht an?

Einer Notiz zufolge, die nun seit bald einem Vierteljahrhundert in einem meiner Ordner im untersten Fach verborgen war, hatte Luca gesagt, dass Miklós ein sehr netter junger Mann gewesen sei, Klári hätte ihn einmal mitgebracht, aber das sei bereits nach ihrer Hochzeit gewesen, also vielleicht 1956 oder 1957.

Also etwa zehn Jahre, nachdem das Foto entstanden war.

»Miklós, groß, sportlich, schwarzhaarig, wohnte an der Ecke Kolumbusz- und Erzsébet-Straße«, hatte ich notiert. Ich habe damals, vor bald einem Vierteljahrhundert, nicht notiert, dass ich Miklós gesehen haben könnte, als ich mit der Straßenbahn der Linie 67 mit den Mädchen zusammen zum Gymnasium fuhr. Damals war er schon Ágis Verehrer gewesen. Er muss auch Klári gekannt haben. Er wird gewusst haben, dass die beiden gute Freundinnen waren. Er wird gewusst haben, dass Ági ihr erzählen würde, dass sie sich geliebt haben, wiewohl sie sich damals beide geschworen hatten, dass *das* ihr Geheimnis bleiben würde. Er wird gewusst haben, dass Ági all die Postkarten, die er aus dem Arbeitslager in Bustyaháza geschickt hatte, Klári zeigen würde, weil auf den Antwortkarten immer geschrieben stand: »Liebe Grüße auch von Klári.«

Woher konnte er gewusst haben, dass die beiden am 15. November 1944 zusammen zum KISOK-Platz und dann in die Ziegelei Óbuda gebracht wurden? Damals war er schon beim Arbeitsdienst und marschierte in der Kolonne irgendwo bei Kassa in Richtung Deutschland.

Täglich 40 Kilometer.

Die Sterbenden im Straßengraben.

Luca erzählte einiges über Miklós. Nicht damals, als Györgyi bei ihr war. Vielleicht später. Sie musste mit jemandem über das sprechen, was plötzlich in ihrer Erinnerung auftauchte.

Klári fragte Luca, Jahre nachdem das Foto auf der Seeterrasse entstanden war, ob sie Miklós heiraten könne. Luca sagte einfach – das las ich in meinen längst vergessenen, nur als Vorbereitung auf das Treffen mit Györgyi hervorgekramten Notizen: Ja.

Fast ein Vierteljahrhundert nach der Entstehung dieser Notiz hat dies wohl keinerlei Bedeutung mehr, schrieb ich vor einigen Tagen mit rotem Filzstift neben die alte Notiz.

Da habe ich mich wahrscheinlich geirrt.

Aus alledem, was ich aus den Mosaiksteinen zusammenzusetzen versuche, ist anzunehmen, dass die Frau und der Mann auf dem Bild im selben Moment wortlos auf ein und denselben unbestimmbaren Punkt starren, wo sie ein und dasselbe sehen und vermutlich deshalb schweigen, weil sie das empfinden, was ich – ein halbes Jahrhundert später, beim Betrachten ihrer Blicke – als ein Sich-Abfinden mit dem Nicht-Mitteilbaren nennen würde. Aus den Blicken nicht abzulesen ist, dass der Mann später jahrelang versuchen wird, ihr den unbeschreiblichen Anblick zu entreißen, ferner, dass die Frau das weiß. Sie weiß es auch, als sie sich bereits als Ehepaar umarmen und sie nachts nicht von der Frage loskommt, ob der Mann, der jetzt ihr Gatte ist, Ági seinerzeit wohl genauso heftig geliebt hat wie jetzt sie. Zwischen den kahlen Hinterköpfen tauchen immer Ágis Kopf und der ihrer Mutter auf, und der Mann spürt das, er weiß, wie das ist, sich stumm von den Todgeweihten zu verabschieden. Er umarmt seine Frau, sieht ihre starren Augen vor sich, und er weiß, wie es ist, einen toten, steifen Körper mühsam zu strecken. In einem Lager in der Nähe von Kassa hatte er versucht, sich einen Spaten zu besorgen, um seinen Freund, der an der Ruhr gestorben war, zu begraben, während die Front vorbeizog. Er fand keinen Spaten, nur ein Brecheisen, mit dem er den ganzen Tag lang eine Grube aushob, dann brachte er mit der Hand ein paar Handvoll Erde herbei, um den Leichnam zu bedecken.

Klári wollte Miklós nach der ersten Begegnung, die auf dem Foto festgehalten ist, jahrelang nicht sehen. Er sie auch nicht. Später fragte Klári Luca, ob sie Miklós heiraten könne.

Sie wagt es nicht, ihren Mann, mit dem sie Hand in Hand daliegt, zu fragen, ob er mit Ági genauso dagelegen hat. Sie spürt an seiner Wortlosigkeit, dass es genauso war. Sie fragt sich, ob

Ági ihn auch so schnell wieder lieben wollte wie sie und der Mann das auch mit Ági so wollte wie mit ihr. Sie sprechen nie darüber. Die Frage will aus Klári heraus, sie unterdrückt sie jedoch, trotzdem fühlt Miklós, woran sie denkt, und ist dankbar, dass sie nicht darüber spricht.

Neun Monate nach dieser Nacht wird Györgyi geboren. Als Klári und Györgyi aus der Entbindungsstation geschoben werden, beugt sich Miklós über sie – und beide denken sie, dass sie zuletzt für alles entschädigt wurden, indem sie dieser Tochter das Leben schenkten. Sie denken beide daran, und das bedeutet auch, dass sie zwar wissen, dass ihre Lage keine normale ist – später sprechen sie auch darüber –, dass sie aber nicht dagegen ankämpfen können und dass es deshalb besser wäre, sich gegenseitig nicht weiter zu quälen.

Klári hätte nicht behaupten können, dass sie Györgyi von den Ereignissen im Lager deshalb nicht erzählen konnte, weil sie dann auch hätte erzählen müssen, warum sie und ihr Vater nicht zusammenbleiben konnten, beziehungsweise sie erzählte nicht, warum sie nicht zusammenblieben, weil sie dann auch hätte erzählen müssen, was im Krieg passiert war.

Auch über Träume wollte sie nicht sprechen.

Ich danke der Bedienung für ihre Hilfe. Ich gebe ihr 300 Forint Trinkgeld.

Diese Geschichte ist, notiere ich, wie gute Literatur: voller Zweifel und Unsicherheiten. Ich habe den Großteil meiner Jahre durchlebt und ich sehe klar, warum ich mein Leben dem Schreiben gewidmet habe – ich versuche, der Vergänglichkeit zu trotzen. Ich muss mit den Augen von vielen schauen, damit mein eigener Blick wach bleibt.

An der Rezeption kommt mir der junge Mann entgegen. Er gibt mir zwei Fotos. Das eine zeigt das Zimmer im zweiten Stock, das zweite hat er aus dem Fenster heraus aufgenommen – er habe doch gesehen, welchen Straßenabschnitt ich beobachtet habe, sagt er.

So schnell?

Ich habe doch gesagt, dass ich fotografiere. Hier gibt es den nötigen Raum und die Ausrüstung dafür.

Ich bedanke mich. Ich sage ihm nicht, dass auf den Bildern im Gegensatz zu meinen Erinnerungen alles sonnenbeschienen ist.

Eine Zeit lang stehe ich am Eingang.

Wo kann Györgyi so unerwartet hingefahren sein?

Ich lese die Preise auf der Speisekarte.

Eine Marmortafel an der Wand: *»Zur Erinnerung an die Retter des ehemals hier untergebrachten Jüdischen Waisenhauses für Knaben, das unter dem Schutz des Internationalen Roten Kreuzes stand und am 24. Dezember 1944 von Pfeilkreuzlern angegriffen wurde – an Major Lajos Gidófalvy, 1901 bis 1945, und an die Soldaten des XIII/1 Bataillons.«*

Vera und ich waren damals nicht mehr hier.

Drei oder vier Tage nachdem sie uns hatten antreten lassen, nahm das Rote Kreuz wieder eine neue Gruppe im Gebäude auf. Sie wurden auch abgeholt, von Pfeilkreuzlern und Gendarmen, am Heiligen Abend.

Ich lese den Text auf der Tafel noch einmal.

Ich gehe auf den Spuren unserer Kolonne los. Délibáb-Straße, Bajza-Straße, in der Allee nach rechts und weiter. Lövölde-Platz.

6

Am Lövölde-Platz sage ich zu Vera, dass wir bei der ersten Gelegenheit abhauen werden. Wir müssen nicht rennen. Sie hetzen uns nicht, treiben uns nur vor sich her.

Manchmal ertönt ein Ruf: Aufschließen! Die Marschkolonne dehnt sich aus. Die Kleineren bleiben zurück. Unsere Begleiter sind weniger wachsam. Sie achten nur darauf, dass die Langsameren nicht hinter die beiden Gendarmen zurückfallen, die als Nachhut dienen.

Der Dritte in unserer Reihe ist der Junge mit dem Clownsgesicht. Seit ich ihm von meiner Schokolade gegeben habe, ist er anhänglich geworden.

Die Gesichter der Leute auf dem Bürgersteig, die uns zuschauen, verraten kein Interesse. Sie sind Marschkolonnen wie diese offenbar gewöhnt. Das Clownsgesicht trägt keinen Rucksack. Auch keinen Koffer, keine Tasche. Ein Einkaufsnetz baumelt an seinem Arm. Taschentücher. Ein Schal, einige Socken.

Vera stellt sich auf die Zehenspitzen, sie versucht, Edo und Judi zu entdecken. Die Kleinsten gehen in einer eigenen Gruppe vor uns. Es dürften etwa zwanzig sein. Pfleger mit Rotkreuz-Armbinden umgeben sie. Manchmal hebt jemand ein Kleinkind auf. Ich sehe Edo und Judi. Ich winke.

Veras Gesicht scheint immer kleiner und weißer zu werden. Ich weiß nicht, wo ihre Baskenmütze ist, vielleicht im kleinen Koffer. Sie hat das warme Kopftuch bis zu den Augen hintergezogen, davon wurde ihr Gesicht so klein.

Das Clownsgesicht wachte jede Nacht auf und ging zum Fenster. Das erste Mal gesellte ich mich zu ihm, später sah ich ihm nur noch von meinem Platz aus zu. Ich weiß nicht, warum er am Fenster stand. Ich weiß nicht, warum ich immer aufgewacht bin, wenn er aufgewacht war.

Auf dem Lövölde-Platz stehen Luftabwehrkanonen. Auch ein Drahtverhau wurde ausgelegt. Rundherum springen Kinder. Eine Kompanie Artillerie. Gewehre, Bajonette in Pyramidenform. Die Soldaten lassen sich von den Kindern mit Schneebällen bewerfen. Ein größerer Junge darf auf eine der Kanonen klettern. Die anderen wollen auch hinauf, doch der Kommandant, ein Feldwebel, verbietet es.

Das Clownsgesicht tritt aus der Reihe. Nur so, als wollte er spazierengehen. Er blickt zurück, grinst mich an. Das Netz baumelt an seinem Arm – als hätte ihn seine Mutter einfach zum Einkaufen geschickt. Er ist schon am Bürgersteig, hinter dem Pfeilkreuzler-Gefreiten links. Er muss zwischen zwei Männern durchgehen. Der eine ergreift seinen Arm. Ruft den Gefreiten. Der Gefreite ruft die Gendarmen, sie nehmen ihn in die Mitte. Er grinst, richtet sich auf, er reicht ihnen nur bis zur Schulter, die Gendarmen stoßen ihn hin und her.

Die Riegler-Jungs sind zwei Reihen vor mir. Der größere blickt zurück, als wolle er mich zur Vorsicht mahnen. Vielleicht ahnt er, was ich plane. Man muss nicht nur auf die Bewaffneten achten, sondern auch auf die Zuschauer auf dem Bürgersteig. Ich umfange Vera, stütze sie. Sie stellt sich wieder auf die Zehenspitzen, sagt, dass sie ihre Cousine und ihren Cousin vorne bei den Kleinen sehen könne. Ich glaube nicht, dass sie uns sehen, obwohl sie sich öfter umdrehen. Edo geht in der Mitte. Eine Dame vom Roten Kreuz hält Judis Hand, auf dem anderen trägt sie ein ganz kleines Mädelchen.

Wir kommen zur Rózsa-Straße. Wir erreichen die Izabella-Straße. Gemurmel. Riegler ruft nach hinten, das dort ist das Holztor des Ghettos.

Ich bleibe in der Hársfa-Straße stehen, dort, wo ich meiner Erinnerung nach das Holztor erblickt hatte.

Veras Schritte sind entschlossener, das beruhigt mich. Selbständigkeit werden wir brauchen können. Ich fange wieder Rieglers warnenden Blick auf. Die Kolonne wird dichter. Die Befehlshaber weisen die Bewaffneten auf ihre Plätze, das Clownsgesicht wird von den Gendarmen in die letzte Reihe gestoßen. Rechts neben uns ein Polizist, links vor uns ein Pfeilkreuzler mit Maschinengewehr. Wir schließen auf, zur Gruppe der Kleinen. Vor ihnen geht eine weitere Gruppe. Wir sind so nahe am Ring, dass ich sehe, wie das riesige Holztor auf der anderen Seite aufgeht. Die Wachen richten ihre Waffen auf die herannahende Kolonne.

Der Offizier an der Spitze gibt die Kommandos. Wir marschieren. Ich drücke Veras Hand. Edo und Judi sind ganz nahe. Vera ruft ihre Namen. Sie schauen sich um. Judi will stehen bleiben. Man lässt sie nicht.

Um mir ihr Gesicht zu vergegenwärtigen, muss ich weit zurückgehen. Eine Beschreibung findet dann ihre Würde, wenn darin etwas aufscheint, was über das Erzählbare, das Bewahrbare hinausgeht. Wenn ich versuche, mir Judis Gesicht vorzustellen, muss ich weitergehen auf der Király-Straße, bis zu dem Abschnitt zwischen Hársfa-Straße und dem Ring, wo sie sich auf Veras Ruf hin umdreht. Ich muss bis zu jenem Sommernachmittag 1944 zurückgehen, als Vera und ich uns im Hof der Amerika-Straße 78, der mit Baumaterialien vollgestellt war, zum ersten Mal küssten und gleich aufschreckten – Judi lief auf uns zu, in der Hand das Windrad, dessen Rose wir beide mit der Schere ausgeschnitten und mit einem Reißnagel am Stiel befestigt hatten. Dabei berührten sich unsere Arme. Judi lief, die Windrose drehte sich, mit freudig gerötetem Gesicht, Vera hob sie hoch, drückte sie an sich, sie liefen Hand in Hand weiter. So hatte Judis Freude zum Kuss dazugehört und auch zum Schauder, der mich danach durchfuhr, während sie noch lachend umherliefen. Jahrzehnte später erst erschien mir Judis Gesicht in der Erinnerung, hervorgerufen durch ein anderes Gesicht, das eines etwas älteren Mädchens, ähnlich der Madonna in Ingmar Bergmanns Verfilmung der ›Zauberflöte‹, wie es gespannt die Geschichte verfolgt, glücklich, aufgeregt. Die Musik erschien gleichsam auf diesem Gesicht, das mehr ausdrückte als Mozart und Bergmann und mehr als sich selbst – es drückte das Wissen *über* etwas aus, ein Staunen darüber, was man alles über das Leben erfahren kann.

Ich drücke Veras Hand, beobachte die bewaffneten Begleiter, muss meine Aufmerksamkeit von Judi weglenken, ich muss es tun, kann nicht wissen, dass ihr Blick aus diesem Grund für immer in mich eingebrannt bleibt.

Der Oberleutnant an der Spitze geht auf die andere Seite des Ringes. Am Holztor bleibt er stehen. Die zwei Gendarmen sind noch an der Ecke Hársfa-Straße. Die erste Gruppe überquert den Ring. Eine Straßenbahn nähert sich von der Wesselényi-Straße her. Der Polizist von rechts eilt nach vorne, bleibt an der Kreuzung Ring und Király-Straße stehen, übernimmt die Regelung des Verkehrs. Bedeutet den Fußgängern mit erhobener Hand »Halt!«. Auf den von Schneematsch rutschigen Schienen kann die Straßenbahn nicht bremsen, der Polizist bedeutet dem Fahrer, weiterzufahren, mit der anderen Hand hält er die vor uns gehende Kindergruppe an. Die Kolonne wird auseinandergerissen.

Acht bis zehn Sekunden vergehen, bis die Straßenbahn über die Kreuzung gescheppert ist, sie verdeckt den Oberleutnant auf der anderen Seite, den Verkehrspolizisten. Vera winkt Judi zu, ich halte ihre Hand, ziehe sie hinter mir her, wir treten aus der Reihe.

Die Riegler-Jungs habe ich schon in der Hársfa-Straße nicht mehr gesehen.

Ich muss zwischen den Leuten auf dem Bürgersteig einen Spalt finden.

Die Luftschutzsirene ertönt.

Alle rennen los.

Die Straßenbahn überquert die Kreuzung. Der Verkehrspolizist greift nach seinem Gewehr. Die Leute vom Bürgersteig zerstreuen sich. Niemand beachtet uns. Wir sind auf dem Bürgersteig. Weiter in Richtung Mussolini-Platz. Ein Mann mit Pelzmantel scheint uns zu folgen.

An der Kreuzung Király-Straße und Erzsébet-Ring bleibe ich mitten auf der Fahrbahn stehen. Ich warte, bis die Ampel rot wird und der Verkehr von der Lövölde-Straße her stillsteht. Ich bücke mich kurz, um in Gedanken jene Stelle mit Kreide einzukreisen, wo wir vor achtundfünfzig Jahren aus der Reihe traten. Ich streiche mit der Hand über das Pflaster. Fußgänger starren mich an. Ein Student versucht, mich aufzurichten, danke, sage ich, alles in Ordnung, ein anderer Junge grinst, inzwischen wechselt die Ampel, ein Autofahrer hupt mich an. Hinter mir das Fenster des Kentucky Fried Chicken, vor mir eine Filiale der K&H-Bank, rechts eine Erotic-Show mit violetten Lichtern.

In den siebziger Jahren bin ich hier oft aus dem Trolleybus ausgestiegen, damals war hier ein Café. Ich trank meinen Kaffee im Stehen, immer saßen ein paar Frauen an den Tischen. Erst später habe ich erfahren, dass es ein Rotlichtcafé war, das ich zu besuchen pflegte. Einige von ihnen waren schon weit in den Vierzigern, trotzdem sahen sie gut aus. Vielleicht sind die Angestellten der Erotic-Show die Töchter der damals gut Vierzigjährigen – sie mochten ungefähr so alt gewesen sein wie ich. Es ist nicht auszuschließen, dass auch ihre Mütter Prostituierte waren. Ich habe gehört, dass in den Bordellen in der Conti-Straße und in Óbuda viele Arbeitsdienstler und Deserteure versteckt wurden.

Vierzehn Schritte bis zum Teréz-Ring 5. Ich sehe mir die Toreinfahrt an, das Treppenhaus. Ich bin mir nicht sicher, ob wir hierherkamen, während die Luftschutzsirene noch heulte, als alle rannten und nach einem Unterschlupf suchten. Teréz-Ring 7 ist mir gut bekannt. Die Toreinfahrt, der halbe Bogen vor dem Treppenhaus, das schmiedeeiserne Treppengeländer.

Der Mann im Pelz, der uns beobachtet, seit wir aus der Reihe getreten sind, folgt uns. Ich habe keine Lust, auszuprobieren, wie viel mein Fliegeralarm-Kurierausweis wert ist. Das Tor des nächsten Hauses ist offen. An den Wänden weisen Pfeile den Weg zum Luftschutzkeller. Ich warte, bis der Mann im Pelz mit der Menge hineingeschwemmt wird, dann gehen wir schnell weiter.

Die Eingangshalle des nächsten Hauses ist geräumig, die Treppen führen in zwei Richtungen, ein Mann lotst Frauen und Kinder laut rufend in den Keller. Die Männer bleiben, setzen sich auf die Stufen, wir drängen uns dazwischen.

Ich will in der Nähe des Ausgangs bleiben.

Vera friert furchtbar. Beweg deine Zehen! Sie sagt, sie könne nicht. Hier sind sich alle fremd. Das ist von Vorteil, wir fallen nicht auf. Von ferne hört man Bombeneinschläge. Der Kanonendonner ist näher dran. Eine Frau steht neben mir. Fragt, wo wir wohnen. In Zugló, sage ich. Sind die Russen schon dort? Nein, sage ich, noch nicht. Neben einer Säule erblicke ich den Mann, der uns seit der Király-Straße gefolgt ist. Es ist gar kein Pelz, den er anhat, sondern ein Jagdrock. Die Schildmütze ist nicht vom Militär. Er geht zu dem Mann, der die Menge herumkommandiert, wahrscheinlich der Hauswart.

Vera versteht nicht, warum ich sie wieder hinter mir herziehe. Keine Zeit, es ihr zu erklären. Ich stoße zwei Männer beiseite. Einer verflucht meine Mutter. Auf der Straße sehe ich mich nicht um. Wir kommen zum Mussolini-Platz. Der Luftalarm dauert noch an. Leute eilen irgendwohin, manche rennen. Auf dem Platz zwei Luftabwehrgeschütze. Kommandos werden gebrüllt. Die Leute schauen zu, wie die Rohre der Geschütze die tief fliegenden Bomber verfolgen. Über dem Westbahnhof fallen Bomben. Wir biegen in die Andrássy-Straße ein.

Vor einem Haus liegt eine Frau am Boden. Sie muss im
Schnee ausgerutscht sein. Wir helfen ihr auf die Beine. Vera
reicht ihr das Einkaufsnetz. Ein halbes Kilo Kartoffeln. Ein paar
Äpfel. Wir geleiten sie in die erste Toreinfahrt. Sie bedankt sich
überschwänglich. Wir stellen uns mit ihr unter. Warten, bis der
Fliegeralarm vorbei ist. Die Frau verabschiedet sich. Wir stehen
an der Ecke Eötvös-Straße. Auf der anderen Seite eine Pfeil-
kreuzler-Wache vor der Andrássy-Straße 60. Dorthin können
wir nicht gehen, sage ich. Zurück können wir auch nicht. Zum
Westbahnhof sollten wir nicht. Vielleicht nach rechts in die
Eötvös-Straße, aber dann kommen wir wieder in die Király-
Straße. Vera wischt mit der Hand den Schnee von einer Straßenbank. Setzt sich. Ich sage ihr, sie solle aufstehen, es sei kalt.
Wohin gehen wir? Ich weiß es nicht, aber steh auf. Ich stehe
nicht auf, sagt sie. Sie sagt es leise, ich stehe nicht auf, ich gehe
nirgendwohin. Ich setze mich neben sie.

Die Straßenbank auf der Promenade vor der Post kann nicht
dieselbe Bank sein. Ich gehe durch die Eötvös-Straße. Komme
zur Király-Straße. Im vergangenen Jahr habe ich im Laden an
der Ecke einen schwarzen Hut gekauft. Ich erzählte dem Hut-
macher, dass ich mit vierzehn einen braunen Knabenhut mit
grünem Band zum Geburtstag bekommen hätte, seitdem hätte
ich keinen Hut mehr besessen. Solche Knabenhüte macht man
schon lange nicht mehr, sagte er.

Ich versuche, in der Király-Straße die Stelle zu finden, wo ich
Judis Gesicht zum letzten Mal sah. Das heißt, dass ihre Aufgabe vollbracht ist, denn es ist Aufgabe der Toten, den Weg zu
den Lebenden zu finden.

Der geringe Raum, den Vera und ich auf der Bank einneh-
men, gehört uns. Der Schneefall wird stärker. Ich stehe auf.
Rufe sie, sie rührt sich nicht. Ich gehe los. Sie kommt nicht mit.
Ich bleibe stehen.

Ich müsste diesen Tag bestimmen. Suche nach Anhaltspunk-
ten. Meine Mutter hat drei Briefe von mir bekommen. Ich rufe

Madó in Paris an. Versuche, das Datum herauszufinden. Wohin führen die verlorenen Spuren? Zurück zur Amerika-Straße? In die Francia-Straße? Zurück in die Munkácsy-Mihály-Straße?

Einer meiner Briefe trägt ein Datum, das sechs Tage später lag.

Wir können nicht sechs Tage auf der Bank in der Andrássy-Straße gesessen haben.

Zurück zu Vera. Ich umarme sie. Wir gehen los.

Von der Andrássy-Straße 60 her hört man zwei lange Maschinengewehrsalven. Hinter uns bellt wieder ein Geschütz. Scheinwerfer fegen wieder über den Himmel.

Am 8. Dezember stehen die russischen Verbände bei Vác. Ab dem 9. Dezember beschießen sie den nordöstlichen Teil von Pest. Feuerbefehl von Pater Kun auf die am Donauufer stehenden Nackten: »In Christi Namen: Feuer!« Artilleriehauptmann Imre Morlin setzt die unter seinem Kommando stehenden vierzehn-, fünfzehnjährigen Kadetten ein. Auch Zöglinge der Ludovika-Militärakademie schließen sich ihnen an: »Wie in der Militärschule gelernt, kämpfen wir bis zur letzten Kugel!« Veesenmayer bekommt Anweisung aus Berlin, selbst schärfste Maßnahmen gegen Juden auf jede Weise zu unterstützen. Am 12. Dezember werden die bis dahin in Abschiebehaft gehaltenen Inhaber schwedischer oder Schweizer Schutzbriefe zu Fuß nach Komárom geschickt. Leutnant József Klima und seine Leute dringen ins Internat der »Töchter der Himmlischen Liebe« ein, laden die dort versteckten Mädchen und Frauen auf Lastwagen, die an der Zahnradbahnhaltestelle gewartet haben, verfrachten sie ins Pfeilkreuzler-Haus nach Újpest, von wo aus sie zum Donauufer gebracht, erschossen und ins Wasser geworfen werden. Am 14. Dezember kommt Anton Kilchmann – der Carl Lutz zurückgelassen hatte – in Bern an. Bei seiner späteren Anhörung am 31. August 1945 wirft er dem Oberrichter Otto Kehrli vor, dass bei seiner Ankunft niemand einen Bericht haben wollte, dass es dem Außenministerium vollkommen gleichgültig gewesen sei, was mit seinen Beamten in Budapest geschah. Ab dem 15. Dezember patrouillieren ständig Pfeilkreuzler vor Carl Lutz' Büro. Am selben Tag wird das 751. deutsche Pionier-Bataillon in den Kampf geworfen.

In einem Vakuum von sechs Tagen suche ich nach Worten, um jene Spanne auszufüllen, in der mir die Spuren fehlen. Ich bin auch in den blinden Flecken meiner Erinnerung gegenwärtig, aber siehe da, ohne der Spur dort folgen zu können.

Vera hatte niemals Rechenschaft darüber gefordert, warum ich Edo und Judi verlassen hatte. Sie wusste, dass sie in erster Linie von sich selbst hätte Rechenschaft verlangen müssen. Vera war damals zwölf Jahre und drei Monate alt.

»Liebster Vater und Mutter! Uns geht es gut! Misi war hier und sagte, dass ihr meint, wir sollten zum Roten Kreuz gehen, das bis zum 22. einen Aufschub bekommen hat. Wir bleiben lieber hier, weil wir angesichts der Tatsache, dass heute schon der 14. ist, keine neue Flucht planen wollen. Wenn ihr könnt, sprecht mit Dr. Temesváry, vielleicht können wir zu euch ins Krankenhaus kommen. Erkundigt euch, wie die Lage in der Munkácsy-Mihály-Straße ist?! Macht euch keine Sorgen, uns geht es gut. Wir haben zu essen. Misi sagte, dass wir eure Meldezettel noch nicht ausfüllen, sondern noch warten sollen, weil wir dann vielleicht schon die richtige Wohnung eintragen könnten! Schreibt mir, ob ich warten oder ob ich sie Jolán Bors mitgeben soll, ich erwarte sie gerade zurück. Es wäre gut, wenn sie unsere Meldezettel mitbringen würde, wenn ihr könnt, besorgt unbedingt Papiere!!! Wir warten hier!!! Vorläufig kommen wir nicht rein. Eine Million Küsse.«

Wo kann Misi am 14. Dezember gewesen sein? Wo wollten wir warten, um nicht wieder vor der Abschiebung ins Ghetto fliehen zu müssen? Hat uns Misi etwa Meldezettel gebracht? Warum habe ich aber dann meine Eltern gebeten, mir mit Jolán Bors welche zu schicken? Sicher ist jedenfalls, dass wir nicht in die Munkácsy-Mihály-Straße zurückgingen.

Ich schrieb den Brief mit der Schreibmaschine. Elf Zeilen.

Mein und Veras Name stehen darunter, mit Tinte geschrieben. Die Buchstaben sind eindeutig die der Remington in der Werkstatt. Tinte wird es auch nur dort gegeben haben. Auf dem Briefpapier der gedruckte Firmenname: WERK FÜR PAPIERWAREN UND BESONDERE TÜTEN, daneben Adresse und Telefonnummer: Budapest, XIV. Bezirk, Francia-Str. 41, Telefon: 297–826.

Man müsste Misi fragen. Ich rufe wieder Madó in Paris an. Gerade richtig, sagt sie, am Abend kämen ihre Geschwister zu Besuch. Misi kann sich nicht erinnern, wo er sich mit dir getroffen hat, sagt sie am nächsten Tag, er ist sich sicher, dass er im Alice-Weiss-Krankenhaus gewesen ist, wo unsere und deine Eltern waren, er war auch in der Amerika-Straße, und er ist sich sicher, dass er nicht in der Francia-Straße war.

Meine Mutter liest meinen Brief auf der Krankenhausmatratze. Sie liest mit zusammengekniffenen Augen, ihre Brille ist längst zerbrochen. Jolán Bors steht neben ihr. Mein Vater beobachtet meine Mutter, auch er sitzt auf einer Matratze, muss sich ganz nahe zu ihr hinneigen, um zu hören, was sie liest, weil neben ihnen ein Sterbender röchelt. Die Schwestern rennen zwischen den Kranken hin und her, es gibt keine Bettpfannen, schreien sie, es gibt nichts mehr, sie können keine Infusionen mehr geben. Oberarzt Dr. Temesváry kommt die Treppe herunter, er ist dick, der weiße Kittel spannt über seinem Bauch. Er geht der Reihe nach zu jedem hin, hinter ihm die Assistenz, zwei ältere Ärztinnen und zwei Schwestern. Meine Mutter faltet meinen Brief zusammen, ihr Rucksack hat eine kleine Seitentasche, dort versteckt sie ihn zusammen mit dem anderen Brief, den ich aus der Munkácsy-Mihály-Straße geschickt hatte.

Ich habe mich nie gefragt, was sich meine Eltern dachten, als ihre Kolonne die Ziegelei Óbuda verließ, was wohl mit mir geschehen würde. Als sie ins Krankenhaus gebracht wurden, als sie zwischen den Sterbenden lagen, was dachten sie sich da? So

172

etwas kann man nicht fragen. Sie fragten mich auch nie, was ich über sie dachte, als ich allein blieb.

Am 15. Dezember erhält Carl Lutz eine Nachricht: Der Italiener Giorgio Perlasca, der sich als spanischer Geschäftsmann ausgab und sich an den Rettungsaktivitäten beteiligte, hatte den päpstlichen Nuntius Angelo Rotta aufgefordert, der Pfeilkreuzler-Regierung mit dem Abbruch aller diplomatischen Beziehungen zu drohen, falls sie nicht mit dem Massenmord aufhörten. Das könne er ohne Weisung seitens des Vatikans nicht tun, habe Angelo Rotta erwidert.

Der Rákóczy-Platz ist mit Müll übersät. Es ist Februar. Minus fünf Grad. Acht Uhr abends. Gegenüber der dunkle Block der Markthalle. Ich gehe auf der Déri-Miksa-Straße. Die Häuser sind zerstört. Die Eingänge von überquellenden Mülltonnen versperrt. Es stinkt nach Abfall und Rost. An der Ecke Víg-Straße verhandelt ein Mann mit einer Hure. Unter seiner Skimütze quellen fettige graue Locken hervor. Der Blick der Hure ist mitfühlend. Das ist lange her, sagt der Mann. Die Hure, als erinnere sie sich an das, was schon lange her ist, nickt. Vielleicht ist sie gar keine Hure. Vielleicht verhandeln sie gar nicht. Vielleicht hat der Zufall sie nach Jahrzehnten an dieser Straßenecke zusammengeführt. Sie treten von einem Fuß auf den anderen. Meine Füße sind auch kalt. Der Schlamm spritzt an meine Hosenbeine. Durch die Nagyfuvaros-Straße fährt ein Bus, parkende Autos, eine Vorstadt mitten in der Stadt, Souterrainwelt. Kellerwelt.

Ich gehe ins Haus. Sechs volle Mülltonnen, um sie herum Müll, genug für eine siebte. Ein Kind läuft aus dem Treppenhaus, rutscht auf dem Müll aus. Zwei Roma-Jungs kommen heran, etwa zwanzig Jahre alt. Abgetragene, aber saubere Adidas-Jacken. Sie grüßen. Guten Abend. Fragen, ob sie helfen können. Ich sage, ich schaue mich nur um, bin früher mal hier gewesen. Er helfe gerne, sagt der größere. Danke. Sie scheinen zu bedauern, dass ich ihr Angebot ausschlage. Ihre Blicke sind traurig. Na komm, Zigeunerjunge, sagt der größere, lass uns gehen.

Der Hof ist ordentlicher als die Toreinfahrt. Drei Stockwerke. Eine Galerie läuft rundum. Der Putz bröckelt. Rechts das Treppenhaus, unbeleuchtet. Gegenüber die Hintertreppe, früher von Dienstmädchen, Dienstmännern, Briefträgern benutzt. Im dritten Stock endet die Galerie in einem bogenförmigen Durchgang, der aber nirgendwohin führt, durch den Bogen sieht man den Himmel.

Ich notiere mir die Zahl der Mülltonnen, die Treppe, die ins Nichts führt, die vergitterten Fenster im Souterrain.

Seit achtundfünfzig Jahren scheint sich an diesem Haus nichts verändert zu haben.

Wir müssen in den zweiten Stock. Vera bleibt im ersten Stock stehen. Gut, dass jeder von uns zwei Pullover unter dem Mantel trägt. Es wäre gut gewesen, auch zwei Paar Skisocken anzuziehen. Es ist zehn Grad minus, wir reiben die Hände aneinander.

Im zweiten Stock klopfen wir an eine Tür, die Klingel funktioniert nicht. Das Treppenhaus ist unbeleuchtet, die Wohnung, in die wir eintreten, auch. Wir gehen durch zwei Zimmer. In jedem stehen sechs Eisenbetten, auf die jeweils ein weiteres montiert ist. Alle sind leer. Im dritten Zimmer sitzt eine Frau unter einer Stehlampe mit grünem Schirm. Neben ihr ein Mann mit schwarzem Hut und abgetragenem Trenchcoat. Sie stellen sich vor. Der Mann reicht uns die Hand. Er sagt, er sei der Heimleiter, ihm müssten wir gehorchen. Manchmal würden wir auch Befehle hören, sagt er, das sei unvermeidlich. Mädchen sind hier keine, sagt er zu Vera, du wirst bei meiner Frau schlafen, am besten gehst du gleich ins andere Zimmer. Die Frau hinkt. Sie nimmt Vera mit.

Sie fragen nach unseren Namen. Sonst fragen sie nichts. Die

Jungs sind unten im Keller, sagt der Mann. Beim Fliegeralarm seien alle hinuntergegangen. Der ist schon vorbei, sage ich. Hat er nicht gehört. Besser, sie bleiben im Keller, sagt er, na, du wirst schon sehen, wenn sie heraufkommen. Er zeigt auf ein Stockbett.

Ich klettere hinauf. Pack deinen Rucksack nicht aus, sagt er. Warum? Leben deine Eltern? Ja. Tja, deren Eltern leben nicht mehr. Können wir hier bleiben? Solange er und seine Frau hier seien, könne jeder, der hierherkomme, bleiben. Und wie lange werden Sie hier sein? Weiß ich nicht, sagt er.

Die Jungs kommen aus dem Keller herauf. Zehn, zwölf. Sie sind anders als die in der Munkácsy-Mihály-Straße.

Vielleicht kommt es mir auch nur so vor, weil lediglich eine einzige Kerze brennt. Eigentlich sehe ich nur ihre Schatten, nicht sie selbst. Einer der Jungen ist so groß, dass sein Kopf mit meinem Strohsack auf dem Stockbett auf einer Höhe ist. Er schnürt meinen Rucksack auf. Pack ihn aus, sagt er. Warum? Kusch! Auspacken! Ich lege mich hin, versuche, den Rucksack unter die Decke zu stopfen. Er greift danach, haut mir aufs Kinn. Zerrt den Rucksack unter der Decke hervor. Ich drehe mich um und verpasse ihm einen Tritt an den Kopf. Ich wollte es nicht, aber es macht auch nichts. Er fällt nach hinten. Rappelt sich wieder hoch, reißt mich vom Bett. Es wäre besser, wenn du deinen Scheißrucksack auspacken würdest, sagt einer von den Jungs. Im Dunkeln sehe ich ihre Gesichter nicht. Die Kerze ist schon ganz hinuntergebrannt. Er dreht mir den Arm um, gibt mir den Rucksack in die andere Hand, schmeiß alles da drauf! Das untere Bett gehört ihm. Ich hebe den Rucksack mit der Öffnung nach unten hoch und schüttle ihn. Als alle meine Sachen auf seiner Decke liegen, sagt er, pack sie einzeln wieder ein. Lass meinen Arm los, sage ich. Er lässt nicht los, lockert aber seinen Griff. Ich räume zurück. Als ich die Muschel nehmen will, sagt er, lass sie liegen. Der Heimleiter bringt eine neue Kerze, zündet sie an. Ich greife nach der Muschel. Der

Junge ist schneller. Sie gehört mir, sage ich. Was kann sie, dass sie dir so wichtig ist? Ist doch egal, sie gehört mir. Ich bestimme, was egal ist und was nicht. Stimmen sind drinnen, sage ich. Was für Stimmen? Die von meinen Eltern. Auch die von den Freunden meiner Eltern, auch das, was wir jetzt reden. Na siehst du, genau so was brauche ich. Sie gehört aber mir. Ich will sie, verstehst du, sagt er, und packt mich wieder am Arm. Ich schlage ihm mit der Faust ins Gesicht. Er taumelt gegen das Bett. Ich nehme die Muschel, weiche aus, der Schlag trifft meine Schulter, ich lege die Muschel aufs Bett, verteidige mich mit beiden Händen.

Der Heimleiter geht hinaus. In der Zugluft flackert die Flamme hoch. Ich kann das Gesicht des Jungen beobachten. Er ist so groß, dass er mir viel älter vorkommt als ich. Stimmt aber nicht, höchstens um ein Jahr. Vielleicht nicht einmal so viel. Ich sehe keine Regung an ihm. Es überrascht mich, dass ich eher Traurigkeit sehe. Unbeugsamkeit. Er schlägt wieder zu. Sein Hieb ist auch emotionslos, deshalb ist er so stark. Ich weiche ihm aus. Er weicht meinem Schlag auch aus. Ich springe ihn noch nicht an, spüre aber, dass das kommen muss. Ich sehe ihm an, dass auch er mich anspringen will. Arme halten mich zurück. Ihn auch. Ich reiße mich aus der Umklammerung. Er sich auch. Ein Stock fährt zwischen uns, berührt uns aber nicht, als hätte ein Schwert eine zentimeterbreite Kluft zwischen uns aufgetan. Wir kleben nicht aneinander, doch spüre ich deutlich den Schweißgeruch seines Körpers, vielleicht auch den meines Körpers. Mein Arm wird nach hinten gedreht, seiner auch.

Der Heimleiter steht bei der Kerze.

Zwei Männer schubsen uns vor ihn hin, sagen nichts, der Heimleiter auch nicht.

Ich gehe zum Bett zurück, räume alles wieder in den Rucksack.

Der eine Mann hebt den Stock, mit dem er zwischen uns gefahren ist. Der Stock ist weiß. Die Jungs sitzen auf ihren Betten.

Ich weiß nicht, woher die zwei Männer gekommen sind. Der eine hat einen Trenchcoat an, der andere einen ausgefransten schwarzen Wintermantel. Der Heimleiter sagt zu dem mit dem Trenchcoat, wollt ihr nicht was spielen, das sind lauter Musikliebhaber. In der Ecke kichert einer der Jungs. Der mit dem Trenchcoat geht hinaus, kommt mit einer Geige zurück, zupft die Saiten. Ich klettere nicht ins obere Bett, sondern setze mich auf das untere. Der große Junge setzt sich neben mich.

Der Heimleiter nimmt den Docht zwischen zwei feuchte Finger. Löscht die Flamme. Ich frage den Langen, warum er ausgerechnet meine Muschel haben wollte. Er antwortet nicht. Ich frage ihn, wie er ins Heim gekommen ist. Er antwortet nicht. Eigentlich sollte ich in mein Bett klettern und schlafen gehen.

Der Lange war im Heim in der Kolumbusz-Straße. Er sagt es mir erst nach zehn Minuten. Ich war in der Amerika-Straße 76, habe gehört, wie das Lager in der Kolumbusz-Straße bombardiert wurde, sage ich. Das waren wir, Alter, ich kam gar nicht von dort, sondern vom Bahnhof in Józsefváros. In der Kolumbusz-Straße haben sie den Lagerkommandanten erschossen, den Lagerarzt erschossen, die Alten und Kinder ins Ghetto gebracht, mich brachten sie mit den marschfähigen Männern zum Güterbahnhof.

Ich frage, wie er abgehauen ist. Es war dunkel, die Pfeilkreuzler und die Soldaten haben nicht viel gesehen. Alle fünf Minuten gaben sie eine Salve ab, damit sich jeder in die Hosen machte, nach der vierten Salve wusste ich schon, wann die fünfte kommt. Hatte im Dunkeln ein paar Minuten Zeit zum Abhauen.

Auf dem Schreibtisch meines Vaters lag auch so eine Muschel, sagt er. Mein Vater war der Lagerarzt in der Kolumbusz-Straße.

Ich gebe dir die Muschel, wenn du willst, sage ich. Lass nur, sagt er. Gehört mir eigentlich gar nicht, sondern einem Freund meines Vaters, ich will sie ihm zurückgeben. Wann? Ich frage ihn, ob er davon gehört habe, dass wir auch von hier ins Ghetto gebracht werden sollen. Er weiß nichts davon. Meinst du, der Heimleiter weiß es? Der Rabbi? Ich wusste gar nicht, dass er ein Rabbi ist, es ist Freitagabend, sage ich, und ich habe nicht gesehen, dass er gebetet hätte. Er betet nicht, sagt er – betest du? Ich nicht, aber du hast gesagt, er sei ein Rabbi. Ich habe ihn gefragt, er sagte, dass er nicht mehr bete, er habe zum Himmel hochgeschaut und gesehen, dass er leer war, niemand da, zu dem man beten könnte. Gut, was? Verstehe, sage ich. Er hatte einen langen Bart, sagt er, den hat er sich mit der Schere abgeschnitten, er hat keinen Rasierapparat. Aus gesundheitlichen Gründen, sagt er, aber das glaube ich nicht. Dein Vater war der Lagerarzt in der Kolumbusz-Straße? Lass uns schlafen gehen, sagt er. Mir ist so kalt, sage ich. Er sagt, ich solle meine Decke vom oberen Bett holen und mich neben ihn legen, unter zwei Decken werde uns nicht so kalt sein. Wer ist das Mädchen, fragt er, als ich schon neben ihm liege. Hast du sie gesehen? Ja. Na, meine Cousine. Schwachsinn, Cousins und Cousinen benehmen sich nicht so. Na ja, sage ich, das Mädchen ist die Vera. Die Vera? Ja.

Ich kann nicht schlafen. Er auch nicht. Ich verstehe es immer noch nicht, sage ich. Was? Dass der Rabbi nicht betet. Er sagt, er wolle niemanden belügen. Wen? Den Allmächtigen. Verstehe ich auch nicht, sage ich. Er sagt, dass er dem Allmächtigen nicht vorlügen wolle, dass er auf ihn vertraut. Das verstehe ich erst recht nicht. Ich verstehe es auch nicht, aber … Was aber? Aber ein bisschen was verstehe ich davon doch. Was? Lass uns schlafen, sagt er, man muss schlafen, versuch's einfach, man muss essen und man muss schlafen. Gibt es hier was zu futtern? Nein, zu futtern gibt's nichts. Zwei Jungs müssen immer zum Teleki-Platz, sie klauen ein bisschen was, und das verteilen wir dann. Sie sind geschickt, zwei andere wurden schon geschnappt, jetzt gehen sie, bis sie geschnappt werden. Und was geschieht, wenn auch sie geschnappt werden? Dann werfen wir das Los, wer die nächsten zwei sind. Vielleicht du? Vielleicht, sagt er, kann aber sein, dass du es bist, vielleicht auch wir beide. Und wenn der, auf den das Los fällt, nicht gehen will? Das gibt's nicht, sagt er, versuch zu schlafen.

Ich dachte, am Morgen würde es heller sein. Man kann wählen, entweder die Dunkelheit oder man öffnet das mit blauem Papier beklebte Fenster. Im Treppenhaus brennt eine fahle Glühbirne. Jolán Bors steht vor der Tür. Sie hat zwei Paar warme Socken dabei. Das eine Paar ziehe ich gleich an, das andere will ich Vera geben.

Damals hast du den dritten Brief geschickt, sagt meine Mutter. Jolán sagte, dass es dir gut gehe, sie wollte uns immer beruhigen.

Wo hatte ich diese kleinen Blätter her? Ich beschrieb beide Seiten, nummerierte sie. Sie sind schwer zu lesen, die Zeilen rutschen ineinander.

Bin ich zurück ins Zimmer gegangen und habe dort geschrieben?

Vielleicht habe ich mich auf die oberste Stufe gesetzt und auf den Knien geschrieben.

Der Bleistift ist jedenfalls derselbe Stummel, der mir aus der Munkácsy-Mihály-Straße geblieben ist, die Spitze muss schon sehr stumpf gewesen sein.

Jolán Bors steht hinter mir auf dem Treppenabsatz. Sie wartet, bis ich mit dem Brief fertig bin.

Meine Mutter sagt, sie hätten den Oberarzt Temesváry gefragt, wo wir hingehen könnten, bis wir zu ihnen ins Krankenhaus kommen könnten. Der Oberarzt werde ihr wohl gesagt haben, dass die Kinder aus dem Heim in der Nagyfuvaros-Straße noch nicht ins Ghetto gebracht würden.

Meine Mutter steht vom Sessel auf, nimmt ihre abendliche Medizin. Bleib noch, bittet sie mich, sagt sonst nichts, ich sage auch nichts, setze mich in einen Sessel, er gehörte meinem Großvater. Meine Mutter fühlt sich wohl mit all den alten Möbeln, ich mich auch. Fünfunddreißig Jahre später schreibe ich, auf dem Sessel meines Großvaters sitzend, dass meine Mutter zu mir sagte: Bleib noch.

»*Liebster Vater und Mutter. Uns geht es gut. Macht euch keine Sorgen um uns. Heute wissen wir noch nichts Genaues, aber es ist mehr als wahrscheinlich, dass wir hierbleiben können! Wenn wir heute, morgen oder übermorgen nicht zu euch kommen können, dann bleiben wir hier oder gehen in ein anderes Rotkreuz-Wohnheim. Wenn wir nach dem 22. und vor dem 31. weggehen müssen (was ich nicht glaube), könnten wir dann zu euch kommen? Wir hoffen, dass nicht plötzlich die Polizei kommt, sodass wir noch Zeit haben, abzuhauen. Jolán soll jeden Tag herkommen. Ich gebe ihr dann immer einen Brief mit. Bittet sie, von uns hier gleich zu euch zu gehen und euren Brief am nächsten Tag gleich herzubringen!!! Wenn sie irgendwas zum Essen mitbringen kann, soll sie es mitbringen!!!*

Wenn ihr könnt, gebt ihr Mützen, Handschuhe, Hemden, Unterhosen, Socken und irgendwelche Unterwäsche für Vera mit, egal was. Aber natürlich nur, wenn schon sicher ist, dass wir mindestens bis zum 31. Dezember hierbleiben können. Schreibt mir, ob ihr dortbleiben könnt. Wenn ja, bis wann? Wenn wir zu euch kämen, könntet ihr uns irgendwo unterbringen? Wie lange könnten wir bei euch bleiben? Vielleicht wissen wir morgen schon mehr. Jolán soll kommen! Vielleicht ist es noch nicht zu spät, falls wir morgen erfahren, dass wir übermorgen gehen müssen!! Wenn es irgendwie klappt, gehen wir abends, nach Einbruch der Dunkelheit, von hier weg! (Wegen der Razzien am Teleki-Platz.) Wenn es nicht geht, dann eben tagsüber, sprecht auf alle Fälle mit allen Portiers, damit sie uns gleich reinlassen, wenn wir nach euch fragen. Vielleicht sind alle Vorbereitungen eh umsonst, weil wir doch bleiben können. Schickt die Sachen nur, wenn es sicher ist, dass wir hierbleiben können, weil wir sehr wenig Platz haben!

Macht euch keine Sorgen! Passt auf euch auf! Bis zum hoffentlich baldigen Wiedersehen, tausend Küsse!

P. S.: Wir würden gern von hier weggehen. Könnten wir nicht

mit irgendwelchen Papieren eine Wohnung mieten? Es geht uns
hier ziemlich dreckig. Aber wenn es nichts anderes gibt, halten wir
es natürlich aus.«

Die Stehlampe steht im dritten Zimmer. Durch den grünen
Seidenschirm sieht alles aus wie in einer Unterwasserwelt. Ein
Sofa ist mit dem gestreiften Gebetstuch bedeckt.
    Hinter mir steht Jolán Bors. Ich wage ihr nicht zu sagen,
dass sie besser draußen warten solle. Ich will Vera finden. Als
ich eintrete, hebt die Frau des Rabbis abwehrend die Hand,
ihr Blick scheint zu erwarten, dass jemand die Tür eintritt, sie
weicht zurück, bemerkt Jolán Bors hinter mir. Jolán Bors trägt
ein Kopftuch. Auch die Frau des Rabbis trägt ein Kopftuch. Sie
sind gleich groß, ihre Tücher gleich schwarz. Ich sage ihr, dass
ich meinen Eltern einen Brief geschrieben hätte und möchte,
dass auch Vera unterschreibt. Vera kriecht aus der Ecke hervor.
Sie fragt Jolán Bors, ob sie wüsste, wo ihre Mutter sei. Jolán
Bors antwortet nicht. Ich gebe ihr den Bleistiftstummel, Vera
unterschreibt unter meinem Namen.
    Jolán Bors und ich gehen durch die Zimmer. Bevor wir auf
den Gang treten, schließt sich uns der Mann mit dem Trenchcoat an, der am Abend zuvor die Geigensaiten gezupft und
für uns gespielt hatte. Ich möchte ihn fragen, was er gespielt
hat, möchte ihm sagen, dass ich auch ein bisschen Akkordeon
spielen könne und gern lernen würde, was er da gespielt hat.
Ich wage nicht, ihn zu fragen, er scheint es eilig zu haben. Jolán
Bors und ich lassen ihn vorbei. Auf dem Gang bleibt er stehen,
er hat den weißen Stock dabei. Er setzt eine dunkle Brille auf.
    Plötzlich küsst mich Jolán Bors. Früher hätte sie das nicht ge-
wagt, es wäre komisch gewesen, wenn sie den Sohn des Chefs
geküsst hätte, obwohl sich mein Vater in der Werkstatt nie
Chef nennen ließ, er sagte, man solle ihn Herrn Béla nennen.
Ihr Gesicht hat einen seltsamen Geruch. Nicht unangenehm,
so, als wäre es mit Mehl eingepudert.

Jolán Bors tritt auf den Gang, geht zu dem Mann mit dem weißen Stock und der dunklen Brille, der die Geige unter dem Arm trägt. Der Gang ist lang. Es schneit wieder. Der Mann wartet auf sie, umfasst ihre Schultern. Sie gehen.

Einer der Jungen sagt, er habe gehört, dass die Heimbewohner nicht ins Ghetto gebracht werden. Ein anderer sagt, er habe gehört, dass wir vorläufig nicht ins Ghetto gebracht werden. Ich finde meinen Partner nicht, bei dem ich geschlafen habe. Ich habe keine Lust, mit den anderen zu sprechen. Einer kommt zu mir, ein Breitschultriger mit Pullover und Schildmütze. Bist du der neue Bursche? Ich sage, ja, na und … Er flüstert mir zu, das sei alles eine Zeitungsente, du wirst sehen, sie holen uns doch ab.

Ich gehe auf den Gang. Der Lange lehnt am Geländer und raucht eine Zigarettenkippe. Fragt, ob ich mal ziehen wolle. Ich will nicht. Über Nacht ist der Schneeregen gefroren und hängt nun in langen Eiszapfen vom Geländer. Man sieht keinen Himmel, die Wolken sind schwarz, hier ist es kaum heller als drinnen. Die Fensterscheiben sind kaputt. Dem Langen gefällt mein dicker Filzmantel. Gehört mir nicht, sage ich. Was heißt das, er gehört dir nicht? Ich erzähle ihm die Geschichte vom Manteltausch. Ich weiß nicht, wie er diese Kippe noch immer rauchen kann, sie verbrennt ihm schon die Finger. Ist Soproni abgekratzt? Kann sein, sage ich, vielleicht haben sie aber die Kugeln auch aus ihm rausgeholt. Du bist dabei gut weggekommen, sagt er, dieser Mantel ist wärmer.

Ich suche den Rabbi. Man sagt mir, er sei unten im Keller bei den Kranken. Ich gehe hinunter, finde ihn aber nicht. Ich warte auf dem Treppenabsatz. So vergeht der Tag. Hier draußen ist es jedenfalls besser als im Zimmer oder im Keller. Abends kommt der Rabbi. Er trägt einen Korb am Arm. Wir gehen zusammen die Treppe hinauf. Er hat Brot und Karotten mitgebracht. Ob ich ihm helfen würde, sie auszuteilen? Wir gehen in das Zimmer, in dem seine Frau und Vera sind. Wieder das grüne Licht, als wäre alles verschimmelt, Wände, Möbel, das Tuch der Frau, Veras Haut, der Hut des Rabbis.

Die Frau ruft die Jungen einzeln herein. Jeder bekommt eine Scheibe Brot und eine Karotte. Ich weiß nicht, wie ich den Rabbi anreden soll. Er sagt zu seiner Frau, dass es vielleicht ein Fehler gewesen sei, auch die Karotten auszuteilen, man hätte sie für den nächsten Tag zurücklegen sollen. Die Frau erwidert, mit Fasten wenden wir uns dem Allmächtigen zu.

Der Rabbi nimmt das Gebetstuch aus dem Schrank. Verhüllt den Kopf. Die schwarzen Streifen des Tuches glänzen im Licht, das Weiß der Seide sieht grün aus. Er legt das Tuch wieder ab. Faltet es zusammen, legt es in den Schrank zurück. Wir fasten nicht deshalb, sagt er, weil wir das Gesetz befolgen, wir fasten, weil wir dazu gezwungen sind, und wir werden der Hilfe des Allmächtigen nicht teilhaftig. Müssen denn immer wir handeln, damit das Gesetz befolgt wird? Müsste nicht vielmehr er uns ansehen und das Gesetz ändern, je nachdem, was er da sieht? Ist nicht vielleicht alles umgekehrt?

Vera hört zu.

Oh nein, die Frau ringt die Hände, du gehst zu weit.

Der ›Sohar‹, sagt der Rabbi, sagt, dass, wenn der Himmel aufreißt, all unsere Wünsche erfüllt werden – der Himmel ist aufgerissen, und wir sind allein geblieben. Wir haben das Gesetz befolgt, trotzdem sehen wir unseren Schatten nicht. Joshua hat die Wanderer in der Wüste getröstet, als sie sich fürchteten, er sagte, der Schatten der Verfolger sei nicht mehr zu sehen, und wenn man keinen Schatten hat, so sagt es das Gesetz, gibt es auch keinen Menschen. Aber sieht man denn Schatten auch im Dunkeln?

Vera weint. Die Frau weint auch. Sie umarmen sich.

Ich frage, ob man alle von hier aus ins Ghetto bringen werde. Er sagt, ich weiß es nicht, mein Sohn. Ich habe gehört, dass sie uns hinbringen, aber ich habe auch gehört, dass die Frist verlängert wird, sage ich. Diese Gerüchte hat er auch gehört. Er fragt, ob wir irgendwohin gehen könnten. Er sieht mich nicht an, als er das fragt. Meine Eltern sind im Alice-Weiss-Krankenhaus, es heißt, wir werden da nicht reingelassen, aber wir könnten es versuchen, wenn es sein muss. Vera kommt zu mir. Was meinen Sie, frage ich, sollen wir gehen? Ich kann das nicht entscheiden, sagt er, ich bin nicht befugt, weder vom Allmächtigen noch von jemand anderem, das müsst ihr entscheiden. Gibt es eine Chance, dass sie uns nicht ins Ghetto bringen? Vielleicht gibt es die, vielleicht auch nicht, sagt er.

Ich taste mich an den Eisenstäben der Betten entlang zu meinem Platz. Ich prüfe, ob die Muschel noch in meinem Rucksack ist. Gehe wieder zurück. Sage Vera, sie solle ihren kleinen Koffer packen. Der Rabbi und seine Frau sitzen unter dem grünen Lampenschirm. Die Frau steht auf. Drückt Vera an sich. Drückt mich an sich. Blickt ihren Mann fragend an. Der Rabbi steht auf. Verbeugt sich tief vor seiner Frau, tritt zu Vera, legt seine Hände auf ihren Kopf, tritt zu mir. Legt die Hände auf meinen Kopf, verbeugt sich wieder tief vor seiner Frau.

Vom Teleki-Platz her sind Gewehrschüsse zu hören, vom Ring her Maschinengewehrsalven. Ich gehe vor Vera her. An der Kreuzung warte ich, gebe ihr erst dann ein Zeichen, als ich sehe, dass niemand kommt. Wir sind am Teleki-Platz. Ich fühle mich auf den dunklen Straßen besser als in den dunklen Zimmern. Ich weiß nicht, ob Jolán Bors zu meinen Eltern durchkommen konnte. Ich weiß nicht, ob sie meinen letzten Brief schon gelesen und die Wachposten im Krankenhaus informiert haben, dass wir vielleicht kommen. Zwischen den Buden lungern Gestalten herum. Sie sind nicht bewaffnet. Einer bricht gerade eine Holztür auf, kommt rein, sagt er, drinnen ist es ein bisschen wärmer.

Wir gehen weiter. Die Friedhofsmauer ist vom Mond beschienen. Vom Orczy-Platz her fahren deutsche Armeelastwagen an uns vorbei. Vera sagt, das mache nichts, wenn wir uns beeilten, würden ihre Füße warm. Wir müssen den Baross-Platz meiden. Um den Ostbahnhof herum gibt es sicher Patrouillen.

Von der Nagyfuvaros-Straße aus gelange ich in 24 Minuten über den Teleki- zum Baross-Platz.

Meine damaligen und gegenwärtigen Schritte gehen denselben Weg, und doch: Als stünde ich nicht an diesem Platz, sondern, sagen wir mal, am Ufer eines breiten Flusses, wo sich die Spuren wieder verlieren, wo die einstigen Richtungen nicht mehr nachvollziehbar sind.

Wir müssen den Baross-Platz meiden wegen der Wachen, die um den Bahnhof patrouillieren, also können wir keinen anderen Weg, nehmen als den über die Rottenbiller-Straße.

Was jetzt 24 Minuten dauert, dauerte damals bestimmt doppelt so lange.

In der Unterführung liegen zwei Obdachlose unter einer dreckigen Daunendecke. Um ihre Köpfe sind zerrissene Säcke gewickelt. Ein junger Mann um die zwanzig sitzt auf einem Klappstuhl, vor ihm ein offener Geigenkasten, Münzen, einige 200-Forint-Scheine. Als er mich sieht, beginnt er zu spielen, Vivaldi. Warum meint er, diesem alten Sack etwas Klassisches vorspielen zu müssen? Konservatorium, antwortet er auf meine Frage. Einige seiner Mitstudenten spielen in der Innenstadt, er ist lieber hier, am liebsten sogar in den Außenbezirken. Er hat gewelltes blondes Haar, eine randlose Brille, trägt eine schwarze Adidas-Jacke, weiße Adidas-Turnschuhe. All seine Sachen sind gebraucht, aber gut gepflegt, er will keinen heruntergekommenen Eindruck machen. Er fragt, was ich hier so spät noch zu suchen habe, ich frage zurück, warum er denke, dass ich etwas suche, ob es denn nicht denkbar sei, dass ich einfach irgendwohin wolle. Es geht mich nichts an, mein Herr, sagt er, aber ich hatte den Eindruck, dass Sie etwas suchen, er lächelt, I beg your pardon. Wenn ich es wünschte, könne er mir etwas vorspielen.

Als gäbe es unter der Stadt eine andere Stadt, als hörte ich von dort Stimmen. Nicht nur die bekannten, auch unbekannte Stimmen, genauer gesagt, mir einst unbekannte, die aber genauso zu mir gehören wie all das, was mit mir geschieht, auch zu anderen gehört, vielleicht auch zu dem jungen Mann, der seine Geige ans Kinn presst. So wie auch jene Momente zu mir gehören, in denen ich einst den Baross-Platz gemieden habe, so wie all jene Millionen und Abermillionen von Fußspuren zu mir gehören, die andere auf meinen einstigen Spuren hinterlassen haben. Ich schreite fort im Unbekannten, das zugleich auch ein mir von anderen hinterlassenes Unbekanntes ist. Der vierzehnjährige Junge kannte den Weg, hatte ihn gut gewählt, der Beweis dafür ist, dass ich jetzt hier gehen kann, er hatte das Wagnis all dessen auf sich genommen, wonach ich umsonst suchen würde.

Ich wünsche mir von dem jungen Mann Schubert. Heute habe er dreitausend verdient, sagt er, als er fertig ist, das sei ungewöhnlich, manchmal seien es nur zwei- oder dreihundert. Mit der abweisenden Geste seiner Bogenhand lässt er keinen Zweifel daran aufkommen, dass er von mir kein Geld annehmen wird. Er packt zusammen. Das war ein guter Abschluss, mein Herr, danke, dass Sie mir die Gelegenheit dazu gaben. Wir reichen uns die Hände.

Ich gehe auf der Rottenbiller- bis zur Damjanich-Straße, dann weiter bis zum Körönd. Ich habe etwa zehn Minuten in der Unterführung verbracht, das werde ich von der Zeit abziehen müssen, von der Zeit zwischen der Nagyfuvaros- und der Szabolcs-Straße.

Ich habe meinen Eltern sicher den Weg schildern müssen. Völlig unmöglich, dass sie mich nicht danach gefragt hätten. Ich versuche, aus dem Blick meiner Mutter herauszulesen, was sie davon behalten hat, allerdings kann ich nicht mehr genau sagen, wann das war. Wahrscheinlich ein Vierteljahrhundert später.

Sie sitzt meistens im Sessel und häkelt. Kleine Deckchen, Handschuhe aus beigefarbenem Garn. Dafür bekommt sie ein wenig Geld von einem kleinen Händler in der Innenstadt. Ja tatsächlich, sie legt die Häkelnadel nieder, wie seid ihr überhaupt hergekommen? Ich fürchte, mein Schweigen ist für sie eine Enttäuschung, ich kann ihre Frage nicht beantworten, wie wir den Baross-Platz umgehen konnten.

Jolán Bors hatte noch in der Nagyfuvaros-Straße gesagt, wenn wir wegmüssten, sollten wir nicht über den Heldenplatz gehen.

Wie kommt man zur Szabolcs-Straße, wenn man den Heldenplatz meiden muss?

Von der Andrássy-Straße aus müsste man bei der Bajza-Straße nach links abbiegen, dort kommt die Munkácsy-Mihály-Straße, aber das ist nicht zu empfehlen, weil um das Rotkreuz-Wohnheim herum bewaffnete Truppen patrouillieren. Ich biege links in die Bajza-Straße, dann rechts in die Lendvay-Straße ein, gehe am Terrarium des Tierparks entlang.

Auf dem Foto in meinem einstigen Fliegeralarm-Kurierausweis stehe ich am Terrarium des Tierparks. Weiße Shorts, etwas dunkleres Leinensakko, weißes Hemd. Die Haare links gescheitelt. Das Bild ist auf jeden Fall im Sommer aufgenommen worden, an meinem Blinzeln kann man erkennen, dass die Sonne mir gegenüberstand. Kein gelber Stern auf dem Leinensakko, damit steht fest, dass das Foto ein Jahr zuvor aufgenommen worden ist. Unter dem Bild die Beschreibung: »Gesicht: länglich. Nase: normal. Haare: braun. Augen: grünlich. Größe: 172 cm. Besondere Kennzeichen: ausgestrichen.«

Bis zur Unterführung in der Dózsa-György-Straße geht es bergab. Hinter der Unterführung bergauf.

Ich biege in die Szabolcs-Straße ein. Das Krankenhaus besteht aus drei riesigen Komplexen. Es ist nach sechs. Besuchszeit ist bis sieben. Ich hebe zwei Finger an den Schirm meiner Mütze, möchte keine Auskunft darüber geben, warum ich

komme, wohin ich gehe, es ist Besuchszeit. Von der Eingangshalle aus geht es in alle Richtungen, überall sind Treppen,
Durchgänge, Pfeile, Tafeln, links eine Aufschrift: Souterrain 1.

Fünf Treppen hinunter. Das Souterrain ist genauso wie vor
achtundfünfzig Jahren, nur sind keine Matratzen, Strohsäcke,
Krankentragen da. Dieselben Wände, unter der niedrigen Decke ein Geflecht aus Rohren. Eine einzige Rolltrage steht da,
wie eine symbolische Installation.

Ich gehe den Flur entlang. Zähle die Schritte. Hundertzwan-
zig. Gehe zurück.

Ich habe euch gleich gesehen, als ihr die Treppe herunter-
kamt, sagt meine Mutter.

7

Wir bleiben nicht vor dem Haupteingang des Krankenhauses stehen. Ich will mich umsehen, ob es einen Seiteneingang gibt, sage ich zu Vera. Ich gehe zum zweiten Komplex. Klopfe dreimal an die Tür. Bekomme keine Antwort, gehe zum Haupteingang zurück, da wird die Tür auf mein Klopfen hin geöffnet.

Drei Männer stehen in der Halle. Der eine trägt einen weißen Kittel, die anderen beiden Rotkreuz-Armbinden. Sie ziehen uns hinein. Schnell, sagt der mit dem weißen Kittel, es wird geschossen. Habt ihr es nicht gehört? Überall wird geschossen, sage ich und füge hinzu: Unsere Eltern sind hier.

Sie rufen eine Nachtschwester. Die führt uns in den ersten Stock. Ich sage die Namen meiner Eltern, sie kennt nicht jeden beim Namen, begleitet uns hinauf, ich solle in die Krankenzimmer schauen.

Vera bleibt auf dem Flur. Sie lehnt sich an die Wand, zittert, ich bedeute ihr, sie solle dableiben, und gehe los.

Vor zwei Jahren sah ich meinen Großvater in einem Pflegeheim in der Amerika-Straße, wenige Stunden vor seinem Tod. Meine Mutter ließ mich nur bis zur Tür des Krankenzimmers, von dort aus konnte ich ihn sehen. Meine Mutter umarmte mich, verdeckte mir die Augen und führte mich wieder auf den Flur.

Ich öffne die Tür zum ersten Krankenzimmer.

Zum zweiten.

Auf Betten und Matratzen auf dem Boden liegen sie zu zweit, zu dritt. Wo sie zu dritt sind, sind es Tote. Manchmal liegt ein Sterbender zwischen zwei Toten. Manchmal sitzen kleine Kinder zwischen den Betten. Nachtschwestern laufen hin und her. Männer mit Krankentragen kommen. Sie tragen Leichen hinaus.

Meine Eltern finde ich auch im vierten Zimmer nicht.

Ein dicker Mann kommt. Die, die hinter ihm gehen, sind bestimmt Ärzte. Er fragt, wer ich sei. Wie ich ins Gebäude gelangt sei? Ob ich eine Erlaubnis hätte, einen Schutzbrief?

Ich zeige ihm meinen Fliegeralarm-Ausweis.

Bist du damit hereingekommen?

Ja.

Er wendet sich an einen der Weißkittel, der solle sich meinen Namen notieren. Ich diktiere auch Veras Namen. Der Mann sagt, dass die meisten, die aus Hegyeshalom gebracht wurden, auf dem Flur im Souterrain liegen.

Wir gehen zum Eingang zurück. Einer mit einer Rotkreuz-Armbinde führt uns ins Souterrain. Vera stolpert im Dunkeln auf der Treppe.

Wir sind ganz unten. Nur eine Kerze flackert.

Ich muss mich bücken, um meinen Kopf nicht an den Rohren unter der Decke anzuschlagen.

Ich stoße an Betten, an Matratzen am Boden.

Es ist nicht genügend Platz, um nebeneinanderzugehen, Vera ist hinter mir, ich strecke meine Hand aus, halte sie fest.

Ich bemerke meine Mutter erst, als sie vor mir steht. Sie drückt mich an sich. Sie ist sehr mager, aber ihre Umarmung habe ich noch nie als so stark empfunden. Ihr Gesicht ist heiß. Ihr Geruch – nicht süßlich, nicht rauchig, wie früher, auch kein Schweißgeruch. Als hätte sie ihn von ganz weit weg, von ganz unten mitgebracht, als wäre sie selbst dieser unbekannte Geruch. Sie umarmt mich so lange, dass ich dabei den Geruch ihres Körpers identifizieren kann, er ist jenem ähnlich, den ich vor wenigen Minuten in den Krankenzimmern bei den Toten gerochen habe.

Vera steht verwaist hinter mir.

Meine Mutter nimmt mich bei der Hand, zieht mich hinter sich her. Ich ziehe Vera.

Ich sehe schon ganz gut im Dunkeln.

Betten zu beiden Seiten. Dazwischen Matratzen. Als wären die vielen Körper ein großer, in die dunkle Unendlichkeit des Flures weisender riesenhafter Körper.

Ich beuge mich über meinen Vater. Sein Geruch ist mir vertraut. Seine Haut scheint etwas vom säuerlich-frischen Duft der Rasierseife bewahrt zu haben, mein Mund dagegen fühlt stachelige Bartstoppeln. Schwerfällig zieht er die Arme hervor, er ist bis zum Kinn zugedeckt. Seine Umarmung ist schwach. Ich setze mich auf den Bettrand.

Meine Mutter und ich helfen ihm, sich aufzurichten. Er ist im Wintermantel. Meine Mutter trägt einen Morgenrock, Jolán Bors hat ihn mitgebracht, sagt sie. Mein Vater lächelt. Ich sehe nicht viel von seinem Gesicht, erkenne aber das Lächeln und das Grau seiner Stoppeln. Er lächelt nicht mich an, sondern meine Mutter. Mit den Füßen sucht er nach den Schuhen. Unerwartet leicht steht er auf. Macht ein paar Schritte, sieht Vera, nimmt sie bei der Hand, führt sie zum Bett, lässt sie sich hinsetzen, deckt sie zu. Ein Mann mit weißem Kittel kommt, leuchtet mit einer Taschenlampe. Er verteilt Medikamente. Na, jetzt geht es Ihnen doch gleich besser, Herr Béla, wo Ihr Sohn da ist, sagt er zu meinem Vater. Die Taschenlampe leuchtet für einen Moment sein Gesicht an. Er ist ein alter Mann, mindestens zehn Jahre älter als mein Vater.

Vera fragt, wo ihre Mutter sei. Sie wisse, dass sie nicht hier sei, aber wo könnte sie sein? Wir bekommen Brot aus dem Rucksack meiner Mutter. Sie streicht Margarine darauf. Hat auch Jolán Bors mitgebracht, sagt sie. Razzia! wird vom Eingang her gemeldet. Ich lege mich neben meinen Vater, Vera legt sich zu meiner Mutter. Lichter durchpflügen das Souterrain. Schwarzuniformierte halten Taschenlampen in der Hand, mit der anderen richten sie Maschinengewehre auf uns. Derselbe dicke Mann in weißem Kittel, den ich im ersten Stock gesehen habe, geht vor ihnen her. Mein Vater zieht mich unter die Decke, das ist der Chefarzt, flüstert er, Temesváry. Sie bleiben an jedem Bett stehen. Der Chefarzt fühlt allen den Puls, stellt fest, dass sie marschunfähig sind. Enderschöpfung. Sterbender. Lungenentzündung. Manchmal sagt er auch lateinische Worte. Thrombophlebitis, sagt er, über meinen Vater gebeugt. An seinem Blick sehe ich, dass er mich wiedererkennt. Schwere, ansteckende Hepatitis, sagt er, auf mich zeigend. Ich fühle Hitze. Wahrscheinlich habe ich Fieber. Vielleicht hatte ich schon unterwegs Fieber, vielleicht auch schon in der Nagyfuvaros-Straße.

Die Bewaffneten kommen vom Ende des Flurs zurück, stoßen drei Männer vor sich her. Unter den Betten rennen Ratten umher.

Am Morgen werden die Toten hinausgetragen.

Mein Vater richtet sich schwerfällig auf. Er hält meine Hand, wir gehen. Die Kleider lassen wir auf dem Bett liegen, er ist in seine Decke, ich in den schweren Filzmantel gehüllt, wir haben zehn Minuten zum Waschen, sagt er, wir müssen uns beeilen, es dauert schon drei, vier Minuten, bis wir zu den Duschen kommen. Er hat eine Seife und ein Handtuch. Er wäscht sich den Unterleib, die Brust, die Achselhöhlen, sagt, dass ich mich auch einseifen solle. Ich habe ihn noch nie nackt gesehen. Er ist so mager, dass die Haut an seinen Armen und Beinen ganz faltig ist. Er wäscht mir den Rücken. Ich wasche ihm auch den Rücken.

Vera sitzt auf dem Bett meiner Mutter. Meine Mutter schneidet ihr das Haar mit einer Schere. Vera schaut mich an. Ich sage, das steht dir gut, die kurzen Haare. Sie sagt, sie habe sie schon immer schneiden lassen wollen, habe einen französischen Pagenkopf gewollt, wie sie es nennt, aber ihre Mutter habe es nie erlaubt. Meine Mutter erzählt meinem Vater, dass, während wir beim Duschen waren, Gizi hier gewesen sei, sie habe sie gebeten, Veras Namen in unseren Schweizer Schutzbrief einzutragen, mit unserem Familiennamen. Das sagt sie ganz leise, damit Vera es nicht hört. Gizi sagte, sie würde es versuchen.

Gizi ist damals schon zum dritten oder vierten Mal ins Krankenhaus gekommen, sagt meine Mutter, als sie zum ersten Mal kam, suchte sie mit der Taschenlampe nach uns, beim zweiten Mal wusste sie schon, wo wir lagen. Als sie zum ersten Mal kam, das weiß ich noch, holte sie Bözsikes Foto heraus und leuchtete es mit der Taschenlampe an, sie ging zu jedem hin, fragte alle, ob sie Bözsike gesehen hätten. Sie brachte Brot und Äpfel mit, und nachdem sie mit Bözsikes Bild den ganzen Flur entlanggegangen war, kam sie zurück. Dein Vater hat sie neben sich gesetzt und versucht, sie zu beruhigen, ich habe ihn gelassen, in solchen Fällen sind die Worte eines Mannes wirksamer, sagt meine Mutter.

Am Abend muss ich mich verziehen. Chefarzt Temesváry sagt, dass jederzeit wieder eine Pfeilkreuzler-Patrouille kommen könne. Er könne für niemandes Sicherheit garantieren, bei dem sich keine Marschunfähigkeit attestieren ließe.

Vera darf bleiben, kleine Mädchen wollen sie vielleicht nicht, aber Sie, sagt er, sind groß genug, dass man Sie für älter hält.

Es schmeichelt mir, dass er mich siezt. Vielleicht wegen des schweren Filzmantels. Er sagt, ich könne mich im Schwesternheim verstecken, einem einstöckigen Gebäude hinten am Zaun. Ich packe meinen Rucksack. Wir verabschieden uns voneinander. Er wird nicht weit weg sein, sagt Temesváry zu meiner Mutter.

Der Hof ist dunkel. Eine Schwester führt mich an der Hand. Wir müssen die vielen Schneehaufen umgehen. Zeigen Sie mir, wohin ich gehen soll, ich finde auch allein hin. Sie zeigt mir den Weg. Es sind mehrere einstöckige Gebäude auf dem Hof zu sehen. Ich muss zum letzten. Beim ersten Haus liegen Tote auf dem Boden. Wann werden sie beerdigt?

Gestern habe ich in alten Büchern geblättert. Bei einem Satz in der ›Hagada von Pessach‹ blitzte der Blick des Rabbis aus der Nagyfuvaros-Straße vor mir auf, ich glaube, von ihm habe ich das gehört: »Wer aber nicht fragen kann, an seiner Statt sollst du sprechen!«

Das Schwesternheim ist dunkel. Sechs, sieben Eisenbetten stehen einander gegenüber. Ich wähle mir eines aus. Dass ich mir eines wählen solle, sagt mir eine junge Krankenschwester, die sich beim letzten Bett gerade auszieht. Sie sagt nicht, dass ich mich abwenden solle. Sie hat ein weißes Unterkeid an. Als sie unter der Decke liegt, ruft sie mir zu, ich solle versuchen zu schlafen, sie müsse um Mitternacht aufstehen, dann käme ihre Wechselpartnerin. Ist dir kalt? Mir ist kalt. Mir auch, sagt sie. Reib deine Füße unter der Decke aneinander, sagt sie. Der schwere Filzmantel hilft. Ob Soproni seine Verwundung über-lebt hat? Falls nicht, wurde er dann in meinem Trenchcoat beerdigt?

In der Ecke steht ein Tannenbaum. Ein paar Kerzen, zu Stummeln heruntergebrannt. Hatten die Krankenschwestern am Abend Weihnachten gefeiert?

Um Mitternacht werde ich davon geweckt, dass alles um uns herum wackelt. Ich weiß, dass Mitternacht ist, weil sich in der Ecke eine andere Schwester auszieht, sie schlüpft in das Bett von derjenigen, die ich vor dem Einschlafen gesehen habe. Es hat angefangen, sagt sie, man hört die Kanonen von Pestújhely her. Sie sind losmarschiert, sage ich. Bist du Jude?, fragt sie. Ist das für dich von Bedeutung? Ich bin es nicht, sagt sie, nein, es ist nicht von Bedeutung.

Ich möchte mich mit ihr unterhalten. Ich habe das Gefühl, sie möchte es auch. Aber ich will auch schlafen.

Ständiger Kanonendonner.

Am 23. Dezember wird Érd von den Einheiten, die Budapest

belagern, eingenommen. Der Kommandant der IX. SS-Gebirgsjäger beantragt den Abzug der 8. SS-Kavallerie-Division vom Pester Brückenkopf sowie deren Umgruppierung. Der Antrag wird von Hitler abgelehnt. Generaloberst Heinz Guderian erteilt die Genehmigung dafür auf eigene Verantwortung. Am 24. Dezember um 16:15 Uhr fordert Guderian gemeinsam mit Panzergeneral Hermann Black, dem Kommandanten der 6. deutschen Armee, Pest aufzugeben, um die auf diese Weise freigewordenen Streitkräfte jenseits der Donau einsetzen zu können. Hitler lehnt ab.

In der Oper wird ›Aida‹ gespielt. Vor dem zweiten Akt erscheint ein uniformierter Schauspieler vor dem Vorhang und übermittelt den Zuschauern Grüße von der Front, ich kann Sie in aller Zuversicht beruhigen, sagt er, Budapest wird ungarisch bleiben.

Das Protokoll, verfasst in der schwedischen Botschaft, berichtet von circa 25 Pfeilkreuzlern, die ins Rotkreuz-Wohnheim in der Munkácsy-Mihály-Straße 5–7 eingedrungen seien. Dort war, nachdem alle Kinder schon vorher ins Ghetto gebracht worden waren, bereits eine neue Gruppe unter Schutz gestellt worden. Zwei ältere, kranke Frauen, die sich im Heim aufhielten, wurden an Ort und Stelle erschossen. Im zweiten Stock, in Zimmer Nr. 8, wurden zwei dreijährige Kinder erschossen.

Auf Befehl des Pfeilkreuzler-Kommandanten Emil Kovarcz werden die Mitglieder der I. Kommandotruppe der Universität mobilisiert. Iván Zsakó, Anführer des jungen Flügels der Pfeilkreuzler-Partei, stellt es den Studenten frei, die Hauptstadt zusammen mit den anderen fliehenden Pfeilkreuzlern zu verlassen, diese entscheiden sich jedoch für den Kampf. Unser Kampf hilft der ungarischen Sache, verkündet Bataillonskommandant Gyula Elischer.

Iván Hindy, Befehlshaber der verbliebenen ungarischen Verbände, richtet eine Radioansprache an die Bewohner der Stadt:

Die Lage sei ernst, doch werde man die Hauptstadt schnell befreien. Er schreibt einen Bericht an den Verteidigungsminister und den Generalstabschef: »*Die Massen betrachten die Russen gar nicht als Befreier, sind aber in einer seelischen Verfassung, in der sie der russischen Besatzung zumindest beruhigt entgegensehen. Die Menschen weinen, sie sind verzweifelt, dass ihre Stadt zerstört wird. Sie denken mit Entsetzen daran, dass möglicherweise alle Brücken gesprengt werden.*«

Gegen Morgen gewöhne ich mich an den ständigen Kanonendonner.

Die Krankenschwester ist auch wach. Sie lächelt. Ich versuche zu lächeln. Sie ist sehr jung. Ihre Kleider rascheln, als sie sich anzieht. Ich wende mich ab. Es wäre schön, sie zu beobachten. Schon steht sie an meinem Bett. Küsst mich auf die Stirn.

Der schwarze Packard fährt durch die Dörfer. Gertrud Lutz sitzt neben dem Chauffeur, Gizi im Fond. Gertrud war hier schon einmal, in Bicske hatte die Botschaft ein Ferienhaus gemietet. Gizi war auch schon mal hier. Sie sind nicht nur auf der Straße durch Gönyü gefahren, als sie auf dem Weg nach Hegyeshalom waren. Sie trägt wieder ein weißes Kopftuch und eine Rotkreuz-Armbinde.

Sie schweigen. Gertrud sagt manchmal etwas zum Chauffeur. Der Chauffeur fragt manchmal, ob er weiterfahren solle. Im Kanonendonner sind auch die Schüsse der Panzer und Maschinengewehre zu hören. Sie fahren in der Frontlinie. Gertrud sagt, er solle nur weiterfahren, sie wolle für Weihnachten Kartoffeln, Fett und Mehl holen, sie habe mit einem Landwirt vereinbart, dass der ein Schwein schlachten würde. Gertrud ist es egal, dass sie ständig auf Soldaten treffen, die nach Westen fliehen, dass sie immer wieder anhalten müssen, weil deutsche Panzerdivisionen die Straße überqueren, selbst diese zerstörte Landschaft ist ihr lieber als die verdunkelten Zimmer.

Gizi sieht anstelle der dahinziehenden Soldaten den Zug, der nach Hegyeshalom marschiert, sie sieht die Toten im Straßengraben, sich selbst, über sie gebeugt, wie sie Bözsike sucht, sie sieht Károlys Gesicht, der sie an der Hand nimmt und ins Auto setzt.

Sie hat gekichert, sagt meine Mutter, Gizi sagte, Gertrud habe gekichert. Vielleicht wollte sie mich aufrütteln, sagte Gizi, sie wollte meine Depressionen lindern. Gizi war damals in einer sehr schlechten Verfassung, sagt meine Mutter. Als sie ins Krankenhaus kam, war sie so fertig, dass dein Vater und ich der Meinung waren, sie solle am besten dableiben, bei uns, Dr. Temesváry hätte es erlaubt. Sie saß an meinem Bett und weinte. Ich kann mich nicht daran erinnern, sage ich, meine Mutter sieht mich an. Antwortet nicht. Ich wüsste gern, was durch ihren Blick schwimmt, ich frage nicht, die Erinnerung bleibt lebendiger, wenn sie verborgen ist, dieses Wissen ist uns sicher gemeinsam, vielleicht denkt sie, es sei gut, dass ich mich nicht an alles erinnere, an das sie sich erinnert. Gertrud kicherte albern, sagt Gizi zu meiner Mutter auf dem Krankenhausbett, sie wollte mich ein bisschen aufrütteln, sie ist eine nette Frau, eine mutige Frau. Sie ließ sich auch von meinem »Schlusspass« anstecken! Vor Bicske stießen wir in der Dämmerung fast mit einem russischen Panzer zusammen, dann gerieten wir in einen Fliegerangriff, der Chauffeur hielt den Wagen an, er brüllte, raus in den Straßengraben! Dort lagen wir dann zwischen den Soldaten, und als der Angriff zu Ende war, sagte Gertrud, na, meine Liebe, das war's, Schlusspass, lass uns weiterfahren, ich will dieses geschlachtete Schwein mitnehmen! Das ging dann doch nicht, weil dieser Landwirt schon längst über alle Berge war, zum Glück gab uns sein Nachbar, ein sehr armer Mann, Kartoffeln, Fett und sogar Honig. Gertrud sagte auf dem Rückweg, siehst du, die Armen sind auch hier anders, bei uns auch, die können es sich erlauben, ein Herz zu haben, die aber, die etwas besitzen, sind wie Hamster, sie fletschen die Zähne. Gizi ließ sich die Worte »Hamster« und »fletschen die Zähne« mehrmals wiederholen, sagt meine Mutter, sie spricht zwar sehr gut Deutsch, aber solche Worte kannte sie natürlich nicht. Gertrud erklärte es ihr ausführlich, und als Gizi langsam verstanden hatte, wovon sie sprach, lachte sie endlich los, beide lachten. Sicher nicht über das, was sie aus dem Wagen heraus sahen, sondern darüber, dass Gertrud das Zähnefletschen vorgemacht hatte, Gizi hat uns das auch im Krankenhaus vorgespielt, sagt meine Mutter. Ich kann mich nicht daran erinnern, sage ich, nicht einmal daran, dass sie einen Weinkrampf bekam. Sie saß an meinem Bett, sagt meine Mutter – auch daran kann ich mich nicht erinnern, sage ich. Oh je, sagte Gizi, ich heule euch hier etwas vor, gerade euch heule ich was vor, sie ging wieder zwischen den Betten umher, hatte ein Foto von Bözsike dabei, leuchtete es mit der Taschenlampe an, fragte alle, ob jemand sie zufällig gesehen hätte. Eine Frau, die kaum noch reden konnte, riss ihr das Bild aus der Hand, mein Liebling, flüsterte sie. Gizi konnte ihr das Foto nur schwer wieder entwinden.

Vielleicht hatte sich Gizi gar nicht mehr ans Bett gesetzt, vielleicht sprach sie gar nicht mehr von Bözsike. Vielleicht wandert der Blick meiner Mutter zwischen Geschehenem und Vorgestelltem hin und her, in dieser Unsicherheit ist ihr Blick zu Hause, sie führt auch meinen Blick. Ich sehe Gizi nicht auf dem Krankenhausbett sitzen, doch Bözsikes Handbewegung lebt vor mir auf, nur die Bewegung, sie selbst sehe ich nicht, was da flattert, könnten ihre Haare sein. Kann sich die Zeit in eine Bewegung verwandeln?

Gizi ist dann bald gegangen, sagt meine Mutter. Wir mussten Veras Namen in unseren Schutzbrief eintragen. Das ging nur, indem wir ihren Namen unter deinen gesetzt haben, als wäre sie deine Schwester. Vera bekam unseren Familiennamen, kannst du dich erinnern, was sie sagte, als ich ihr eröffnete, dass sie jetzt immer sagen müsste, wir seien ihre Eltern und du ihr Bruder?

Ich erinnerte mich nicht.

Sie sagte, sagt meine Mutter: Das ist aber doch nur so lange, bis meine wirklichen Eltern zurückkommen, nicht wahr?

Meine Mutter denkt daran, dass Veras Eltern nie zurückkamen.

Damals konnte sie das noch nicht wissen.

Gizi brachte einen neuen Schutzbrief, sagt sie, Lutz' Unterschrift darauf war echt. Es war ein Tag vor Weihnachten. Sie brachte Schokolade mit, erzählte uns, dass sich Lutz im Hotel ›Gellért‹ mit einem sehr hochrangigen deutschen Offizier getroffen hatte. Vorher aßen sie im Restaurant zu dritt zu Mittag, Gertrud bestand darauf, dass Gizi auch mitging. Du kannst dich daran nicht erinnern, sagt meine Mutter, aber wir waren auch einmal im ›Gellért‹, zu viert, ich, dein Vater und Gizi und József. József durfte damals noch seine Offiziersuniform und seine Orden tragen. Gizi färbte sich damals die Haare noch nicht, sie waren dunkelbraun und schulterlang. Sie trug ein tabakfarbenes Abendkleid, passend zu Józsis Kammgarnanzug, meines war malvenfarben. Das Geld dafür und für den Smoking deines Vaters hatte uns dein Großvater gegeben, deine Großmutter durfte davon natürlich nichts wissen.

Was auch geschah, wie es auch geschah, der Blick meiner Mutter besiegte die Zeit. Für sie blieb ich immer derselbe, ob ich fünfzehn war oder fünfundvierzig, ich war und blieb ihr kleiner Junge. Als sie mit einer Infusion auf der Intensivstation lag und ich mich über sie beugte und meine Hände vor ihren Augen hin- und herbewegte, um zu prüfen, ob sich ihre Wimpern noch regten – sie regten sich nicht mehr, sie hatte nur noch Stunden zu leben –, da wusste ich, dass ich jetzt das Gewicht ihres Blickes, der nicht mehr reagieren konnte, übernehmen musste.

Diese Überantwortung gehörte ohne Zweifel zu den unbewussten Vorbereitungen für diese Nachforschung, wobei man versuchen kann, den eigenen Willen über jene Schlucht zu führen, die niemand überwinden kann.

Vielleicht waren wir gar nicht zu viert auf dem Ball im ›Gellért‹, sagt meine Mutter, vielleicht waren noch andere dabei, vielleicht auch Bözsike.

Gizi sitzt im Restaurant des ›Gellért‹. Carl Lutz und Gertrud sitzen einander gegenüber. Der Kellner bringt die Bouillon, er bringt sie in Tassen, nachdem er die Suppenteller mit zeremonieller Bewegung vom Tisch genommen und auf sein Tablett gestellt hat. Gizi blickt aus dem Fenster, sieht unten auf dem Platz den Drahtverhau, die Kanonen am Brückenkopf. Das Essen wird auf silbernen Platten serviert. Wann kommt er?, fragt Gertrud. Bald, sagt Lutz. Gizi fragt nicht, von wem sie sprechen. Sie sieht, was die beiden nicht sehen können, weil sie das Fenster nicht im Blick haben: Bewaffnete treiben eine kleine Gruppe über den Platz.

Gizi lächelt, wirft einen diskreten Blick auf Gertrud, die zwei Frauen haben etwas gemeinsam, deshalb sieht sie die Frau an und nicht Carl Lutz. Gizi lacht sogar mit, als Gertrud loslacht, natürlich, meine Liebe, Schlusspass, wenn man gehen muss, muss man gehen! Sie tut so, als würde sie deshalb lachen, weil Gertrud schon ganz selbstverständlich Schlusspass sagt. Sie steht leichtfüßig auf, geht in Richtung der Waschräume. Unter den Gästen sind auch Offiziere, die jüngeren folgen Gizi auffällig und forsch mit ihren Blicken. Als sie das Gefühl hat, dass man sie nicht mehr sehen könne, rennt sie los. Rennt hinaus, stolpert fast über den Drahtverhau. Die Gruppe ist schon über den Gellért-Platz gegangen, in der letzten Reihe geht eine junge Frau, neben ihr ein bewaffneter Polizist, ihre Haare flattern im Wind, sie streicht sie zurück. Gizi erreicht sie, fasst sie am Arm, die junge Frau lächelt sie an, in ihrem Lächeln liegt Verständnis, Würde. Gizi streicht ihr über das Haar, küsst ihre Stirn. Der Polizist zerrt sie fort, die Gruppe geht weiter. Gizi würde sie gern begleiten, aber es ist schon mehr Zeit vergangen, als man braucht, um auf die Toilette zu gehen. Sie geht ins Restaurant zurück, vorbei an den Tischen der Offiziere, sieht, dass gerade ein General hereinkommt und einem Oberst am Tischende einen Befehl gibt.

Der Oberst salutiert, geht in den anderen Raum.

Jetzt fällt Gizi auf, dass in einer Ecke ein Schriftsteller sitzt, den sie vom Sehen kennt, auf irgendeiner Buchmesse hat sie sogar einmal eine Widmung von ihm erhalten. Der Schriftsteller beendet sein Mahl, zieht ein Notizbuch hervor, schreibt.

»*Durch spanische Reiter und Stacheldraht gehe ich ins Gellért-Hotel essen*«, notiert Sándor Márai in sein ›Tagebuch‹.

»*Der Tresen ist vor ein paar Tagen durch eine Bombe zerstört worden; dabei haben mehrere Gäste den Tod gefunden, mit Messer und Gabel in der Hand. Die Trümmer wurden beseitigt, über die Toten wird nicht gesprochen; das schmucke obere Restaurant ist mit tadellosem Leinen gedeckt, Kellner mit ausgezeichneter Erziehung servieren auf silbernen Tellern schmackhafte, nicht einmal teure Speisen. Für zwölf Papierpengő speise ich bei elektrischem Licht in einem Ambiente wie in Friedenszeiten zu Mittag, umgeben von gutgekleideten Menschen und Kellnern in blendend weißer Hemdbrust. Durchs Fenster sehe ich die große Kanone, die die Brücke und den Hoteleingang bewacht, und einige Drahtverhaue, die im Falle des Nahkampfs den Gellértberg schützen sollen. Ein Zug Menschen nähert sich, ältere und jüngere Frauen mit Kopftüchern, Kinder: Juden, die an die Sammelplätze deportiert werden, begleitet von zwei bewaffneten Polizisten. Im schönen, beleuchteten und halbwegs warmen Speisesaal fällt keine Bemerkung, alles parliert ruhig weiter.*«

Gizi beobachtet den schreibenden Schriftsteller, sieht, dass er geht. Sieht auch, dass ein Obersturmbannführer das Restaurant betritt. Er bleibt vor dem ungarischen General stehen, salutiert mit erhobener Hand. Dem General fällt nicht auf, dass der Obersturmbannführer beim Grüßen Hitlers Namen nicht nennt. Er eilt weiter. Reicht Carl Lutz die Hand.

Auf der Landstraße nach Hegyeshalom stieg Gizi immer

aus dem alten Opel Kadett, wenn sie eine Gruppe eingeholt hatten.

Hans Jüttner, General der Waffen-SS, stieg von Wien aus kommend das erste Mal bei Abda aus seinem Wagen. Als er durch das Fenster des Opel sah und sich lächelnd nach Gizis Quartier erkundigte, stand Obersturmbannführer Kurt Becher neben ihm.

Kurt Becher wartet am Tisch von Carl Lutz. Er lächelt. Er hat dichte, dunkle Augenbrauen. Wulstige Lippen. Zuerst küsst er Gertruds Hand, dann Gizis. Gizi weiß nicht, ob er sie wiedererkennt.

Auf der Landstraße trug Gizi eine Rotkreuz-Armbinde und eine weiße Haube. Der Oberst schaut sie lange an. Gizi streicht ihr Haar mit einer kurzen Geste hinters Ohr.

Kurt Becher hängt sich bei Carl Lutz ein. Sie gehen in den Nebenraum.

Gertrud sagte zu Gizi, sagt meine Mutter, dieser Obersturmbannführer tut so, als hättet ihr etwas miteinander gehabt. Aber du hast ihn auch so kokett angesehen, als würdest du dich an etwas erinnern, na, meine Liebe, das ist wirklich aufregend.

Wir sind uns begegnet, sagt Gizi zu Gertrud. Sie sagt nicht, wo.

Sie erwähnt nicht, dass sie damals, als der General der Waffen-SS Hans Jüttner und Obersturmbannführer Kurt Becher wieder in ihren Adler eingestiegen waren, noch einmal ausgestiegen ist und sich die Toten im Straßengraben angesehen hat. Ob Bözsike unter ihnen war. Károly musste sie zuletzt wieder ins Auto zerren.

SS-Obersturmbannführer Adolf Eichmann steigt vor dem Ghetto in der Dohány-Straße aus seinem gepanzerten Wagen. Die Wache salutiert. Zwei bewaffnete Polizisten, zwei Pfeilkreuzler mit Maschinengewehren.

Er geht am Garten des Tempels vorbei. Wirft einen Blick

auf den Haufen Toter unter dem Zaun. Schneeregen fällt. Er stellt seinen Kragen hoch. Geht auf die Wesselényi-Straße. Biegt nach rechts in die Síp-Straße ein. Kontrolliert die Bereitschaft der Panzer vor dem Gebäude des Judenrates. Ein Oberleutnant mit Pfeilkreuzler-Armbinde meldet sich zur Stelle. Wartet auf Befehle. Eichmann gibt den Befehl, in wenigen Stunden, zu einem von der Reichskanzlei noch genauer zu bezeichnenden Zeitpunkt, mit der Eliminierung der Überlebenden zu beginnen. Noch sei nichts verloren, sagt er, die neue Waffe des Führers warte auf ihren Einsatz. Der Oberleutnant meldet, er habe Befehl erhalten, morgens um sechs die schwedische und die Schweizer Botschaft anzugreifen. Er begleitet Eichmann zum mit Brettern vernagelten Tor des Ghettos zurück. Der Fahrer des Panzers, ein SS-Unterscharführer, unterhält sich mit den Wachen. Sie rauchen. Als Eichmann und der Oberleutnant ankommen, verbergen sie die brennende Zigarette in ihren Fäusten.

Der Wagen fährt zum Hauptquartier zurück. Im Hotel ›Majestic‹ ruft Eichmann über seine Direktleitung den Reichsführer-SS Heinrich Himmler an. Himmler hält sich an einem unbekannten Ort auf. Sein Stellvertreter leitet seinen Befehl weiter: Die in Budapest geplante Aktion solle Eichmann mit seinem direkten Vorgesetzten Kurt Becher absprechen. Eichmann sucht Becher telefonisch. Er bekommt die Auskunft, dass dieser fernmündlich nicht zu erreichen sei, er verhandele im Hotel ›Gellért‹.

Ich gehe am Zaun des Tempelgeländes in der Dohány-Straße entlang. Ich lese die Gedenktafeln mit den Namen der Ermordeten. Ich gehe in den Hof.

Auf wessen Spuren gehe ich?

Auf meinen? Auf denen Adolf Eichmanns?

Ich gehe zur Dob-Straße. Der Eingang zur Nr. 4 ist heute noch genauso wie vor zehn Jahren, als ich die Gegend hier erkundete. Aus einer Matrikeleintragung erfuhr ich, dass 1871 mein Großvater mütterlicherseits hier geboren worden war. Das Gewölbe des Eingangstores erweckte in mir damals die Vorstellung von einem Fuhrmann mit Pferdewagen, der im 19. Jahrhundert in der Einfahrt stehen konnte. Auch jetzt muss ich daran denken. Nur die Mülltonnen stören ein wenig.

Unter den alten Familienfotos finde ich eine Nachricht über die Grabsteinlegung meines Großvaters. Sie wurde aus einer Zeitung ausgeschnitten. Ich weiß nicht, in welcher Zeitung sie erschienen ist. Vielleicht im ›Abendkurier‹, den hatte mein Großvater immer gelesen. Meine Mutter bewahrte nur die schwarz umrandete Traueranzeige auf.

Im vergangenen Jahr habe ich eine Steinplatte auf das Grab meiner Großeltern legen lassen. Einmal jährlich gehen wir zum Unkrautjäten hin. Ich will nicht, dass meine Tochter diese Arbeit machen muss. Das Grabmal ist ein schöner, schwarzer Marmorblock. Meine Mutter hatte den Namen meiner Großmutter unter den des Großvaters eingravieren lassen. Seitdem sind noch andere Namen dazugekommen.

Ich lege die Zeitungsnachricht von der Grabsteinlegung in den passenden Ordner. Aus einer Dokumentation schneide ich Eichmanns Foto aus. Lege es in denselben Ordner. Ich notiere, dass er 1906 geboren wurde, 1944 ist er achtunddreißig Jahre alt, SS-Obersturmbannführer. Sein Aufgabenbereich ist die gesamteuropäische Rassensäuberung, die vollständige Ausrottung des europäischen Judentums. Auf dem Foto kneift er das rechte Auge ein wenig zusammen. Das linke noch stärker. Seine Kopfhaltung ist nicht militärisch.

Ich fahre mit der Straßenbahn zum Gellért-Platz. Györgyi und ich sind in der Konditorei des Hotels verabredet.

Ich komme eine halbe Stunde früher, das reicht, um die Wegstrecke abzugehen, die zwar nicht die Spuren meiner Schritte trägt, die ich aber dennoch als Teil meines Erkundungsgangs betrachte.

Die Eingangshalle des Hotels ist farblos und majestätisch.

Ausländer stehen an der Rezeption. Im Restaurant kommt mir ein Kellner in violettem Smoking entgegen, danke, sage ich, ich möchte mich lediglich umsehen. Mit dem »lediglich« bin ich sehr zufrieden, es entspricht meinem Gefühl, quasi: Oh mein Herr, es würde mich lediglich interessieren, lediglich und einzig die Frage, wie diese wenigen Schritte Adolf Eichmanns gewesen sein mochten, der an der Ermordung etlicher Millionen Menschen mitschuldig war, mitschuldig ferner an der Verwandlung Budapests in einen Ruinenhaufen, ferner und überhaupt, ferner, dass er einmal vorbeikam, wie auch ich jetzt lediglich hier vorbeikomme, was mag er gesehen haben, als er durch die riesigen Fenster einen Blick auf die Donau warf, auf die Häuserruinen, vielleicht auf die Panzersperren und Spanischen Reiter, ferner auf die Kanonen, die den Brückenkopf bewachten, das taten sie ganz gewiss, denn ein sehr verehrter Kollege von mir, der, ganz nebenbei, hier zu Mittag gegessen hatte, verewigte sie in seinem ›Tagebuch‹, lediglich darum geht es mir, mein Herr, lediglich …

Die Sitzgarnitur im Konferenzraum ist lachsfarben.

Györgyi hat mich gestern angerufen. Ich bin wieder da, sagte sie mit einer Stimme, als wollte sie gar nicht sagen, dass sie angekommen sei, sondern fragen, ob ich angekommen sei. Als wüsste sie, dass auch ich unterwegs bin und wo ich gerade bin, noch dort oder schon hier, als kennte sie das Gefühl der Unsicherheit, die für mich als Zone zwischen Nicht-Erinnern und Nicht-Vergessen zum alltäglichen Zustand geworden ist. Als hätte sie ähnliche Gefühle, ja, als wäre sie nicht gerade von einer unfreiwilligen Reise zurückgekehrt, sondern von einer Reise, die real war, aber doch nicht so bezeichnet werden kann.

Seit geraumer Zeit ist es offensichtlich, dass mich Györgyi verfolgt, sie versucht auf diese Weise, in die Vergangenheit vorzudringen. Sie sagte, sie sei angekommen, aber so, dass ich *sie* auf den Spuren ihrer Stimme verfolgen wollte.

Adolf Eichmann betritt das Restaurant. Die Offiziere mit den Pfeilkreuzler-Armbinden springen auf, genau wie vorhin, als Kurt Becher hereinkam. Adolf Eichmann würdigt sie keines Grußes.

Gizi, Gertrud und Lutz trinken Kaffee. Wieder ein SS-Offizier, denkt Gertrud. Sie steht mit dem Rücken zum Eintretenden. Gizi führt die Tasse zum Mund. Als hätte sie diesen Offizier schon einmal gesehen. Er sieht nicht miltärisch hart aus, sein Blick weist ihn eher als Intellektuellen aus. Er scheint nicht das zu sehen, was er vor Augen hat, denkt Gizi, auch nicht mich, sondern etwas hinter mir, aber nicht die Donau. Vielleicht denkt er an seine Familie, er ist um die vierzig, hat sicher eine Frau, Kinder.

Ich verstehe Becher nicht, wird Carl Lutz in sein Tagebuch schreiben. Warum will er mich wieder treffen? Mittlerweile weiß ich, dass er wegen seiner geschäftlichen Transaktionen in unmittelbarer Verbindung mit Himmler stand, der auch am Besitz des Manfred-Weisz-Konzerns beteiligt werden wollte. Deshalb stand er Becher zur Seite und regte im Gegenzug an, das Budapester Ghetto eventuell doch nicht abzubrennen, wozu Eichmann schon bereit gewesen war. Himmler hatte mit Blick auf die Zukunft schon die Abgrenzung zu Hitler gesucht und nutzte die Tatsache, dass die Vernichtung des europäischen Judentums zwar in Eichmanns Zuständigkeit fiel, dieser jedoch Becher als seinen Vorgesetzten betrachten musste.

Diese zwei kämpften miteinander wie die Schakale, wird Lutz schreiben, aber als Eichmann den Raum betrat, war er freundlich, nahm wortlos zur Kenntnis, was Becher ihm sagte. Becher gab ihm keine Anweisung, er betonte, dass er ihm nur den Befehl des Führungsstabs erläutern möchte, gleichzeitig aber, schreibt Lutz, tat er so, als spräche er gar nicht zu Eichmann, er wandte sich an mich, als wäre es das Wichtigste, dass ich mir seine Fürsprache gut merke und bei Gelegenheit an die zuständigen Stellen weiterleite. Auch nach so vielen Jahren will ich nicht an Eichmanns Blick denken. Trotzdem … sein Blick entbehrte jeglicher Anzeichen für die Dinge, die ich von ihm wusste. Das blieb mir am deutlichsten in Erinnerung. Gestern las ich, dass das 101. Polizei-Reserveregiment Berlin, in dem es Lehrer, Beamte, Facharbeiter gab, 1942 ohne jeden Befehl, das ist dokumentiert, ohne jede ideologische Neigung oder persönliche Motivation mehrere Tausend polnische Juden niedergemetzelt hat. Könnte es sein, dass Handeln ohne Denken zuweilen mehr Bosheit produziert als die bösen Instinkte im Menschen? Alles ist so alltäglich, das las ich in Eichmanns Gesicht, alles, was hier geschieht, und alle, Becher und auch dieser Schweizer – das war ich. Gertrud sagte einmal, Eichmann sei der Beweis dafür, wozu der Mensch fähig ist. Damals gab ich ihr recht. Jetzt denke ich anders, aber das kann ich nicht mehr mit Gertrud besprechen. Ich denke, er ist nicht der Beweis dafür, *wozu* der Mensch fähig ist, sondern *was* der Mensch ist.

Er unterstreicht die zwei Worte. Steht vom Schreibtisch auf. Durch das Fenster sieht er das andere Seeufer, die grünen Berge des Appenzeller Vorlands. Wenn er zum gegenüberliegenden Fenster geht, kann er die Kirchturmspitze von Walzenhausen sehen, seinen geliebten Felsgipfel Meldegg. Er geht zurück zum Schreibtisch. Vor Kurzem hat er in einer Kiste sein erstes Tagebuch gefunden. »*Heute habe ich mich entschlossen, ein Tagebuch zu führen und werde es mit Gottes Hilfe so lange wie möglich fortsetzen …*« Datum der Eintragung: 16. Juni 1914.

Nach kurzer Suche findet er zwei Meldungen des Berner Außenministeriums. In der ersten wird er zum wiederholten Male darauf hingewiesen, dass er seine Korrespondenz immer dem Postenchef vorzulegen habe: »*Wir sind in der Tat davon überzeugt, dass Herr Konsul Kuebler, wenn er auf dem Laufenden gehalten worden wäre, Sie daran gehindert hätte, einen solchen beruflichen Fehler zu machen.*« Datum der Meldung: 30. Mai

1938. Lutz kann sich nicht erinnern, worin diese »Verfehlung«, die er begangen haben soll, bestanden haben könnte. Er erinnert sich nur, dass Jonas Kuebler 1938 Konsul der Außenstelle in Palästina war.

Das Datum der zweiten Meldung: 17. September 1938. Dem Konsulardienst sei bekannt geworden, dass Lutz Kopien seiner offiziellen Berichte für sein Privatarchiv anfertige: »*Es dürfte Ihnen in der Tat bewusst sein, dass den Bundesbeamten keinerlei Recht an Arbeiten zusteht, die sie in dienstlicher Eigenschaft abgefasst haben.*«

Carl Lutz denkt daran, wie viele Schubladen seine Tagebücher bei ihm zu Hause füllen. Ich denke, schreibt er, dass die Diplomatie meines Landes Stalin nicht anerkannt und damit recht gehabt hatte – Hitler und Mussolini hingegen wurden anerkannt. Im Rückblick stellt man sich oft die Frage, was diese Diplomaten für Menschen gewesen sein müssen. 1944 habe ich mir in Budapest auch diese Fragen gestellt: Was für Menschen sind die Ungarn, die mit Hitler zusammenarbeiten? Was für Menschen? Was für Ungarn? Und was für Schweizer sind meine Vorgesetzten?

Er legt die Feder nieder. Denkt daran, wer solche Fragen überhaupt stellt. Denkt daran, dass das, was geschehen ist, trotz all seiner Bemühungen eine verlorene Sache war, umsonst berichten seine Tagebücher davon, seine Fotos.

Er tritt wieder ans Fenster.

Die Aussichtswarte Meldegg ist gut zu sehen, doch das Gefühl von einst, das ihn beim Anblick der Felsen erfüllt hatte, ist unwiederbringlich dahin.

Die Geschichte ist verloren, schreibt er, aber warum ich das ausgerechnet an jenem Tag begriff, wusste ich damals nicht und weiß es auch jetzt nicht, notiert er fünf Jahre später, als er die Worte liest, die er am 19. September 1962 geschrieben hat.

Eichmann verabschiedet sich von Kurt Becher mit »Heil Hitler!«.

Er geht nicht zum Restaurant. Eine kleinere Tür führt zur Treppe in die Eingangshalle. Einige Minuten später geht Becher durch dieselbe Tür hinaus.

Carl Lutz kehrt ins Restaurant zurück. Cognac oder Kaffee, fragt Gertrud. Gertrud und Gizi trinken Cognac, Lutz Kaffee.

Zwei Stunden später steigt Adolf Eichmann vor dem Hotel ›Majestic‹ in ein wartendes Panzerfahrzeug. Auf dem Foto im Archiv des deutschen Militärhistorischen Museums steht er lächelnd an das Panzerfahrzeug gelehnt. Die Bildunterschrift besagt, dass es sein letztes in Ungarn aufgenommenes Bild ist.

Kurt Becher verlässt Budapest drei Stunden später in einem anderen gepanzerten Fahrzeug.

Gizi hat gestern ferngesehen, sagt meine Mutter, sie rief mich an, ich solle im ›Ruszwurm‹ vorbeikommen. Einmal im Monat trinkt meine Mutter ihren Kaffee im ›Ruszwurm‹. Gizi ist dort stellvertretende Geschäftsführerin. Sie bringt meiner Mutter den Kaffee, setzt sich zu ihr, sie unterhalten sich, einmal im Monat eine halbe Stunde lang.

Sie war blass, sagt meine Mutter. Sie ist selbst blass, als sie sagt, dass Gizi blass war, sie befeuchtet die aufgesprungenen Lippen. Sie verdeckt den Mund mit der Hand, damit man ihre Zungenspitze nicht sieht, wie sie an der Ober- und Unterlippe entlangfährt. Ich sitze vor dem Fernseher, sagt Gizi zu meiner Mutter, sie bringen Bilder vom Eichmann-Prozess in Jerusalem, du, sagt Gizi, den habe ich doch gesehen, den habe ich im ›Gellért‹ getroffen! Er ist an unserem Tisch vorbeigegangen, als ich mit den Lutz' dort war. Meine Mutter nimmt die Hand vom Mund, ihre Lippen sind noch immer trocken, ich musste Gizis Hand nehmen, drückte sie auf den Marmortisch, weil sie so zitterte, sie sagte immer nur, du, der ist an mir vorbeigegangen, dort an mir vorbei. Carl Lutz war blass, als er aus dem Nebenraum zurückkam, sagt Gizi, ich wusste nicht, mit wem er da verhandelt hat, ich wusste nur, dass auch Kurt Becher dabei war, weil Gertrud Becher kannte, aber keiner von uns kannte Eichmann.

Nach dem Kaffee holte sich Gizi einen Cognac, obwohl sie während der Arbeit keinen Alkohol trinken darf, sagt meine Mutter.

Adolf Eichmann wurde 1962 in Jerusalem gehängt. Er beteuerte bis zum Schluss seine Unschuld.

»So bleibt also nur übrig, dass Sie eine Politik gefördert und mitverwirklicht haben, in der sich der Wille kundtat, die Erde nicht mit dem jüdischen Volk und einer Reihe anderer Volksgruppen zu teilen, als ob Sie und Ihre Vorgesetzten das Recht gehabt hätten, zu entscheiden, wer die Erde bewohnen soll und wer nicht. Keinem Angehörigen des Menschengeschlechts kann zugemutet werden, mit denen, die solches wollen und in die Tat umsetzen, die Erde zusammen zu bewohnen. Dies ist der Grund, der einzige Grund, dass Sie sterben müssen«, schreibt Hannah Arendt nach der Urteilsverkündung in ihrem Buch ›Eichmann in Jerusalem. Ein Bericht von der Banalität des Bösen‹.

Ich nehme das Protokoll meiner bisherigen Nachforschung unter den Arm und gehe in die Hotelhalle. Links geht es zur Konditorei. Ich benutze den Waschraum am Ende des Flurs. Nach dem Händewaschen kämme ich mich. Ich setze mich an eines der Fenster zur Donau.

Ich warte auf Györgyi.

13

Am Nebentisch wird auf Deutsch diskutiert. Sicherlich Geschäftsleute. Graues Sakko, braunes Sakko. Kleinkariert, großkariert. Zugeknöpfte Hemdkragen. Quergestreifte, helle Krawatte, dunkelblaue Krawatte. Schwarze Ledermappen. Hennessy Cognac. Pflaumenschnaps.

Györgyi hat gestern angerufen. Sie sei vor einer Stunde angekommen. Sie sagte nicht, wo sie gewesen ist. Jetzt könnten wir uns doch treffen. Sie fragte nicht, es war eine Feststellung. In ihrer Stimme hingegen spürte ich eine Vertrautheit, die vorher nicht da war. Hinter der Melodie der Vertrautheit schwebte eine gewisse Unruhe, gleichzeitig aber auch Entschlossenheit.

Ihre Stimme war wie eine Geschichte oder drückte die Auswirkungen einer Geschichte auf sie aus.

Die deutschen Geschäftsleute nippen an ihren Drinks. Györgyi geht an ihrem Tisch vorbei. Sie beobachten sie.

Sie trägt dieselbe weiße Bluse, die sie trug, als wir an der Thököly-Straße aus der Straßenbahn stiegen. Oder vielleicht eine andere. Vielleicht hat sie sie auf der Reise gekauft, die Mädchen haben bestimmt neue Klamotten mitgenommen, da hat sie vielleicht nicht hinter ihnen zurückstehen wollen.

Sie erwartet nicht, dass ich aufstehe. Sie zieht den anderen Stuhl energisch zu sich heran und setzt sich. Wie eine Verfolgte, die es gerade noch hinter die schützenden Burgmauern geschafft hat, während die Zugbrücke hinter ihr hochgezogen wird.

Die beiden Deutschen beobachten mich. Györgyis Erscheinen hat mich in ihren Augen aufgewertet.

Sie bestellt Kaffee.

Ich glaube, sie spürt die Blicke vom anderen Tisch.

Sie trinkt ihren Kaffee.

Aus einer kleinen Tasche holt sie ein Foto hervor. Legt es auf den Tisch. Ein Mädchen von etwa sechzehn Jahren. Eine Frau um die vierzig. Györgyi sieht der Vierzigjährigen ähnlich. Eine verregnete Straßenszene. Beide in Regenmänteln. An beiden Mänteln ein gelber Stern. Beide schauen in die Kamera. Das Mädchen trägt eine Baskenmütze, die Frau eine gehäkelte Mütze, über die Ohren gezogen. Bei beiden schaut an der Schläfe eine Locke hervor. Sie sind nicht traurig. Auch nicht gleichgültig. Es liegt keine Angst auf ihren Gesichtern. Ein forschendes Auge betrachtet sie durch die Kamera, fragt, wer seid ihr, was fühlt ihr, was denkt ihr, und sie scheinen entschlossen, nichts zu verraten. Wer sie anschaut, soll sie sehen, wie sie sind, sie haben nichts zu gestehen, nichts zu verbergen. Sie würden gerne weitergehen, haben aber auch nichts dagegen, verewigt zu werden.

Haben Sie sie gesehen?

Nein, sage ich. Wo hätte ich sie sehen sollen?

In einem der Schaukästen in der frisch renovierten Haltestelle der Millenniums-Metro. In der Haltestelle der Oper. Sie hat sie dort zufällig am Tag ihrer Abfahrt entdeckt. Mutter und Großmutter, im Herbst 1944. Heute Vormittag erkundigte sie sich, woher das Bild stammt, wer es gefunden hat, wie es in den Kasten kam. Es wurde in irgendeinem Archiv entdeckt, sagte der zuständige Beamte, unter Dutzenden ähnlicher Fotos, ganz zufällig wählte man dieses aus. Aber Sie hätten mich doch fragen müssen. Es waren keine Namen darauf, kein Text, der Aufschluss hätte geben können, nur der gelbe Stern, die nackten Zweige und die nasse Straße. Es sind sehr viele Fotos zusammengekommen, die darauf Abgebildeten sind namenlos, es tut mir leid, es tut uns schrecklich leid, sagte der Beamte.

Ich frage sie, ob ich ihr etwas bestellen könne.

Nein, nein ... oder vielleicht doch, einen trockenen Martini.

Ich bestelle Wodka.

Auf einem der Bilder aus dem Umschlag ohne Absender sieht man ein Haus in der Amerika-Straße, sage ich, sind Sie mir deshalb gefolgt?

Ich sagte doch schon, dass ich Sie erkannt habe.

Sie stürzt den Martini hinunter. Sie denke nicht mehr zurück, sagt sie.

An was denke sie nicht mehr zurück?

Sie sucht nach Worten. Na ja, an die Vergangenheit eben, sagt sie schließlich wie jemand, der sich schämt, ein so banales Wort zu benutzen. Jetzt sei sie aber nicht in der Lage, ein anderes zu finden, fügt sie hinzu. Schon lange spüre sie eine Leere, sie habe ja keine Erinnerungen, nicht wahr, lange Zeit habe sie solche Erinnerungen als die ihren betrachtet, die sie ihrer Mutter zuliebe an die Stelle ihrer eigenen gesetzt hatte. Aber lassen wir diese Erklärungen, sagt sie, ihre Stimme klingt kühl.

Ich glaube, irgendetwas ist mit ihr passiert. Es ist nicht nur dieses Foto.

Ich habe in der Haltestelle der Oper das Tableau des Jüdischen Gymnasiums von 1944 gesehen, sage ich. Die Abiturienten. Darunter ist auch das Bild einer guten Bekannten von mir, die seit langem in Paris lebt.

Ihr Lehrerkollege war gar nicht erkrankt. Sie hatte niemanden vertreten müssen. Sie hatte sich ein paar Tage Urlaub genommen und sich auf eigene Kosten der Klassenfahrt angeschlossen. Zweiundzwanzig Schüler fuhren nach Ravensbrück, fünfzehn Mädchen und sieben Jungen, mit zwei Lehrern. Und wo fährst du hin, fragten die Kollegen am Bahnhof, großartig, dann kannst du uns wenigstens helfen, die Kinder zu zügeln.

Sie habe sich nichts von dieser Reise versprochen, sagt sie, was hätte sie auch erwarten können, aber sie hatte das Gefühl, sie müsse etwas abschließen. Ich wage nicht zu fragen, was sie abschließen muss, ihr Blick sagt mir schon, dass sie darüber sowieso keine Rechenschaft ablegen kann.

Die Deutschen beobachten uns. Ich glaube, sie sind einverstanden, sie denken, wir seien auf dem richtigen Weg. Ihre Mutter hatte sie gebeten, wenn sie mal einen Grabstein aufstellen sollte, auch den Namen der Großmutter eingravieren zu lassen, Geburtsdatum und Geburtsort, Sterbedatum und Sterbeort ... Ravensbrück ...

Bis dahin hatte ihre Mutter den Namen des Lagers nie ausgesprochen. Sie versteckte die tätowierte Nummer auf ihrem Arm nicht, aber den Namen des Lagers sprach sie nie aus.

Als wir hinkamen, stellten sich die beiden anderen Lehrer ans Ende der Gruppe und taten so, als wäre ich die Leiterin, obwohl sie genauso gut Deutsch sprachen.

Die Schüler gingen zum weißgekalkten Gebäude.

Links sind das Mahnmal und der See, sage ich zu Györgyi, mit dem Wodka in der Hand.

Links das Mahnmal und der See, sagt Györgyi.

Rechts, unweit des Eingangs, das Krematorium, sage ich.

Rechts das Krematorium, sagt sie.

Zwei Schlote, fünf verschließbare Gucklöcher, sage ich.

Genau, sagt sie.

Mir scheint, sie möchte jetzt den Versuch wagen und den Spuren meines Blickes folgen.

Zehn, zwölf Baracken stehen einander gegenüber, dazwischen der Appellplatz, sechs zehn Meter hohe Pfähle mit je zwei Scheinwerfern, sage ich.

Sie müssen auf diesem Appellplatz gestanden haben, wer weiß, wie oft täglich, sagt sie. Als ich dort stand, dachte ich, dass ich schon längst hätte kommen können, aber ich habe nicht gewollt.

Sie steht auf dem Appellplatz, macht ein paar Schritte, geht auf den Spuren ihrer Mutter, Großmutter, der Freundin ihrer Mutter, denke ich. Ich sage ihr nicht, dass auch ich auf den Spuren ihrer Mutter, Großmutter und Freundin der Mutter auf dem Appellplatz gestanden habe, als ich noch keine Ahnung hatte, dass unter den vielen Tausenden, Zehntausenden von Spuren auch solche sind, die zu jemandem gehören, den ich einmal kennen würde. Ich stand nicht zwischen Bewaffneten oder Studenten dort, sondern zwischen zwei gesichtslosen DDR-Beamten. Sie erlaubten uns zögerlich, die vorgeschriebene Route zu verlassen und das einstige Lager zu betreten, begleiteten uns wortlos bis zum Appellplatz. Weil Györgyi dort gestanden hatte, war es jetzt ihre Geschichte; als ich dort stand, *damals*, hatte ich eher das Gefühl, dass es die Geschichte der zwei gesichtslosen Beamten war.

Ich erzähle Györgyi nicht, dass ich damals am Eingang des Lagers eine junge Frau von etwa fünfundzwanzig Jahren getroffen hatte, die eine kleine Fotoserie verkaufte mit dem Titel »Acht Fotos vom KZ Ravensbrück«. Für 2 Mark. Es war noch keine fünfzehn Jahre her, dass das Krematorium in Betrieb gewesen war. Ich hatte sie gefragt, wo sie wohne. Im Nachbardorf, sagte sie.

Das Dorf liegt achthundert Meter vom Lager entfernt.

Haben Ihre Eltern auch während des Krieges hier gewohnt? Ja.

Was sagen sie dazu, dass Sie hier arbeiten?

Nichts.

Haben Sie sie gefragt, woran sie sich vom Lager erinnern?

Sie haben nichts gewusst.

Haben Sie vielleicht von anderen etwas gehört?

Von niemandem.

800 Meter Entfernung.

Nein, von niemandem, nichts.

Hat man den Rauch aus den Schloten des Krematoriums nicht gesehen?

Ich habe doch schon gesagt, nichts …

Acht Fotos:
1. Auf dem Transport nach Auschwitz
2. Häftlinge bei der Arbeit
3. Frauen beim Straßenbau
4. Blick über das Lager
5. Der Appellplatz
6. Krematorium
7. Der Erschießungsgang
8. Monument am See

Ich kaufe ein Set.

Wir waren vielleicht eine Stunde lang drin, sagt Györgyi. Der Appellplatz war schlammig. Es hat ein bisschen geregnet, wer eine Kapuze hatte, zog sie über. Einer meiner Kollegen sagte, wir sollten gehen, weil sich die Kinder erkälten würden. Am Mahnmal am See kam eines der Mädchen zu mir, Tränen in den Augen. Ich konnte ihr nichts sagen, sagt Györgyi. Es war nicht leicht, zu schweigen, noch schwerer wäre es aber gewesen, etwas zu sagen. Wir gingen um den See herum, und als wir schon ziemlich weit von den anderen entfernt waren, blieb sie stehen, Frau Lehrerin, einer der Jungs hat gesagt, das haben sie alles im Nachhinein aufgebaut, kein Wort davon ist wahr.

Györgyi spricht mit kühler Stimme. Ich weiß nicht, wie ihre Stimme war, als sie zur Schülerin mit den Tränen in den Augen sprach. Jetzt ist ihr Blick so wie der von Madó Róbert, als diese mir erzählte, was am 15. November 1944 in der Frühe geschehen war, was ich vom anderen Zimmer aus nicht hatte sehen können. Ja, Györgyis Blick kommt mir bekannt vor, er ist wie der jener Menschen, die mit dem Verstand nicht zu begreifende Dinge mit so kühler Stimme beschreiben. Ich sagte der Schülerin, dass auch meine Mutter und Großmutter hierher gebracht worden waren, meine Großmutter wurde im kleinen, weißgekalkten Gebäude mit den zwei Schloten und fünf Guckfenstern verbrannt, die Freundin meiner Mutter ebenfalls.

Die Gruppe geht zu den zwei Reisebussen.

Geh, sagt Györgyi zur Schülerin, sonst bleibst du zurück.

Sie wartet, bis alle eingestiegen sind.

Wartet, dass die anderen auf sie warten.

Die zwei Deutschen am Nebentisch zahlen.

Ob ich ihr wohl meine Erinnerungen ans Lager erzählen würde?

Meine Gastgeber, genauer gesagt die DDR-Begleiter, wichen nicht von meiner Seite. Ich wollte so gerne wenigstens für ein paar Minuten allein sein. Sie wichen auch dann nicht von meiner Seite, als ich die Öffnung der Feuerstelle des Krematoriums in Handspannen ausmaß. Sie war gerade so groß, dass sie einen Leichnam in liegender Stellung fassen konnte. Der Appellplatz war auch damals schlammig, es hat auch damals geregnet, ich habe mich ein bisschen erkältet.

Und haben Sie es aufgeschrieben?

Nein. Was ich dort empfand, war so unbedeutend. Ich habe mich ein bisschen erkältet, mein Hals hat gekratzt. Vielleicht, sage ich, hätte ich es auch dann nicht aufgeschrieben, wenn ich nicht gehüstelt und mir keine Sorgen gemacht hätte, dass ich meine nassen Socken erst am Abend würde wechseln können. Ich hätte es nicht aufgeschrieben, weil ich die geeigneten Worte nicht finden konnte. Deshalb habe ich eben nur so viel aufgeschrieben.

Was heißt das, wie viel?

Na, eben nur so viel, dass ich die geeigneten Worte nicht finden konnte.

Das ist der Moment, um mein Manuskript aus dem Ordner zu nehmen und über den Tisch zu schieben. Das ist ein Roman, sage ich, die bisher fertigen Kapitel.

Ihr Blick ist verschwörerisch, sie spürt, dass sie Teil von etwas geworden ist, was zwar nicht benannt werden kann, uns aber dennoch beide betrifft.

Wir gehen hinaus aus der Konditorei, werde ich später schreiben, am Hoteleingang vorbei.

Unsere Schritte gleichen sich an. Als wir zur Szabadság-Brücke kommen, sehe ich die Spanischen Reiter, den Drahtverhau und die Kanonen zur Bewachung des Brückenkopfes und des Hotels.

Auch Györgyi blickt zurück. Ich sage nicht, was ich zu sehen glaube, weil ich ihrem Blick entnehme, dass auch in ihr etwas vorgeht, natürlich etwas anderes. Wir müssen einander zugestehen, die Vergangenheit so zu belassen, wie der jeweils andere darin lebt.

An der Erzsébet-Brücke erwähne ich, dass die Marschkolonne, in der sie uns zur Ziegelei Óbuda brachten, hier vorbeigetrieben wurde. Ich sage es bewusst mit einem Lächeln. Vielleicht befanden sich auch ihre Mutter und Großmutter in dieser Kolonne. Hier hatte mein Vater zu mir gesagt, dass ich nicht nach rechts schauen solle, weil die Pfeilkreuzler uns anbrüllten, wir sollten nicht dorthin starren, zur gesprengten Statue von Gyula Gömbös.

Die Donau ist grau. Keine Lichter. Das Parlament ist trotzdem gut zu sehen. Es ist wie eine Kulisse, ebenso wie die lange Reihe der Pester Hotels. Deren Dächer drängen sich an die Dächer der hinteren Häuser, die Stadt fließt in einem einzigen Punkt zusammen, alle Gebäude scheinen die Kopie ihrer selbst zu sein. Als sähe ich nicht die Stadt, in der ich mein Leben lebe, deren Straßen und Plätze ich ziemlich gut kenne, sondern eine Bühne mit einer Kulisse, aber nicht aus der Zuschauerperspektive, sondern aus den Kulissen heraus. Vielleicht verändert sich meine Sicht. Vor Kurzem hat mich hier irgendwo ein Fahrradfahrer fast umgefahren, sage ich. Györgyi hält den Ordner fest, den ich ihr in der Konditorei gegeben habe. Zu Hause wird sie ihn lesen, zu den Sätzen kommen, die davon

berichten, dass unser Zug auf dem Weg von der Ziegelei in
die Dohány-Straße über eine schmale Brücke aus Planken getrieben wurde, genau hier, wo wir gerade stehen, circa fünfzig
Meter vom Brückenkopf der Margit-Brücke entfernt auf der
Budaer Seite. Vielleicht fragt sie sich, wo ihre Großmutter und
Mutter und deren Freundin wohl waren, in welcher Marschkolonne nach Hegyeshalom.

Als wir weitergehen, sagt sie, dass sie noch in die Schule
wolle, lässt aber zwei Straßenbahnen vorbeifahren und steigt
nicht ein.

War es richtig, dass ich hingefahren bin?

Sie scheint sich selbst zu fragen, aber ich glaube, ihr liegt
daran, es in meiner Gegenwart zu tun.

Sie will sich verabschieden, lässt aber noch eine dritte Straßenbahn abfahren.

Sie habe sich geschämt, dass sie auf dem Appellplatz eigentlich nur mit ihrem Regenschirm beschäftigt war, weil der sich
gerade böse aufführte, wie sie es nennt.

Verstehe, sage ich, als ich dort war, hat es auch geregnet.

Wir stehen ganz nahe beieinander an der Straßenbahnhaltestelle. Sie sieht mich dankbar an, weil auch ich vom Regen
spreche.

Ich träume, dass mir die vor Jahrzehnten in Ravensbrück ge-
kaufte Fotoserie gestohlen wird, Györgyi erscheint, wir durchsuchen meine Schubladen, machen meine Ordner auf und zu,
Györgyi liest kurz in einen alten Brief hinein, blättert in einigen
Aufzeichnungen. Wir finden die Serie nicht, und weil sie weg
ist, sehe ich die frisch gekalkte Wand des einstigen Krematoriums deutlicher vor mir, die beiden Schlote.

Nach dem Aufwachen schreibe ich den Traum auf. Ich fahre
damit fort, wie ich mit Györgyi an der Endstation der Straßenbahnlinie 17 stehe. Sie wird das Manuskript lesen, das ich ihr
gab, schreibe ich, auf den Friedhof zum Grab ihrer Mutter
gehen. Sie hatte den Namen ihrer Großmutter eingravieren

lassen, schreibe ich, ihre Mutter hatte nicht den Wunsch, den Namen ihrer Mutter auf dem Mahnmal der Märtyrer zu verewigen. Sie hatte Györgyi nie gesagt, warum. Kurz vor ihrem Tode hatte sie sie gebeten, auf den Grabstein auch den Namen der Großmutter eingravieren zu lassen: »Wir bewahren das Andenken der in Ravensbrück ermordeten Mariann Rajna, 1906–1944«. Den Namen ihres Vaters hatte Györgyi nicht auf den Grabstein setzen lassen, sie weiß nichts von ihm, vielleicht lebt er noch, irgendwo im Ausland.

Ich hoffe, dass es für sie nicht uninteressant ist, was sie über sich liest. Ich habe das Gefühl, dass sie sich selbst in einem anderen Licht sehen will. Wenn sie über sich selbst liest, schreibe ich, begegnet sie auch einer anderen Geschichte.

Seit Wochen suche ich in Musikläden und Antiquariaten nach einem Buch, einem Musikführer zu den Kammermusik-Werken Schuberts. Ich finde keines. Immer wieder höre ich das Allegro aus dem Streichquintett C-Dur. Die Musik ist auch eine Geschichte, ich suche die Ähnlichkeit zwischen der klanglichen und der in mir lebenden Geschichte. In der Erhabenheit ist sie nicht zu finden – obwohl, je öfter ich es höre, desto stärker wird der Zweifel in mir, ob das so stimmt. Die leuchtende Trauer des Allegro kann der Unfähigkeit, sich zu erinnern, Herr werden, sie schwebt über die Abgründe der Vergangenheit hinweg und besetzt sie mit dem Gefühl der Unendlichkeit. Mir fällt ein, dass Carl Lutz einmal etwas Ähnliches notiert hat.

Ich werde auf den Friedhof gehen. Ich werde das Grab von Györgyis Mutter suchen. Ob es so ähnlich aussieht, wie ich es beschrieben habe?

Kann es sein, dass Györgyi bei Lucas Beerdigung dabei war? Ich habe sie nicht gesehen. Ist es vier Jahre her? Fünf?

Minus zehn Grad. Januar. In der unbeheizten Aussegnungshalle stehen um die zwanzig Leute. Der Weg durch den Schnee zum frisch ausgehobenen Grab ist ziemlich lang. Ich sehe kein bekanntes Gesicht. Vielleicht war sie dort. Warme Tücher, schwarze Webpelzmäntel. Die Hüte in die Stirn gezogen. Lucas Tochter sah älter aus, als ihre Mutter geworden war.

Stumm stehen wir im Schnee. Jeder ist so einsam, wie Luca es war. Auch die kahlen Bäume sind einsam. Selbst die eingeschneiten Grabsteine.

Ich gehe zum Grab meiner Eltern. Ich werde nicht mehr im Winter auf den Friedhof gehen. Ich wische den Schnee mit bloßer Hand vom weißen Marmor. Ich möchte wenigstens die Buchstaben freilegen. Zwei Schritte bis zum Grab meiner Großeltern mütterlicherseits. Schwarzer Marmor. Goldbuchstaben. Der Name des Großvaters und der Großmutter, 1874–1945. Der Monat, Januar, steht nicht dort. Von meiner Mutter weiß ich sogar die Todestage. Meine Großmutter starb am 6. Januar im Ghetto, in einem Keller in der Dob-Straße, vielleicht hundert Meter von dem Haus entfernt, in dem mein Großvater 1871 geboren worden war. Gizis Grab ist gleich daneben. Es steht viel auf dem Stein.

Józsis Offiziersrang ist dort erwähnt, auch, dass er an einer Krankheit starb, die er sich im Ersten Weltkrieg geholt hatte. Nach dem Tod meines Vaters brachte meine Mutter immer Blumen für alle drei Gräber mit. Nach dem Tod meiner Mutter legte auch ich immer eine Blume auf die Gräber der Großeltern und Gizis Grab.

Die Entfernung zwischen den drei Gräbern beträgt sechs Schritte. Ich trete in die Fußstapfen meiner Großmutter, meines Vaters, meiner Mutter, Gizis, ich trete in die Fußspuren derer, die in ihre Spuren traten.

Wie oft bin ich diese sechs Schritte gegangen?

Gizi hatte niemanden mehr. Meine Mutter ließ ihren Namen in den Stein gravieren.

Wenn sie noch lebte, wäre sie jetzt hundert. Ihr Mann starb früh, ihre Tochter starb früh, ihre Liebhaber, ihre Freunde starben früh, Bözsike starb früh. Außer mir erinnert sich niemand mehr an Gizi. Von ihrer Geschichte, von all dem, was in den

Spuren ihrer Geschichte auch anderer Leute Geschichte ist, hat nur noch der einst Vierzehnjährige Kenntnis, nur er kann diese Worte aufschreiben.

Ich sehe meiner Mutter an, dass sie die verschiedenen Blicke Gizis nicht auseinanderhalten kann.

Zwei kleine Mädchen gehen auf dem Tisza-Kálmán-Platz spazieren. Das eine ist sechs Jahre alt, das andere sieben. Sie tragen gehäkelte weiße Handschuhe. Vom Stadttheater her kommt ein drittes Mädchen. Im gleichen Alter. Mädchen, wollen Sie mit uns spielen? Gizi spricht sie an. Meine Mutter wiederholt die Frage. Das Mädchen geht mit ihnen spielen.

Noch Jahrzehnte später lachen sie darüber.

Als sie alt wurde, frisierte sie sich die Haare so ... sagt meine Mutter.

Wer?, frage ich streng, ich will meiner Mutter klarmachen, dass sie ihre Sätze nicht beendet.

Na, Gizi.

Und wie hat sie sie frisiert?

So wie Bözsike, sagt sie in einem Ton, als verstünde sie nicht, warum sie sich wiederholen muss. Hast du nicht bemerkt, dass die Geste, mit der sie ihre Haare zurückstrich, genauso war wie die von Bözsi?

Weißt du, sagt sie, ich glaube, für Gizi war es später gar nicht mehr so wichtig, was sie erzählte, sondern dass sie es überhaupt jemandem erzählen konnte. Einmal saßen wir da oben bei ihr in der Konditorei und sie sagte, weißt du, Rózsika, man müsste in die Schweiz fahren, zu Gertrud oder zu Carl Lutz, so sagte sie es, »oder«, weil Gertrud und Lutz damals schon geschieden waren, Gizi hatte davon gehört. Man müsste zu ihnen fahren, sagte sie, mit ihnen reden. Als sie das sagte, sagt meine Mutter, war ihr Blick so, als wenn es sie gar nicht interessierte, was mit Gertrud los war oder mit Carl Lutz, es interessierte sie auch nicht, was sie sagte, sondern einzig, dass sie es jemandem sagen konnte.

Es fiel mir nicht schwer, mir Gizis Blick dabei vorzustellen, weil auch der Blick meiner Mutter dasselbe zu sagen schien – dass es ihr vor allem wichtig war, sich mit mir zu unterhalten. Das Gesprochene selbst war weniger wichtig.

Gertrud legt die Geschenke für das Botschaftspersonal unter den Weihnachtsbaum. Von Pest her hört man unablässig Schüsse. Den Baum hatte sie am Vortag aus Bicske holen können, Kerzen hatte sie schon längst besorgt. Sie lässt Gizi nicht gehen. Kurz zuvor war das benachbarte Gebäude von Granaten getroffen worden. Carl Lutz hilft, die Kerzen anzuzünden, sie singen »Stille Nacht«. Er hält das in seinem Tagebuch fest. Er notiert auch, dass er, ebenso wie Adolf Eichmann, die Nachricht erhalten hat, dass Kurt Becher Budapest verlassen hatte.

Gegen Mitternacht lässt der Beschuss nach. Gertrud und Gizi bleiben allein unter dem Weihnachtsbaum. Gertrud zündet noch eine Kerze an. Sie schweigen, bis die Kerze abgebrannt ist. Macht es dir etwas aus, meine Liebe, wenn ich dich nach deinem Mann frage?, will Gertrud wissen. Nein, warum sollte es? Du hast nie von ihm gesprochen, immer nur Karol erwähnt. Károly, verbessert Gizi. Na ja, sagt Gertrud, eigentlich habe ich dir ja auch nie von meinem Mann erzählt. Doch, hast du, sagt Gizi, von euren Reisen, von Palästina. Gertrud lacht, oh, ich hatte an intimere Dinge gedacht, meine Liebe.

József war immer sehr mutig, sagt Gizi. Es war auch mutig, meinen Vater um meine Hand zu bitten. Es war auch mutig, dass er sich duellieren wollte, als man ihn beleidigt hatte.

Gizi spürt, dass sich Gertrud nicht dafür interessiert, was József sagte, als er mit dem Offiziers-Tschako in der Hand in Habachtstellung vor seinem zukünftigen Schwiegervater stand. Oder als er seine Sekundanten benannte. Für Gizi ist es wohltuend, sich an den Zigarrenrauch ihres Vaters zu erinnern, sich an József zu erinnern, wie er beim Seder-Essen das dritte Glas Wein trank und Bözsike auf die Wange küssen wollte.

Gertrud wird dasselbe gefühlt haben wie Gizi, weil sie nicht nach dem fragte, über das Gizi offensichtlich nicht sprechen wollte. Weißt du, meine Liebe, Carl war nie mutig, er entbehrt jeglicher männlichen Tugenden. Gizi nickt, findet interessant, was Gertrud sagt – zu Carl Lutz fällt ihr jetzt nichts weiter ein, als dass er noch vor dem weihnachtlichen Kerzenanzünden vier weitere Namen in den Familienschutzbrief eingetragen hatte, den sie, wenn möglich, noch in den frühen Morgenstunden ins Alice-Weiss-Krankenhaus bringen würde.

Ich kann nicht klagen, sagt Gertrud, mein Leben mit Carl ist interessant, trotzdem beneide ich dich ein wenig, meine Liebe, weil du mit Männern, Schlusspass, mehr Erfahrungen gesammelt hast. Gizi denkt, dass sie sich nicht vorstellen kann, wie viel von Józsis Mut übriggeblieben wäre, wäre er in der Lage von Carl Lutz gewesen. Und ich beneide dich, dass du bei den Männern nicht mehr Erfahrungen sammeln musstest, sagt sie.

Gertrud lacht, noch ist nichts verloren, meine Liebe.

Sie küssen sich.

8

Eine andere Krankenschwester kommt herein. Die habe ich noch nicht gesehen. Sie ist etwa zwei, drei Jahre älter als ich. Ihre roten Haare sind zu langen Zöpfen geflochten. Sie hat Sommersprossen, ihre Augen schimmern grünlich.

Zieh dich an! Beeil dich!

Soll ich das Bett machen?

Ach was, lass es! Komm!

In der Nacht ist Schnee gefallen. Er bedeckt die Fußspuren und auch die am Zaun aufgestapelten Toten. In der Morgensonne sieht man nur hie und da einen Arm, einen Fuß herausragen.

Der Chefarzt steht in der Tür zum Hof. Dr. Temesváry ist dick und riesengroß, er verstellt den Eingang. Die Schwester nimmt mich am Arm, zieht mich zurück, sie sagt, der Chefarzt hätte uns bedeutet, zu warten.

Ich habe nicht gesehen, dass er uns etwas bedeutet hätte.

Zwei Pfeilkreuzler versuchen, Temesváry von der Tür wegzuzerren. Er hält sich fest. Sie richten die Maschinengewehre auf ihn. Temesváry sagt etwas, rührt sich nicht. Ein dritter Pfeilkreuzler kommt, sie schleppen ihn fort. Männer werden aus dem Gebäude geprügelt. Die Schwester umfasst meine Schultern. Die Bewaffneten führen die Männer ab. Vielleicht begnügen sie sich mit diesen acht, sagt die Schwester.

Sollen wir warten?

Der Herr Direktor wird uns sicher winken, wenn wir gehen sollen.

Ich sehe nicht, dass er gewunken hat, aber die Schwester sagt: Jetzt. Wir laufen.

Gizi kommt aus dem Haus, im Laufen sehe ich, dass sie auch läuft, direkt zum Haupteingang. Wir erreichen die Tür zum Flur. Temesváry ergreift meinen Arm. Die Schwester rennt hinein.

Gizi kommt zurück. Sie haben sie schon mitgenommen, sagt sie zu Temesváry.

Im dunklen Flur kann ich nichts sehen. Ich erkenne meinen Vater erst, als er vor mir steht. Hinter ihm meine Mutter und Vera. Meine Eltern haben den Rucksack, Vera den kleinen Koffer. Gizi nimmt die neuen Schweizer Schutzbriefe aus ihrer Handtasche. Leuchtet sie mit der Taschenlampe an. Eure Namen sind darauf, dein Familienname ist jetzt anders, sagt sie zu Vera, du musst ihn üben. Und wenn meine Eltern zurückkommen? Das ist doch nur, bis sie zurückkommen, oder? Ja, sagt meine Mutter. Sie hatte Veras Mutter zum letzten Mal in der Marschkolonne nach Hegyeshalom gesehen.

Wir steigen über die Matratzen und die darauf Liegenden hinweg. Gizi sieht den gelben Stern auf den Mänteln meiner Eltern. Aber Rózsika, sagt sie, wie zu einem Kind. Nehmt sie sofort ab!

Sie reißen die Sterne von den Mänteln. Ich will Veras Hand nehmen, habe mich schon daran gewöhnt, so mit ihr zu gehen, aber sie tritt zu meinem Vater und hilft ihm, die Fäden herauszuzupfen, dort, wo der Stern war. Sehr gut, du bist geschickt, sagt Gizi, geh du zuerst zum Haupteingang, geh so, als wolltest du hier nur jemanden besuchen. Die Aufgabe gefällt Vera, sie geht, wackelt kokett mit dem Hintern, ich will ihr folgen. Warte, sagt Gizi, du hast einen Rucksack, das ist etwas anderes.

Hinter mir der dunkle Flur des Souterrains. Die Alten schreien am lautesten. Nicht die Frauen, eher die Männer.

Die rothaarige Krankenschwester erscheint aus der Tiefe. Wollen Sie bitte zur Visite kommen, Herr Direktor, sagt sie.

Temesváry reicht Gizi die Hand. Die Schwester küsst mich auf die Wange. Vera blickt zurück. Gizi gibt ihr ein Zeichen zum Weitergehen. Vom Haupteingang gehen wir gleich nach rechts, sagt Gizi. Ich gehe immer zwanzig, dreißig Meter vor euch. Wenn ich stehen bleibe und euch ein Zeichen gebe, sucht eine Toreinfahrt, stellt euch hinein und wartet. Nach mir gehst du los, sagt sie zu meinem Vater, dann Rózsika und das Mädchen. Du gehst hinter ihnen, sagt sie zu mir, mindestens zwanzig, dreißig Meter entfernt, und achtest darauf, was hinten los ist. Wenn du irgendetwas bemerkst, lässt du es deinen Vater wissen, und Béla sagt es mir.

Wollen Sie bitte zur Visite kommen, Herr Direktor, sagt der Rotzopf wieder. Ich glaube, sie sieht mich an.

Gott schütze Sie, sagt Chefarzt Temesváry.

Der General der Waffen-SS Karl Pfeffer-von Wildenbruch, Befehlshaber der Verteidigungstruppen in Budapest, sitzt in seinem Hauptquartier, das in die Felsen des Budaer Burgberges gesprengt wurde. Er schickt eine Funkmeldung an Hitler, dass er seine Streitkräfte aus dem Norden und Osten der Stadt zurückziehen müsse, weil sich die Frontlinie von Ùjpest und Rákospalota her nähere, er bittet um die Erlaubnis, mit den übrigen Streitkräften aus dem Belagerungsring ausbrechen zu dürfen.

Der General lässt jedes motorisierte Fahrzeug beschlagnahmen, er ordnet für den Ausbruch die Konzentrierung aller Kräfte an. Budapest müsse um jeden Preis gehalten werden, befiehlt Hitler erneut. Befehlsverweigerer, die dennoch ausbrechen, würden sofort vor das Kriegsgericht gestellt, wenn sie die deutschen Linien erreichen.

Das Vannay-Bataillon, größtenteils fünfzehn- bis achtzehnjährige Kadetten, erobert im Sturm die von den Deutschen bereits verlorenen Stellungen in Csömör zurück. Auf der Ebene zwischen Fót und Rákospalota sammeln sich unaufhaltsam sowjetische Panzer. Zwischen Angyalföld und Ùjpest gräbt sich die SS-Panzerabwehr ein.

Wir gehen in Richtung Angyalföld, sagt Gizi. Sie geht voraus.
Mein Vater folgt ihr eine Minute später. Meine Mutter hält Veras Hand. Ich warte. Ich zähle. Ich gehe ihnen nach. Pausenlos
schlagen Granaten ein.

Vielleicht ist Gizi doch nach links gegangen.

Auf der Karte von 1943 sieht man rechts den Komplex der
Albrecht-Kaserne. Hinter der Aba-Straße das Gebäude der Militärischen Lebensmittelversorgung. Hinter der Albrecht-Kaserne, auf der Lehel-Straße, ist die Kaserne der Einheiten für
Militärtransporte, die Szekerész-Kaserne; die Vilmos-Kaserne
heißt jetzt Artillerie-Kaserne.

Es ist unwahrscheinlich, dass wir an den Kasernen vorbeigegangen sind, vielleicht sind wir doch nach links abgebogen.

Hundert oder zweihundert Meter hinter uns sehe ich eine
Gruppe Soldaten. Sie rennen gebückt über eine breite Straße,
sowie sie auf der anderen Seite sind, werfen sie sich in den
Schnee, sie feuern nicht, wahrscheinlich gehen sie vor dem
Granatenbeschuss in Deckung. Wir sind schon ziemlich weit
weg von den Einschlägen, trotzdem spüre ich die Druckwelle.

Die breite Straße könnte die Lehel-Straße gewesen sein.

Du solltest dich lieber beeilen, mein Sohn, sagt ein Mann
neben mir. Ich weiß nicht, woher er plötzlich gekommen ist. Er
hat einen schwarzen Wintermantel an, sein Kopf ist in Lumpen
gehüllt. Es wäre besser, wenn du dich beeilst, bevor sie uns in
den Arsch schießen, warum treibst du dich eigentlich allein auf
der Straße herum, wo sind deine Eltern?

Mein Vater hält Abstand zu Gizi, ich zu meiner Mutter und
Vera. Immer mehr Leute drängen sich zwischen uns. Alle beeilen sich, manche laufen, manche werfen sich auf den Boden,
wie die Soldaten, wenn die Granaten einschlagen.

So viele Gesichter habe ich damals gesehen, als wir von den
Bewaffneten abgeführt und begafft wurden. Jetzt begafft uns
niemand. Jeder ist mit sich selbst beschäftigt. Diese Idioten
wollen immer noch kämpfen, sagt ein Mann keuchend neben

mir. Bist du kein Junker? Doch, sage ich, ich bin einer. Versteck dich, sie schnappen sich auch Junker. Jawohl, sage ich. Man sieht, dass du ein Junker bist, sagt er, die haben euch auch schon beigebracht, »jawohl« zu sagen, jawohl! Pass bloß auf, dass sie dich nicht für einen Juden halten. Jawohl, ich werde aufpassen, sage ich. Diese Idioten haben mich auch für einen Juden gehalten, sag mal, sehe ich wie ein Jude aus?

Er bleibt stehen.

Meine Mutter und Vera entfernen sich immer weiter, trotzdem glaube ich, dass es besser ist, wenn ich stehen bleibe.

Nein, Sie sehen überhaupt nicht so aus.

Denen ist das egal. Wenn sie Lust haben, einfach Gewehr in die Hand und »peng!«. Du hast einen schönen dicken Filzmantel. Bist du aus Siebenbürgen? Ja, sage ich.

Ich sehe Gizi nicht. Ich sehe auch meinen Vater nicht. Meine Mutter und Vera biegen gerade um die Ecke.

Also dann auf Wiedersehen, ich gehe da lang.

Die Schritte meines Vaters werden immer sicherer. Seit wir losgegangen sind, scheint er seine Kraft zurückgewonnen zu haben. Er wartet auf meine Mutter, nimmt ihr den Rucksack ab. Meine Mutter nimmt Veras kleinen Koffer.

Gizi wartet an der Ecke auf uns. Als ich hinkomme, sehe ich, dass keine dreißig Meter vor uns eine Panzerabwehrkanone eingegraben wird. Acht oder zehn deutsche Soldaten stehen um sie herum. Der Unteroffizier raucht. Wir gehen zusammen weiter. Gizi wirft den Soldaten Kusshände zu. Der Unteroffizier salutiert. Ein junger Soldat sieht Vera an.

Gizi gibt mir ein Zeichen. Ich bleibe erneut zurück.

Ich weiß nicht, wohin wir gehen. Vielleicht haben wir schon den halben Weg zurückgelegt. Jeder um uns herum beobachtet die Einschläge der Granaten, alle gehen schneller, jeder schleppt etwas, Säcke, Taschen, Koffer, manche auch mit Schnur umwickelte Schachteln.

Erinnerst du dich an diese Strecke?, frage ich meine Mutter.

Sie zählt die Straßennamen auf. Zweimal gab es Fliegeralarm, sagt sie, zweimal sind wir in irgendwelche Keller gegangen.

Ich erinnere mich an einen Luftschutzkeller.

Der Klang der Sirene ist so alltäglich wie die Schreie, die Maschinengewehrsalven, die Granateneinschläge.

Eingestürzte Hauswände. In den Ruinen sieht man die Wohnungen.

Gizi bleibt wieder stehen. Mein Vater gibt meiner Mutter und Vera ein Zeichen. Wenn Gizi beschließt, umzukehren, ist es meine Aufgabe, mich umzusehen, wie die Lage hinter uns ist. Vielleicht hat sie eine Pfeilkreuzler-Patrouille entdeckt. Vielleicht eine Patrouille von Deutschen oder Soldaten oder Polizisten.

Es ist nur für uns wichtig, was sie sieht, die anderen um uns herum gehen weiter.

In der Nähe schlägt eine Granate ein.

Von Rákospalota her nähern sich Flugzeuge.

Gizi steht unter einer Toreinfahrt und winkt, schnell, hierher, in den Keller!

Es ist wieder wie im Souterrain des Krankenhauses. Taschenlampen leuchten auf. Frauen. Kinder. Männer. Wir drücken uns an die Wand, Vera hat meine Mutter und meinen Vater an den Händen gefasst. Gizi wurde weiter abgedrängt. Wie gut, dass sie eine Taschenlampe dabeihat, sie leuchtet sich an.

Als wären wir nicht über verschneite Plätze und Straßen hierhergekommen, sondern durch einen langen Tunnel, der tief unter der Erde von Rennenden, Schleppenden, Fliehenden, Unterschlupfsuchenden gegraben wurde. Mich stört das Geschrei nicht, die Dunkelheit, die Enge, ich bin es gewohnt. Man darf nichts sagen. Das habe ich gelernt. Vielleicht ist der Mann, der neben mir steht, nicht gefährlich. Vielleicht ist er gefährlich. Ich weiß immer noch nicht genau, wohin wir gehen. Gizi weiß es, denke ich. Dem Schweizer Schutzbrief zufolge sind Vera und ich Geschwister. Gizi hat meinen Vater gewarnt, den Schutzbrief auf keinen Fall vorzuzeigen, wenn wir uns unterwegs vor einer Pfeilkreuzler-Patrouille, vor Polizisten oder Gendarmen ausweisen müssen. Der Schutzbrief verpflichtet zum Tragen des gelben Sterns.

Was sollen wir denn dann sagen, wenn wir uns ausweisen müssen, fragt mein Vater.

Deshalb gehe ich vorne, Béla, deshalb gehst du hinter mir, deshalb passt dein Sohn hinten auf. Damit wir jedem aus dem Weg gehen, vor dem wir uns ausweisen müssten.

Wir stehen zwischen Männern an die Kellerwand gedrückt. Ich komme aus Zugló, höre ich, das ist der vierte Fliegeralarm seit heute Morgen. Der Sprecher steht mit dem Rücken zu mir, ich kann sein Gesicht nicht sehen. Er zählt die Straßen auf, in denen er in Luftschutzkeller flüchten musste.

Vera möchte sich auf den Betonboden setzen. Ich lasse sie nicht. Sie könnte sich erkälten, könnte niedergetrampelt werden, wenn die Menge losstürmt.

Ich habe schon vor vier Jahren gesagt, dass es so enden würde, sagt der Mann aus Zugló. Napoleon ist es auch nicht gelungen, das habe ich schon damals gesagt, als uns dieser wahnsinnige Anstreicher hineingeritten hat. Na schön, mit den Juden hat er recht gehabt, in Ordnung, das kann man akzeptieren, aber warum hat er auch noch diesen Krieg über uns gebracht! Immer mit der Ruhe, sagt jemand. Immer mit der Ruhe, von wegen, ich scheiß drauf, hören Sie, sagen Sie mir gefälligst nicht immer mit der Ruhe, die haben meinen Sohn vor meinen Augen erschossen, weil er von der Kompanie abgehauen ist, vor meinen Augen, verstehen Sie! Na, jetzt halten Sie wohl den Mund.

Und ich war beim Durchbruch bei Uriv, lässt sich eine gleichgültige Stimme in der Ecke vernehmen, und habe einen Granatsplitter in den Fuß bekommen.

Von den Scheißrussen?

Jetzt hören Sie mal zu, sagt der Gleichgültige, ich bin bis zum Don gekommen, ich habe gesehen, wie sie die Dörfer niedergebrannt, die Hütten ausgeraubt haben. Verglichen mit dem, was die Unsrigen dort getan haben, ist das, was wir hier abbekommen, Hühnerkacke.

Machen Sie keinen Aufruhr, seien Sie froh, dass Sie hier von den Hausbewohnern geduldet werden, ruft jemand.

Ich kann die Stimmen nicht auseinanderhalten.

Ich war beim jüdischen Arbeitsdienst. Sind Sie Jude? Ich war Feldwebel, stellvertretender Kompaniechef, wissen Sie, was für Befehle ich geben musste? Solange noch ein einziger Jude am Leben ist, bekommt niemand Urlaub, die Juden mussten Minen räumen. Na, da haben sie wenigstens nützliche Arbeit geleistet.

Der Mann, der seinen Kopf in Lumpen gewickelt hat, kämpft sich durch die Menge, er will in meine Nähe gelangen. Sie kuschen hier ja bloß und drängeln, höre ich eine der Stimmen von vorhin, warum kuschen Sie eigentlich, haben Sie was zu verbergen? Wer sind Sie überhaupt?

Taschenlampen leuchten auf. Eine Hand reißt ihm die Lumpen vom Kopf. Er wird so alt sein wie mein Vater, hat aber graue Haare. Scharfe Gesichtszüge. Warum sollte ich nicht schweigen? Seine Stimme ist entschlossen. Das ist es ja gerade, sagt der neben ihm Stehende, Sie schweigen zu sehr, wollen absolut nichts sagen, wer sind Sie eigentlich, haben Sie einen Beruf? Ich bin Physiker. Was für ein Physiker? Physikprofessor, mein Herr, Universitätsprofessor, haben Sie etwas dagegen? Sie könnten trotzdem was sagen! Ich habe nichts zu sagen, mein Herr, Sie sprechen hier so, als wäre dieses Land von anderen verwüstet worden, die Brücken, die Stadt! Merken Sie denn nicht, dass das längst kein Land mehr ist? Sondern was? Sehen Sie, mein Herr, deswegen schweige ich, oder, wie Sie es auszudrücken beliebten, deshalb kusche ich, weil ich es nicht auszusprechen wünsche.

Gizi steht neben mir, sie sagt, wir müssten weiter.

Wieder gehen viele an uns vorbei. Jeder schleppt etwas. Eine alte Dame drückt einen Dackel an sich.

Der Physiker marschiert wieder in unserer Nähe durch den Schnee.

Vor der Bäckerei steht eine lange Schlange. Wir haben kein Brot, es wäre gut, wenn wir uns anstellen würden. Wir müssen aber weiter, dürfen Gizi nicht aus den Augen verlieren. Eine Frau rennt aus einem Haus heraus auf die Straße. Ihr Gesicht blutet. Jemand schreit. Gizi bleibt stehen. Ihr Blick ist so wie damals im Rotkreuz-Wohnheim in der Munkácsy-Mihály-Straße, als ich in ihr Zimmer kam. Damals war sie auch so verstört. Sie tritt hinter meinen Vater in Deckung, nimmt die Rotkreuz-Armbinde ab, geht ohne sie weiter. Man muss weitergehen, mein Sohn, sagt der Physiker.

Zwischen den Ruinen ein Pferdekadaver, eine Seite ist bis zu den Knochen entblößt. Ein Mann mit Soldatenjacke und Hut trägt in der einen Hand einen Wasserkanister, in der anderen Hand hält er eine Axt.

Auf der Karte von 1943 sieht man von hier bis zur Ipoly-Straße viele unbebaute Grundstücke. An der einen Ecke eine Weberei, an der anderen das Museum für Transportwesen. Das Haus, in dessen Keller wir waren, steht vielleicht in der heutigen Gogol-Straße. Meine Mutter weiß, dass die Gogol-Straße damals Garam-Straße hieß. Sie sagt, dass wir uns in Nr. 38 versteckt haben. Wie kann sie sich daran erinnern? In Nr. 36 habe eine Schulfreundin von ihr gewohnt, die habe sie schon mal besucht. Als ich die Sirene hörte, sagte ich zu Gizi, dass wir in Terikes Haus gehen sollten, aber die Nr. 36 war zerbombt, jeder rannte in das Nachbarhaus.

Die Gogol-Straße 38 ist ein altes Haus, frisch renoviert. Die spinatgrüne Farbe ist ziemlich unangenehm. Unten ein Juwelierladen, daneben die Aufschrift »Wein-Bier-Restaurant«. Auf der Karte von 1943 sind in der Nähe unbebaute Grundstücke verzeichnet.

Webereien solle man meiden, wurde gesagt. Dort seien Geschütze untergebracht, die Jagdflugzeuge zielen auf sie, ihretwegen auch die Flächenbombardierungen. Und wegen des Westbahnhofs und wegen des Bahnhofs in Rákosrendezö, sagt ein anderer Mann.

Als sich der Belagerungsring schloss, schickte Hitler das IV. SS-Panzerkorps sowie die 96. und 711. Infanteriedivision mit 200 Panzern und 60 000 Soldaten nach Ungarn. Er ernannte SS-Obergruppenführer Herbert Otto Gille zum kommandierenden General. Himmler schickt Gille ein Telegramm: »*Der Führer hat Sie und Ihr Panzerkorps dazu auserkoren, die Befreiungskräfte nach Budapest zu führen. Da Sie schon öfter eingekesselt gewesen sind, verfügen Sie über das beste Verständnis für die Lage der eingeschlossenen Truppen, ebenso hatte sich Ihre Einheit in der Vergangenheit an der Ostfront rasch bewährt.*«

Die Brotration der Budapester Bevölkerung beträgt 150 Gramm pro Tag. Zu Weihnachten dürfen pro Kopf 120 Gramm Fleisch ausgegeben werden. Die Wasserversorgung gerät immer wieder ins Stocken, an den meisten Orten ist sie bereits zusammengebrochen. Der Generalstab der 1. Ungarischen Armee bestimmt für die kämpfenden Einheiten ein eigenes Verteidigungsemblem. Ferenc Szálasi weist in Sopron ein Hilfsangebot des Internationalen Roten Kreuzes für die Budapester Bevölkerung zurück, weil daran die Bedingung geknüpft ist, auch das Ghetto mit Lebensmitteln zu versorgen.

Gizi streift sich wieder die Rotkreuz-Armbinde über, umfasst meinen Vater, stützt ihn, sie wird etwas zu ihm gesagt haben, weil er plötzlich anfängt zu hinken.

Die Pfeilkreuzlergruppe besteht aus fünf Leuten. Sie stoßen ein paar Männer an die Wand. Lassen sich ihre Ausweise zeigen. Einer von ihnen, er ist nicht viel älter als ich, stellt sich mitten auf die Fahrbahn und feuert mit seinem Maschinengewehr zwei kurze Salven in den Himmel. Meine Mutter zieht sich in eine Toreinfahrt zurück, sie ruft uns. Neben dem Eingang ist ein Lagerraum. Der Physiker wartet auf der untersten Treppenstufe. Der Pfeilkreuzler, der die zwei Salven abgegeben hatte, zerrt ihn auf den Bürgersteig, richtet seine Waffe auf ihn. Ich höre nicht, was er sagt. Der Physiker beginnt zu lachen. Blickt den Jungen angeekelt an. Knöpft seinen Wintermantel auf. Auf seiner Unterlippe erscheint ein Tropfen, er spuckt nicht, er knöpft seinen Hosenschlitz auf. Schaut mich an. Als wolle er mich warnen. Vielleicht lacht er deshalb immer noch. Greift in seinen Hosenschlitz, zeigt dem Bewaffneten, was dieser sehen will.

Die Pfeilkeuzler wählen drei Männer aus. Sie treiben sie zur Pozsonyi-Straße.

Wir gehen alle nebeneinander. Gizi geht nicht vor uns, ich bleibe nicht zurück. Der Physiker hat sich uns angeschlossen.

Gizi erzählte später, sagt meine Mutter, dass sie drei Adressen hatte, doch die geschützten Häuser waren alle so überfüllt, dass sie nicht wusste, wo man uns aufnehmen würde.

Meidet die Fabriken, ruft ein Mann, dort werfen sie Bomben ab, kein Mensch geht dorthin.

Gizi biegt in die Ipoly-Straße ein. Wir gehen zu den Fabriken, sagt sie, die werden sogar von Patrouillen gemieden, ihr habt es gehört.

Der Physiker unterhält sich mit meinem Vater. Im Hof der Wollwäscherei stehen zwei Luftabwehrgeschütze. Die große Halle ist zerbombt, der Eisenzaun auf die Straße gestürzt. Der Kommandant ist ein deutscher Feldwebel. Unter den Soldaten sehe ich auch ungarische Artilleristen. Zwei schleppen Munitionskisten. Andere schauen in den Himmel. Gizi sagt, dass sie und meine Mutter jetzt meinen Vater und den Physiker in die Mitte nehmen würden, damit die Soldaten nur die Frauen und die Kinder sähen. Vera fragt Gizi, wie lange wir noch gehen müssten. Nicht mehr lange, sagt Gizi. Als wir die Geschütze passieren, hinkt mein Vater wieder.

Wir biegen in die Pannónia-Straße ein. An der Kreuzung zur Csanády-Straße nähert sich ein deutscher Panzer, dahinter sieht man die aufschließenden Panzergrenadiere. Ich kenne die militärischen Fachausdrücke. Seit Jahren lese ich in der Zeitung, was ein Gefechtsstand ist, eine Salve, Häuserkampf, Flächenbombardierung. Panzergrenadiere habe ich bisher nur in der Wochenschau gesehen. Die Panzerketten scheppern nur zwei, drei Meter von uns entfernt vorbei, die Soldaten beachten uns gar nicht.

Was wäre passiert, wenn nicht der Physiker, sondern ich den Hosenschlitz hätte aufknöpfen müssen?

Der größere Riegler-Junge hatte im Rotkreuz-Wohnheim erzählt, dass man ihn auch einmal die Hose aufknöpfen ließ. Ein Typ, so alt wie ich, sagte er, der außer seinem eigenen Schwanz noch nie einen anderen gesehen hatte. Wahrscheinlich hatte er mal gehört, dass man das so macht, wenn man jemanden kontrolliert. Und was ist passiert? Passiert ist, lachte Riegler, dass ich ihm gesagt habe, schau ihn dir gut an, Kleiner, so was Schönes hast du noch nie gesehen. Und? Ich habe ihn rausgeholt, na siehst du, so was Schönes hast du noch nie gesehen. Daraufhin sagte er, sagte Riegler, dass ich mich verpissen solle.

An der Ecke Pannónia- und Légrády-Károly-Straße liegt ein Toter. Ein Arm ragt aus dem Schneehaufen hervor, als wäre seine letzte Bewegung ein Winken gewesen.

Mein Vater sagt zum Physiker, dass uns das Rote Kreuz in einen Schutzraum bringe. Ich verstehe nicht, warum er sich mit einem Fremden unterhält. Obwohl mich ja der Physiker mit seinem Blick gewarnt hatte, als der Pfeilkreuzler ihn seine Hose aufknöpfen ließ. Mein Vater sagt zum Physiker: Das ist mein Sohn. Er stellt mich vor, während wir weitergehen, ich weiß nicht, warum ihm das jetzt so wichtig ist. Vera stellt er nicht vor, vielleicht kommt es ihm nicht so leicht über die Lippen, »meine Tochter« zu sagen. Ich höre nicht, was mein Vater noch sagt, nur, was der Physiker antwortet: So ist das nun mal, sehen Sie, die haben alles gesehen, alles gewusst, und jetzt tun sie so, wie wenn sie nichts gewusst hätten, wissen Sie, gleichsam als wären sie blind gewesen.

Vielleicht habe ich mir das gemerkt, weil er sich so ausgedrückt hat: gleichsam.

Erinnerst du dich, frage ich Vera zwanzig Jahre später, was der Physiker über die Leute sagte, die in der Pannónia-Straße in den Hauseingängen und auf der Straße herumstanden?

Vera kann sich nur an die Ratten auf den Treppenstufen erinnern und daran, dass sie Tante Gizi öfter gefragt hatte, wo ihre Mutter sei. Als ich sie das dritte Mal fragte, sagte sie, hör mal, ich weiß auch über sie nichts, ich habe nicht verstanden, warum sie sagte, *auch* über sie nichts.

Wir kommen zur Katona-József-Straße.

Ich bin noch nie in der Pannónia-Straße gewesen. Da müsste irgendwo das Víg-Theater sein. Ich bin zweimal dort gewesen. Im Jahr zuvor habe ich mit meinen Eltern den ›Schwarzen Peter‹ gesehen. Und auch ›Unsere kleine Stadt‹. Artúr Somlay erzählte vor dem roten Vorhang eine Geschichte, und als der Vorhang hochgezogen wurde, spazierte er unter den Schauspielern umher, die sich dort sitzend oder stehend miteinander unterhielten. Später habe ich verstanden, dass sie Tote spielten, die sich an ihr Leben erinnern.

Am Eingang der Tátra-Straße 5a hängt neben dem gelben Stern ein eingerahmter Schweizer Schutzbrief. Ein Polizist steht vor dem Haus. Gizi zeigt ihren Ausweis vor. Der Polizist salutiert. Ruft nach dem Hauswart. Der Mann sagt, er könne niemanden hereinlassen, es sei kein Platz mehr, gestern hätten sie zehn Zimmer leeren müssen, weil sie aufgrund der Vereinbarung zwischen den Botschaften zehn schwedische Schützlinge aufnehmen mussten. Mein Vater zeigt den Familienschutzbrief vor. Der Hauswart breitet die Arme aus, sagt, dass er selbst in den Fluren niemanden mehr unterbringen könne, seit Stunden kämen immer neue Leute, er müsse nicht nur uns wegschicken.

Vera sagt, ich solle meine Mutter fragen, ob sie was zu essen habe. Der Hauswart schließt das Tor. Vera wiederholt nicht, dass sie Hunger hat, sie fragt, ob wir jetzt in Buda seien. Dann hätten wir die Donau überqueren müssen, sage ich. Wieder über die Planken?

Der Physiker sagt etwas zu Gizi. Wir gehen zurück in die Pannónia-Straße. Wieder rollt ein deutscher Panzer heran. Wahrscheinlich derselbe, dem wir schon begegnet sind, die Soldaten folgen ihm genauso mit schussbereiten Waffen.

Mein Vater meint, der Physiker hätte zu Gizi gesagt, dass seine Nichte in der Pannónia-Straße 36 wohne, ihr Mann sei dort der Hauswart. Die Pannónia-Straße 36 ist auch auf Gizis Liste, aber die Schweizer Botschaft hat empfohlen, dieses Haus nur in äußerster Not aufzusuchen, dort sei es schon zu voll.

Der Physiker geht vor, klingelt. Auf der anderen Straßenseite laufen zwei Pfeilkreuzler hinter dem Panzer her. Eine große Frau kommt aus dem Haus, umarmt den Physiker. Beratungen, zu dritt, mit Gizi. Die Frau hebt die Hände in abwehrender Geste. Sie sagt, Laci, geh doch lieber woandershin, die werden dich auch noch für einen Juden halten, sie könnten dich auch mitnehmen, wenn sie die anderen holen, die hier sind.

Der Physiker fragt seine Nichte, warum sie im Haus geblieben seien, wenn die Lage so gefährlich ist. Gizi hat erzählt, dass die Frau nur gesagt habe, wir wohnen seit dreißig Jahren hier, Berci wollte nicht umziehen, er ist der Hauswart, er hat Beziehungen zu den Soldaten, er war im Ersten Weltkrieg Major. Der Physiker sagte darauf, dass er ursprünglich zur Fakultät gewollt habe, aber das sei unmöglich gewesen und dass es wohl doch einen Platz für ihn geben würde. Die Frau sagte sehr laut, einen Platz gibt es noch, Laci, aber nur einen. Hier ist eine Familie, gute Freunde von mir, mit zwei Kindern, sagte der Physiker. Gizi hielt der Frau den Schutzbrief unter die Nase, sie haben gültige Schweizer Schutzbriefe, sagte sie, Herr Carl Lutz, der Leiter der Schweizer Botschaft, hat sie in dieses Haus eingewiesen.

Die Frau geht ins Haus. Kurze Zeit später kommt sie zurück.

Gizi gibt uns ein Zeichen. Mein Vater hält meine Hand. Meine Mutter hält Veras Hand. Drei Soldaten nähern sich von der Straßenecke. Einer von ihnen ist Offizier. Vor dem Eingang bleiben sie stehen. Die Frau weicht zurück ins Treppenhaus. Gizi spricht mit dem Offizier. Die Soldaten ziehen ab.

Das Treppenhaus ist dunkel. Hoch oben im dritten oder vierten Stock leuchtet eine blau angemalte Lampe. Geräumiger Eingang, Marmortäfelung, schmiedeeisernes Geländer. Rechts führt in einem Bogen eine Treppe nach oben. Wir steigen über die Leute auf dem Treppenabsatz hinweg. Kinder schlafen auf Matratzen. Mein Vater stellt sich dem Hauswart vor. Ein großer Mann. Ledermantel, altmodische Offiziersmütze. Er sieht sich meinen Mantel mit Bocskai-Schnurbesatz an. Kontrolliert die Schutzbriefe. Wir haben Lebensmittel für 234 Leute für zwei Tage, sagt er zu Gizi. Wir haben uns zwei Gulaschkanonen besorgt und im Hof aufgestellt. Die Frauen müssen dort arbeiten, die Männer Holz hacken, und jeden Tag geht eine Gruppe von vier Leuten während des Ausgangs in die Bäckerei, um Brot zu holen. Das ist gefährlich, die Pfeilkreuzler-Patrouillen können mitnehmen, wen sie wollen, man sagt, sie bringen sie direkt zum Donauufer.

Seine Frau steht neben ihm. Sie ist genauso groß wie ihr Mann. Ihr Gesicht ist genauso aschfahl wie seines. Ihre Falten sind genauso tief wie seine.

Auf uns könnt ihr zählen, sagt mein Vater. Meine Frau kocht. Mein Sohn wird Holz hacken helfen. Ich gehe Brot holen, wenn ich an der Reihe bin.

Gizi sagt zu Vera, du wirst doch auch helfen, nicht wahr, beim Putzen und Abspülen? Vera nickt panisch.

Für Schlafplätze kann ich nicht garantieren, sagt die Frau. Der Keller ist auch überfüllt. Sie können wählen, entweder gehen Sie auf den Kellerflur, dort können Sie auf den Rucksäcken sitzen, oder hinauf in den vierten Stock, dort ist eine leere Wohnung, aber es ist so kalt wie auf der Straße.

Meine Eltern beratschlagen sich. Mir wäre es lieber, wenn sie nicht den Keller wählten. Vera hat Angst im Dunkeln.

Gizi verabschiedet sich. Wir wissen nicht, wohin sie geht. Sie sagt etwas zum Hauswart. Der Mann hebt die Hand an die Mütze. Den Physiker habe ich nicht mehr gesehen, seit wir im Haus sind. Gizi küsst uns. Meine Mutter weint. Warum ausgerechnet jetzt?

Eine Vierzimmerwohnung im vierten Stock. Das Badezimmer ist bis zur Decke gekachelt und so groß wie ein Zimmer. Alle Fenster sind zerbrochen. Meine Eltern verbringen die Nacht auf den Sesseln im Eßzimmer, Vera im mittleren Zimmer auf einer Couch, ich im Eckzimmer auf einem Sofa. Mein Vater findet zwei Decken, eine breitet er über Vera, die andere legt er mir über.

Die Teppiche wurden wahrscheinlich weggebracht. Die Schranktüren stehen offen. Die Fächer sind leer, die Kleiderbügel liegen verstreut. In die Decke des vierten Zimmers hat eine Bombe ein Loch geschlagen. Am Morgen findet meine Mutter einen Kanten trockenes Brot. Sie teilt es auf. Öffnet die letzte Dose Leberwurst. Mein Vater geht hinunter. Stellt sich um Trinkwasser an. Wir ziehen Vera meinen dicken Filzmantel an. Stellen den Kragen hoch. Man sieht nur noch ihre Stirn und ihre Augen. Mein Vater sucht den Hauswart auf. Kommt zurück. Sagt, er gehe in den Hof, um Holz zu hacken. Ich gehe mit.

Der Hof ist etwa 10 mal 15 Meter groß. Man sieht die Balkone im Innenhof des Nachbarhauses. Wir hacken Holz. Zwei Männer tragen es weg. Der Hauswart sagt, dass die Kessel von den abrückenden Soldaten zurückgelassen worden seien. Mittags stehen wir an für den Bohneneintopf. Es gibt zu wenig Näpfe und Teller. Wer gegessen hat, wischt den Teller mit Zeitungspapier ab und reicht ihn weiter. Meine Mutter geht in den vierten Stock und wäscht Teller und Löffel im Bad ab. Man hat uns gewarnt, dass aus den Hähnen zwar Wasser fließe, dies aber kein Trinkwasser sei. Vera hat ihre Bohnen aufgegessen. Bei Linnerts in der Amerika-Straße hatte sie die Hälfte stehen lassen.

Ich ordne die Dinge in meinem Rucksack neu. Finde die Muschel. Hole sie nicht hervor. Ich will nicht, dass mein Vater oder meine Mutter sie erkennen; sie wissen, dass sie Herrn Róbert gehört.

Sie entdecken sie trotzdem. Meine Mutter sagt, ich solle auf sie aufpassen. Tante Bözsi habe sie sehr geliebt. Sie werde sich freuen, dass ich sie bewahrt habe.

Seit wir angekommen sind, habe ich den Physiker nicht mehr gesehen. Ich sehe in die Wohnungen hinein. Ich kenne niemanden, frage nichts. Sechs oder acht Leute wohnen in einem Zimmer. Schlafplätze auch in den Küchen. In den Badewannen. Wir bereiten uns auf die Nacht vor. Meine Eltern beschließen, auf der Couch zu schlafen, auf der Vera geschlafen hat, sie behalten ihre Decke. Vera kommt zu mir aufs Sofa, den dicken Filzmantel und Veras Wintermantel legen wir über meine Decke.

Wir haben uns an das Brummen der Flugzeuge gewöhnt, an die Bombeneinschläge, den Lärm der Luftabwehrkanonen. Den Luftschutzalarm hören wir schon gar nicht mehr, auch nicht die Sirenen, die das Ende eines Angriffs ankündigen.

Meine Mutter richtet die Decken, sie stopft die Mäntel hinter meinem Rücken fest, wie die Daunendecke, als ich klein war. Vera hatte sich vor dem Schlafengehen noch einen Pullover und einen warmen Schlüpfer angezogen.

Meine Mutter sagt, dass wir morgen vielleicht doch in den Keller gehen würden.

Ich träume, dass Vera und ich die Francia-Straße entlanggehen. Gegenüber, von der Thököly-Straße her, nähern sich zwei Bewaffnete mit Maschinengewehren, sie schießen auf uns, ich halte Veras Hand, sie wird von mindestens drei Kugeln getroffen, handtellergroße Löcher in ihrem Mantel, auch in meinem. Aber es ist nicht der Trenchcoat und auch nicht der dicke Filzmantel, es ist ein hellgrauer Übergangsmantel mit Fischgrätmuster, englisches Tuch, mein Großvater hatte so einen, es tut mir leid, dass er jetzt meinetwegen kaputtgeht. Vera lacht und betrachtet die Löcher, wir gehen durch Straßen, die ich noch nie gesehen habe, viele Leute stehen auf dem Bürgersteig, manche beobachten uns interessiert, andere gleichgültig, manche folgen uns, dann verschwinden wir und gehen ganz woanders weiter.

Vera dreht sich um, wir liegen uns gegenüber, sie legt ihren Kopf auf meine Schulter.

Jolán Bors kommt, gibt mir ein Stück Schokolade, Frau Ulbert kommt, führt uns in ein Kellergewölbe, dort ist es genauso wie in unserer Werkstatt in der Francia-Straße. Wir richten uns ein Bett auf dem Klebetisch, Vera hat nur ihren Schlüpfer und ein Hemdchen an, ihr Kopf liegt an meiner Schulter, sie schnauft leise, zieht meine Hand zwischen ihre Schenkel, bewegt mein Handgelenk, tu es, schnauft sie, noch mehr, jetzt, oh Gott! Ich habe sie noch nie so panisch schreien gehört, ich habe Angst, dass meine Eltern aufwachen und hereinkommen. Es war gar nicht ihre Stimme, die mich so erschreckt hat, sondern dass der Schrei so plötzlich abbrach. Sie setzt sich auf, als suche sie jemanden, als suche sie denjenigen, der ihren Schrei erstickt hat.

Am Morgen kriechen wir schwerfällig unter Decken und Mänteln hervor. Vera meidet meinen Blick. Ich stelle mich vor sie hin. Na, was ist, fragt sie, hast du gut geschlafen, bist kein einziges Mal aufgewacht?

Mein Vater sagt, wir würden hier erfrieren, wir müssten doch in den Keller hinunter. Wir sollen packen.

Im Treppenhaus wird geschrien.

Sie sind da! Sie sind da! Appell!

9

Von der Pannónia-Straße aus bin ich zum Víg-Theater gegangen, sagte Gizi zu meiner Mutter. Am Ring standen Panzer, einer vor dem Theater, ich bin in die Sziget-Straße eingebogen. Gizi wollte zum Szabadság-Platz zurück, sagt meine Mutter.

Aus den Fenstern dringt kein Licht. Menschen rennen in Richtung Ring, von der Pozsonyi-Straße her sind Maschinengewehrsalven zu hören. An der Ecke Katona-József-Straße geht eine Gruppe von Menschen, begleitet von drei Pfeilkreuzlern mit Maschinengewehren. Gizi will auf die andere Straßenseite, einer der Pfeilkreuzler fasst sie am Arm und stößt sie in die Gruppe. Gizi zeigt auf ihre Rotkreuz-Armbinde, zieht ihren Ausweis hervor. Sie beordern noch zwei ältere Männer neben sie. Die anderen werden schon in die Pozsonyi-Straße getrieben. Einer der beiden Männer winkt ab, geht auf Befehl des Pfeilkreuzlers hinter der Gruppe her. Gizi sagt dem Bewaffneten, er solle sie sofort zu seinem Kommandanten bringen, er habe die Immunität eines Diplomatenausweises verletzt, dafür müsse er geradestehen, sie müsse den Mann da neben ihr auf Geheiß des Herrn Vizekonsuls Carl Lutz zur Schweizer Botschaft bringen, Herr Carl Lutz habe am Nachmittag mit Generalmajor Gyula Sédey verhandelt, dem Pfeilkreuzler-Polizeipräfekten, sagt sie zum jungen Pfeilkreuzler, Herr Lutz handelt mit Erlaubnis des Herrn Polizeipräfekten.

Der Pfeilkreuzler macht sich auf die Suche nach seinem Kommandanten.

Gizi stößt den älteren Mann durch die Tür ins Gelbsternhaus, aus dem sie ihn herausgeholt haben. Zwei Maschinengewehrsalven bohren sich in die Hauswand neben ihr. Der Pfeilkreuzler kommt wieder angerannt. Gizi sagt, sie wisse nicht,
wohin der ältere Mann verschwunden sei. Der Pfeilkreuzler
führt sie ab, sie holen die zur Pozsonyi-Straße marschierende
Gruppe ein. Vorne ein Oberleutnant mit Pfeilkreuzler-Armbinde. Gizi zeigt ihren Ausweis vor. Der Oberleutnant schaut
nicht auf den Ausweis, er sieht Gizi an. Er ist groß, schlank, hat
eine Narbe am Kinn, sein Umhang ist tadellos, er trägt weiße
Lederhandschuhe, ein Pistolenhalfter am Gürtel. Er salutiert
vor Gizi. Gibt ihr den Ausweis zurück. Sie, gnädige Frau, sind
Jüdin, nicht wahr, sagt er. Gizi widerspricht lachend. Bitte, sagt
der Oberleutnant, bitte spielen Sie mir kein Theater vor, Sie
sind Jüdin. In unserer Familie erkennt man die Rassenreinheit
auf den ersten Blick.

Gizi trägt eine dunkelblaue Baskenmütze. Mit der rechten
Hand streicht sie sich das schulterlange Haar hinters Ohr, dann
hält sie dem Oberleutnant wieder ihren Diplomatenausweis
hin. Der Offizier lacht. Gnädige Frau, ich wiederhole, es gibt
Dinge, die fühlt man. Er gibt den Bewaffneten ein Zeichen.
Die Gruppe geht weiter. Der Oberleutnant bringt Gizi in eines
der nahe gelegenen Häuser. Am Tor ein Pfeilkreuzler-Schild.
Den Schildern zufolge befindet sich im Parterre das Partei-
büro. Ein Appartement. Der Offizier führt sie ins Zimmer.
Streift seine weißen Lederhandschuhe ab. Nimmt das Halfter
ab, legt es auf einen Stuhl. An der Wand das gerahmte Porträt
Szálasis.

Wären gnädige Frau so freundlich, sich ihrer Kleidung zu
entledigen!

Gizi legt ihren halblangen Pelz ab, der Oberleutnant seinen
Umhang. Sechs Auszeichnungen an seiner Uniformjacke. Gizi
erkennt das deutsche Eiserne Kreuz.

Wenn Sie wünschen, gnädige Frau, drehe ich mich um, bis

Sie sich freigemacht haben. Keine Sorge, bis Mitternacht können Sie wieder am Schweizer Konsulat sein.

Der Oberleutnant dreht sich um.

Gizi greift nach der Pistole. Der Oberleutnant spürt es. Wirft sich auf Gizi. Gizi schießt ihn in die Stirn. Sie drückt zweimal ab. Zieht ihren Pelz wieder an. Richtet die Rotkreuz-Armbinde. Die Straße ist leer. Vom Donauufer her sind Maschinengewehrsalven zu hören. An der Margit-Brücke schießen die Kanonen auf die im Sturzflug herannahenden Bomber. Die benachbarten Häuser brennen. Gizi rennt von einem Hauseingang zum nächsten. Erreicht den Szabadság-Platz. Im Gebäude der Abteilung für Fremde Interessen steht ein Polizeiwachposten. Im Büro findet sie nur eine Sekretärin vor, etwa fünfundzwanzig Jahre alt. Dicke Hornbrille. Sie sitzt erschrocken in einer Ecke. Gizi kennt die Frau, sie weiß, dass sie vor zwei Jahren aus einem Schweizer Dorf gekommen ist, sie kann schon ganz gut Ungarisch, möchte jetzt trotzdem lieber Deutsch sprechen. Vielleicht aus Angst, denkt Gizi.

Der Herr Lutz konnte nicht mehr von Buda hierherkommen, er hat den Herrn Legationssekretär Feller beauftragt, etwas zu unternehmen, dessen Auto wurde aber von Pfeilkreuzlern aufgehalten. Sie hat vom Fenster aus gesehen, wie sie ihn mitgenommen haben.

Gizi geht in den Waschraum. Benetzt ihre Schläfen mit Wasser. In einem Schrank findet sie Cognac. Fragt die Sekretärin, ob sie auch einen wolle, die junge Frau schüttelt den Kopf. Gizi trinkt aus der Flasche. Setzt sich in einen Sessel, beide sehen sich an, schweigen. Gizi steht auf, wählt die Nummer von Lutz' Wohnung in Buda. Eine weibliche Stimme antwortet, der Herr Vizekonsul könne jetzt nicht ans Telefon kommen. Gizi verlangt, Gertrud zu sprechen. Ach, meine Liebe, wie schön, dich zu hören … Gizi unterbricht sie und bittet sie, Carl sofort auszurichten, dass Pfeilkreuzler-Truppen im internationalen Ghetto, im St.-István-Park, in der Tátra- und Pannónia-Straße

Menschen aus den von der Schweiz geschützten Häusern holen und zum Donauufer bringen.

Er müsse sofort hingehen.

Gertrud sagt, sie würde es ihrem Mann sagen, Gizi solle beim Telefon bleiben, sie würde gleich zurückrufen.

Aber dir geht es gut, meine Liebe, nicht wahr?

Mir geht es wunderbar.

Sie sprechen sehr schön Deutsch, gnädige Frau, sagt die junge Frau schließlich.

Gizi glaubt, dass sie jetzt ruhiger ist, vielleicht weil sie nicht mehr allein ist. Sie erzählt ihr, dass sie und ihre kleine Schwester immer deutsche Fräuleins hatten. Unser Vater war sehr streng, was Sprachen betraf. Er sagte immer, ohne Sprachkenntnisse wäre er nie der geworden, der er war.

Und was war er?

Forscher.

Forscher der deutschen Spache etwa?

Nein, Altphilologe.

Die Sekretärin sagt, dass Gizella ein sehr schöner Name sei, so exklusiv. Sie lacht, als sie exklusiv sagt. Gizi hat das Gefühl, sie möchte vielleicht zeigen, dass auch sie im Umgang mit solchen Kreisen bewandert ist, sie fragt, ob die kleine Schwester auch so einen schönen Namen habe …

Erzsébet, wir nennen sie Bözsike.

Und wo ist Bözsike jetzt?

Gizi sieht die Sekretärin so lange an, bis in deren Gesicht wieder Angst aufscheint. Sie steht auf. Die junge Frau steht auch auf.

Gizi telefoniert wieder. Wieder hebt Gertrud den Hörer ab.

Du musst ein bisschen warten, Carl verhandelt gerade mit Herrn Giorgio Perlasca, du weißt, das ist der Italiener, der sich als spanischer Diplomat ausgibt, und Herr Danielsson, der schwedische Botschafter, ist auch hier. Sie verfassen irgendeine Erklärung.

Gizi sagt der Sekretärin, dass sie vom Herrn Vizekonsul die Anweisung bekommen habe, sich sofort ins Botschaftsauto zu setzen und zu ihm hinüberzufahren.

Und was wird mit mir?

Warten Sie hier. Das Gebäude steht unter Polizeischutz. Es ist bald vorbei. Seien Sie ganz ruhig.

Carl Lutz schreibt in dieser Nacht in sein Tagebuch: »*Der Krieg hat auch unser Haus erreicht. Mit einer gewaltigen Detonation unweit unseres Hauses gingen die 500 Fenster der britischen Gesandtschaft in Scherben. Jetzt beginnt für uns die schwarze Zeit. Ich muss das Regime ergreifen. Zuerst dirigiere ich die männlichen Einwohner zuzupacken, um die vielen Scherben aus dem Treppenhaus zu beseitigen, indem ich mit meinem Chauffeur Charles selbst zugreife.* Charles kam gerade vom Szabadság-Platz. Er brachte diese schöne blonde Frau mit, die wir im November kennengelernt haben. Sie hilft auch. *Kiloweise füllen wir einen Eimer nach dem andern mit Scherben, die überall wie Eisplatten herumliegen und das Betreten der Treppe fast unmöglich machen. In der Umgebung gibt es weitere Explosionen … Ich befehle den Frauen und Kindern, in den Keller zu gehen. Die fünf Polizisten müssen Couches, Teppiche und Polstermöbel in den Keller schleppen, wie auch einen Metallschrank mit Lebensmitteln. Auf der andern Seite ist ein zweiter Keller, mit unserem durch einen langen Gang verbunden … Auch ein WC mit Kübeln muss notdürftig eingerichtet werden, wie auch ein Waschtisch. In unserem Keller, der früher der Lagerung von Wein diente und mit einer 35 cm dicken Zementdecke verstärkt ist, müssen etwa 10 Personen Platz finden können.*«

Er will allein in seinem Arbeitszimmer bleiben. Gertrud und Gizi wollen nicht in den Keller, aber Lutz bittet seine Frau, ihn allein zu lassen. An der Wand hängt ein Spiegel. Seine Gesichtszüge sind ruhig, im Gegensatz zu seinem Gemütszustand. Er legt den Daumen seiner linken Hand auf den Puls der rechten, zählt, kommt auf 76, das überrascht ihn. Danielsson und Perlasca sind entschlossen, sie benehmen sich fast wie Soldaten, denkt er. Wallenberg ist umsichtig, agiert auch in der schrecklichsten Situation elegant. Lutz beneidet sie sowohl um ihre militärische Entschlossenheit als auch um die weltmännische Eleganz. Er betrachtet sich im Spiegel. Ich bin nur ein gewöhnlicher Beamter, denkt er, seine Augen hinter den Brillengläsern erscheinen ihm ausdruckslos, er muss lächeln. Mit einem Lächeln im Gesicht gefällt er sich besser.

Gertrud kommt herein, sei mir nicht böse, Liebling, aber Walter Rüfenacht möchte dich sprechen.

Seit drei Tagen hatte sich kein Schweizer mehr nach ihm erkundigt, Lutz ist überrascht, dass sich überhaupt noch jemand für ihn interessiert. Er bedankt sich für das Interesse des Schweizer Generalkonsuls in Wien, sagt ihm, dass es ihm den Umständen entsprechend gut gehe, dass Budapest aber schreckliche Tage durchmache. Die mit den Deutschen verbündeten Pfeilkreuzler ermordeten zu Tausenden Juden, Deserteure und solche, die sie für unzuverlässig hielten. Er habe die Nachricht bekommen, dass die Kommandotruppen das Ghetto anzünden wollten, sogar die deutsche Militärführung sei dagegen, er wisse aber nicht, wie sie es verhindern könnte. Wir stehen alle in Gottes Hand, sagt Walter Rüfenacht und verabschiedet sich eilig.

Lutz sieht aus seinem Fenster, dass die Stadt am anderen Donauufer brennt. Man kann deutsche Panzerkolonnen über die noch verbliebenen Brücken rollen sehen. Das letzte Mal war er Anfang des Jahres bei Rüfenacht gewesen, als er in Wien seine Reise nach Bern unterbrochen hatte. In jungen Jahren hat Walter Gedichte geschrieben, hatte er zu Gertrud gesagt, er ist ein ausgezeichneter Beamter, wollte aber immer nur über Kunst reden. Sogar mit dir, hatte Gertrud gefragt, stell dir vor, sogar mit mir.

Sie hatten am Fenster des Konsulatsbüros gestanden. Walter Rüfenacht hatte auf die Lessing-Statue gezeigt und stolz gesagt, siehst du, Carl, die deutsche Kultur hat der Welt große Geister

beschert. Lutz hatte genickt, er schämte sich, dass er gerade
mal Lessings Namen kannte, und gesagt, und weißt du, Walter,
sie hat der Welt große Geister beschert, die sie dann auch aus
Deutschland vertrieben hat. Rüfenacht hatte eine Zeitung aus
der Schublade seines Schreibtisches geholt. Ich weiß, auf wen
du anspielst, siehst du, Thomas Mann hat unlängst gesagt,
dass die große humanistische Tradition der Deutschen helfen
könne, das monströse Regime zu besiegen, zu dem Deutschland geworden ist.

Lutz denkt daran, dass ihm in Rüfenachts Büro Thomas
Mann nicht eingefallen war, obwohl er in seiner Jugend zwei
seiner Romane gelesen hatte.

Von seinem Fenster aus sieht er auch die brennende Kuppel
des Westbahnhofs.

In der Schublade seines Tisches findet er eine Tube Heil-
salbe. Er legt sein Sakko ab, lockert die Krawatte, knöpft das
Hemd auf, zieht den linken Arm heraus, schmiert sich mit der
rechten Hand Salbe auf die linke Schulter. Beim Schleppen der
mit Glasscherben gefüllten Eimer hatte er sich einen Muskel
gezerrt. Er setzt sich auf den einzigen Stuhl. Zieht die unterste
Schublade des Schreibtisches heraus. Diese Bewegung erinnert
ihn wieder an Walter Rüfenacht, wie dieser die versteckte Zeitung hervorgeholt hatte. Es muss eine englische gewesen sein,
in einer deutschen wäre Thomas Manns Rede nicht erschienen.

Er breitet eine Karte auf dem Tisch aus. In den ersten Wochen seines Aufenthalts in Budapest hatte ihn ein junger Mitarbeiter der Abteilung für Fremde Interessen aufgesucht. Kurz
darauf wurde der junge Mann unerwartet nach Zürich zurückbeordert. Bei seinem Abschiedsbesuch überreichte er ihm ein
großes Kuvert. Es sei eine Karte darin, die er angefertigt habe,
er bitte den Herrn Vizekonsul, sie zu studieren, wenn er einmal
Zeit hätte. Lutz wollte das Kuvert sofort öffnen. Nicht jetzt,
bitte, warten Sie ein, zwei Tage, bis ich nicht mehr in Budapest bin.

Ein amtlicher Bericht?

Oh nein, Herr Vizekonsul, eine Anlage zu meiner Dissertation an der Züricher Universität.

Sympathisch, still, bescheiden, dachte Lutz. Schade, dass Sie gehen, sagte er. Einige Tage später öffnete er das Kuvert. Es war wirklich eine Karte darin. Die Länder Europas. Die Sowjetunion war ein großer roter Fleck. Die anderen Länder waren ebenfalls farblich markiert. Jedes mit einer Jahreszahl versehen.

Er las den beigefügten Text. Versteckte den Umschlag in der untersten Schublade seines Schreibtisches. In den folgenden Jahren zog er ihn mehrmals hervor. Die Tür schloss er dabei immer ab.

Unterschiedliche Jahreszahlen standen auf den europäischen Ländern. Länder mit ähnlichen Zahlen waren mit ähnlichen Farben gekennzeichnet. Die erste Ländergruppe: 1950. Die zweite: 1960. Die dritte: 1980. Die vierte: 2 000. Die erste Gruppe: die Sowjetunion, Polen, die Tschechoslowakei, Jugoslawien, Bulgarien. Die zweite: die baltischen Staaten, Rumänien, Ungarn. Die dritte: die Niederlande, Belgien, Frankreich, Griechenland. Die vierte: das übrige Nord- und Südeuropa sowie die französische und die italienische Schweiz.

Lutz las die beigefügte Notiz.

Einer der Verkünder der Rassentheorie im 19. Jahrhundert war Georges Vacher de Lapouge. Seiner Meinung nach würde Europa zugrunde gehen, wenn Eindringlinge, die rundköpfigen Nicht-Germanen, die langköpfigen Germanen verdrängten. Er hielt fest, dass sich im 20. Jahrhundert Millionen Menschen gegenseitig vernichten würden, und das wegen einer Abweichung von lediglich zwei Grad in ihrem Schädelindex. Arthur de Gobineau schrieb, dass die europäische Zivilisation von Arierstämmen erschaffen worden sei. Die Entwicklung sei immer dann ins Stocken geraten, wenn das Arierblut erschöpft war. Rassenreinheit sei der Garant für eine erfolgreiche Geschichte. Deshalb habe die arische Rasse eine historische Sendung, und zwar die Schaffung eines germanischen Weltreichs. Das sei es, was Rosenberg verkünde, das wolle Hitler verwirklichen. Der erste Schritt dorthin sei die Zerstörung der antigermanischen jüdischen Verschwörung, die Vernichtung der jüdischen Rasse. Die Rassentheorie begründe den Völkermord. Und der habe durch die Wannsee-Konferenz vom vergangenen Monat vorbereitet werden sollen. Weitere Schritte wären die Versklavung der Feinde der nordisch-germanischen Weltherrschaft und die schrittweise Einverleibung der Nicht-Feinde.

Lutz erinnert sich, dass ihn die unerwartete Versetzung des jungen Mitarbeiters überrascht hatte. Gewelltes blondes Haar, dichte, helle Augenbrauen, blaue Augen, leicht gebeugte Haltung. Lutz erinnert sich auch, dass er sich 1942 in Zürich nach dem jungen Mann erkundigt hatte. Man hatte ihm lediglich gesagt, dass er nicht mehr im Auswärtigen Dienst sei, sondern zur wissenschaftlichen Laufbahn zurückgekehrt sei. Freiwillig?, hatte Lutz gefragt. Darüber könne Herr Dr. Rothmund, Chef der Eidgenössischen Fremdenpolizei, Auskunft geben, hatte es geheißen.

In sein Tagebuch notierte er im Februar 1942, als er das Kuvert übernommen hatte: Mit niemandem darüber sprechen, nicht einmal mit Gertrud. Als er zum ersten Mal von der Wannsee-Konferenz hörte, schrieb er in sein Tagebuch: Seit wann war ich blind, seit wann sind wir alle blind? Notiz vom 15. Februar 1944: Heute waren wir wieder draußen in der Ziegelei Óbuda. Es ist gelungen, viele Leute unter Schutz zu stellen. Seit langem ist bekannt, dass Hitler den Krieg verloren hat und der Plan der germanischen Weltherrschaft undurchführbar ist.

Was aber wäre gewesen, wenn es ihnen doch gelungen wäre?

Es klopft. Lutz legt Kuvert und Tagebuch wieder in die unterste Schublade.

Ich hätte nie gedacht, dass ich all das aushalten würde, was wir durchmachen mussten, sagte meine Mutter einmal, aber

was Gizi durchmachen musste, hätte ich sicher nicht aus-
gehalten. Obwohl, sagte ich, Gizi den Weg nach Hegyeshalom
nicht zu Fuß, sondern in einem Militärwagen zurückgelegt
hatte. Als Gizi davon sprach, war ihr Blick so, als erzählte sie
ein Märchen, oder wie der eines Menschen, der weiß, dass das,
was er erzählt, nur in einem Märchen vorkommen kann.

Aus den Häusern des internationalen Ghettos werden die
Besitzer von internationalen Schutzbriefen abgeholt, sagt Gizi
zu Carl Lutz, sie werden ins große Ghetto oder zum Donauufer getrieben. Du müsstest mit Generalmajor Sédey telefonieren, Liebster, sagt Gertrud. Lutz telefoniert nicht, er ruft seinen
Chauffeur, Charles, bitte, wir müssten trotzdem noch eine
Fahrt machen. Er zieht seinen Pelz an, Gertrud und Gizi die
ihren, der Chauffeur legt sich ein Pistolenhalfter um.

Der schwarze Packard passiert die Kettenbrücke im Schritt-
tempo. Die Menschen gehen mit Rucksäcken und Koffern
bepackt von der Pester Seite nach Buda hinüber, zwischen Panzern, SS-Soldaten und Wachen hindurch. Mitten auf der Brücke halten zwei Unteroffiziere mit Pfeilkreuzler-Armbinden
den Packard an. Charles weist auf die Schweizer Flagge. Carl
Lutz muss seinen Ausweis zeigen. Gertrud und Gizi auch. Die
oberen Stockwerke des Gresham-Palastes waren bei einem
Bombenangriff weggesprengt worden. Die Fenster der Akademie sind zerborsten. Beim Parlament stehen sechs Panzer.
Wieder Kontrollen. Einer der Bewaffneten ist nicht älter als
vierzehn. Was für ein nettes Gesicht er hat, sagt Gertrud zu
Gizi. Der Junge mit dem Maschinengewehr trägt seine Offiziersmütze schief. Er richtet seine Waffe auf Carl Lutz und verlangt dessen Ausweis. Lutz fragt ihn, ob er Deutsch spreche. Ja.
Wo gelernt? In der Kadettenschule in Köszeg, aber seine Eltern
hatten auch ein Fräulein für ihn angestellt. Lutz fragt ihn, wozu
noch der Kampf? Wir kämpfen für die Heimat, sagt der Junge.
Sie verlassen den Kossuth-Platz, biegen in die Alkotmány-Stra-
ße ein, von dort in die Honvéd-Straße.

Neben verlassenen Artilleriewagen stehen reglos Pferde.

Bei der Margit-Brücke feuern zwei ungarische Geschütze in Richtung Westbahnhof. Nahe den Rädern liegen zwei Leichen. In der Tátra-Straße 5a erscheint aufs Klingeln hin ein Mann in einem Ledermantel. Er trägt keinen gelben Stern, er ist kein Jude, er ist der Hauswart. Vor einer Stunde haben die Pfeilkreuzler fünfzehn Leute mitgenommen, zum Donauufer, sagt er, zwei kleine Kinder konnte ich verstecken, die fünfzehn haben sie ganz willkürlich ausgewählt, auch Frauen waren darunter.

Gertrud fotografiert den Hauswart. Sie hatte auch auf der Kettenbrücke Fotos gemacht, ebenso vor dem Parlament.

Lutz hat das Gefühl, alles, was er sieht und hört, schon einmal gesehen und gehört zu haben, alles, was er fühlt und denkt, wiederholt sich, wie Charles ihn ansieht – wie ein Soldat seinen Kommandanten. Er bedeutet Charles mit den Augen, in die Pannónia-Straße einzubiegen, dort, wo Gizi es sagt. Es wiederholt sich auch, dass sich die Straße um sie herum leert, dass die Bomber über ihnen dröhnen, immer diese Wiederholungen, bewaffnete Pfeilkreuzler lassen vor der Pannónia-Straße 36 die Menschen antreten, ein Gefreiter mit Pfeilkreuzler-Armbinde gibt Befehle, schießt mit der Pistole in die Luft, ein Mann mit Pelzjacke steht in militärischer Haltung vor ihm. Es wiederholt sich auch, dass Lutz aus dem Auto steigt und Charles beauftragt, auf die Frauen zu achten, dass Gertrud nach dem Fotoapparat greift und Gizi Gertrud warnt, jetzt lieber keine Fotos zu machen. Auch diese Gesichter hatte er schon so oft gesehen, die Gesichter in der Gruppe, obwohl er diesen Frauen, Kindern, alten Männern, die hier in Dreierreihen zwischen den Bewaffneten stehen, noch nie begegnet ist. Durch das geöffnete Tor sieht man, dass weitere Frauen, Kinder und Männer dicht gedrängt auf der Treppe stehen. Irgendwo im dritten oder vierten Stock fallen Schüsse, immer mehr Leute werden zusammengepfercht, an die fünfzig stehen schon auf der Straße und im

Treppenhaus noch zwei- oder dreimal so viele. Was gerade geschieht, kann sich schon in einer Stunde wiederholen. Lutz zeigt seinen Diplomatenpass vor, verlangt vom Fähnrich, die Leute sofort zurückzuschicken. Der Hauswart tritt zu Lutz, salutiert, sagt, dass er laut Verordnung für die unter Schutz Gestellten verantwortlich sei, im Haus wohnten auch sechs nichtjüdische Familien. Charles tritt zu Lutz. Dieser legt das Halfter ab.

Gertrud fotografiert weiter.

Lutz fragt den Hauswart, ob es im Haus ein funktionierendes Telefon gebe. Nein. Lutz teilt dem Fähnrich mit, dass er vom Polizeipräfekten der Hauptstadt komme, dass ein Befehl von oben besage, dass die Bewohner von Häusern, die unter dem Schutz ausländischer Botschaften stehen, in ihren Häusern bleiben sollen. Sie müssen verstehen, sagt er, in diesen Zeiten kann es schnell passieren, dass man sich verantworten muss, von Vergeltung ganz zu schweigen, was durch die gegenwärtige Kampflage auch bald eintreten dürfte.

Gizi übersetzt. Ihre Stimme ist schärfer als die von Lutz. Lutz ist von der Unsicherheit des Fähnrichs überrascht. Gizi sagt dem Fähnrich, der Herr Konsul sagte, dass man Fotos gemacht habe, und wenn er die Leute nicht ins Haus zurückgehen lasse, würden sie sofort zur höchsten Kommandantur gehen und die Fotos vorlegen. Wenn die Leute hingegen zurückdürften, sei der Herr Konsul bereit, das Filmmaterial auf der Stelle zu vernichten.

Die versammelten Menschen gehen wortlos ins Haus zurück.

Gizi bittet Gertrud um den Fotoapparat, nimmt den Film heraus und wirft ihn durch das nächste Kanalgitter.

Der Hauswart schickt die Leute hinein.

Charles legt sich das Halfter wieder um.

Gizi sagt zu Lutz, dass sie jemanden suchen müsse, in fünf Minuten sei sie wieder zurück. Sie drängt sich durch die Menschenmenge.

Gertrud hängt sich bei Lutz ein.

Zehn Minuten später geht Lutz Gizi hinterher.

Rechts der geschwungene Treppenaufgang. Links geht es in den Keller hinunter. Kinder sitzen an den Wänden, alte Menschen auf den Treppenstufen. Der Hauswart erteilt Anweisungen: Jeder solle an seinen früheren Platz zurückgehen, wer in den Wohnungen gewesen sei, dorthin, wer im Keller gewesen sei, wieder in den Keller. Lutz bittet ihn, Gizi zu rufen. Auf die Rufe hin beginnen mehrere Leute, irgendwelche Namen zu rufen. Der Hauswart versucht, Lutz den Weg zu bahnen. Sie kommen in den ersten Stock. Lutz ruft Gizis Namen. Zweiter Stock. Sie gehen in den vierten Stock, kommen zurück. Lutz blickt in so manches Augenpaar. Streicht über den Kopf eines Kindes. Sie gehen in den Keller. Der Hauswirt leuchtet mit der Taschenlampe. Lutz hält sich am Geländer fest. Es ist still. Die Stille hilft ihm, die Weite des Raumes zu erspüren. Die Stille scheint an die Wände zu stoßen, in den Ritzen zu kleben. Der Keller muss riesig sein. Er tritt auf Körper. Er denkt, dass er hierherkommen musste, in die Tiefen des Seins, um zu verstehen, wo er hingeraten ist. Als wäre die Dunkelheit das Antlitz der Welt gewesen, schreibt er später in sein Tagebuch. Damals, als ich dort hinabtauchte, hätte ich es nicht so benennen können, aber jetzt weiß ich, es war das Antlitz der Welt, das mich dort aus dieser Unsichtbarkeit angestarrt hat.

14

Keine Wolke ist über dem Lago Maggiore zu sehen.

Auf die Seepromenade fallen gelbe Blätter von den Platanen.

Luxusautos fahren aus den Garagen der Hotels.

In den Hafen von Locarno laufen Schiffe ein mit Touristen aus dem Süden, aus Italien.

Man fühlt sich an Bilder aus einem Reisebericht erinnert. Die Farbe des Sees ist im Sonnenschein intensiv blau, an den Berghängen scharfgrüne Wälder, die Berggipfel sind schneeweiß, vor den Terrassen Blumenbeete in Gelb-rosa-violett.

Alles ist verlangsamt. Die Schritte, das Tempo der Autos, das Schweben der Schiffe über das Wasser. Es ist, als würden selbst die Sekundenzeiger der Uhren in den Auslagen der Läden langsamer gehen.

Gerade sitze ich mit Carl Lutz' Stieftochter Agnes Hirschi auf der Terrasse des Hotels ›Muralto‹. Wir schweigen.

Die Stühle und Tische sind weiß, die Sitzkissen und Decken blau-weiß gestreift.

Ich erhielt einen Anruf in Budapest. Auch auf dem Anrufbeantworter waren ein paar Nachrichten, einige davon in fremden Sprachen.

Sie stellten Fragen. Suchten nach gemeinsamen Orten, gemeinsamen Erlebnissen.

Der Redakteur Z. vom Schweizer Fernsehen kommt zu mir nach Hause, zeichnet ein zweistündiges Gespräch auf über meine Erinnerungen an Carl Lutz, ich erkläre meine Bereit-

schaft zur Mitwirkung nur unter der Bedingung, dass nicht un-
erwähnt bleiben würde, wie er von der Schweizer Diplomatie
vollends allein gelassen worden war, dass man ihn in Budapest
mehr als einmal bei seiner Arbeit behindert hatte und dass ihm
nach dem Krieg sogar Kompetenzüberschreitung vorgeworfen
worden war.

Einige Monate später bekomme ich eine Einladung zu den
Aufnahmen in Locarno.

Ich bin vorgeladen. Wie ich sehe, zusammen mit anderen.
Darauf war ich nicht gefasst, als ich mit der Arbeit begonnen
hatte.

Ich habe Glück. Ich halte einen neuen Faden in der Hand.

Bekanntlich liebt es der Privatdetektiv, dem offiziellen Appa-
rat einen Schritt voraus zu sein, um an Details zu kommen,
deren Aufdeckung aus »höherem Interesse« verhindert oder
verboten werden könnte. In solchen Fällen lässt sich beobachten, wie Barrieren entstehen, falsche Protokolle geboren, Nach-
forschungen auf Nebengleise gelenkt werden. Hier öffnen sich
größere Zusammenhänge, sodass selbst derjenige auf seine
Kosten kommt, der dazu neigt, in der Weltordnung nach einem
System zu suchen.

Es trete also vor, der das auf sich nimmt, flüstert eine Stimme.

Ach was. Wie schon gesagt: Lassen wir die Fragen nach der
Zeit.

Ich habe schon die ganze Zeit geahnt, dass ich zugleich Verfolger und Verfolgter bin. Seit ich Györgyi traf. Wenn man
sich rechtzeitig umsieht, ist es nicht schwer, das zu bemerken.
Interessanter ist, dass ich mich selbst, den Verfolger, verfolge.

Als hätte ich mehrere Ichs.

Ohne irgendeinen von ihnen bin ich nicht mehr der, der ich
bin.

Ich wandle mich.

Ich lebe offensichtlich in den Wandlungen des Zusammen-
treffens mit dem Unlösbaren.

Selbst mein Schatten scheint seine Form zu ändern. Manchmal erfüllt mich das mit Schrecken. Beruhigend ist nur, dass ich meinen eigenen Verwandlungen zu folgen versuche.

Wer trinkt also jetzt Kaffee auf der Terrasse des Hotels ›Muralto‹?

In Agnes Hirschis Blick sah ich zunächst, dass sie genau das ergründen wollte, aber da wir uns schon seit einer halben Stunde unterhalten, habe ich jetzt das Gefühl, dass sie auf etwas anderes neugierig ist. Auf sich selbst.

Es wäre nur natürlich, sie auszufragen, doch sie stellt mir immer neue Fragen. Ihre Mutter heiratete Carl Lutz zwei Jahre nach dem Krieg, sie selbst war 1944 erst sechs Jahre alt. Ich dachte, sie wüsste alles, was ich weiß, doch ich habe mich wieder geirrt. Die Neugier, die nicht aus ihren Augen weicht, kündet davon, dass sie hören möchte, was um sie herum geschehen ist, das nicht im Gedächtnis eines sechsjährigen Mädchens gespeichert werden konnte.

Sie zieht die Ärmel ihres schwarzen Pullovers bis zu den Ellbogen hoch. Ihre Unterarme sind braungebrannt. Sie fahren viel Ski um diese Zeit, sie und ihr Mann. Weißer Kragen. Viel Grau in ihrem braunen, jungenhaft kurzen Haar.

Da notiere ich, dass der Chauffeur von Carl Lutz Charles hieß. Er hatte einen sechsjährigen Sohn.

Wir haben viel zusammen gespielt.

Ich glaube, sie sagt mir das, um mir ihre lebhaftesten Erinnerungen zu präsentieren.

Ich habe ein Bild gefunden, sage ich, Carl Lutz sitzt in einem Korbsessel, auf dem einen Knie Sie, auf dem anderen ein kleiner Junge. Ich habe das Bild zu Hause, sagt sie, sehen Sie, wir haben viel zusammen gespielt, aber an den Namen von Charles' Sohn kann ich mich nicht erinnern.

Hundert Menschen, vielleicht mehr, stehen vor dem Gebäude am Szabadság-Platz 7, wo früher die amerikanische Botschaft war und jetzt die Büros der Abteilung zur Wahrnehmung

Fremder Interessen der Schweizer Botschaft untergebracht sind. Nach langem Warten tritt eine Frau aus der Schlange. Sie ist um die dreißig. Es ist November. Es regnet. Sie trägt keinen Hut. Sie benutzt einen grellvioletten Lippenstift, dick aufgetragen. Der Polizist im Tor fordert sie auf, in die Schlange zurückzutreten. Meine Tochter ist englische Staatsbürgerin, sagt sie, wir haben ein Recht darauf, außer der Reihe dranzukommen. Sie hat schulterlanges schwarzes Haar. Mandelförmige Augen. Sie holt Dokumente hervor. Zieht ein kleines Mädchen hinter sich her.

Ein Schiff läuft in den Hafen ein. Die Reisenden fotografieren, kaufen Postkarten.

Agnes bestellt Tee.

1938 beschlossen meine Eltern, zu Verwandten nach London zu fahren. Es war die Idee meines Vaters. Würde ich dort geboren werden, erhielte ich die englische Staatsbürgerschaft. Kurz nach meiner Geburt sind wir nach Budapest zurückgekehrt.

Die junge schwarzhaarige Frau geht mit dem Mädchen an der Hand in den ersten Stock.

Eine halbe Stunde später betreten sie das Büro von Carl Lutz.

Meine Mutter sagte mir später, ihrer Meinung nach hätte es Lutz' Interesse geweckt, dass ich englische Staatsbürgerin war. Er sagte, er hätte uns aber auch dann geholfen, wenn dem nicht so gewesen wäre. Wir gingen nur noch schnell nach Hause, meine Mutter packte, mein Vater besaß schon falsche Papiere und einen Platz, an dem er sich verstecken konnte. Wir gingen zum Szabadság-Platz zurück, meine Mutter bekam sogar Arbeit – als Lutz nach Buda ging, gingen wir mit ihm. Als das Haus von Bomben getroffen wurde und wir in den Keller ziehen mussten, haben wir auch dort geschlafen. Ich erinnere mich, dass nachts nur ein aufgehängtes Laken den Schlafplatz der Männer und Frauen voneinander trennte. Auf der einen Seite mein Stiefvater und Gertrud, auf der anderen meine Mutter und ich.

Ich muss ihr von meinen Begegnungen mit Carl Lutz erzählen. Sie sammelt Erinnerungen an ihren Stiefvater. Im Gegenzug erfahre ich, dass sich Lutz und Gertrud 1946 in friedlichem Einvernehmen getrennt hatten, auch Agnes' Eltern trennten sich einvernehmlich.

Das erste Mal habe ich ihn in der Ziegelei Óbuda gesehen, sage ich. Ich hatte natürlich keine Ahnung, wer das war.

Agnes sitzt auf Carl Lutz' Knie.

Sie spielt mit Charles' kleinem Sohn.

Sie blickt auf den spiegelglatten See, bestellt noch einen Tee.

Sie schleppten Eisenbetten in den Keller. Ich wollte nicht hinuntergehen. Ich bin immer irgendwo angestoßen. Habe mir das Knie aufgeschlagen. Es war dunkel. Am besten erinnere ich mich an das Dunkel. Meine Mutter wusch die Wäsche in einem Eimer.

Sie schreibt alles auf, was sie über ihren Stiefvater erfährt. Ich stelle mir vor, dass sie leere Erinnerungsorte auffüllen will.

Ich frage sie, ob das, was man ihr erzählt, irgendwelche Erinnerungen in ihr wachruft. Gesichter. Vielleicht Ereignisse. Sie sagt, manchmal sei es so gewesen. Etwas sei aufgeblitzt und gleich wieder verschwunden. Sie lese oft nach, was sie aufgeschrieben, was man ihr über ihren Stiefvater erzählt habe, so falle es ihr leichter, sich vorzustellen, dass all das geschehen ist, dass auch sie dort war und mitgespielt hat, wie sie sagt. Ich akzeptiere es, sagt sie, aber verstehen kann ich es nicht.

Was sie nicht verstehen könne?

Dass geschehen konnte, was geschehen ist.

Jetzt ist ihr Blick so wie der des kleinen Mädchens auf dem Foto, das auf den Knien seines Stiefvaters sitzt. Das Mädchen ist angespannt, schürzt die Lippen.

Agnes hat auch ohne Make-up eine braune Haut.

Klar, die Bergluft.

Ich müsste die Bergluft notieren und auch den dunklen Teint, solche Dinge vergesse ich leicht. Später, in meinem Zimmer.

Von meinem Balkon im ersten Stock blickt man auf den See. Ich erfahre, dass unter den Bäumen und Sträuchern des alten Parks wahre Seltenheiten sind, kanarische Dattelpalmen, serbische Fichten, nordafrikanische Zedern. Rechts und links in der Halle Treppenaufgänge. Die roten Teppiche werden von glänzenden Kupferstangen gehalten. Der Kristalllüster in der Mitte hat acht Arme, der Lüster, der vom ersten Stock herabhängt, sechs. Die Wandleuchten sind im selben Stil gehalten. Der Boden ist aus rot-weißen Marmorquadern, in der Mitte ein Lilienmuster und eine Aufschrift: ›Hotel Locarno‹. Verglaste Flügeltüren führen in die innere Halle, von dort in die Konferenzräume. Über der mittleren Tür ist eine Marmortafel angebracht. Unter der Aufschrift »Conference de Locarno« ein Datum: »5.–16. Octobre 1925«. Die an der Konferenz teilnehmenden Staaten: »Belgique, les Britanniques, France, Italie, Pologne, Tchécoslovaquie.«

Ich mache ein Foto.

Die Enzyklopädie ›Larousse‹ hingegen erwähnt Polen und die Tschechoslowakei nicht unter den Vertragspartnern, dafür jedoch Deutschland.

Die Marmortafel besagt etwas anderes als das historische Dokument und der Lexikoneintrag wieder etwas anderes.

»Der Vertrag von Locarno wurde geschlossen, um Europa einen haltbaren Frieden zu sichern. Großbritannien und Italien garantierten die Anerkennung und Unantastbarkeit der Grenzen Frankreichs, Deutschlands und Belgiens und stellten militärische Maßnahmen in Aussicht, falls Deutschland die entmilitarisierte Zone am Rhein besetzen sollte. Deutschland wurde in den Völkerbund aufgenommen, die Neutralität Belgiens offiziell aufgelöst.«

Zu dieser Zeit ist Carl Lutz Beamter der Schweizer Botschaft in Washington. Er erwirbt ein Diplom an der George-Washington-Universität. Seinem Tagebuch vertraut er an, dass er von Zweifeln gequält werde und Angst vor der Zukunft habe.

In jenen Tagen feierten mein Vater und meine Mutter ihren

ersten Hochzeitstag. Ich lege das Hochzeitsfoto in denselben Ordner, in dem ich Carl Lutz' Jugendfoto aufbewahre. Hier befinden sich auch Gizis Jugendfoto, ein Foto vom schwarzen Packard und meine Aufnahme der Marmortafel aus der Halle des ›Grand Hotel Locarno‹, die den Vertrag dokumentiert.

Agnes betritt die Halle, gerade als ich fotografiere. Sie zieht, kaum sichtbar, ein Bein nach.

Ich kenne das Foto, sage ich, mit dem Chauffeur und seinem Sohn, ich wusste nur nicht, wer der Junge ist, ich wusste auch nicht, dass der Chauffeur Charles hieß. Ist es nicht interessant, sagt sie, dass ich mich so deutlich an Charles' Sohn erinnere? Er wollte immer meine Hand halten. Ich habe gern mit ihm gespielt, ihm aber nicht erlaubt, meine Hand zu nehmen. Sagen Sie, das Mädchen, mit dem Sie zusammen auf der Flucht waren, wie alt war es? Zwölf, sagte ich.

Wie wären meine Tage damals ohne Vera verlaufen?

Wir setzen uns in die große Halle. Hier müssen die Ministerpräsidenten gesessen und den Vertrag unterschrieben haben. Agnes legt eine Fotoserie auf den Tisch. Als würde sie ihr Leben vor mir ausbreiten: Mädchenfotos, Familienfotos, eines mit Carl Lutz, wieder die Aufnahme gemeinsam mit dem Sohn des Chauffeurs, ein Porträt ihrer Mutter. Sie betrachtet sie, als sähe sie die Bilder zum ersten Mal. Ihre Linke nähert sich der letzten Aufnahme. Tastend fahren ihre Finger am Gesicht ihrer Mutter entlang.

Ich scheine für sie gar nicht zu existieren.

Sie sind zu zweit.

Kann sein, dass das, was ich ihr erzähle, ihr beim Abtasten des Gesichts hilft.

Ihr Zeigefinger zeichnet die Linie des Mundes nach, fährt die Nase entlang, bis zu den Augen.

Wo sah ich einmal das Porträt von Veras Mutter, an dem Veras Finger genauso entlangfuhr?

Agnes sagt, ja, wir haben schön gespielt, Charles' Sohn und

ich, das machte es leichter, die Tage zu ertragen, aber wir waren ja sehr klein – Sie waren damals doch schon älter.

Sie erwähnt nicht, dass Vera und ich in einem Bett geschlafen haben – ich habe es ihr erzählt –, aber ich sehe Neugierde in ihrem Blick. Ich glaube nicht, dass es sie so besonders interessiert, was zwischen einem vierzehnjährigen Jungen und einem zwölfjährigen Mädchen des Nachts unter einer gemeinsamen Decke passiert ist, aber vielleicht taucht dabei ein Gesicht aus ihrer Jugend in ihr auf, die Berührung einer Hand. Die Bewegungen, die in uns leben, können sich übereinanderschichten. Wir sehen wortlos auf die Bäume des Parks hinunter, den Ellbogen auf den Tisch gestützt bläst sie den Rauch vor sich hin.

Sommer 1963. Vera raucht Kossuth-Zigaretten. Stützt ihr Kinn in die Hand. Wir sitzen auf der Terrasse des Hotels ›Duna‹.

Sie kam mir in der Kígyó-Straße entgegen. Wir hatten uns seit achtzehn Jahren nicht mehr gesehen. Sie trägt eine geblümte ärmellose Bluse und einen hellblauen Faltenrock. Ihr Haar ist kurz geschnitten, vorne eine sonnengebleichte Locke.

Ihre Augen waren damals nicht so blau gewesen. Ihr Mund nicht so geschwungen. Sie trägt keinen Büstenhalter. Als sie sich nach vorne beugt, sieht man ihren kleinen, aber schön geformten Busen. Sie hat einen kleinen Sohn, der ist im Ferienlager. Ihr Mann ist Ingenieur, er ist gerade in der DDR, zu Verhandlungen im Auftrag seiner Firma. Sie ist Sekretärin bei einer Firma mit einem sehr langen Namen, sie nennt die Abkürzung, als müsste ich sie kennen.

Unsere Schritte gleichen sich einander an. Die Sonne scheint uns ins Gesicht. Auf der Terrasse bestellt sie Cola. Sie stützt ihr Kinn genauso in die Hand wie damals, als sie am Klavier saß, auf dem ich die Melodie des ›Tango Bolero‹ zu klimpern versuchte. Sie zündet sich eine Zigarette an, bläst den Rauch vor sich hin, lehnt sich an die Armstütze, lässt das Kinn wieder in die Hand fallen.

Nein, ich rauche nicht.

Deine Mutter hat geraucht, sagt sie. Als wir uns in der Pannónia-Straße jeden Morgen ein Menü ausdachten, das wir gern essen würden, sagte sie immer, dass sie statt Dobos-Torte lieber zwei Mirjam-Zigaretten hätte.

Daran kann ich mich nicht erinnern, sage ich. Ich frage sie, ob sie Kuchen wolle.

Dobos-Torte?

Aber ich habe doch gefragt, denke ich. Sie bläst den Rauch vor sich hin, fragt wieder: Dobos-Torte? Ja, gut.

Dann bestelle ich eine, sage ich. Aber nur, wenn du auch ein Stück isst, sagt sie.

Es fiel dir schwer, dich daran zu gewöhnen, dass du meine Schwester bist, sage ich.

Ja, das war schwer.

Ihr Lachen ist schneidend. So war sie auch als Mädchen.

Jetzt beugt sie sich vor. Erstarrt. Blickt mich nicht an. Man sieht es ihrem Gesicht an, dass sie weiß, dass ich ihre Brustwarzen sehe.

Du hast immer unser Menü aufgesagt, sage ich schließlich.

Deine Mutter ließ mich euren Namen üben, damit ich nicht den meinen sage, wenn ich gefragt werde.

Ich wusste, dass Veras Mutter den Krieg nicht überlebt hatte. Auch ihr Vater nicht. Meine Eltern hatten ihre Mutter zuletzt bei Hegyeshalom gesehen.

Wir essen Dobos-Torte.

Dunkle Wolken sind von Buda her über die Donau gesegelt. Die Kellner laufen umher, ziehen wegen des drohenden Regens die Tischdecken ab. Wir gehen hinein. Im Café spielt ein Duo, ein Pianist und ein Schlagzeuger.

Zehn Jahre später wurde das Hotel ›Duna‹ abgerissen. Vielleicht auch fünf Jahre später. Das Hotel ›Intercontinental‹ ist dreißig Jahre alt. Jetzt heißt es ›Marriott‹.

Wir trinken zwei brüderliche Cognacs.

Ich kann mich nicht erinnern, wer von uns beiden sagte, dass es brüderliche Cognacs seien.

Ich wage nicht, ihre Hand zu nehmen. Sie nimmt die meine. Führt sie unter den Tisch. Ihre Schenkel sind dünn. Ihre Oberarme auch.

Wir liegen in der Pannònia-Straße 36 im vierten Stock im kalten, fensterlosen Zimmer unter einer Decke. Über die Decke gebreitet liegt Sopronis dicker Filzmantel. Wir umarmen uns nicht. Meine linke Hand hat keinen Platz, ich lege sie auf ihren Schenkel. Unter ihrer Trainingshose die warme lange Unterhose meiner Mutter. Ihr Mund an meinem Ohr. Sie schnauft. Flugzeuglärm. Die Jagdflugzeuge lassen ihre Bomben fallen. Am Víg-Theater bellen deutsche Luftabwehrgeschütze.

Wir trinken den Cognac gleichzeitig aus. Ich möchte etwas mit dir besprechen, sagt sie.

Ich zahle. Wir gehen.

Sie nimmt einen Lánchíd-Cognac aus dem Schrank. Holt Gläser. In der Ecke eine Stehlampe. Zwei Sessel. Wir trinken den Cognac im Stehen. Bitte, einen brüderlichen Kuss, sagt sie. Warum ist sie so entschlossen? Ich sehe nur das lebhafte Blau ihrer Augen. Unsere Münder berühren das Gesicht des anderen.

Ja, meine Mutter hatte gesagt, wir sollten aufpassen, jemand soll gesagt haben, dass wir bestimmt keine Geschwister seien. Während meine Mutter uns warnte, sah ich ihr Gesicht im Dunkeln nicht. Sollen wir uns streiten?, fragte ich, sollen wir uns zweimal täglich streiten? Nein, nein, nein, sagte sie. Schien etwas ratlos. Sie war damals zehn Jahre älter als Vera jetzt.

Mit dem Katalin-Karády-Gang geht sie zur Kommode. Zündet sich eine Zigarette an. Auf der Kommode stehen Fotos. Ein Bild von ihren Eltern in einem Silberrahmen. Ein kleiner Junge mit Teddybär. Sie mit einem Mann, wahrscheinlich ihr Ehemann. Ich trete nicht näher heran, ihr Mann interessiert mich nicht. Vera fragt nichts. Wir beide sind das Originalpaar. Geschwister in den Tiefen des Kellers.

Damals fuhr sie auf dem Foto mit dem Zeigefinger am Gesicht ihrer Mutter entlang, wie Agnes Hirschi in der Halle des ›Grand Hotel‹, vom Kinn bis zu den Augen. Langsam, als wollte sie die Gesichtszüge nachzeichnen.

Sie sitzt auf der Couch. Knöpft den obersten Knopf ihrer Bluse auf. Dann den nächsten. Lehnt sich nach hinten.

Zieh dich aus, sagt sie.

Ich trage nichts unter dem Polohemd. Warte, sagt sie. Setz dich zu mir, zieh mir die Bluse aus. Leg dich zu mir. Ihre Brust ist pflaumenförmig, die dunklen Brustwarzen stellen sich auf. Zieh deine Unterhose aus. Zieh meinen Slip aus.

Sie presst ihre Schenkel zusammen, ich komme nicht hin. Sie lacht. Damals warst du geschickter.

In der Francia-Straße, auf dem großen Tisch, wo Jolán Bors Tüten geklebt hatte. Ich schob meine Hand unter Veras Hintern. Ich versuche es. Sie hilft mir mit einer Bewegung. Sie greift hinter sich, nimmt eine Tablette von der Couchlehne, schiebe sie hinein, flüstert sie mir zu. Macht ihr das so? Ich beuge mich über sie, in ihrem Blick ist keine Zärtlichkeit. Wir machen es so, sagt sie. Ich sehe an ihren Augen, dass sie schon auf dem Weg ist, ich werde ihr folgen können, vorsichtig lege ich die Tablette in die feuchte Hitze, noch, flüstert sie, als spräche sie gar nicht zu mir, sondern zu meinen Fingern, lass sie lange drin, sagt sie zu meinen Fingern, so, so, lange, überall, noch, noch, jetzt komm.

Ihre Augen sind wieder hartblau, nur ein Spalt, wir gehen auf getrennten Wegen, während sich ihr Körper mit dem meinen zusammen regt, ich bin diesseits der Grenze, mein Gesicht stürzt noch nicht auf ihren Hals, ihre Haut errötet, ihre Züge straffen sich, ihr Schnaufen wird immer höher, sie quietscht, warum sperrt sie die Augen so weit auf, ihr Aufheulen ist wie früher, und doch nicht wie früher, es ist ein ganz anderes Heulen, mein Gesicht kann nicht auf ihren Hals fallen, ich muss in ihre starren Pupillen blicken, sie sind wie tot, sie umklammert mich mit ihren Schenkeln, der erstarrte Blick verschwindet, als sähe sie etwas hinter mir, das sie aber doch nur in meinen Augen sehen könnte.

Später frage ich sie, warum sie so geschaut habe. Nein, ich frage: Was hast du gesehen?

Na ja, nichts, sagt sie, letztlich gar nichts, danke. Sie küsst mich schwesterlich auf die Wange, obwohl in unserer Lust nichts Geschwisterliches war.

Eine kurze Zeit lagen wir so nebeneinander, ohne Decke. Sie legte meine Hand auf ihre Brust, legte ihre Hand weich auf meine Lenden, ich solle jetzt nicht entsetzt sein über das, was sie mir erzählen werde, das sei ihr noch nie passiert, was jetzt endlich passiert ist. Sie habe oft gedacht, dass sie ohne mich nicht befreit werden könne. Sie sagte nicht, wovon, sie habe sich schon damit abgefunden, dass alles umsonst sei, für sie würde der Moment nie kommen. Sie habe es auch mit anderen probiert, nicht nur mit ihrem Mann, aber nie … Weißt du, wie das ist, wenn es nie passiert? Jetzt ist es endlich passiert, sie lacht auf, danke, Brüderchen.

Als der Hauptmann im Hof der Ziegelei Óbuda ruft, dass die über Sechzigjährigen und unter Sechzehnjährigen aus der Reihe treten sollen, als mir mein Vater die Mütze zurechtrückt und meine Mutter den Schal um meinen Hals wickelt und aufzählt, welche Lebensmittel sich im Rucksack befinden, als mein Vater aufzählt, welche Papiere ich bei mir habe, und mir Geldscheine in die Tasche schiebt, als sich Róberts von Madó verabschieden und uns der Gendarm in Reihen ordnet, ruft mir mein Vater Namen und Adressen zu. Da schaut mich meine Mutter an, als wollte sie, dass ich ihr Lächeln als Erinnerung an diesen Moment behalte. Sie halten einander an den Händen und winken mit den freien Händen, während sie das Holztor erreichen, nach links einbiegen. Da entdeckt Vera, sicherlich im letzten Moment, ihre Mutter in der letzten Reihe, wenigstens erzählte sie es mir so.

Frau Seidel ist neununddreißig Jahre alt. Sie trägt einen

schwarzen Wintermantel mit falschem Persianerkragen, braune, hohe Schuhe, eine dunkelgraue Baskenmütze. Als sich Vera in die Reihe der Alten und Kinder stellt, küsst sie sie auf die Wange und sagt: Pass auf, du weißt schon, *darauf!* Vera würde gerne wenigstens jetzt auf die übliche Warnung verzichten. Frau Seidel richtet etwas am Riemen ihres Rucksacks, vielleicht hat sie mich gesucht, vielleicht wollte sie mir noch etwas sagen, vielleicht wollte sie mir zuwinken, aber ich sah sie nicht mehr, sie sah mich auch nicht mehr, weil ich in der Mitte war. Ja, du hast dich neben mich gestellt, du musst auch in der Mitte gewesen sein, sage ich, mit meiner Hand immer noch auf ihrer Brust. Die Kolonne war schon am Holztor, du hast ihr etwas zugerufen, und zweimal hast du ihren Namen gerufen, nicht Mama-Mama oder Mutti-Mutti, deshalb kann ich mich daran erinnern. Du hast Klári gerufen, Seidel Klári. Ich habe Seidel Klári gerufen, weil ich dachte, dass so viele Mama und Mutti rufen. Ja, sage ich, jeder hat es getan. Ich habe sie gesehen, sie ging in der letzten Reihe, sie hat gehört, dass ich ihren Namen rief, sagt Vera, sie drehte sich um, ich sah ihr Gesicht und sie sah mich auch, denn sie begann zu winken. Vielleicht ging sie auf Zehenspitzen, damit ich sie sehen konnte. Sie sah zu mir herüber, als ob sie gerade begriffen hätte, dass sie gehen müsste und ich bleiben würde, ihr Blick war, als hätte sie gespürt, dass sie mich nie wiedersehen würde. Und ich habe es auch gespürt.

Damals konnte sie das noch nicht wissen, und du auch nicht.

Aber ihr Blick war so, sagt Vera sanft. Die Ruhe nach der Befriedigung liegt in ihrer Stimme.

Vielleicht hast du das erst später gespürt, sage ich, vielleicht spürst du das erst jetzt, während du mir davon erzählst.

Sie zieht ihre Hand zurück, ich ziehe meine Hand zurück, sie umarmt mich.

Während wir uns umarmen, sage ich nicht, dass ich mich nicht an Frau Seidels Blick erinnern kann.

Ich habe deine Hand losgelassen und wollte zu ihr hinlaufen.

Sie träumt oft, dass sie zu ihrer Mutter laufen möchte, aber nicht könne. Sie sagt, dass sie das auch in der Francia-Straße geträumt habe, auf dem großen Holztisch – gleichzeitig half sie mir im Schlaf, ihren Schlüpfer auszuziehen. Auch damals sah sie ihre Mutter, sie warnte sie gerade *davor*, als sie durch die Berührung meiner Hand von einer Erregung durchflutet wurde, die sie noch nie gespürt hatte. Von ihren Freundinnen hatte sie natürlich schon davon gehört. Sie wollte die Erregung steigern, ich war schon wach, sagt sie, ich griff nach deiner Hand, damit du sie dort lässt, damit es noch besser wird, aber dann sah ich sie plötzlich. Und das machte, dass alles, was so gut war, so sehr wehtat.

Ich sage Vera nicht, dass ich mich an diesen Klagelaut erinnere, den ich in der Francia-Straße gehört und der mich so sehr erschreckt hatte, dass ich meine Hand zurückzog, mein Taschentuch hervorzerrte und mich abtrocknete. Du hast nie etwas davon gesagt, sage ich.

Na ja, darüber kann man nicht sprechen. Deine Eltern waren so gut zu mir, es war so gut, deine Schwester zu sein, ich habe nie gewagt, es jemandem zu erzählen. Seitdem kommt es vor dem Höhepunkt immer zurück. Ich bin zu einem Sexualpsychologen gegangen. Er sagte, verständlich, kein außergewöhnlicher Fall, er benutzte auch irgendeinen Fachausdruck.

Deinem Mann hast du es nie erzählt?

Er tut alles für mich, ich will nicht, dass er weiß, warum mir das wehtut, das hat er nicht verdient. Das geht ihn nichts an. Das geht nur dich was an.

Ich streiche mit der Hand über ihre Wimpern, küsse ihr Gesicht.

Das war ein brüderlicher Kuss, sagt sie mit geschlossenen Augen, heiter, das war gut, komm, wieder, so, noch, noch …

Agnes notiert gelegentlich etwas, während ich mich an ihren Stiefvater erinnere. Manchmal notiert sie auch etwas, wenn ich gerade nichts sage. Sie nimmt es als selbstverständlich hin, dass auch ich manchmal etwas notiere.

Ich notiere, dass Vera die Freuden des Vergessenkönnens durchlebte, als sie sich endlich von der Erinnerung an den Blick ihrer Mutter freimachen konnte. Zu Agnes sage ich, ja, Vera und ich waren älter als Sie und der Sohn des Chauffeurs, Vera hatte schon ihre Menstruation.

Sie errötet.

Verzeihung, entschuldigen Sie, sage ich, das gehört wirklich nicht hierher.

Oh mein Gott, sagt sie, und was ist mit ihr passiert, sind ihre Eltern zurückgekommen?

Nein …

Und was ist mit Ihnen passiert?

Wir waren Kinder … es hat uns auseinanderge…

Nur eine Tante von Vera blieb am Leben. Mit ihr lebte sie bis zu ihrem einundzwanzigsten Lebensjahr zusammen. Ich musste mich irgendwie von ihr lösen, sagte Vera später. Eine Woche, nachdem sie sich kennengelernt hatten, heiratete sie ihren Mann.

Sie kniet sich auf mich. Bewegt sich langsam auf mir. Wird schneller. Schließt ihre Augen. Ich schließe meine Augen.

Fast dreißig Jahre später beobachtet Agnes interessiert, wie ich mir Notizen mache. Letztlich kennt sie das auch, was ich jetzt niederschreibe. Dass Vera und ich damals, als wir uns nach zwanzig Jahren wiedersahen, alles miteinander teilten, was man nur miteinander teilen kann. Dass wir, als wir uns liebten, die *Zeit* mit unseren Mündern in uns aufsogen, sie aus dem anderen heraussogen, vernichteten. Letztlich kämpft ja auch Agnes gegen die *Zeit*, mit sanftem Lächeln, ohne zu verraten, dass es auch für sie einen Kampf bedeutet.

Danke, sagt Vera, als sie sich wieder neben mich legt. Ich möchte ihr so gern erzählen, wie ich ihren Körper sah, als sie ein kleines Mädchen war. Kleine Speicheltropfen hängen in ihren

Mundwinkeln, während sie mir zuhört. Meine Erinnerungen sind Teil ihrer Erinnerungen. Wir unterhalten uns, als wären wir wirklich Bruder und Schwester, die einstigen Rollen aus Not werden zum Spielplatz, obwohl wir beide wissen, dass es doch nicht wahr ist. Beim Abschied fühlen wir, dass sich immer alles wiederholt. Nur das wird sich nicht mehr wiederholen, dass der Blick ihrer Mutter sie davon abhielt, sich zu finden. Und dass wir uns als Geschwister fühlten.

Mein Zimmer ist im ersten Stock links.

Ich steige die Treppen mit dem roten Teppich empor. Auf den Fluren blausamtene Sessel, Jugendstilspiegel, Wandleuchten.

Morgen um zehn beginnen die Dreharbeiten. Zehn Personen sind aus Budapest angereist. Agnes wird die Letzte sein, sie möchte alle Interviews mitanhören.

Alle, die ihre Erinnerungen vor der Kamera erzählen, wären ohne Carl Lutz nicht in der Lage, sich überhaupt an irgendetwas zu erinnern. Trotzdem wäre es angemessen, dem Zufall, der Unberechenbarkeit, Beachtung zu schenken. Der Unentschlossenheit eines Schwarzuniformierten beispielsweise, oder dass ich beim Anblick der herannahenden Patrouille auf der Francia-Straße Vera umarmte und an die Wand presste, als hätten wir woanders keine Gelegenheit zum Knutschen. Aus Agnes' Blick auf der Terrasse lese ich, dass auch sie ihre Erinnerungen erzählen solle, dass ihr das jedoch nicht viel bedeute. Sie ist lediglich auf einer Pilgerreise hier, in unserer Gesellschaft.

Sie nannten uns *Überlebende*. So wurden wir auch dem Team vorgestellt.

Auf den Fluren umherirrend werde ich von der Erkenntnis überwältigt, dass wir zwar darüber informiert wurden, wie uns der Moderator nennen würde, dass ich mich aber dagegen wehren müsste. Das ist keine Rolle für mich, ich bin kein Überlebender, ich bin ein *Zeuge*, und vielleicht ist genau das meine

Aufgabe, vor der Kamera einige Worte dazu zu sagen. Dazu, worin der Unterschied zwischen beidem besteht. Ich weiß, wie man jedes Geschehen, selbst das, was wir Geschichte nennen, durch den Einsatz von aufgetakelten, meist platinblonden Moderatoren mit gestreiften Krawatten transformieren kann.

Staub und Stille.

Die blausamtenen Bezüge sind ziemlich matt. Die Spiegelrahmen und Türrahmen abgegriffen. Das Grand Hotel ist der Blick der Wende zwischen dem 19. und dem 20. Jahrhundert. Ein Augenpaar, das verständnislos auf die Personen starrt, die da in ihre Räume getreten sind.

Wie ich sehe, bleibt Agnes an der Weggabelung stecken, wie ich auch. Vielleicht spürt sie, dass man sich in solchen Momenten entscheiden muss, in welche Richtung es weitergehen soll. Sie kannte ihren Stiefvater als liebenswerten Herrn mit Brille. Als seine Stieftochter lebte sie jahrzehntelang in vertrauter Atmosphäre mit ihm zusammen. Und dennoch, kann sie wissen, wer er in Wirklichkeit war? Sie erwähnte auf der Hotelterrasse, dass seine Tagebücher eher denen etwas sagen würden, die nicht in seiner Nähe, nicht in seiner familiären Umgebung gelebt hätten wie sie. Sie musste ihr Bild von ihm immer den Tagebuchnotizen gegenüberstellen.

Alles, was Carl Lutz über die Gleichgültigkeit der Schweizer Diplomatie erzählt hat, die Vergehen, die er dokumentiert hat, müssen Agnes erschreckt haben. Jahrzehntelang war ihr nicht klar, was davon Tatsache und was vielleicht der Verletztheit von Carl Lutz zuzuschreiben war. Ich glaube, dass Agnes moralisch dazu bereit ist, die Vergangenheit zu erforschen und zu dokumentieren, eine Vergangenheit, die nicht die ihre ist, aber dennoch die Spuren ihres eigenen Schicksals trägt.

Carl Lutz kann Ende Dezember nicht in der Pannónia-Straße 36 gewesen sein, sagt sie, weil er damals auf keinen Fall mehr von seiner Wohnung in Buda nach Pest hätte fahren können.

Aber er muss dort gewesen sein, sage ich.

Er kann nicht dort gewesen sein, sagt sie.

Wissen Sie etwas anderes, Agnes?

Erinnerte sich Gizi an etwas anderes?

Ich stehe im ersten Stock der Pannónia-Straße 36, einen Rucksack auf den Schultern. Die, die schon aus dem Haus geholt worden sind, geben die Nachricht weiter, dass ein schwarzer Packard mit Diplomatennummer von der Schweizer Botschaft gekommen sei.

Da waren wir schon im Keller, sagt Agnes. Die Telefonleitungen haben nicht mehr funktioniert.

Ich gehe den Gang im ersten Stock des Grand Hotels entlang. Agnes war damals erst sechs Jahre alt, wie sollte sie sich genau erinnern können?

Wenn ich alle Türklinken nacheinander hinunterdrücken würde, durch die Flügeltüren ginge und in keinem der Zimmer jemanden fände; nicht in den Hallen, in den Kabinetten, an der Rezeption; wenn ich von überall her das Geräusch von Schritten und Gesprächsfetzen vernähme, von rechts und links, von unten und oben, ein Rauschen, das durch die Wände dringt und jenem Rauschen ähnelt, das aus der alten Muschel strömt …

Sie liegt auf meinem Bücherschrank, ich habe sie Herrn Róbert nie zurückgegeben, erwähnte sie auch Madó gegenüber nicht, fiel mir gar nicht ein, als sie im Herbst vergangenen Jahres bei uns war. Sie gehört so sehr zu mir, ich muss sie gar nicht ans Ohr halten, auch so vermischt sich ihr Rauschen mit dem Lärm der Stadt, zum Glück ferngehalten durch die Bäume des Gartens, des Stadtparks. Das Rauschen der Muschel ist wie das Geräusch meines Atems, kein Laut, nicht einmal ein Stöhnen. Solch ein Tönen nehme ich jetzt wahr, es strömt auf dem Flur aus allen Richtungen. Wir sind acht Menschen, jeder mit seiner eigenen Geschichte, das Fernsehteam streift uns mit Fingerspitzen, mit zarten Gesten, als wären wir etruskische Vasen oder Fundstücke, in den Tiefen von Archiven gehütet, zu Staub zerfallende Folianten. Wir sind acht von all den Millionen. Ich weiß nicht, was die anderen denken, ich bin mir sicher, dass nur der Regisseur, der Redakteur, die zwei Dolmetscher, die Kameramänner, der Toningenieur und die Assistentin glauben, dass sie aus diesem Frage-Antwort-Spiel irgendetwas Authentisches herausholen können.

Für mich ist nur das durchdringende Rauschen authentisch.

Ich habe keine Pfeife, die ich anzünden könnte, um rauchend über Rätsel nachzugrübeln. Ich habe auch kein volles Whiskey-Glas, aus dem ich beim Nachdenken einen guten Schluck nehmen könnte. Auf den Fluren hängen prachtvolle Drucke von Impressionisten, aber dahinter sind sicher keine Geheimtüren, hinter denen man aufschlussreiche Landkarten finden könnte.

Die *Zeit* verliert ihre Messbarkeit. Ich muss gar nicht auf meine Armbanduhr sehen, ich schreite in weitläufigeren Zeiträumen voran. Von unten dringen Gesprächsfetzen herauf. Ich gehe die Treppe hinunter, an der Rezeption begrüßt mich der junge Portier auf Ungarisch. Er spricht in insgesamt zehn Sprachen einige Worte, mit denen er den Hotelgästen den Weg weisen kann. Zwei Filmkameras werden in die kleinen Salons getragen. Die Techniker schleppen Kisten.

Ich gehe wieder in den ersten Stock, aus jedem Zimmer kommt jemand heraus. Ältere Frauen mit Strohhüten, junge Männer in Jeans, man sieht T-Shirts, Pullover, Kostüme. Adidas-Turnschuhe, Pfennigabsätze. Agnes erscheint in der Tür von Nr. 10. Mein Zimmer ist die Nr. 4, ich muss sie fragen, wann sie die Tagebücher von Carl Lutz zum ersten Mal gelesen hat, noch zu seinen Lebzeiten? Und falls ja, hat sie ihm Fragen gestellt? Und falls ja, welche Antworten hat sie bekommen?

Ich sehe Agnes nicht, dabei ist sie doch gerade die Treppe hinuntergegangen.

Ich gehe auch hinunter in die große Halle.

Links eine flämische Sitzgarnitur. Vielleicht haben die Minister 1925 hier ihren Kaffee getrunken. In der Nähe der riesigen Flügeltüren zur Terrasse steht ein Klavier. Ein blondes, etwa zwanzigjähriges Mädchen in weißen Shorts und rotem T-Shirt steht davor wie eine Statue. Am riesigen Verhandlungstisch sitzen zwei ältere Herren in goldseidenen Sesseln und unterhalten sich. Sie halten Gläser mit Mineralwasser in den Händen. Der eine trägt eine Reithose, der andere weiße Gamaschen.

Agnes sitzt in der anderen Ecke auf einem Thonet-Stuhl, der Weg dorthin ist lang, die Halle riesig. Eine Touristengruppe kreuzt meinen Weg, sie wollen die historischen Requisiten sehen, sie verdecken Agnes. Bis ich in die abgelegene Ecke gelange, ist sie schon nicht mehr dort. Ich gehe hinaus, die Flure entlang, sehe in Säle hinein, immer wieder erblicke ich sie in einer Biegung, vor einer Tür, aber wenn ich hinkomme, ist sie nicht mehr da. Ich irre in einem verlassenen Schloss umher – war ich schon einmal an einem solchen Ort? Vielleicht habe ich auch nur darüber gelesen, über ein riesiges, unüberschaubares Gebäude, in dem nichts so ist, wie es aussieht. Die Mauern des Hotels dehnen sich aus, über den Park hinaus, über die Promenade, den See, die Berggipfel, vielleicht erscheint dieser Ort nur auf einem Bildschirm und kann gar nicht betreten werden. Eine Spiegelung. Als wäre auch meine Gegenwart so hergestellt worden.

Hinter mir schlägt eine Tür zu, eine andere öffnet sich vor mir. Eine Assistentin mit Schreibblock in der Hand erscheint, Jeans, weiße Bluse, schwarze Weste, blondes Haar, das ihr auf die Schultern fällt, wir einigen uns auf Englisch. Nicht morgens, erst um zwei Uhr mittags beginnt die Aufzeichnung, natürlich könne ich in Lederjacke kommen. Leone werde die Fragen auf Französisch stellen, Anna werde übersetzen, meine Antwort werde der Dolmetscher für Ungarisch und Italienisch direkt in Leones Kopfhörer sprechen.

Ich frage, warum das nötig sei. Die erste Kopie wird auf Italienisch sein, sagt sie. Anna spricht nur Französisch, also stellt Leone die Fragen auf Französisch. Verstehe, sage ich. Anna übersetzt für mich. Die Assistentin nimmt mich am Arm.

In der großen Halle sitzen bereits alle sieben Weggefährten, mit denen ich hergekommen bin, und natürlich Agnes. Ich verstehe nicht, wieso ich sie im ersten Stock gesucht habe. Leone, der Redakteur-Reporter, bittet mich, Platz zu nehmen, erklärt die Ideen aus dem Drehbuch, sagt, was er von den Gästen erwartet. Er ist höflich. Gibt Ratschläge. Der Kameramann beobachtet uns, bereitet sich auf uns vor, als wären wir Schauspieler, die auf Anweisung des Regisseurs vor die Filmkamera treten. Jeder soll sein eigenes Schicksal imitieren, das erwarten sie von uns. Ich bin der Jüngste. Unter uns ist eine dreiundachtzigjährige Dame, die Carl Lutz zwar getroffen und Erinnerungen an ihn hat, die dann aber doch in einen Transport nach Auschwitz kam. Er würde ihr Fragen zu Auschwitz stellen, sagt Leone, so aufmerksam, wie man Stars dazu aufzufordern pflegt, ihren eigenen, wunderbaren, individuellen Stil vor die Kamera zu bringen.

Wir sind nicht mehr die acht *Überlebenden*, wie sie uns genannt haben, wir beginnen bereits, die Wünsche des Teams zu bedienen. Ich bitte Anna, Leone zu übersetzen, dass sie uns nicht als *Überlebende*, sondern als *Zeugen* betrachten sollen. Leone nickt, bedankt sich, scheint aber den Unterschied nicht ganz zu verstehen. Vielleicht ist dieser bei der Übersetzung verloren gegangen, vielleicht ist ihm der Abstand zwischen den beiden Begriffen nicht klar. Der Überlebende, sage ich, kann irgendjemand sein, das Opfer ebenso wie der Mörder; der Zeuge hingegen ist derjenige, der etwas bewahrt; er erinnert sich nicht, klagt nicht an, verteidigt nicht, vergisst nicht. Oui, oui, oui, nickt Leone, der Chefkameramann läuft hin und her, eine Dame beginnt davon zu sprechen, wie sie in Ravensbrück in die Schlange vor der Gaskammer gestoßen wurde und wie sie schließlich doch entkommen konnte. Leone möchte sie aufhalten, lieber morgen, vor der Kamera, doch die Worte strömen nur so aus ihr heraus. Anna bleibt nichts anderes übrig, als zu übersetzen. Mir ist, als hätte ich so etwas schon einmal gelesen, was die alte Dame erzählt, eine andere alte Dame, nicht die, die in Auschwitz war. Die Geschichte ist bekannt, aber diese Geschichte ist so, als hätte ich sie geschrieben. Am Abend will ich Györgyi anrufen, ihr sagen, dass jetzt ich verreisen musste, in fünf Tagen aber wieder in Budapest sein werde. Jeder unterbricht jeden, jeder erzählt etwas über sich, Leone ist gezwungen, zu verkünden, dass wir morgen vor laufenden Kameras fortfahren werden. Jetzt sollen wir in den benachbarten Saal hinübergehen und einer nach dem anderen in einem Sessel Platz nehmen. Tonprobe, Lichtprobe. Wir sind Marionetten, nicht mit unserem Schicksal, mit unseren Geschichten anwesend, sondern mit dem, was der Moderator als Geschichte definieren wird. Genauso wie Leone unfähig ist, den Unterschied zwischen Überlebenden und Zeugen zu klären, wird er den Zuschauern verborgen bleiben. Bei Györgyi springt nur der Anrufbeantworter an, ich sage, dass ich sie aus Locarno anrufe. Ich sehe die alte Dame, die von Ravensbrück erzählt und nicht aufhören kann, auch auf die behutsamen Einwände Leones hin nicht. Ich sehe, wie sie ihre Rechte sehr langsam und schützend, als solle die Bewegung Stunden dauern, vor die Augen hebt. Ist sie vom Licht geblendet oder will sie nicht sehen, woran sie sich erinnert? Jemand mit einer Handkamera arbeitet ganz ohne Instruktionen, der Kameramann sieht vielleicht das Bild schon auf dem Monitor: Eine alte Frau bedeckt ihr Gesicht.

Eine Stunde später wähle ich wieder, jetzt kommt eine andere Ansage von Györgyis Anrufbeantworter, vielleicht war sie inzwischen zu Hause, bestimmt hat sie meine Nachricht schon abgehört. Danke, ich hab's gelesen, ich warte, höre ich von der Schlussansage, das kann nur für mich bestimmt sein. Ich hätte die Telefonnummer meines Hotelzimmers hinterlassen können – aber wozu, der Anruf ist teuer. Wo bewahrt sie mein Manuskript auf, auf der Kommode neben den Familienfotos, auf dem Nachtkästchen, um vor dem Einschlafen im Bett darin zu lesen? Trägt sie ein Nachthemd oder einen Pyjama, behält vielleicht nur einen Slip an oder schläft sie nackt? Warum denke ich, dass auch sie sich mit mir beschäftigt? Ich denke es wegen ihrer Stimme, die letzten Worte auf dem Anrufbeantworter waren mehr als ein paar Worte, es lagen Solidarität, Neugier, Interesse darin, und das nicht nur im Gesagten. Natürlich beschäftigt es sie, wie ich sie beschreibe.

Agnes entschuldigt sich für ihre Unzulänglichkeit, sie hatte Angst, sich auf Ungarisch nicht so gut ausdrücken zu können, sie war acht Jahre alt, als Carl Lutz ihre Mutter heiratete und sie Ungarn verließen. Agnes hört sich meine Erzählung an, eine unglaubliche Geschichte, denn ihre Erinnerungen aus ihrem sechsten Lebensjahr bewahrten die *ewige Nacht*, wie sie es nennt, als einen bedrückenden Traum – ewige Kellerdüsternis, ewige Explosionen. In ihrer Kindheit hatte sie vieles »darüber gehört, was passiert ist«, so sagt sie, von ihrer Mutter und auch von Carl Lutz, trotzdem war es anders, sich auf dieser Hotelterrasse über das Schicksal und die Geschichte zu unterhalten. Im Tagebuch ihres Stiefvaters tauchte immer wieder der Satz auf: »Ich werde nie begreifen, wie es geschehen konnte.« Agnes sagte es nicht so, ich half ihr, die Worte zu finden. Sie entschuldigte sich erneut für ihre Unzulänglichkeit, mich aber erfüllte es mit Genugtuung, dass ich ihr Schicksal, für das sie die Sprache verloren hatte, für sie in Worte fassen konnte. Sie wolle erfahren, was mir widerfahren sei, sagte sie, eigentlich wollte sie sagen, ich möchte mein Leben verstehen, einfache Worte, dachte ich, und dass sie es nicht so ausdrücken konnte, lag wohl nicht nur an ihren mangelhaften Sprachkenntnissen. Vielleicht hätte sie es auch auf Deutsch nicht ausdrücken können, mir schien, die Erkenntnis kam für sie unerwartet, dass sie letztlich ihr eigenes Leben verstehen wollte.

Anna ist etwa vierzig Jahre alt. Ovales Gesicht, gehetzter Blick, immer Notizbuch und Stift in der Hand, sie schreibt selten etwas auf, übersetzt fortwährend. Sie sitzt neben Leone, mir gegenüber, nahe bei der Kamera. Leone neigt sich zu ihr, flüstert ihr die Fragen ins Ohr. Selten bittet ihn Anna, etwas zu wiederholen, sie konzentriert sich auf die Fragen, dennoch habe ich das Gefühl, meine Antworten interessieren sie mehr – und mehr noch interessiert sie mein Blick. Mehr als diese Fragen interessiert auch mich, was ihrer beider Blicke ausdrücken.

Annas Blick pendelt in der *Zeit*, die sich während ihrer Arbeit öffnet. Es ist eine zu große Entfernung, um sie mühelos durchschreiten zu können. Sie scheint zu sehen, was gerade gesagt wird. Nur eben so gesagt, notiere ich auf dem Balkon nach dem ersten Drehtag im Nachmittagslicht. Die Schatten auf dem Rasen des Parks werden länger. *Nur* eben so gesagt, schreibe ich, unterstreiche das Wörtchen nur.

Ich schreibe schnell, verzichte häufig auf die Interpunktion.

Zwei Gestalten spazieren Händchen haltend über die Promenade zwischen Park und Tennisplatz. Der Mann trägt eine paprikarote Leinenhose und ein blau gestreiftes T-Shirt, die Frau einen weißen Leinenrock und eine paprikarote Bluse. Sie kommen unter den Baumkronen hervor. Sie öffnet ihren gelb-weiß-gestreiften Sonnenschirm. Ein Gärtner mit Strohhut sprengt den Rasen.

Ich bitte Anna, die letzte Frage zu wiederholen. Meine Bitte verwirrt sie. Vielleicht denkt sie, ihre Übersetzung sei nicht korrekt gewesen, sie schaut sich um, berät sich mit Leone. Ich habe ihre Worte verstanden, möchte aber Zeit gewinnen, bevor ich antworte. Ich glaube, die Mitglieder des Teams merken auf, sie spüren, dass die plötzlich entstandene Pause eine Bedeutung haben könnte, der Typ mit der Handkamera kommt auf mich zu. Anna wiederholt die Frage: Wie sei mir das Bild von Carl Lutz in Erinnerung geblieben? Ich solle versuchen, ihn zu beschreiben.

Jetzt tauschen in mir der Verfolgte und der Verfolger den Platz.

Gar nicht, sage ich. Ich achte darauf, mit meinem Gesichtsausdruck nicht zu verraten, dass ich einen gewissen Triumph verspüre.

Leone berät sich wieder mit Anna. Anna sagt, Leone hätte *ihr* gesagt, ich hätte zuvor erwähnt, dass ich Carl Lutz öfter begegnet sei. Richtig, sage ich, allerdings wusste ich damals nicht, dass er das ist. Das sei jemand von der Botschaft irgendeines neutralen Landes, so viel hatten sie uns in der Ziegelei gesagt und im Kinderwohnheim wie auch später in der Pannónia-Straße. Sein Auto hatte ich als einen Adler in Erinnerung, jetzt habe ich von Agnes Hirschi erfahren, dass es ein Packard war, ich werde das im Manuskript meines Romans korrigieren. Sie bitte mich, sagt Anna, zu versuchen, diejenige Person zu beschreiben, von der ich später erfahren habe, dass es Carl Lutz war.

Die Führung des Spiels ist in meiner Hand.

Ich tue so, als ob ich lange nachdenken müsste.

Der Typ mit der Handkamera arbeitet, er versucht, meinen Gesichtsausdruck einzufangen, während ich versuche, mir Gesichtszüge und Gestalt von Carl Lutz in Erinnerung zu rufen.

Das ist deshalb nicht möglich, sage ich, während ich Leones Gesicht beobachte, weil ich sehr viele Fotos von ihm gesehen habe, ich kannte Beschreibungen seiner Person, sodass sich sein Bild in meiner Vorstellung anhand dieser Angaben unweigerlich veränderte. Erinnerungen verändern sich, sage ich, die ursprünglichen verschwinden, und uns bleibt, was andere fixiert haben, die zwar den ursprünglichen ähneln, aber letztlich doch Kopien sind. Ich achte auf jedes meiner Worte. Das verlangt mehr Konzentration als das Heraufbeschwören von Erinnerungen. Ich modelliere meine Position: Man zitiert den Privatdetektiv herbei, man will sich von ihm informieren lassen. Was hat er erfahren, das die amtlichen Stellen noch nicht wissen? Das ist eines der Probleme, sage ich, man muss sich vom eingeprägten Bild freimachen, man muss versuchen, ins Unbekannte zu schauen, herausfinden, was sich hinter dem Naheliegenden verbirgt.

Ich spüre, dass meine Stimme ungewollt provozierend wird. Ich hoffe, dass der unsichtbare Simultandolmetscher, der meine Worte auf Italienisch in Leones Kopfhörer weitergibt, dies nicht durch seine Betonung spüren lässt. Leone nickt eifrig.

Anna sagt, Leone verstehe, was ich sagen wolle, gehen wir weiter, die nächste Frage, sagt Anna: Wie ich mir die letzte Begegnung zwischen Carl Lutz und Adolf Eichmann vorstelle, im Drehbuch kommt eine solche Szene vor, sie drehen sie mit Schauspielern nach.

Das hat mich beim Schreiben meines Romans auch vor eine unlösbare Frage gestellt, sage ich. Meinen Informationen zufolge hat Lutz das Treffen erst Jahre später dokumentiert, das heißt, auch sein Tagebuch liefert keinen wirklich authentischen Anhaltspunkt, auch dieses Tagebuch wurde bereits aus der Erinnerung geschrieben. Wer weiß, in welcher Stimmung er an jenem Abend war? Was wusste er damals schon, als er niederschrieb, wer Adolf Eichmann in Wahrheit war? Sicher ist jedenfalls, dass er dessen Vergangenheit nicht gekannt haben kann, nicht genau jedenfalls. So gesehen war Eichmann im Vorteil, er wusste mehr über Lutz als Lutz über ihn. Fest steht auf alle Fälle, dass sich da zwei Profibeamte gegenüberstanden.

Anna sagt, Leone verstehe das nicht, sie möchte mich bitten, das genauer zu erklären.

Hinter dem technischen Stab stehen noch mehr Leute herum. Wer sind sie?

Der eine ist ein Beamter des Todes, der andere des Lebens, sage ich, und beide verstehen ihre Sache gut.

Alles, was wir heraufzubeschwören versuchen, scheint uns zwischen den Fingern zu zerrinnen, alles droht unter die Herrschaft der Gegenwart zu geraten, das Erinnern und Nichterinnern, das Vergessen und Nichtvergessen. Der Versuch des Heraufbeschwörens ist nicht der Versuch des Heraufbeschwörens, als würde alles, was geschah, gerade durch den Versuch dieses Heraufbeschwörens vernichtet.

Leone gibt es auf, mich über das Treffen zwischen Lutz und Eichmann auszufragen. Anna sagt, es interessiere ihn, ob ich noch irgendwelche Erinnerungen hätte, die mir wichtig seien. Annas Blick verrät, dass sie etwas erwartet, im Gegensatz zu Leone. Der hoffnungsvolle, provozierende Blick ruft in mir einen Laut hervor, er kommt aus der Vergangenheit, ich höre ihn aus der Tiefe, ein Kreischen hebt an, ich kann mich am besten an einen Schrei erinnern, sage ich. Leone ist ratlos, an einen Schrei, übersetzt Anna, nicht als Frage, sondern als Wiederholung dessen, was ich gesagt habe, als wolle sie es bestärken. Warum ist Ihnen das so wichtig, fragt Leone, übersetzt Anna. Ich spreche kein Französisch, aber ich spüre den Unterschied zur Betonung ihrer Worte, die Handkamera kommt wieder näher, ich muss lächeln: Na ja, das ist etwas, was ich für mich behalten möchte, sage ich, vielleicht ein intimes Detail, übersetzt Anna, keine Spur, sage ich, das ist für mich einfach der Schlüssel des Sich-Erinnern-Könnens, und ich habe keine weiteren Exemplare davon.

Am nächsten Tag rufen sie mich, ich soll den Dreharbeiten über die Begegnung zwischen Lutz und Eichmann beiwohnen.

Sie hatten eines der Appartements im ersten Stock öffnen lassen. Altmodische Möbel. Die Langeweile des Raumes soll durch Beleuchtung ausgeglichen werden. Kostüme und Maske der Schauspieler sind wie in hundert anderen, oft gesehenen Kriegsfilmen. Leone erklärt dem Schauspieler, der Carl Lutz spielt, dass er Eichmann mit reglosem Gesicht beobachten solle, auf keinen Fall dürfe er Gefühle verraten. Es würde mich interessieren, was er über Lutz' Gefühle denkt, aber das verrät er nicht. Der Schauspieler nickt, er ist bereitwillig, entschlossen. Ich habe schon ähnliche Sachen gespielt, sagt er, er nennt einen Filmtitel, ich glaube, ich habe ihn gesehen, ein Actionfilm. Ich denke an die Szene, sagt er zu Leone, in der ich schon weiß, wer der Serienmörder ist, aber um sicherzugehen, muss ich ihn aus der Reserve locken. Anna übersetzt das für mich, ich muss darauf achten, dass mein Blick nichts verrät, sonst entkommt er mir, sagt der Schauspieler, so meinst du es doch, oder? Ja klar, ich weiß, man muss die Figur plastisch gestalten.

Leone wendet sich ab. Das wird gut, Sie werden sehen, das wird gut, sagt er.

Anna flüstert mir ins Ohr, Leone lasse mir sagen, was ich sicher schon wüsste, dass die Arbeit mit Schauspielern immer ein Kompromiss sei. Eigentlich wollten sie für die Rolle jemand anderen haben, aber der dreht gerade etwas anderes.

Ich gehe in den Park.

Hinter den Büschen geht das Pärchen von gestern spazieren. Der Rock ist jetzt orangefarben, die Hose beige, ein T-Shirt mit schwarzen Streifen, eine orangefarbene Bluse. Sie halten sich an den Händen.

Auf der Promenade sehe ich das Plakat einer Joseph-Beuys-Ausstellung in Ancona. Ich kaufe im Hafen eine Rückfahrkarte. An Deck suche ich mir einen Platz in der letzten Reihe. Vor mir die von traumgrünen Wäldern bedeckten Berge, davor der traumblaue See, hinter mir die traumbunte Reihe der Hotels von Locarno, hinter den Häusern das sonnengelbe Traumkloster von Madonna del Sasso aus dem 16. Jahrhundert und die schneebedeckten traumweißen Berggipfel. Ich sehe mir die Ausstellung in einem traumrosa Häuschen in einem sanft sich schlängelnden, leicht ansteigenden Traumgässchen an, ich warte auf einer Terrasse auf das Schiff und trinke Bier, alles geht spazieren, flaniert, Sonnenschirme, weiße Leinenhosen, weiße Bermudashorts, Palmen, Geplätscher.

Lange stand ich in jedem der drei Ausstellungsräume. Studierte die Informationstafeln. Ich wusste es schon früher, jetzt konnte ich es beobachten, wie der Natur entnommene Dinge zu Kunstobjekten wurden und wie sie, der Natur wieder zurückgegeben und mit deren Unendlichkeit verschmelzend, ihre ästhetische Gegenständlichkeit bewahrten. Diese Art von schöpferischer Arbeit ist nicht meine Sache, trotzdem denke ich auf dem Rückweg, ob ich selbst nicht letztlich auch so arbeite, ob nicht das Schicksal mein Naturmaterial ist, das ich nach der Bearbeitung zurückgebe, wenn auch nicht der Natur, so doch seinem natürlichen Element, der Geschichte.

Ich wähle wieder einen Platz in der letzten Reihe. Blicke noch einmal zurück auf den Traumhafen von Ancona, sehe den Korbstuhl, auf dem ich saß, während ich mein Bier trank. Die Farben des Sonnenuntergangs dominieren bereits das Traumblau des Sees, das Traumgrün der Berge, ein schweres Metalltor wurde aus den Wolken herabgelassen, Dämmerung verschleiert den See, die Luft besteht aus Schichten, eine Schicht bedeckt die andere, alles ist unbestimmt geworden, die ferne Reihe der Hotels von Locarno scheint da zu sein und nicht da zu sein, Madonna del Sasso schwebt, aber es ist nicht auszumachen, ob über der Stadt oder unter den Wolken, auf den Berggipfeln ist der Schnee vielleicht schon weggeschmolzen, Felsen schwimmen in der Dämmerung, und als zuletzt Abschied genommen werden muss von allem, was sichtbar war, glüht ein Licht auf, unerklärlich, woher, es kommt nicht vom Himmelsrand, nicht aus den auseinanderstrebenden Wolken, es wird nicht im ruhigen See gespiegelt, es glüht auf und beleuchtet alles noch einmal.

Auf dem Deck sitzt, nur eine Armlänge von mir entfernt, eine Möwe. Sie beobachtet mich. Ihr Körper bebt.

Im Sonnenuntergangslicht erscheint der rosafarbene Block des Grand Hotel. Die riesige Terrasse breitet sich aus. Die Wände sind durchsichtig. Zu den Tischen der Diplomatie lassen sich schwarz gekleidete Minister dazudenken. Mit zeremoniellen Bewegungen stellen sie sich auf. Nehmen nacheinander im selben Sessel Platz. Sekretäre reichen ihnen die Stifte zur Unterzeichnung des Vertrags.

Nicht Madonna del Sasso scheint Hunderte von Jahren alt zu sein, sondern das Grand Hotel.

Ich musste hierherkommen, um diesen Moment zu erleben, in dem so vieles durchsichtig wird, ich könnte sogar mich selbst sehen, wie ich auf dem Balkon meines Zimmers im ersten Stock sitze und aufschreibe, dass ich hierherkommen musste, um teilhaben zu dürfen an der erhellenden Macht des nach dem Sonnenuntergang noch einmal aufglühenden Lichts. Ich ahne, dass ich vor langer Zeit schon einmal ähnlichen Gefühlen ausgesetzt war, aber wann und wo ...?

Die Möwe hebt ab. Kreist in der Luft, ihr Weg ist nicht nachvollziehbar.

Die Marktstraße, die Cafés unter den Arkaden, die Seeterrassen der Hotels sind überfüllt. Die Leute promenieren, kaufen ein, essen Eis, gehen zum Essen aus. Kinderwagen. Ältere Frauen in Jeans. Junge Mädchen mit Strohhüten.

Wenige Meter hinter mir ein Pärchen. Verfolgen sie mich? Beide tragen karierte Pierrot-Kostüme. Sie gehen nicht Hand in Hand, nur ihre Fingerspitzen berühren sich.

In der Ferne ertönt ein Klingelzeichen. Kein scharfer Ton. Kein sanfter. Nicht leise, nicht laut. Ich könnte nicht sagen, was für ein Ton es ist.

Im Grand Hotel gehen die Lichter an.

Alle Fenster sind erleuchtet.

Die große Terrasse auf der Parkseite schimmert im Licht, die geschichtsträchtigen Wände werden zur Kulisse. Ein leichter Wind bewegt die Baumkronen wie Vorhänge. Auf der Promenade eilen Assistenten hin und her. Auf den Treppen zur Terrasse arbeiten Maskenbildner. Kameraleute treffen ein mit geschulterten Filmkameras. Ein junger Mann in weißem T-Shirt, weißen Bermudashorts und einer Soldatenuniform über dem Arm läuft zum Haus. Die SS-Offiziersmütze mit dem Totenkopf hat er sich auf den Kopf gesetzt.

Auf der Terrasse Schauspieler und Überlebende. Die Maskenbildner arbeiten eifrig an den Gesichtern. Der Schauspieler, der Eichmann spielt, findet die Offiziersmütze zu groß, sie stopfen sie mit Papier aus, meine Weggefährten trinken Kaffee, die Dame, die in Auschwitz war, bestellt Tee.

Der Park füllt sich mit Schaulustigen.

Die zwei Pierrots kämpfen sich in meine Nähe. Als handelten sie tatsächlich auf Anweisung. Bislang hatte ich sie als Agierende auf einer Bühne betrachtet. Jetzt beobachten sie mich wie Zuschauer.

Sind es zwei Männer? Zwei Frauen? Ist das überhaupt von Bedeutung?

Jedenfalls sind sie unidentifizierbar.

Die Touristen haben keine Ahnung, aber mir ist auch nicht mehr klar, wer Schauspieler und wer Überlebender ist. Ein Assistent bittet mehrere Zuschauer, auf die Terrasse zu kommen, aber die Aufforderung scheint sie nicht zu überraschen, als hätten sie schon die ganze Zeit darauf gewartet. Die Büsche vor der Terrasse verdecken ihre Füße, man sieht nur ihre Oberkörper, Arme und Köpfe, wie im Puppentheater, als wären die Überlebenden die Schauspieler und die Schauspieler die Zeugen. Eine junge Assistentin mit wehendem blondem Haar eilt auf mich zu: Schnell schnell!, ich suche Sie schon die ganze Zeit, ruft sie. Ich versuche mich zu verstecken, die zwei Pierrots verdecken mich zuvorkommend, als spielten wir eine gemeinsame Szene. Ein anderer Assistent fasst mich am Arm, wiederholt, dass sie nur noch auf mich warteten, schnell! schnell!, er zieht mich hinter sich her, schleppt mich die Treppe hinauf, ich trete unter der Last meiner Schande zu den Darstellern und höre die Ansage: »Kamera läuft!«

10

Ich weiß, was zu tun ist, wenn man abgeholt wird.

Mein Vater rollt die Decke nicht nach Militärart zusammen, dafür ist keine Zeit. Er faltet sie zweimal und klemmt sie sich unter den Arm. Meine Mutter stopft ein Paar warme Socken in eine Tasche meines dicken Filzmantels. Ich halte Veras kleinen Koffer, Vera übernimmt die Decke von meinem Vater, mein Vater hilft meiner Mutter, den Rucksack zu schultern.

Zwei Pfeilkreuzler stehen auf dem Treppenabsatz. Wir müssen uns in die Schlange einreihen, die schon unten im Tor angelangt ist. Rufe nach Ehefrauen und Ehemännern sind zu hören, Kinder versuchen, bei ihren Eltern zu bleiben. Alte Leute werden aus den Wohnungen im dritten Stock geleitet. Sie sind die Letzten.

Mein Vater sagt, wir sollen zusammenbleiben, damit wir am Eingang in dieselbe Reihe kommen.

Der Hauswart ist unten, sagt eine Frau.

Woher wissen Sie das, Sie wissen immer alles, Sie können doch gar nicht sehen, was am Eingang los ist.

Dieser Herr ist gerade heraufgekommen, er hat's gesagt.

Dieser Herr ist der Physiker. Der Hauswart verhandelt darüber, dass die Bewohner unter dem Schutz der Schweizer und der schwedischen Botschaft stehen, sagt er zu meinem Vater.

Ghetto oder Donauufer?, fragt ein Mann.

Erschrecken Sie die Leute nicht, der Hauswart verhandelt doch noch.

Und ich sage Ihnen, dass der Hauswart nichts zu melden hat und Sie auch nicht, am Ende wird man Sie auch noch zu uns schlagen, wenn Sie sich widersetzen, die würden Ihnen auch den gelben Stern anstecken, es wäre besser gewesen, wenn Sie früher daran gedacht hätten. Der Physiker läuft zum Eingang hinunter. Kommt zurück. Jemand von der Schweizer Botschaft ist gekommen, sagt er. Dicht gedrängt stehen wir an der Treppe. Leute, ruft der Hauswart nach einiger Zeit, jeder geht dorthin zurück, wo er vorher war. Wer im Keller war, in den Keller, wer in den Wohnungen, in die Wohnungen.

Man hört Gizi bis hier herauf. Sie ruft Bözsikes Namen. Meine Mutter will zu ihr hinuntergehen, mein Vater hält sie zurück. Er fragt den Hauswart, ob wir in den Keller gehen könnten, weil die Wohnung oben sehr kalt sei.

Der Hauswart gibt Anweisungen. Scharfe Stimme, kurze Sätze. Tun Sie, was ich sage. Beruhigen Sie sich. Im Keller ist kein Platz mehr, Sie müssen warten.

Meine Mutter versucht, durch die Menge zu kommen. Sie ruft Gizis Namen.

Ich sage ihr, sie solle nicht so herumschreien.

Aber sie ist hier, ich höre ihre Stimme.

Schon in der Ziegelei habe ich mich daran gewöhnt, dass jeder schreit. Ich habe auch schon Erfahrung darin, aus dem allgemeinen Lärm bekannte Stimmen herauszufiltern.

Die Stimme meines Vaters ist so, wie sie Monate zuvor gewesen ist. Er hat seine Sicherheit wiedergewonnen. Deiner Mutter ist dort oben furchtbar kalt, wir gehen nicht dahin zurück, sagt er, mir ist da oben auch sehr kalt, sagt Vera. Lieber die Kälte als wieder die Dunkelheit, die Menge, das Geschrei und Gejammere, denke ich. Ich höre sie, ich höre sie, wiederholt meine Mutter, ich frage nicht nach, was sie hört, sicher meint sie Gizis Stimme. Durch die Kellertür passen gerade mal zwei Leute, ich werde von hinten geschoben, ein Mann will ein kleines Kind herausholen, wir machen ihm Platz, Platz, ruft er,

Platz, Luft. Meine Mutter sagt wieder, dass sie Gizis Stimme höre, findet sie aber nicht. Jemand sagt, dass vor einigen Minuten ein Mann Gizis Namen gerufen habe, der sie aber auch nicht finden konnte.

Der Keller ist L-förmig. Zwei Öllampen brennen. Die Wände sind feucht. Die Decke ist mit Balken verstärkt. Von irgendwoher muss Luft hereinströmen, die Öllichter flackern im Luftzug.

Die Rufe klingen dumpfer. Namen, Anweisungen, Hilferufe verschmelzen miteinander. Ich sage zu meinem Vater: Mutter soll nicht mehr Gizis Namen rufen. Er antwortet nicht. Er würde gern den Rucksack ablegen, hat aber keinen Platz. Ich helfe ihm. Vera übernimmt ihren kleinen Koffer.

Gizi steht in der Kellertür und ruft den Namen meiner Mutter. Sie trägt ein schwarzes Tuch, das ihr ins Gesicht gerutscht ist. Sie keucht, stößt die Leute zur Seite. Meine Mutter umarmt sie. Vera hält sich erschrocken an mir fest. Ich höre nicht, was meine Mutter sagt, aber Gizi scheint sich zu beruhigen.

Frau Gizella! Frau Gizella! Schnell! Schnell!

Meine Mutter sagt, dass wir noch Lebensmittel für zwei Tage haben. Gizi sagt, sie werde versuchen, Lebensmittel zu besorgen, sie wisse zwar nicht, woher, der Pfeilkreuzler-Innenminister habe angeordnet, dass man alle Leute aus den geschützten Häusern ins Ghetto bringen solle; Wallenberg von der schwedischen und Lutz von der Schweizer Botschaft hätten ihm für die Aufhebung dieser Anweisung die gesamten Lebensmittelvorräte der geschützten Häuser angeboten. Sie würde es aber versuchen, jetzt müsse sie sich beeilen, Carl Lutz müsse auch noch woanders helfen, sie begleite ihn, aber wenn sie könne, komme sie danach gleich wieder her. Sie hat zwei Äpfel in der Tasche. Einen gibt sie mir, den anderen Vera.

Der Hauswart trägt jetzt keine Offiziersmütze mehr. Er hebt die Hand, salutiert vor Gizi.

Die Leute sitzen auf Matratzen. Die Kranken haben auch

einen Liegeplatz. Machen Sie Platz für diese Familie, sagt der Hauswart. Mein Vater hilft meiner Mutter, sich auf die Ecke einer Matratze zu setzen, meine Mutter zieht Vera zu sich. Mein Vater findet genug Platz, um seinen Rucksack abzulegen. Jemand nimmt mich bei der Hand. Der Physiker. Er sitzt auf einem Sack. Er zieht mich zu sich. Ich glaube, im Sack sind Kartoffeln. Die muss man bewachen, sagt er, die gehören allen, die gehören dem Haus, am besten, wir bleiben darauf sitzen.

Ich frage den Physiker nach seinem Namen. Er lächelt. Streckt mir die Hand entgegen. Sagt seinen Vornamen, László. Ich sage auch meinen Vornamen. Knochige, dünne Finger. Die Haut seiner Handfläche ist warm und fein. Es ist gut, seine Hand zu halten. Ich erzähle ihm, dass ich einen Fliegeralarm-Kurierausweis habe, allerdings noch nie benutzt. Was meinen Sie, kann man damit auf die Staße gehen? Ich hole ihn aus der Tasche des dicken Filzmantels. Er zieht seine Brille aus der Brusttasche. Mit Brille sieht er wirklich wie ein Professor aus. Er erinnert mich an meinen Gesundheitskundelehrer. Der trug eine solche Brille mit breitem schwarzem Rand. Genauso hat er die Totenschädel im Lehrmittelzimmer angesehen und die aus Schwamm gefertigten menschlichen Organe, bevor er sie uns zeigte. Er hielt sie hoch, damit wir sie besser sehen konnten.

Der Physiker kneift die Augen zusammen, seine Gesichts-züge straffen sich. Er gibt mir den Ausweis zurück. Zeig ihn nicht her, leg ihn weg. Wird mal ein schönes Andenken sein.

Mieser Ausweis?

Zu schade für Experimente.

Ab der dritten Klasse hatten wir auch Physik, sage ich, im Mai habe ich die vierte beendet, seit Herbst durfte ich aber nicht mehr in die Schule gehen. Er fragt mich, ob ich Physik mochte. Nicht so sehr, Ungarisch und Geschichte waren mir lieber. Macht nichts, wenn du Physik nicht magst, sie kann dir trotzdem beim Denken helfen. Ich weiß, sage ich, hat unser Lehrer auch immer gesagt. Er fragt, wer unser Lehrer war. Ich nenne seinen Namen. Er ist ein großer Wissenschaftler, aber diese Rindviecher haben ihm nicht erlaubt, an der Universität zu unterrichten, seit sie die Rassengesetze eingeführt haben, sagt er. Er redet weiter, als spräche er gar nicht zu mir, hört aber auf zu gestikulieren, weil der Platz dafür nicht reicht.

Aus der hinteren Ecke rufen sie nach einem Arzt. Ein kleiner Mann mit Baskenmütze geht hin. Er hat eine Rotkreuz-Armbinde, hält die Arzttasche unter den Arm geklemmt. Von der Kellertür aus ruft der Hauswart vier Namen, die heutige Wasserbrigade: Seien Sie in zehn Minuten am Eingang, ich werde auch mitgehen. Ich sage meinem Vater, dass ich mich ein bisschen umsehen möchte. Ich verspreche, in fünf Minuten zurückzukommen. Soll er doch ein bisschen herumgehen, sagt der Physiker zu meinem Vater, man muss sich bewegen.

Ich versuche auf Zehenspitzen nach draußen zu gelangen. Stolpere über Leiber. Am schwierigsten ist es, zum kurzen Teil des L vorzudringen. An der Biegung hilft mir das Licht, das durch die Kellertür fällt.

Die Stimme der Hauswartsfrau ist genauso militärisch wie die ihres Mannes. Sie ist genauso groß wie er. Auch sie trägt eine Pelzjacke. Ihre Nase ist spitz, das Kinn springt hervor. Sie haben eine Tochter. Ich habe sie noch nie gesehen. Man sagt, sie sei achtzehn Jahre alt, krank, bettlägerig, vielleicht sind sie deshalb in diesem Gelbsternhaus geblieben, weil sie ihre Tochter nicht mitnehmen konnten.

Im Tor stehen drei der zum Wasserholen bestimmten Männer. Der Hauswart trägt wieder seine Offiziersmütze. Einer der Männer fragt, woher er sie habe. Aus dem Ersten Weltkrieg, sagt er, im Keller sei ein Mann, der war im Ersten Weltkrieg Oberleutnant, den habe er um seine Mütze gebeten. Wenn er Oberleutnant sei, könne er auch eine Aufgabe übernehmen, sagt der Mann. Er ist krank, sagt der Hauswart, Amnesie.

Ich weiß nicht, was das ist, Amnesie. Zum Glück weiß der Mann das auch nicht, er fragt nach. Gedächtnisverlust, sagt der

Hauswart. Kann er sich an nichts erinnern? Das weiß ich nicht, ich kann mich nicht um alles kümmern. Wo ist der Vierte?

Eilig kommt der Mann mit der Rotkreuz-Armbinde. Entschuldigung, sagt er, es war schwer, durch die Leute hindurchzukommen. Sie bleiben hier, sagt der Hauswart, Sie werden gebraucht, heute bin ich der Vierte, in fünf Minuten geht's los, halten Sie die Eimer bereit.

Der Mann, der wissen wollte, was Amnesie ist, fragt den Arzt aus, sagt, dass er sich manchmal auch nicht an Dinge erinnern könne. Sie sind gesund, sagt der Arzt, ich habe Ihren Blutdruck schon gemessen.

Vom Hauseingang aus sehe ich, dass beim Víg-Theater weitere Geschütze in Stellung gebracht wurden. Aus der Csanády-Straße biegt ein Panzer ein, im Turm steht ein schwarz uniformierter SS-Mann mit Fernrohr und beobachtet die Straße. Auf der anderen Straßenseite eilen zwei Frauen mit Körben vorüber. Ein Pfeilkreuzler nähert sich, wechselt im Gehen das Magazin seines Maschinengewehrs. Aus dem Eingang des Nachbarhauses ruft ein alter Mann zwei Kindern zu, dass sie sich in den Keller verziehen sollten.

Hast du eine Kippe?

Ein großer Junge tritt zu mir, etwas älter als ich. Ich sage ihm, dass ich nicht rauche. Er sagt, er habe sich's auch erst jetzt angewöhnt, rauche aber wenig, weil es die Stimme kaputtmache. Er singe im Chor des OMIKE, manchmal auch solo. Ich hatte ein Abo für das OMIKE, sage ich, habe Andor Lendvai im ›Faust‹ gehört und Dezsö Ernster in ›Aida‹. Hat dir die ›Aida‹ gefallen? Ja, aber ich hatte gedacht, dass es eine richtige Aufführung gibt, und dann standen alle nur nebeneinander, alle in Schwarz, und haben nicht gespielt, nur gesungen. Das nennt man konzertante Aufführung, sagt er. Für Kostüme und Kulisse war kein Geld mehr da, auch keine Zeit zum Einstudieren, sie mussten nach Noten singen, Ernster konnte den Part natürlich, er hatte ihn in der Oper gesungen, bis sie ihn rausgeschmissen haben. Gabriella Relle war die Aida, erinnerst du dich? Ja. Ich stand in der zweiten Reihe im Chor, rechts außen, ich musste einspringen. Ich weiß nicht, ob ich in dieser Vorstellung war, sage ich, aber vielleicht habe ich dich ja gesehen.

Ich sehe einen Riesen vor mir. Das Gesicht wie von einer Statue. Ich sitze am Rand der achten Reihe in meiner langen braunen Hose, Gabriella Relle singt, ich betrachte den Riesen. Vor ihm steht eine kleine, schmale Sängerin, der Brustkorb des Jungen ist sehr breit, wie aus Papiermaschee gemacht. Die anderen sind kaum geschminkt, er jedoch hat angemalte Augenbrauen, das Gesicht ist weiß gepudert, der Mund sehr rot.

Sie haben mich so stark geschminkt, damit ich älter aussehe, sagt er.

Er hat keinen Wintermantel an, nur einen rostfarbenen Pullover. Sein Brustkorb ist genauso riesig wie auf der Bühne. Seine Brauen sind auch ohne Schminke sehr buschig.

Ist dir nicht kalt ohne Mantel?

Nein, wegen meiner Körpertemperatur. Das ist genetisch angelegt, verstehst du?

Ja, sage ich, obwohl ich so etwas noch nie gehört habe.

Hast du auch den ›Don Giovanni‹ gesehen? Ja. Nein, wirklich? Vielleicht hast du mich dort gesehen, da musste ich auch einspringen. Ich habe den Gouverneur gesungen, man musste den Part für mich in Bariton transponieren, Vilmos Komor war der Dirigent.

Wenn du der Gouverneur warst, dann hatte ich ein bisschen Angst vor dir.

Er hat eine frische Narbe am Kinn, ganz rosa.

Dein Kinn sah damals genauso aus, nur grau.

Das auf der Bühne war eine geschminkte Narbe. Dein Mantel würde mir genau passen, willst du nicht tauschen? Ich gebe dir einen Revolver dafür.

Ich lehne ab, und ich will auch keinen Revolver.

Er sagt, er habe zwei Revolver, vielleicht werde er sie benutzen, wenn es sich ergebe.

Ich frage ihn, ob er seine Revolver schon mal benutzt habe.

Er habe es gewollt, aber seine Freunde hätten ihn nicht gelassen, daher die Narbe an seinem Kinn.

Der deutsche Panzer scheppert am Haus vorbei in Richtung Ring. Wieder nahen Flugzeuge. Ich sage ihm, dass ich in den Keller zurückgehe. Ist doch Quatsch, sich da zwischen all die jüdischen Hosenscheißer zu quetschen, sagt er, hier ist es sicherer, die Pannónia-Straße ist eng, die Bomben fallen höchstens auf die Dächer, durchschlagen nicht mehr als zwei bis drei Stockwerke, nur die Druckwelle könnte eventuell gefährlich werden. Stell dich nicht in den Eingang. Er fragt, wo ich bisher untergetaucht war, so nennt er es. Ich erzähle ihm vom Rotkreuz-Wohnheim, vom Krankenhaus, jetzt bin ich mit meinen Eltern hier und, füge ich nach kurzem Nachdenken hinzu, mit meiner Schwester, sie sind unten im Keller. Er sagt, er sei Waise. Ich schweige. Er sagt, seine Eltern seien im Sommer aus Szolnok abgeholt worden, er sei damals bei Verwandten in Pest gewesen, wegen der Singerei.

Weißt du, ob sie gestorben sind?

In der Vadász-Straße haben wir Nachricht erhalten, Alter, neunundneunzig Prozent, dass alle aus Szolnok hin sind.

Ich war auch in der Vadász-Straße, sage ich, bin aber wieder weggegangen.

Bomben fallen.

Er blieb dort, bekam eine Anstellung. Vorgestern sind die Pfeilkreuzler ins Haus eingebrochen, wir hatten schon den bewaffneten Widerstand organisiert, sagt er, aber er wurde verboten, die Chefs haben sich in die Hosen gemacht, vielleicht hatten sie ja recht, wenn wir geschossen hätten, hätten sie dreitausend hingerichtet, so haben sie nur einige Dutzend mitgenommen, Arthur Weisz haben sie im Eingang erschossen.

Ich weiß nicht, wer Arthur Weisz ist.

Ihm hat das Haus gehört. Er hatte Beziehungen zu den Schweizern. Er hatte die Liste der geschützten Häuser abgegeben, auch diese Adresse hier.

Als er gehört hatte, dass Arthur Weisz erschossen worden sei, sagt er, habe er seine Pistole hervorgeholt. Der Kommandant der Wache, ein Gewichtheber, hielt ihn fest, sie prügelten sich, er stürzte, ein spitzer Stein verletzte ihn am Kinn.

An der Margit-Brücke donnern die Luftabwehrkanonen. Auch aus Richtung des Víg-Theaters hört man Salven.

Ich frage ihn, wie es ihn aus der Vadász-Straße hierher verschlagen habe.

War schwer, Alter. Auch auf dem Ring war alles voll mit Drahtverhau.

Er kam durch die Kanalisation.

Dort unten gibt es gute Verstecke. Du wirst sehen, in zwei, drei Tagen beginnen die Kämpfe in der Kanalisation. Wenn du es dir mit der Pistole doch noch anders überlegst, sag's mir.

Der Fliegeralarm wird abgeblasen.

Nach dem Krieg wird Vilmos Komor bestimmt wieder an die Oper engagiert, sagt er, Ernster auch, es wäre schön, auch dorthin zu kommen.

Ich sage, dass ich in den Keller gehe, meine Eltern machten sich sicher schon Sorgen.

Scheiß dir bloß nicht in die Hosen, Alter, dann ist es aus mit dir.

Er pumpt die Lunge voll Luft. Zieht die Brauen hoch. Presst die Lippen zusammen. Er sieht mir an, dass er mir Angst einjagt, er lacht in Tonleitern rauf und runter, das macht ihn noch furchterregender.

Die Wasserholer kommen zurück.

Das Wasser ist im Hof, in einem Fass, die Frauen kochen es fürs Essen auf. Das Feuerholz wird von einer eigenen Brigade gehackt. Heute sind auch Kisten unter dem Brennholz. Das Trinkwasser wird aus den Eimern in Krüge umgefüllt, jede

Familie kann einen hinschicken, pro Kopf werden 200 Milliliter zugeteilt. Der Hauswart ernennt Kontrolleure.

Jetzt kann man sich im Keller besser bewegen. Ich trete auf niemanden mehr im Dunkel. Die Öllampen leuchten in einiger Entfernung, dadurch wirken die übrigen Teile des Kellers noch finsterer. Ich führe meine Mutter an der Hand hinaus, sie besorgt sich einen Topf von der Frau des Hauswarts, ich stelle mich um Wasser an, zu viert bekommen wir 800 Milliliter. Mit dem vollen Topf in der Hand ist mein Weg schon beschwerlicher. Vielleicht bin ich auf jemanden getreten, ich warte ab, ob er mich anschreit. Er schreit nicht. Er ist sehr krank oder schon tot, denke ich. Ich sage dem Arzt mit der Rotkreuz-Armbinde Bescheid. Er geht hin. Dort liegt wirklich ein Toter. Sie rufen den Hauswart. Er gibt Anweisungen. Es gibt eine Totentransport-Brigade. Zwei heben den Toten hoch, tragen ihn hinaus. Einer von ihnen ist der Bariton. Mir fällt ein, dass wir einander noch gar nicht vorgestellt haben.

Vera scheint einen guten Platz zwischen meinem Vater und meiner Mutter zu haben. Der Physiker winkt mir, ich setze mich wieder zu ihm auf den Kartoffelsack. Er zündet eine Kerze an. Erklärt den anderen, wie viel Sauerstoff eine brennende Kerze verbraucht, seine Stimme ist wie die unseres Physiklehrers in der Stunde, das Ergebnis also ist, sagt er mit erhobenem Zeigefinger, dass der Sauerstoffverbrauch minimal ist, das Licht hingegen sehr hilfreich.

Ich frage ihn, woher er die Kerze habe. Er beugt sich zu mir, sein Gesicht ist wie das meines Vaters, wenn er einen Witz erzählt. Das Gesicht meines Vaters ist oval, die Haut an seinem Hals und auch um den Mund hängt jetzt herab. Das Gesicht des Physikers ist länglich. Wenn er grinst, bewegen sich alle seine Falten, sein Ausdruck ist schelmisch, das habe ich in der Literaturstunde gelernt, ich habe auch Schelmenromane gelesen. Wenn ich daran denke, hilft es mir, nicht an den Toten zu denken, den sie vorhin fortgetragen haben. Habe ich geklaut, mit Verlaub, sagt der Physiker, es war nicht leicht, aber ich habe es geschafft. Er lacht lautlos, stößt mich sanft mit dem Ellbogen in die Seite. Zieht ein Taschenschach hervor, ein Heft, einen Stift, macht sich beim Kerzenlicht Notizen. Er denke über eine Kombination nach, sagt er.

Kannst du Schach spielen?

Spanische Eröffnung?

Kennst du das große Schachbuch von Maróti?

Kenne ich.

Er notiert sich eine Stellung. Er sagt, es sei viel interessanter, das Spiel vom Ende her aufzurollen, um zu sehen, was zu einem Schachmatt geführt habe. Man kann erkennen, sagt er, welche Schritte man hätte vermeiden müssen, es gibt Fälle, wo man schon nach der Spanischen Eröffnung nicht die gängigsten Kombinationen hätte wählen sollen, verstehst du? Vera kommt zu uns. Ich überlasse ihr den Platz auf dem Kartoffelsack. Der Physiker klappt sein Taschenschach zusammen. Wir können ja mal eine Partie spielen, sagt er. Streckt Vera die Hand hin, stellt sich vor, nenn mich László, sagt er, ja, Herr László, sagt Vera verlegen. Bevor sie sich vorstellt, sieht sie mich an, ich sehe ihre Angst, ja nicht ihren richtigen Namen zu nennen, ich muss ihr zu Hilfe eilen, sage schnell unseren Nachnamen, meine Schwester, sage ich, sie heißt Vera. Er schaut erst lange mich an, dann Vera, als denke er darüber nach, wie zwei Geschwister so unterschiedlich aussehen können. Einige Leute verlangen, dass er die Kerze ausmache, die zwei Öllampen hinten würden reichen. Er befeuchtet Daumen und Zeigefinger, löscht die Kerze. Rindviecher, sagt er, sie haben nichts von dem begriffen, was ich ihnen erklärt habe.

Zündet die Kerze an! Die Verbindung ist abgebrochen, man sieht die Landkarte nicht! Führt den Befehl sofort aus!

Ich weiß nicht, wer dahinten schreit.

Immer mit der Ruhe, Herr Oberleutnant, sagt der Mann, der die Kerze hatte löschen lassen, immer mit der Ruhe, wir werden uns rechtzeitig um die Landkarte kümmern, bis dahin halten wir die Verbindung auf andere Weise.

Jemand hockt neben uns. Offiziersmütze, Trenchcoat. Die Mütze scheint dieselbe zu sein, die ich auf dem Kopf des Hauswarts gesehen habe. Der Physiker steht auf, der Mann setzt sich auf seinen Platz auf dem Kartoffelsack. In solchen Fällen muss man die Überlebenden im Schützengraben Rücken an Rücken setzen, sagt er, jeder bekommt zehn Stück Munition, die Gruppenführer Handgranaten. An der italienischen Front waren wir vollständig eingekesselt, mein Kommandant hatte den Ausbruch schon geplant, aber ich habe Befehl gegeben, zu warten, bis die Italiener auftauchen, bis sie sich dem Graben auf dreißig Meter genähert haben, dann aber alle gemeinsam feuern. Bumm! Bumm! Bumm!

Vera geht zurück zu meiner Mutter.

Man muss sich auf eine Rundumverteidigung vorbereiten, mein Kommandant hatte recht. Er bekam eine Kugel mitten in die Stirn, mir blieb gerade noch so viel Zeit, das Einschussloch zu küssen, mein Mund war ganz blutig, und dann heraus mit den Handgranaten! Wir haben die Italiener überrascht. Am linken Flügel wurde auch geschossen. Bajonette raus, rief ich, und raus aus dem Graben!

Der Arzt bringt eine Tablette und ein Glas Wasser, er hält den Kopf des Mannes, als dieser das Medikament einnimmt.

Es ist so still im Keller wie noch nie, seit wir hier sind. Der Hauswart spricht auch ganz leise, hier bitte, die Mütze, Herr Oberleutnant. Wenn du zum Einsatz gehst, mein Sohn, kannst du sie behalten, sagt der Mann, was hast du für eine Waffe?

Der Physiker zündet die Kerze wieder an, passt auf, Leute, sagt er, wir werden jetzt eine Stunde lang damit leuchten, löschen Sie die Öllampen. Der Arzt legt den Mann auf eine Matratze, keine Bange, sagt er, er ist nicht gefährlich, er weiß nur nicht, wo er ist und was mit ihm geschieht.

Ich frage meine Mutter, ob Gizi zurückkomme. Wenn sie

kann, bestimmt, sagt sie. Sie breitet eine Leinenserviette aus.
Schneidet mit dem Taschenmesser vier Scheiben Brot ab. Öffnet eine Dose Leberpastete. Wir teilen 200 Milliliter Wasser
in vier Portionen auf. Wenn einer getrunken hat, wischt meine
Mutter das Glas mit der Serviette ab.

Vera möchte Menü-Zusammenstellen spielen. Wir bestellen
das Essen für morgen. Mein Vater will statt Bratwürsten eine
Fischsuppe, wir sind einverstanden. Mir fällt Wiener Schnitzel
ein. Bei der Nachspeise gehen wir alle auf Veras Vorschlag ein:
Dobos-Torte.

Morgen werde ich den Bariton suchen. Ich will ihn nach
seinem Namen fragen.

Alles schläft, alles schreckt ständig auf, alles seufzt, schnarcht,
keucht, bittet um Wasser, mein Vater geht hinaus, er sagt, um
Wache zu stehen, er sei für den Morgen eingeteilt worden. Er
geht sicher nur, um uns mehr Platz zu machen, meine Mutter
geht auch hinaus, wir decken Vera zu, ich kann mich ausstre-
cken, schlafe weiter.

Ein Schrei. Ich wache auf. Eine der Öllampen brennt, man
ruft nach dem Arzt.

Der Physiker schläft im Sitzen. Die Hände im Schoß, Kinn
auf der Brust. Sein Haar ist dicht, gewellt, grau. Ich torkele hinaus. Meine Mutter sitzt im Hauseingang auf der Treppe.
Ich schicke sie hinein, neben Vera sei jetzt Platz, sie solle sich
schlafen legen.

Der Physiker wacht auch auf, spaziert umher, steigt in den
ersten Stock, kommt zurück, geht in den Hof hinaus. Ich folge
ihm. Man sieht ein Stück Himmel, er wird von Scheinwerfern
durchpflügt, sie erfassen ein Flugzeug, Geschütze heulen auf,
treffen das Flugzeug, es stürzt irgendwo nahe der Ferdinand-
Brücke ab.

Von Nordosten her anhaltender Beschuss.

Sie kommen, sagt der Physiker. Pass auf, ausgehend vom zeitlichen Abstand zwischen Detonation und Einschlag kannst du

in etwa die Entfernung ausrechnen. Jetzt dürften sie ungefähr bei Rákospalota sein.

Ich frage ihn, wann sie seiner Meinung nach hier sein könnten.

Das hängt auch von Guderian ab, sagt er. Ich kann mir denken, wer Guderian ist, weiß es aber nicht sicher, ich frage ihn. Ein sehr guter Soldat, klug, besonnen, er hat schon einige Kessel hinter sich. Er sagt es wie eine vereinfachte Erklärung für eine mathematische Formel, er spricht langsam, betont das entscheidende Wort, hebt dabei den rechten Arm, senkt am Satzende nicht die Stimme, sondern lässt den erhobenen Arm sinken. Vorgestern noch hatte er den Radiosender aus London gehört und weiß, dass Guderian keine Möglichkeit mehr sieht, Budapest zu verteidigen. Er hatte den kommandierenden General Walther Wenck wieder zu Hitler geschickt, um für die deutschen Truppen die Erlaubnis zum Ausbrechen zu erwirken, aber Hitler hat sich nach Angaben des englischen Rundfunks wieder geweigert. Jetzt hängt es von diesen klugen Generälen ab, ob sie noch weitere vierzigtausend, fünfzigtausend Menschen opfern wollen – darunter auch uns, sagt er.

Wir haben nur noch Wasser für zwei Tage, sage ich, Brot auch nur für zwei Tage.

Das wird wohl zu wenig sein, sagt er, weil diese Rindviecher den Befehl befolgen werden.

Wie viele Tage werden es dann?

Kann man nicht sagen, man kann auch nicht sagen, ob Wallenberg und Lutz verhindern können, dass alle aus den geschützten Häusern ins Ghetto gebracht werden.

Wir auch?

Wir auch.

Ich frage ihn, wer Wallenberg und Lutz seien. Ich frage ihn, ob er das auch von dem englischen Radiosender erfahren habe. Er sagt, das seien Diplomaten, mutige Leute, von denen spreche London nicht, er habe von ihnen durch seine Freunde erfahren und durch einen Jungen hier, der Sänger im OMIKE war, der habe Carl Lutz auch erlebt.

Der Bariton, denke ich, ich sage, den kenne ich auch, wir haben uns gestern unterhalten, ich bin auch im OMIKE gewesen.

Der Physiker gestikuliert wieder, großartig, großartig, sie hatten großartige Aufführungen, was für Stimmen, Ernster, Lendvai, Gabi Relle, Annie Spiegel.

Ich dachte, sage ich, dass Sie kein Jude sind.

So ein Blödsinn, sagt er, es gab keine Vorschrift, dass dort nur Juden verkehren dürfen.

Am Morgen werden zwei Tote hinausgetragen. Ich stelle mich vor Vera, damit sie es nicht sieht.

Pfeilkreuzler und deutsche Einheiten dringen ins Krankenhaus am Bethlen-Platz ein. Sie schleppen die meisten Männer zum Donauufer und erschießen sie. Die Pfeilkreuzler-Kommandos schieben auch nichtjüdische englische, amerikanische und schwedische Staatsbürger ins Ghetto ab, die zu Feinden erklärt wurden.

Die tägliche Lebensmittelration im Ghetto bestand aus 150 bis 800 Kalorien. Das Essen wurde in fünf Küchen zubereitet, doch die Auslieferer wurden meist von Pfeilkreuzler-Patrouillen angegriffen, ausgeplündert und erschossen. Die Beamten der schwedischen Botschaft in der Jókai-Straße wurden ermordet. In dem unter dem Schutz der Schweizer Botschaft stehenden ›Glashaus‹ in der Vadász-Straße wurde Arthur Weisz, Hausbesitzer und Mitorganisator des Widerstands, Opfer eines Blutbades, lese ich in historischen Dokumenten. Den Eintragungen des Gerichtsmedizinischen Instituts zufolge wurden täglich fünfzig bis sechzig Tote mit Genickschuss eingeliefert. Sie holten eine Gruppe aus dem Ghetto, richteten sie auf dem Liszt-Ferenc-Platz hin. Die Leichen lagen vor dem Japanischen Kaffeehaus. Auf den Straßen des Ghettos lagen Tausende von Leichen, eine Epidemie schien unausweichlich.

Der Physiker diskutiert mit meinem Vater. Mein Vater sagt,

wir würden in einer Wohnung im zweiten Stock Platz bekommen. Es sei die Wohnung des Hauswarts, sie machten noch ein Zimmer frei. Wir würden dort zu siebt sein, das sei besser als im Keller, da sei Licht. Man gelange durch das Vorzimmer und das Bad dorthin. Wir müssen unsere Matratze räumen, zwei Männer tragen auf Anweisung des Hauswarts den Kartoffelsack weg.

Im Badezimmer liegen leere Konservendosen, leere Säcke, Besen, Gummistiefel. Im Zimmer stehen zwei Sofas, eine Couch, eine Matratze liegt auf dem Teppich. Der Physiker hilft meiner Mutter, das Gepäck zu ordnen. Er sagt, er werde auf der Matratze schlafen. Auf einem der Sofas liegt ein kleines Mädchen unter einer Decke. Sie ist ungefähr acht Jahre alt. Ihre Mutter steht neben ihr. Sie ist ganz verschreckt. Das Mädchen kriecht unter der Decke hervor. Sie geht zu Vera, reicht ihr die Hand, stellt sich vor. Kommst du spielen? Vera nennt entschlossen den Namen, den sie nennen muss. Die Mutter des Mädchens stellt sich auch vor. Sie sagt, sie seien auch aus dem Keller heraufgekommen.

Meine Mutter weist uns unsere Schlafplätze zu. Mein Vater geht mit dem Physiker hinunter in den Hof, um Holz zu hacken. Das freie Sofa gehört Vera und mir. Meine Eltern werden auf der Couch schlafen. Bevor er geht, sagt der Physiker, dass wir die leeren Säcke aus dem Bad holen und einen Schlafplatz daraus machen sollen, er würde uns dann die Matratze überlassen. Meine Mutter hat Margarine besorgt, sie streicht Vera und mir eine Scheibe Brot. Das Mädchen nimmt Veras Hand und starrt sie an, während sie isst. Meine Mutter streicht auch ihr eine Scheibe Brot. Die Mutter des Mädchens zieht eine Tüte Haselnüsse unter der Matratze hervor, bietet uns welche an. Ich sehe meine Mutter fragend an. Vera und ich nehmen je zwei Nüsse.

Meine Mutter kocht Wasser in der Küche. Im Bad gießt sie es in eine Waschschüssel, ich ziehe mich aus, stelle mich in die Schüssel, sie wäscht mich mit Waschlappen und Seife ab. Ich frage nicht, woher sie die Seife hat. Ein Handtuch gibt es nicht, ich trockne mich mit einem trockenen Stofffetzen ab. Vielleicht war es ein Fußbodentuch, aber es ist sauber. Während meine Mutter Vera wäscht, gehe ich ins Vorzimmer. Jetzt sitzen dort mehr Leute auf den Matratzen als zuvor. Wir grüßen uns.

Eine der Türen geht auf, die Frau des Hauswarts eilt hinaus, wirft die Tür hinter sich zu. Ich öffne sie vorsichtig. Das Zimmer ist sehr schön eingerichtet. Möbel aus braunem Nussbaum. Eine kleine Anrichte, eine große Anrichte, ein ovaler Tisch, sechs Stühle. So hat auch unser Esszimmer ausgesehen, nur heller. Zwischen den beiden Fenstern steht eine Vitrine. Auch bei uns stand eine Vitrine zwischen den beiden Fenstern. Bei meinen Großeltern auch. Sie hatten auch eine große Anrichte, eine kleine Anrichte, einen ovalen Tisch, sechs Stühle.

Im Sessel sitzt ein Mädchen, etwa drei Jahre älter als ich. Sehr schönes Gesicht. Blond, blauäugig. Hallo, sagt sie, wer bist du? Ich wage nicht, einzutreten, ich nenne meinen Namen, wir sind gerade aus dem Keller heraufgekommen, wir wohnen im anderen Zimmer. Das war mein Zimmer, sagt sie. Die Decke rutscht ihr hinunter. Ihre Füße sind sehr dünn, sie hält sie ganz steif, sie hat weiße Socken an. Ich frage sie, ob sie krank sei. Sie sagt, dass sie nicht gehen könne, sie sei nicht krank, nur habe sie, wie sie sagt, Paralyse – sie ist gelähmt. Weißt du, was das ist, Paralyse?

Ich weiß es. Die Tochter von Tante Gizi hatte auch Paralyse, sie war auch so schön, aber sie starb noch vor Onkel Józsi. Das sage ich dem Mädchen nicht. Ich sage ihr meinen Namen, sie stellt sich auch vor. Sie heißt Éva.

Ihre Mutter kommt zurück. Ich sehe, dass sie mich anschreien will, aber das Mädchen sagt, er ist so ein netter Junge, wir haben uns nur ein bisschen unterhalten, Mama.

Die Frau des Hauswarts hantiert mit dem Staubwedel. Geht hinaus, kommt herein. Ständig macht sie irgendetwas. Sie ist so groß wie ihr Mann, hager, mit knochigem Gesicht und langen Armen. Du kannst bleiben, wenn du willst, sie schaut mich gar nicht an, als sie das sagt. Ich bedanke mich, sage, ich müsste jetzt meiner Mutter oder meinem Vater helfen, das Mädchen winkt mir zu, als ich hinausgehe. Ihre Bewegung war so ausgreifend, als wäre sie auf dem Bahnhof und winkte einem abfahrenden Zug hinterher.

Vera zieht nach dem Waschen eine frische Bluse an, wahrscheinlich ihre letzte. Sie kämmt sich auch das Haar. Sie riecht nach Seife. Wir sind zu zweit im Bad. Ich beuge mich zu ihr, sie hält mir ihr Gesicht hin, ich drücke meinen Mund auf den ihren, sie zieht ihn nicht weg. Es ist schön, meinen Mund auf dem ihren zu haben, ich will es gar nicht unbedingt, versuche es nur, hätte nicht gedacht, dass sie es mir erlaubt. Ich habe das Gefühl, dass es ihr nicht gefällt, ihr Mund ist kalt – aber vielleicht will sie es doch, sie umarmt meinen Hals.

Wir gehen schnell ins Zimmer hinüber.

Ich weiß schon, dass der Physiker der Cousin der Hauswartsfrau ist, er hat es so eingerichtet, dass wir hier nach oben durften.

Ich gehe auf den Gang hinaus. Vom Westbahnhof her hört man Schüsse. Schneeregen fällt. Ich beuge mich übers Geländer. Man sieht in den Hof des Nachbarhauses, er ist genau wie der unsere. Neben der Mauer ist auch bei uns kein Beton, vier Leute graben Gräber in den schlammigen Boden. Die Grube ist schon ziemlich tief. Sie bringen zwei Tote. Sie sind mit Säcken zugedeckt. Wahrscheinlich sind es jene, die man im Morgengrauen aus dem Keller geschleppt hat. Vorsichtig legen sie die Körper in die Grube. Zwei Frauen und ein kleines Mädchen stehen daneben. Dahinter zehn Männer in zwei Reihen, sie tragen Hüte.

Der Kanonendonner wird stärker.

Die Totengräber lehnen sich auf die Schaufeln.

Der Bariton singt das Kaddisch. Seine Stimme ist sehr schön. Er breitet die Arme aus, sein Brustkorb wirkt noch gewaltiger. Seine Stimme ist so kraftvoll, dass man sie auch durch die Detonationen hindurch hört.

Der Physiker steht neben mir. Ich habe nicht bemerkt, dass er auf den Balkon gekommen ist. Auch er beugt sich übers Geländer. Nimmt die Brille ab. Putzt sie.

Wieder nähern sich Flugzeuge.

Der Bariton wiederholt das Kaddisch.

Die Familienangehörigen stehen reglos im Schneeregen. Als die Männer zu schaufeln beginnen, werfen alle eine Handvoll Erde in die Grube. Der Bariton blickt nach oben. Ich winke ihm zu. Er schaut nicht zu mir. Sein Blick will die Wolken durchstechen.

Der Physiker bekreuzigt sich. Komm, sagt er, wir werden nass.

»Die Nachricht von der Brandstiftung und dem Morden im Ghetto erreichte die geschützten Häuser früher als ich. Noch bevor ich hinkam, begingen mehrere Leute Selbstmord. Im St.-Istvàn-Park 35 sprang eine Frau aus dem vierten Stock. In anderen Häusern wollten sich die Männer Waffen beschaffen. Wenn ich mir sicher gewesen wäre, dass es genügend Waffen gibt und dass sich alle am Kampf beteiligen würden, hätte ich selbst das Zeichen dafür gegeben. Vielleicht hätten sich sogar Polizisten angeschlossen. Ich ging ins Rathaus zu Innenminister Vajna. Dort fand ich Raoul Wallenberg, den schwedischen Gesandten, und Peter Zürcher, den Beauftragten von Carl Lutz von der Schweizer Botschaft. Unser Ziel war es, Vajna zu überzeugen, die Verschleppung der unter Schutz Gestellten zu beenden. Ich versuchte ihm klarzumachen, dass mittlerweile jeder militärische Widerstand zwecklos sei. Für die Zukunft wäre eine sofortige Kapitulation sogar von Vorteil, außerdem würde es dem Treiben der terroristischen Banden ein Ende setzen, die täglich Hunderte von Menschen ermordeten, Juden und Nicht-Juden gleichermaßen. Vajna erklärte, dass der Kampf bis zur letzten Patrone weitergeführt würde.«

Immerzu ist jemand im Bad. Ich habe mich daran gewöhnt, mich abzuwenden, wenn jemand auf der Toilette sitzt. In der Ziegelei war es schlimmer, dort musste man neben anderen hocken. Évike wird von ihrer Mutter getragen, wenn sie zum Waschbecken oder auf die Toilette muss. Nicht nur ihre Beine sind dünn, sie ist überhaupt sehr mager, sie muss ganz leicht sein, aber Frau Klári ist auch sehr stark. Sie schleppt Säcke, hebt Kinder hoch. Wenn sie bei Évike ist, spricht sie ganz leise, sonst schreit sie. Sie möchte bestimmt nicht schreien, denke ich, weil sie dabei lächelt.

Der Physiker sagt, dass auch er Évike ins Bad tragen könne, wenn es nötig sei. Ach was, Laci, sagt Frau Klári, es reicht schon, wenn du dich selbst schleppst. Der Physiker nimmt die Brille ab, so wie damals, als er sich Notizen machte, er hebt Évike hoch, er trägt sie wirklich mühelos. Er bewacht die Tür zum Vorzimmer, während Évike auf der Toilette sitzt, er sagt, ich solle mich in die Zimmertür stellen, damit auch von dort niemand hereinkommen könne.

Der Physiker und Frau Klári ziehen im inneren Zimmer zwei Stühle vor die große Anrichte, setzen sich und halten sich an den Händen. Sie müssen sich sehr gern haben. Währenddessen können Vera und ich in Évikes Zimmer sein. Bis jetzt durfte dort keiner hinein.

Meine Mutter sagt, dass der Herr Laci eigentlich in die Universität wollte, seine Frau war schon bei ihren Eltern in Érd. Dorthin konnte er aber nicht mehr und dachte, dass er noch in die Universität gehen könnte. Frau Klári hielt ihn aber zurück, meine Mutter hörte, wie sie ihn anschrie, Laci, genug jetzt von deinen Verrücktheiten, du gehst keinen Schritt weiter, marsch hinein ins Haus.

Vater wird zur Torwache eingeteilt. Ich gehe mit ihm. Die Wache besteht aus drei Leuten. Sie tragen Rotkreuz-Armbinden. Sie übernehmen sie von den drei Männern, die zuvor Wache gestanden hatten. Der Hauswart erklärt, dass sie nur solche Personen einlassen dürften, die einen Ausweis von der Botschaft haben. Wenn jemand ans Tor hämmere, sollten sie zur Seite gehen, da durch das Tor geschossen werden könnte.

Ich gehe den Bariton suchen. Ich will seinen Namen wissen. Vielleicht bitte ich ihn doch noch um eine Pistole. Ich kann ihn nirgends finden.

Im Badezimmer spielt der Hauswart mit Herrn Laci Schach. Herr Laci sitzt auf der Toilette, der Hauswart auf dem Badewannenrand.

Herr Laci hält das Taschenschach auf den Knien.

Ich gehe wieder hinunter. Höre Gesang.

Der Bariton steht in der Mitte des Kellers und singt. Breitet die Arme aus, hebt den Kopf. Das Licht der Öllampe flackert, man sieht den Schatten seiner erhobenen Hände an der Wand. Der Mann, von dem sie sagten, dass er Amnesie habe, steht neben ihm, der Arm des Baritons berührt ihn fast, er merkt es nicht, unter dem anderen ausgestreckten Arm sitzt ein kleines Mädchen.

Er singt die Arie des Papageno aus der ›Zauberflöte‹. Ich habe die ›Zauberflöte‹ auch im OMIKE gesehen. War sehr interessant. Das Mädchen ist blond, es hat ein ovales Gesicht und lauscht staunend. Ich sehe viele bärtige Gesichter. Mein Vater rasiert sich auch schon lange nicht mehr, aber er hat kaum Bartwuchs. Gestern sagte er, dass ihm nie ein Bart wachsen wollte. In seiner Jugend hatten die anderen Jungs mindestens schon einen Schnurrbart, in Kiskunhalas haben sie ihn damit aufgezogen, dass er sich die Stelle mit Hühnerscheiße einschmieren müsse, dann würde der Bart wachsen.

Der Bariton legt die Hand aufs Herz, verbeugt sich mehrmals. Einige klatschen. Das blonde Mädchen lacht.

Wir gehen ins Treppenhaus. Ich sage ihm, dass wir uns noch nicht vorgestellt hätten. Ich heiße Gyuri. Ich sage auch meinen Vornamen.

Schön hast du gesungen.

Seine Augen glühen. Jetzt sind sie nicht dunkel, sondern schwarz.

Den Papageno hat der Andor Lendvai gesungen, sagt er, es gab nur zwei Vorstellungen.

Die letzten zwei Vorstellungen.

Dann hatte ich Glück, dass ich die gesehen habe, ich wusste nicht, ob es die letzte oder die vorletzte war.

Ich habe keine Lust, über die Pistole zu sprechen.

Im Bad spielen der Hauswart und Herr Laci immer noch Schach.

Unsere Zimmergenossin, die Mutter des kleinen Mädchens, hat einen Krug Trinkwasser besorgt, sie fragt, wem sie einschenken solle. Herr Laci sagt, sie solle es für die Kinder aufheben.

Der Arzt, den ich aus dem Keller kenne, kommt aus Évikes Zimmer, sagt etwas zu Frau Klári. Er meldet Évikes Vater, dass die Lage im Keller ziemlich ruhig sei, es gebe keine neuen Sterbenden, der Mann mit der Amnesie, Sie wissen schon, der Ex-Oberleutnant, sagt er, ist ganz in sich versunken, er fragt nur jeden, wer sind Sie?, und verschenkt seine Orden an die Kinder.

Sehr gut, sagt Herr Laci, der ist wenigstens ehrlich, verheimlicht nicht, dass er sich an nichts erinnern kann, das ganze Land leidet an Amnesie, niemand erinnert sich hier je an irgendetwas, aber alle tun so, als wüssten sie alles. Wenn er sich aufregt, sprudeln die Worte aus ihm heraus, seine Zähne sind schlecht, manche sogar schwarz, ziemlich viele fehlen. Er hält seine Brille am Bügel und gestikuliert damit.

Der Doktor geht in den Keller zurück, er sagt, er müsse jetzt die Vormittagsspritzen geben, sein Vorrat reiche noch für zwei Tage.

Herr Laci sagt Matt. Er sagt, das sei schon vor drei Zügen abzusehen gewesen, das habe so kommen müssen, so eine Turmstellung sei nicht abzuwehren, wenn man auch noch zwei Offiziere einbringen könne. Er holt sein Notizbuch heraus und zählt auf, welche Fehler der Hauswart gemacht hat. Der

Hauswart sagt, er hätte drei Züge im Voraus kombiniert. Wenn du einen Fehler machst, dann kombinierst du schon aus einer fehlerhaften Ausganssituation heraus, sagt Herr Laci, du hast die Lage falsch analysiert, deshalb waren deine Kombinationen auch falsch.

Der Hauswart sagt, dass die Partie noch bis zum vorletzten Zug offen gewesen sei.

Blödsinn, sagt Herr Laci, siehst du nicht, was zum vorletzten Zug geführt hat? Man muss nach dem Ursprung des Fehlers suchen. Wenn du den nicht findest, dann bist du schon am Anfang vom Ende.

Das ist keine Physik, Laci, das ist Schach, sagt der Hauswart.

Blödsinn, Alter, natürlich ist das Schach, wenn es Physik wäre, wäre es schon längst aus mit dir. Willst du eine Revanche?

Sie stellen die Figuren wieder auf.

Wir können nicht einschlafen. Das kleine Mädchen in dem anderen Bett weint. Sie hat Hunger.

In meinem Traum gehen wir in den vierten Stock, Vera, Gyuri und ich. Gyuri geht zum Fenster, schaut hinunter und sagt: Die Stadt ist wunderbar, wie eine Bühne, Kunstschnee fällt, siehst du, er zeigt auf den auf Leinenstoff gemalten blauen Fluss, ich singe den Papageno. Vera zieht sich aus, erkältet sich, wird krank, ich kann sie nicht lassen, ich umarme sie, sie umarmt meinen Hals, drückt ihre Lenden an meine, noch, das ist so gut, keucht sie mir ins Ohr.

Ich wache auf, weil das kleine Mädchen wieder weint. Sie bekommt einen Keks von ihrer Mutter. Ich bin allein auf dem Sofa. Vera liegt neben meiner Mutter. Meinen Vater sehe ich nirgends. Meine Unterhose ist nass. Jeder schaut mich an, meine Mutter, die Mutter des Mädchens, sogar das Mädchen, nur Vera dreht sich weg. Ich gehe ins Badezimmer und wasche meine Unterhose.

Es ist Morgen.

Der Hauswart und Herr Laci spielen wieder Schach.

15

Ich sage Györgyi am Telefon, dass es am einfachsten wäre, wenn ich den neuen Teil meines Manuskripts an der Pforte des Gymnasiums für sie deponierte, ich hätte sowieso dort zu tun.

Sie schweigt.

In Ordnung?

Wollen Sie wieder die ganze Gegend abgehen?

Jetzt schweige ich.

Wir können gut miteinander schweigen.

Wir sind verbunden.

Ich gehe am Gedenkstein vorbei. Als ich die Aufschrift zum ersten Mal las, habe ich mir den Text notiert. Ich weiß nicht, warum ich ihn wieder notiere.

Ich nehme mir vor, die erste Notiz herauszusuchen und die neue dazuzulegen. Die Analyse der zeitlichen Distanz zwischen beiden Daten könnte etwas über die Schwierigkeiten des Geschichtenerzählens verraten. Während ich das denke, scheint mir die Zeitspanne zwischen beiden Daten wichtiger als das Datum von 1944, das ich mir beim Abschreiben des Textes wieder notiere.

Nun ja, es erleichtert meine Lage nicht gerade, dass sich die Wichtigkeit des Erzählens dieser Geschichte vor die Geschichte selbst drängt.

Ich gebe dem Portier in der Schule das große Kuvert.

Die Lehrerin habe ihn schon informiert, er werde es gleich weiterleiten.

Ich gehe weiter in Richtung des Praktiker-Baumarktes.

Vorhin leuchtete die Sonne noch rot, jetzt verdunkelt sich das Tal.

Ich nehme die Straßenbahn. Fahre zur Ecke Bem-Kai und Halász-Straße, wo mich der Radfahrer beinahe beiseite gefegt hatte. Ich spaziere bis zur Erzsébet-Brücke, nehme den Bus der Linie 7. Vor der Amerika-Straße 76 blicke ich auf meine Uhr. Ich gehe zum alten KISOK-Platz, zum unterirdischen Straßenbahndepot. Die Uhr an der Ecke Dorozsmai-Straße und Dorozsmai-Hof sagt mir, dass ich den Weg in acht Minuten zurückgelegt habe. Meine Uhr zeigt etwas anderes an.

Die Armbanduhr hatte meinem Vater gehört. Meine Mutter gab sie mir 1953, nach seinem Tod, seitdem trage ich sie.

Unsere Route führte über die Mexiko- und die Thököly-Straße.

Ich notiere, was die große Uhr am Ostbahnhof anzeigt.

Das ergibt zu meiner Uhr eine Differenz von zwei Minuten.

Auf dem Baross-Platz sieht man viele Uhren in den Schaufenstern, auf Reklametafeln, in Hoteleingängen. Alle zeigen eine andere Zeit an.

Ich kann mich gut erinnern, dass die große Uhr an der Haltestelle der Linie 6 vor dem Nationaltheater, Ecke Ring, auch von der Marschkolonne aus gut zu sehen war.

Jetzt ist dort eine kleinere Uhr. Den Zeigern zufolge wächst die Zeitdifferenz, bis ich zur Kossuth-Lajos-Straße komme, sie ändert sich wieder, wird jetzt kleiner.

Uhrwerk und Zeiger lassen sich nicht aufeinander abstimmen.

Ich gehe zu einem Uhrmacher. Zwei Tage lang beobachtet er meine Uhr. Er sagt, in zwei Tagen gehe sie fünf Minuten vor. Er richtet sie.

Ich gehe wieder los.

Ich versuche, auf der einstigen Route die Gefühle von damals heraufzubeschwören. Es geht nicht. Nicht das einst Durchlebte beschäftigt mich, sondern die Differenz der Uhrzeiger.

Ich durchwandere die Stadt in der ungreifbaren *Zeit*. Die Hauptstraße. Bécsi-Straße. Ich fahre mit der Straßenbahn bis zur Ecke Árpád-Brücke und Váci-Straße. Beim József-Attila-Theater nehme ich ein Taxi. Vom Pester Brückenkopf der Margit-Brücke aus gehe ich zu Fuß weiter bis zum Tempel in der Dohány-Straße. Ich sehe nach, welches Amt auf dem Schild am Seiteneingang, unweit der Carl-Lutz-Gedenkstätte, im Tor des einstigen OMIKE-Theatersaals ausgewiesen ist.

Ich gebe es auf, unter den verschiedenen Zeiten eine Entsprechung finden zu wollen. Ich halte die Differenzen der Uhren auf der Straße und in den Schaufenstern fest, notiere die unterschiedlichen Differenzen zu meiner Uhr im John-Bull-Pub in der Vadász-Straße, im Hotel ›Andrássy‹ an der Munkácsy-Mihály-Straße, in der Nagyfuvaros-Straße, an der Pforte des Krankenhauses in der Szabolcs-Straße, an der Ecke Pannónia- und Csanády-Straße.

Ich skizziere die einstige Route aus meiner Erinnerung und die in den vergangenen drei Tagen zurückgelegten Routen. Ich benutze verschiedenfarbige Filzstifte. Jede Farbe kennzeichnet eine andere Zeitebene. Die Linien schichten sich übereinander, was die ursprünglichen Farben verändert.

Auf diese Weise bilden die verschiedenen *Zeiten* einen *gemeinsamen Raum*. Der *gemeinsame Raum* ist meine Stadt, die die Blicke beider Radfahrer aufnimmt, den Blick meiner Mutter, wie sie mir in der Ziegelei von der Kolonne aus zuwinkt, Veras lange nicht mehr gesehenes Gesicht, sogar meinen dicken Filzmantel, das Gesicht des Uhrmachers, wie er über die alte Uhr meines Vaters sagt, mein Herr, das ist eine exzellente Tissot-Uhr, wahrscheinlich aus einer Nachkriegsserie. Eher aus einer Serie vor dem Krieg, sage ich. Im *Raum der unvereinbaren Zeit* ist auch Györgyis Blick enthalten, wie sie liest, was ich geschrieben habe, und bestimmt dasselbe fühlt, was ich gefühlt habe, als ich sie in die Geschichte hineinschrieb. Ich notiere, dass ich nicht in die ›Ruszwurm‹-Konditorei gehen und keinen

Kaffee bestellen werde, um mir Gizis Blick besser vorstellen zu können, die uns persönlich den Kaffee bringt und sich für ein paar Minuten neben meine Mutter setzt.

Ich werde Bözsikes Namen in die Gedenkwand im Friedhof an der Kozma-Straße eingravieren lassen oder in eine Tafel im Garten des Tempels in der Dohány-Straße oder unter die vielen Tausend Namen in der Holocaust-Gedenkstätte in der Páva-Straße. Das ist meine Aufgabe.

Meine Stadt verengt sich zu einem Labyrinth, mit bunten Filzstiften gezeichnet, obwohl sie sich vom Gefühl her ausweitet. Während ich die Zeichnung fertigstelle, sehe ich hinter den prachtvollen Fassaden zerstörte Gebäude, unter dem Mantel menschendurchströmter Fußgängerzonen leere Straßen, im Schatten glänzender Metrostationen Leichenberge in der Kanalisation, anstelle von Autokolonnen Rattenhorden, und was interessant ist: Mein Gefühl des Heimischseins verändert sich dadurch nicht.

Ich notiere, dass es Tatsachen gibt, Dokumente, Quellen, die mit den als verlässlich geltenden Folianten übereinstimmen: meine aufgehobenen Briefe. Ich sollte nach 58 Jahren meine Sätze analysieren, sie sind tatsächlich die Worte eines vierzehnjährigen Jungen, auch das Schriftbild könnte Hinweise liefern, ich weiß jedoch, dass die Interpretation von Quellen nun mal von der Einstellung des Betrachters bestimmt wird. Das Gleiche gilt für die Methoden der Archivierung und alle Schlussfolgerungen.

Györgyi ruft an. Ihre Stimme ist unsicher. Ich habe das Gefühl, dass sie nach einem Vorwand gesucht hatte, unsere Verabredung abzusagen, ihn aber nicht für angemessen hielt und jetzt, während sie mit mir spricht, noch nach einem anderen sucht.

Als ich sie aus Locarno anrief, dachte ich, dass sie vielleicht nicht zwischen sich selbst und meiner Beschreibung von ihr unterscheiden könne, ebenso wenig wie sie ihre Vorstellung von der Geschichte ihrer Mutter nicht von meiner Beschreibung unterscheiden kann und auch nicht mich von jenem vierzehnjährigen Jungen.

Wann und wo sollen wir uns treffen?

Wo Sie wollen, sage ich, vielleicht im Hotel ›Andrássy‹, wo Sie das letzte Mal nicht hinkommen konnten.

Sie gibt mir ihre Adresse.

Vielleicht war ihre Stimme deshalb so unsicher, weil sie nicht wusste, was ich sagen würde.

Vom zweiten Stock des Hauses an der Ecke Abonyi- und Cházár-András-Straße aus sieht man den Eingang des Radnóti-Miklós-Gymnasiums. Eine bekannte Gegend. Ich bin acht Jahre lang in diese Schule gegangen, damals hieß sie Jüdisches Gymnasium. Nach den ersten Rassengesetzen nannten es viele das Gymnasium in der Abonyi-Straße, ich auch.

Den Geruch des Turnsaals, nach Sägespänen und Schweiß, habe ich immer noch in der Nase, während ich der Müllabfuhr zusehe. Sie biegt dort ein, wo Vera und ich im Dezember 1944 Hand in Hand von der Francia-Straße aus in Richtung Munkácsy-Mihály-Straße schlichen.

Als ich meine einstigen Wege mit bunten Filzstiften nachzog und dann die Routen der Spurensuche mit anderen Farben einzeichnete, verspürte ich die Vertrautheit, die ich fast überall in meiner Stadt empfinde, wobei ich mit dieser Bezeichnung nicht zufrieden bin. Es fehlt etwas, und zwar weil in dieser Vertrautheit zugleich auch Unvertrautheit enthalten ist.

Ich sehe keinen Männerhut, keine Pantoffeln in Györgyis Flur. Ich kann wohl schlecht ins Badezimmer gehen, um nachzusehen, ob zwei Zahnbürsten auf der Ablage sind.

Györgyi trägt eine Jeans, ein weißes T-Shirt und eine Jeansweste. Auf der Kommode stehen viele Fotos. Ein ovaler Tisch, sechs Stühle, eine kleine Anrichte, eine große Anrichte, zwischen den Fenstern eine Vitrine. Ich frage sie nicht, ob dies die

Möbel ihrer Mutter sind, das wäre überflüssig, solche Esszimmergarnituren werden heute nicht mehr hergestellt.

Auf einem der Fotos sind ihre Eltern zu sehen. Sie stehen im Garten, umarmen sich. Ihr Vater ist größer als auf dem Foto, das im Stadtpark auf der Seeterrasse aufgenommen wurde. Ein frisch gebügeltes weißes Hemd, eine Hose wie aus Porzellan, weiße Leinenschuhe, als wolle er zum Tennisplatz gehen. Vom Foto ihrer Mutter und Großmutter, die im Wintermantel mit dem gelben Stern in einem Hauseingang stehen, hat sie offenbar zwei Abzüge. Mir kommt jetzt ihre siebzehnjährige Mutter auf diesem Foto älter vor als auf dem anderen Bild, das mindestens fünf Jahre später gemacht wurde.

Sie holt mein Manuskript aus dem anderen Zimmer. Schließt die Tür sorgfältig hinter sich, als würde sie dort etwas aufbewahren, was sie vor sich und den anderen abschirmen will. Kein Einlass, diese Tür darf keinen Spaltbreit offen bleiben. Dort wird sie mein Manuskript gelesen haben.

Sie möchte einige Dinge fragen, aber nicht jetzt, sie habe das Gefühl, dass die Zeit dafür noch nicht gekommen sei, sagt sie.

Das verstehe ich, mir geht es auch so, mit bestimmten Dingen muss man warten, irgendwann tauchen sie plötzlich auf, sage ich. Ich sehe, dass Sie sich mit Fotos umgeben.

Das ist eine Provokation, sogar ein wenig Aggression schwingt in meiner Stimme, doch sie lächelt, sie hat kein Problem damit, die Aggression in meiner Stimme zu imitieren und zu sagen, ja, aber das wussten Sie ja schon, darauf waren Sie ja schon vorbereitet nach alledem, was Sie über mich geschrieben haben.

Sie habe daran gedacht, sagt sie nach kurzer Pause, die Schule zu verlassen. Es sei schwer zu ertragen, jeden Tag an der Gedenkstätte vorbeizugehen, jeden Tag auf dem Weg zur Straßenbahnhaltestelle dort entlangzugehen, wo ihre Mutter und Großmutter in die Marschkolonne eingereiht wurden.

Ich verstehe nicht, warum sie lacht. Ihr Lachen ist nicht hysterisch.

Ich müsste es endlich vergessen, sagt sie, nicht wahr, die Zeit ist längst reif dafür. Manchmal fällt es mir am Gedenkstein auch wirklich nicht mehr ein, aber dann fällt mir gerade das ein, dass es mir nicht eingefallen ist! Sie wolle um ihre Versetzung bitten, etwa an eine Schule in Zugló, das wäre natürlich auch praktischer, in einer näher gelegenen Schule zu unterrichten. Es könnte aber auch sein, wiederholt sie, dass die Versetzung nichts an diesen Dingen ändern würde, so sagt sie, trotzdem wäre es eine Lösung. Sie will wissen, was ich dazu meine.

Ich darf ihr keinen Fluchtweg lassen.

Meine Stimme klingt wie die eines diensthabenden Polizisten, der gerade jemanden auf frischer Tat ertappt und aufs Revier gebracht hat. Es überrascht mich selbst, dass meine Stimme so klingt. Sie auch. Das macht mich ungehalten über mich selbst – aber an was für eine Lösung denken Sie denn, warum denken Sie, dass man eine Lösung finden kann?

Selbst ihre Gesichtsform scheint sich zu verändern. Sie bekommt Kanten, das Kinn drängt nach vorn, sie zieht die Augen zusammen, ich hätte nicht gedacht, dass sie eine so hohe, scharfe Stimme hat. Glauben Sie, ich wüsste nicht, dass das nicht geht? Glauben Sie, ich wüsste nicht, dass auch Sie keine Lösung haben und auch der Typ nicht, über den Sie schreiben?

Ich frage sie, warum sie glaube, dass ich und der – so drücke ich es aus – Detektiv in meinem Manuskript verschiedene Personen seien. Sie sagt, ich solle sie nicht an der Nase herumführen, ich wüsste doch, dass sie Literatur und Geschichte unterrichte.

Sie fragt, was ich trinken wolle, Cognac oder Wodka. Etwas anderes habe sie nicht, sagt sie mit noch immer scharfer Stimme.

Dasselbe wie Sie.

Sie schenkt Cognac ein. Mit einer ungelenken Bewegung trinkt sie ihn in einem Zug aus, einige Tropfen bleiben auf ihren Lippen zurück, fließen auf ihr Kinn, sie nimmt kein Taschentuch, sieht, dass ich die Tropfen an ihrem Kinn beobachte, wischt sie mit der Hand weg.

Sie ruft mich zum Fenster, zeigt auf die Straße. Gegenüber liegt das alte Gymnasium, wo schon ihre Mutter zur Schule ging, wo auch ich hingegangen bin. Die Jungs durch den Eingang in der St.-Domonkos-Straße, die Mädchen durch den in der Abonyi-Straße. Sie sagt, schon meine Eltern haben in dieser Wohnung gewohnt. Sie sagt zum ersten Mal »meine Eltern«. Als sie als kleines Mädchen mit ihrer Mutter allein geblieben war, habe sie immer am Fenster auf sie gewartet. Seitdem sehe sie immer, wenn sie aus dem Fenster blicke, wie ihre Mutter mit zwei Einkaufsnetzen über die Straße ging. Sie sei auf dem Friedhof gewesen, sagt sie, am Grab ihrer Mutter. Sie hatte den Namen ihrer Großmutter in den Grabstein eingravieren lassen, ihr Geburtsdatum und dass sie in Ravensbrück den Märtyrertod erlitten habe, den üblichen Text eben, »Wir bewahren ihr Andenken«. Sie war auch an Lucas Grab gewesen, es war sehr verwahrlost, sie hatte noch einen Blumenstrauß gekauft und ihn dorthin gelegt.

Ich sage ihr, dass ich Bözsikes Namen eingravieren lassen wolle, mich aber noch nicht entschieden hätte, an welchem Gedenkort.

Wir unterhalten uns über Bözsike wie über eine gemeinsame Bekannte.

Sie trinkt das zweite Glas Cognac. Zieht die Weste aus. Lacht. Ihre Brust wogt, sie ist größer, als ich es mir vorgestellt hatte.

Sie fragt, ob ich Vera später wirklich wiedergetroffen hätte und ob zwischen uns wirklich passiert sei, was ich beschrieben habe.

Ich dachte mir schon, dass sie das beschäftigen würde. Die zwei Cognacs haben ihr geholfen, diese Frage zu stellen.

Wir haben doch schon geklärt, sage ich, dass dies ein Roman ist.

Also, gibt es mich dann, oder haben Sie mich nur erfunden?

Ich sage, dass sie, als wir an der Ecke Thököly-Straße aus der Straßenbahn stiegen, wie ein Schatten gewesen sei, der mich verfolgte – aber ohne sie wäre ich nicht so weit gekommen.

Großartig, Schatten war ich noch nie.

Ich betrachte sie, wie sie mich betrachtet. In ihrem Blick sehe ich das Gesicht des Mädchens, das im Eingang des Ravensbrücker Lagers mit tränennassem Gesicht erzählte, ihr Mitschüler habe gesagt, alles sei nachträglich aufgebaut worden.

Also, haben Sie mit Vera geschlafen?

Worüber sprechen wir denn jetzt?

Mit unpersönlicher Stimme sagt sie, dass unter ihren diversen Traumata, denn es wird Sie nicht überraschen, dass ich von solchen geplagt werde, sagt sie, Gott sei Dank keine Orgasmusprobleme seien, es sei aber nicht ausgeschlossen, dass ihre Mutter welche hatte, doch darüber hätten sie natürlich nie gesprochen.

Ich frage, warum sie mir das erzähle.

Vielleicht brauchen Sie ja diese Angaben, sagt sie.

Vielleicht kann ich sie brauchen, aber Sie sprechen davon wie ein Assistent, der dem Sexualpsychologen vor der Sprechstunde die Anamnese der Wartenden vorliest.

Sagen Sie, mit welchem Recht mischen Sie sich eigentlich in mein Leben ein?

Mir ist so, als hätten Sie mich darum gebeten.

Aber Sie veröffentlichen Dinge.

Es tut mir leid. Das, womit ich mich beschäftige, bringt so was nun mal mit sich.

Trotzdem, mit welchem Recht?

Wieso, mischen Sie sich denn nicht in mein Leben? Übrigens habe ich die Fotos mitgebracht, die Sie mir geschickt haben.

Behalten Sie sie, vielleicht werden Sie sie noch brauchen.

Haben Sie denn nicht eben gesagt, dass Sie es nicht gern sehen, wenn ich bestimmte Dinge veröffentliche?

Na, und wenn ich das gesagt habe? Mich würde mehr interessieren, mit welchem Recht Sie Dinge verheimlicht haben, die mich sehr wohl etwas angehen.

Das war vor sehr langer Zeit. Damals hat mir Luca das Versprechen dafür abgenommen. Außerdem hatte ich die alten Aufzeichnungen ganz vergessen, ich habe sie erst später wieder ausgegraben, nachdem wir uns getroffen hatten.

Sie geht ins Bad. Wäscht sich das Gesicht, trägt Lippenstift auf. Sie schenkt nach. Im Gymnasium hatte sie einen Physiklehrer, der ganz genauso war wie der Physikprofessor in der Pannónia-Straße. Sogar die Hände, wie er während seines Vortrags gestikulierte und wie er die Brille am Bügel hielt. Im Übrigen danke für alles, sagt sie.

Wofür das jetzt?

Ich sagte schon, für alles. Ich habe versucht, meinen Schülern zu erklären, dass man sich nicht nur mit dem beschäftigen muss, was man nicht weiß, sondern auch damit, ob wir das, was wir wissen, wirklich genau wissen. Aber jetzt denke ich anders und habe Angst.

Würden Sie mich einweihen?

Ich habe Angst, dass der, der das Nichtwissen und das fehlerhafte Wissen erkennt, ausgestoßen wird. Ob Jude oder Nicht-Jude. Sie wissen nicht, warum, aber sie spüren, dass er sie erkennt, und haben Angst vor ihm, und ich habe Angst davor, dass man vor mir Angst hat. Haben Sie keine Angst?

Aber sicher.

Und was tun Sie dagegen?

Ich versuche, daran zu denken, dass es das Schlimmste ist, wenn ich vor mir selber Angst habe.

Das verstehe ich nicht.

Zum Beispiel, dass ich etwas vergesse; ich vergesse es nicht wirklich, aber ich tue so, als ob ich es vergessen hätte.

Sie vergessen nichts.

Ich bin mir nicht sicher, aber ich sehe, dass Sie mich gründlich studiert haben.

Und ich sehe, Sie sind überrascht, dass ich die ungarische Geschichte kenne.

Wie soll ich das verstehen?

In dem Sinne, dass ich weiß, dass nicht nur das schwer ist: Jude zu sein.

Als sie über ihre Mutter und Großmutter sprach, hatte sie nie Tränen in den Augen. Ich stelle sie mir vor, wie sie bei der Eröffnungs- und Abschlussfeier und anderen Schulfesten mit ihren Schülern zusammen die Nationalhymne singt.

Vielleicht halten Sie es für blödsinnig, sage ich, aber auch ich danke Ihnen für alles.

Wofür, Himmel, Arsch und Zwirn, danken Sie mir denn?

Dass Sie, Himmel, Arsch und Zwirn, so viel Vertrauen zu mir haben.

Weil ich das vorhin erzählt habe?

Auch deswegen …

Na gut, aber trinken wir keinen Cognac mehr.

Haben Sie vielleicht Wodka?

Endlich lacht sie.

Ich hätte nicht gedacht, dass ich so bin, wie Sie mich beschrieben haben. Kann sein, dass ich gar nicht so bin.

Ich möchte, dass Sie in die Pannónia-Straße 36 gehen und sich den alten Keller ansehen.

Jetzt bin ich für Sie nicht nur ein Schatten, sondern auch noch ein Spürhund? Sollen wir zusammen hingehen?

Nein, ich möchte, dass Sie allein gehen. Alles verschwindet, auch dieser Keller kann nicht mehr der alte sein. Langsam verschwindet alles, nicht nur die Menschen, die Gegenstände, die Erinnerungen – ich bin damit konfrontiert worden, auch Ihnen täte es gut.

Ihr Blick ist zynisch, vielleicht wie der ihrer Schüler, wenn sie etwas zu oft wiederholt.

Wenn Luca nicht gesagt hätte, dass Sie es waren, der ihrer Mutter in der Ziegelei gesagt hatte, dass sie aus der Reihe hinaustreten könne, wäre ich nicht zu ihr gegangen, als Sie sie besuchten.

Ich kann mich immer noch nicht erinnern, in der Ziegelei etwas zu Lucas Mutter gesagt zu haben, sage ich.

Ein Schriftsteller … das hat mir achtzehnjähriger Schülerin sehr imponiert, Sie haben mir sogar ein bisschen gefallen …

Auch damals lagen schon achtundzwanzig Jahre zwischen uns.

Trotzdem haben Sie mir gefallen.

Sie sind zu schön, um solche Sachen zu sagen.

Sie legt ihre Hand auf die meine.

Mir tat dieser vierzehnjährige Junge so leid.

Nicht nötig, sage ich, das würde ihn nur stören, vielleicht sogar verletzen.

Wir küssen uns auf die Wangen.

Du hast es leicht, sagt sie, du kannst in jede Richtung weitergehen.

In jede Richtung, denke ich, aber wer ist es, der weitergeht, und kommt er irgendwo an? Auch ich müsste ihr von meinen Gefühlen erzählen, müsste ihr erzählen, wie mich der Assistent im Park des ›Grand Hotel Locarno‹ fand und mich auf die hell erleuchtete Terrasse zerrte, wo die Kameras bereits liefen, wo die Vorstellung bereits begonnen hatte, in der niemand das war, was er in Wahrheit war. Es stellte sich heraus, dass die zwei Pierrots – ich weiß bis heute nicht, ob sie ein Mann und eine Frau waren oder zwei Männer, vielleicht zwei Frauen –, dass auch sie zur Statisterie gehörten. Ihre Rolle bestand darin, uns als Zuschauer, also sozusagen als Nachwelt zu bestaunen, nicht als die *Zeugen*, die wir waren, sondern als die *Überlebenden*, wie wir genannt wurden. Ich müsste die Scham schildern, die mich erfüllte, als ich auf die Terrasse trat und wusste, dass auch ich nichts anderes war als die mir zugeteilte Rolle – und ich müsste ihr auch erzählen, wie froh ich war, als sie vorhin sagte, dass Schmerz und Leid universal seien und dem entsprechen, was wir Geschichte nennen. Zugegeben, sie hat es nicht so formuliert, aber ich würde es so formulieren. Und ich müsste ihr auch erzählen, dass ich denke, wir beide wüssten, dass wir, am Ende unseres Weges angekommen, an seinem Anfang angelangt seien.

Sie könnte danach fragen, und wenn sie es täte, würde ich ihr noch dieses und jenes erzählen, aber ich sehe an ihrem Blick, dass sie weiß, wo die Grenze ist, die sie nicht überschreiten darf.

Sie umarmt mich, führt mich zum Fenster.

Von dort hatte sie ihre Mutter beobachtet, wie diese, Einkaufsnetze schleppend, näher kam. Ich könnte von hier aus sogar mich auf der Straße sehen, vierzehnjährig, mit Schultasche. Wir können sie uns vorstellen, sie die Einkaufsnetze Schleppende, ich den Schultasche Schleppenden, ohne die wir uns nicht vorstellen können, dass wir sehen, was der andere sieht. Sie wiederholt, dass ich es leichter hätte, weil ich, wie sie es nennt, in jede Richtung gehen könne. Ich sage ihr nicht, was es für mich bedeutet, dass ich ihr Zimmer, ihre Gegenstände beschreiben kann, vor allen Dingen die auf der Kommode aufgereihten Fotos, und welches Wissen ich in ihrem Blick entdecke. Es wird mir sicher schwerfallen, die richtigen Worte zu finden, wenn es dafür überhaupt die richtigen Worte gibt.

11

Im Hof wird wieder jemand beerdigt.

Wieder stehen Familienangehörige an der frisch ausgehobenen Grube, wieder singt Gyuri das Kaddisch. Jetzt war es schon schwerer, zehn Männer dafür zu finden, ich entdecke zwei kleine Jungs unter ihnen. Wieder sehe ich vom Balkon aus zu, wie Ehefrauen, Ehemänner, Kinder, Eltern eine Handvoll Erde in die Grube werfen.

Auch im Hof des Nachbarhauses, durch eine Wand von uns getrennt, wird jemand beerdigt. Auch dort legen sie den Toten in einen Sack gewickelt in die frisch ausgehobene Grube, auch dort stehen sie im Kreis, bekreuzigen sich, murmeln Gebete, ich glaube, es ist das Vaterunser, das habe ich auch gelernt, ich könnte es aufsagen. Sie blicken auf, hören zu, wie Gyuri singt und die Töne des Kaddisch gen Himmel steigen.

Auf den Balkonen sind auch andere Leute. Einer von der Torwache kommt, sagt, dass die Kampfhandlungen schon in der Dráva-Straße angelangt seien. Beim Víg-Theater hätten die Deutschen Verstärkung bekommen, man sage, dass eine Batterie Soldaten und ein Pfeilkreuzler-Kommando eingetroffen seien. Hier in der Pannónia-Straße werde der Kampf am heißesten sein, sagt ein geflohener Arbeitsdienstler, es wäre besser, in den Keller zu gehen.

Dem Hauswart wird gemeldet, dass wir nur noch für einen Tag Trinkwasser haben.

Die Straße wird beschossen, keiner meldet sich freiwillig, mit

Eimern in die Hollán-Straße zu gehen, wo noch Trinkwasser ausgegeben wird.

Der Physiker kaut an einer Brotrinde, er ruft mich zum Schachspielen ins Badezimmer, ich sitze auf der Toilette, er auf dem Wannenrand. Wenn jemand auf die Toilette gehen muss, gehen wir hinaus, kehren zurück, spielen weiter.

In den Eimern ist kaum noch Wasser für die Spülung.

Ich wähle die Spanische Eröffnung. Komme ganz durcheinander. Wir werden es analysieren, sagt der Physiker, spiel nur zu Ende. Sehen Sie denn, dass ich verliere? Das sieht man genau, sagt er. Er wendet sich an den Hauswart, der inzwischen hereingekommen ist. Man sieht das Ende schon am Anfang, Jóska, so ist das, und nicht nur im Schach.

Wenn du alles schon seit langem vorausgesehen hast, warum hast du nicht rechtzeitig etwas gesagt?, fragt der Hauswart.

Ich habe ja was gesagt, aber diese Rindviecher haben nur blind weitergemacht. Wie gesagt, sie sind blind.

Bin ich dann auch ein Rindviech und blind?

Ein Rindviech warst du auch, Józsi, so viel steht fest, aber blind bist du nicht, man kann nicht von dir behaupten, dass du nicht siehst, was du anschaust. Du darfst nur nicht vergessen, was du siehst.

Ich ziehe meinen Springer, das war nicht schlecht, sagt der Physiker, wir werden es analysieren. In deiner Lage war das der beste Zug, das hilft jetzt natürlich nichts mehr, aber wenn man bedenkt, dass du deinen Offizieren schon den Weg abgeschnitten hast, war das ein guter Zug.

Ich werde es nicht vergessen, sagt der Hauswart, ich habe nur Angst um Klári, sie hat zu viel um die Ohren.

Um Klári brauchst du dir keine Sorgen zu machen, ich kenne sie länger als du, sie ist sehr zäh, zäher noch als du.

Mir gefällt, wie sie miteinander sprechen. Ich glaube, dass ich sie verstehe. Ich versuche, ihnen zuzuhören, obwohl es mir schwerfällt, mich gleichzeitig auch auf das Spiel zu konzentrieren, aber wenigstens spüre ich den Hunger nicht so sehr. Durst habe ich auch. Seit dem Morgen habe ich nichts mehr zu trinken bekommen.

Es ist gut, wenn du die Lage überblickst, sagt der Physiker, was man nicht sieht, an das kann man sich auch nicht erinnern, diese vielen blinden Leute, die alles anschauen und nichts sehen, die werden sich auch an nichts erinnern.

Ich sehe es seinem Blick an, dass er mir mein Schweigen nachsieht. Gut, dass der Hauswart sagt, Laci, du hast deinen Beruf verfehlt, du hättest Priester werden sollen. Blödsinn, gestikuliert der Physiker. Gibt mir mit seiner Dame Schach.

Die Bomben fallen, ohne dass die Sirenen geheult hätten.

Leichte Bomben, sagt der Hauswart, die durchlöchern höchstens das Dach. Man muss nicht in den Keller gehen, sie schießen jetzt auch aus der Luft lieber mit Maschinengewehren.

Ich ziehe einen Bauern vor die angreifende Dame.

Ich verstehe nur nicht, wie das geschehen konnte, sagt der Hauswart.

Das sag ich dir doch, sagt der Physiker und tätschelt mit der Hand die Schulter des Hauswarts, man muss immer den vorangegangenen Fehler betrachten.

Eine Frau kommt herein, sagt, dass sie gesehen habe, wie Pfeilkreuzler vier Männer mit gelben Sternen an den Mänteln zur Donau brachten.

Mit Stern darf man nicht zum Wasserholen gehen, sagt der Physiker. Im Moment gibt es keine Freiwilligen, sagt der Hauswart.

Die Feldherrnhallen-Einheiten sind in Újpest auf dem Rückzug. In Zugló wird am Bahndamm in der Mexiko-Straße gekämpft. Im Stadtpark erobert die 2. Kompanie der Polizei-Kommandotrupps das Gebäude der Handwerkskammer zurück. In den inneren Bezirken beginnen schon die Kämpfe in der Kanalisation. In der Lehel-Straße weichen die deutschen Truppen zurück, von einer Fabrik zur nächsten. Die Feldherrnhallen-Einheiten halten noch die Achse Dagály- und Arena-Straße.

Vera kommt ins Bad. Sieht uns beim Spielen zu.

Die Munition für die Artillerie sei ausgegangen, für die Infanterie könne sie nur durch Schussverbot rationiert werden, man habe keinen Treibstoff mehr, die Situation der Verwundeten sei katastrophal, meldet die vereinigte deutsch-ungarische Heeresleitung.

Die Deutschen sprengen die Horthy-Miklós-Brücke. In der Nacht fliegt die Ferenc-József-Brücke in die Luft.

War deiner Meinung nach der 19. März der falsche Zug?, fragt der Hauswart den Physiker, als die Deutschen ohne einen Schuss hereingelassen wurden?

Das musste schon so kommen, sagt der Physiker.

Vera flüstert mir ins Ohr, dass sie großen Durst habe. Der Mann von der Torwache kommt herein, der vorhin gesagt hat, dass die Kämpfe schon in der Dráva-Straße angelangt seien. Vom Donauufer höre man wieder Maschinengewehrsalven, meldet er. Na und, glauben Sie, wir hören es nicht?, brüllt der Hauswart, ohne sich vom Wannenrand zu erheben. Ich habe ihn noch nie so brüllen hören. Vera rennt aus dem Bad. Sie können noch nicht in der Dráva-Straße sein, sagt der Hauswart zum Mann von der Torwache, die Schüsse würden anders klingen, Sie waren bestimmt nicht an der Front, das weiß ich besser.

Das musste schon so kommen, wiederholt der Physiker.

Dann war der Fehler der Eintritt in den Krieg?

Klar, klar, Józsi, aber das musste ja auch schon so kommen.

Hätten wir uns da raushalten können?

Klar, klar, sagt der Physiker, aber diese Rindviecher haben sich Hitler ja schon vorher verpflichtet.

Hitler hat die verlorenen Gebiete zurückgegeben, Siebenbürgen, das Oberland, die Bácska ...

Klar, klar, der Physiker beginnt zu gestikulieren, aber diese

Rindviecher hatten keine Ahnung, was der Preis dafür sein würde, na, und das ist jetzt der Preis geworden.

Aber nach Trianon gab es doch keine andere Möglichkeit …

Klar, klar, so begegnen sich Anfang und Ende, Józsi, genau das versuche ich dir zu erklären, der erste Fehler zieht die anderen, irreparablen, nach sich.

Das verstehe ich nicht …

Schau, Józsi, Trianon war eine schrecklich ungerechte Entscheidung, danach gab es zwei Wege: entweder den Engländern, Amerikanern, Franzosen zu beweisen, dass wir versuchen wollen, ein friedliches, demokratisches Land zu sein, um es uns mit der Zeit zu verdienen, dass sie die Bedingungen lockern und ihre falschen Entscheidungen wiedergutmachen – das wollte István Bethlen; der andere Weg war der Krieg, eine dritte Möglichkeit gab es nicht, und diese Rindviecher sind Hitler in den Arsch gekrochen … Verstehst du …?

Der Physiker merkt, dass der Hauswart gar nicht mehr im Bad ist. Er ist mit dem Mann von der Wache hinausgerannt. Für mich wiederholt er: So wie beim Schach …

Zwei Züge und Matt, oder?, frage ich.

Zwei Züge, sagt er, du spielst nicht schlecht, wenn du Geduld hast, könntest du ein ganz guter Spieler werden.

Friedrich Born, der Beauftragte des Internationalen Roten Kreuzes, berichtet, dass am 14. Januar ein Pfeilkreuzler-Kommando ins Orthodoxe Krankenhaus in der Városmajor-Straße eingedrungen sei. In Gruppen zu fünf oder zehn Personen hätten sie die Kranken sowie Ärzte, Krankenschwestern und andere Angestellte in den Hof getrieben und sie erschossen. Die Bettlägerigen seien in ihren Betten erschossen worden. Insgesamt seien 154 Menschen, darunter 130 Kranke, ermordet worden.

Ich gehe zum Tor hinunter.

Der Hauswart gibt den Leuten, die gerade die Wache übernehmen, Anweisungen. Ich frage ihn, ob ich mal hinausgehen dürfe. Er sagt, ich solle aber aufpassen.

Hinter der Katona-József-Straße steigt Rauch aus den Häusern. Von rechts nähert sich eine Pfeilkreuzler-Patrouille. Am Ring hat ein deutscher Panzer Stellung bezogen, deutsche und ungarische Soldaten umringen ihn, ein Offizier brüllt, man hört seine Stimme nicht bis hierher, einzig seinen Handbewegungen entnehme ich, dass er Befehle erteilt. Aus einem der oberen Fenster des Víg-Theaters feuert ein Maschinengewehr, ich kann nicht sehen, auf wen sie da schießen. Zwei Pfeilkreuzler kommen um die Ecke, sie eilen zur Pozsonyi-Straße. Mein Vater ruft mich, ich solle endlich wieder hereinkommen. Der Panzer fährt los. Er fährt nicht in die Pannónia-Straße, sondern biegt in Richtung Westbahnhof ab. Aus einem anderen Fenster im Víg-Theater rattert ein weiteres Maschinengewehr. Mein Vater und der Hauswart treten auf die Straße. Das Tor des gegenüberliegenden Hauses geht auf. Es ist kein Gelbsternhaus. Zwei Frauen mit Eimern kommen heraus. Der Hauswart fragt sie, ob sie auch kein Trinkwasser hätten. Sie rufen zurück, dass sie keines hätten, dass aber in der Hollán-Straße noch welches ausgeteilt würde, sie wollten versuchen, sich bis dorthin durchzuschlagen.

Der Hauswart versucht, im Treppenhaus wieder Freiwillige zu finden. Er schreit. Jetzt ist kein Ausgang, sagt mein Vater, mit Stern kann man nicht hinausgehen. Mit Stern nicht, sagt der Hauswart, aber ohne Stern könnte man es versuchen. Wenigstens die Kranken und die Kinder sollten Trinkwasser bekommen.

Gyuri steht an der Treppe. Ich weiß nicht, woher er plötzlich gekommen ist. Na, was ist, sollen wir gehen?, fragt er. Wagen Sie es ohne Stern?, fragt der Hauswart. Warum, sehen Sie irgendwo einen Stern an mir? Er hat wieder den rostfarbenen Pullover an. Ziemlich zerrissen. Ist aber gefährlich, sagt der Hauswart, sie können euch jederzeit kontrollieren. Gyuri grinst, greift in seine Gesäßtasche, zieht eine Pistole hervor. Sekunden verstreichen. Aus der Seitentasche zieht er die andere Pistole hervor. Sie waren Soldat, sagt er zum Hauswart, ich hoffe, Sie können damit umgehen. Der Hauswart überprüft das Magazin, sichert die Waffe. Wenn wir zurückkommen, sagt er, müssen Sie mir auch die andere geben. Es kann alle in Gefahr bringen, wenn sie im Haus eine Razzia machen und die Pistolen finden.

Wir gehen hinauf. Im Treppenhaus fragt er laut nach Freiwilligen. Der Arzt kommt, meldet sich. Sie werden hier gebraucht, sagt der Hauswart.

Der Physiker steht vor der Wohnungstür. Er hat zwei Eimer in der Hand. Mein Vater verabschiedet sich von meiner Mutter, auch er bekommt zwei Eimer. Von mir verabschiedet er sich nicht. Ich frage, ob ich auch mitgehen dürfe. Der Weg ist nicht lang, sage ich. Meine Mutter nimmt meine Hand, zieht mich zu sich. Vera sehe ich nirgends. Der Hauswart bringt noch zwei Eimer. Er sagt zu seiner Frau, fünf Minuten hin, fünf zurück, selbst wenn man sich anstellen müsse, seien sie in einer halben Stunde zurück. Wenn nötig, solle sie in seinem Namen handeln. Auf den Arzt und die Wachen könne sie sich verlassen. Frau Klári presst die Lippen zusammen, ich verstehe nicht, wie sie so sprechen kann, eigentlich spricht sie gar nicht, sagt trotzdem: Józsi! Jetzt drücke ich den Arm meiner Mutter, nicht sie den meinen. Mein Vater lächelt, du hast es gehört, sagt er, fünf Minuten hin, fünf zurück, selbst wenn man warten muss, dauert es höchstens eine halbe Stunde, Stunde. Und wenn ich zurück bin, besorgen wir uns Hühnerscheiße und ich schmiere mir das Gesicht ein, damit mein Bart endlich wächst.

Zu viert tragen sie acht Eimer. Während wir sie hinunterbegleiten, rechne ich aus, dass jeder 250 bis 300 Milliliter Wasser bekommt. Gut eingeteilt reicht das für zwei Tage.

Wir verabschieden uns nicht.

Der Hauswart geht als Erster hinaus.

Gyuri trägt beide Eimer in der linken Hand. Seine rechte steckt in der Tasche. Der Physiker scheint meinem Vater etwas zu erklären, er gestikuliert, wie es seine Art ist, die Eimer tanzen in seiner Hand. Mein Vater nickt.

Frau Klári küsst meine Mutter. Meine Mutter sagt: Gehen wir hinauf, lassen wir Vera nicht allein. Frau Klári gibt den Wachen Anweisungen. Ihre Stimme ist härter als die des Hauswarts. Die Wache besteht aus vier Leuten, ihr Kommandant salutiert mit der Hand an der Baskenmütze, sagt zu Frau Klári: Jawohl, zu Befehl!

Vera spielt mit dem kleinen Mädchen Händeabklatschen. Sie lässt das kleine Mädchen ein paar Mal auf ihre Hand schlagen. Du bist geschickt, hast gewonnen, sagt sie. Das Mädchen spielt mit sehr ernstem Gesicht. Sie ärgert sich nicht, wenn sie Veras Hand nicht erwischt. Sie ist sehr konzentriert. Ihre Reflexe sind gut, sagt Vera, ihre Stimme ist wie die der Erwachsenen.

Ich gehe in die leere Wohnung im vierten Stock, vielleicht kann ich aus dem Fenster meinen Vater und die drei anderen sehen. Ich sehe sie nicht. Sie müssten schon die Katona-József-Straße erreicht haben. Vielleicht sind sie gerade um die Ecke gebogen. Das Dach des Víg-Theaters qualmt. In der Tátra-Straße brennen die oberen Stockwerke. Von der Csanády-Straße nähert sich eine Abteilung Soldaten auf dem Rückzug. Ein ungarischer Offizier schreit Befehle, deutsche und ungarische Soldaten, gemischt mit Pfeilkreuzlern. Vom Ring her rollen zwei deutsche Panzer heran, ihnen folgen einige SS-Soldaten mit Maschinengewehren, etwa eine halbe Kompanie Polizisten und Gendarmen. Aus den Torbögen wird geschossen. Aus dem Panzer werden Schüsse abgegeben.

Ich gehe zum anderen Fenster. Von hier aus kann ich die Pannónia- und die Fönix-Straße überblicken. Hinter den Dächern sieht man die Häuser vom Donauufer. In der Ferne über dem Fluss die Burg. Einer ihrer Flügel brennt. Über der ganzen Stadt hängt Rauch. Ein Jagdflugzeug fliegt so niedrig, dass ich für wenige Sekunden den Piloten sehe. Vom Brückenkopf der Margit-Brücke aus schießen sie auf ihn, er wird getroffen, stürzt ab.

Ich weiß nicht, ob der Himmel so rot ist vom Feuer in der Burg oder vom Sonnenuntergang.

Eine dicke Rauchwolke schwimmt über dem Víg-Theater. Sie breitet sich aus. Die ganze Stadt raucht.

Das rote Licht im Westen kommt nicht vom Feuer, es ist anders. Feuer flackert, dieses Licht aber erleuchtet alles, gibt den rauchenden Dächern einen roten Glanz, wird in der Abenddämmerung von den Häuserwänden zurückgeworfen, die brennenden Dächer gehen ins Violette über. Wo kann die Sonne stehen, von wo könnte dieses alles erleuchtende Licht über den Ruinen kommen? Aus der Ecke höre ich das Poltern der Ratten, sie sind ganz bis nach oben gekommen, begnügen sich nicht mehr mit der Kanalisation, mit Kellern und Treppenaufgängen. Im alles erleuchtenden Sonnenuntergangslicht sind selbst die Töne besser zu vernehmen, sonst könnte ich vor lauter Explosionen und Maschinengewehrsalven bestimmt nicht das Poltern der Ratten hören. Alles scheint sich zu lichten und zu klären, während der Rauch alles zudeckt und Ruinen auf Ruinen gehäuft werden. Plötzlich scheint sich auch etwas von dem zu klären, was ich jetzt sehe, etwas, das ich nie verstanden habe, als sei es das Ziel, ständig Ruinen auf Ruinen zu häufen, das ist unbegreiflich. Und dennoch: Wenn ich begreife, dass es nur darum geht, komme ich vielleicht weiter. Am Abend will ich beim Schachspielen oder auch ohne Schach zu spielen mit dem Physiker darüber sprechen, ich möchte ihm erzählen, dass ich hier im Fenster das Gefühl habe, etwas von dem gesehen zu haben, was er gemeint hatte, als er sagte, Anfang und Ende der Dinge würden aufeinandertreffen. Etwas Ähnliches hatte er zum Hauswart gesagt. In Gedanken nenne ich ihn nicht Herrn Laci, ich nenne ihn den Physiker. Man müsse am Anfang beginnen, ich glaube, das war es, was er gesagt hat. Aber wer weiß das schon, niemand weiß, wo der Anfang ist, aber dann weiß nicht nur ich nicht, wo der Anfang ist, die anderen wissen es auch nicht. Das beruhigt mich allerdings auch nicht, es genügt nicht, das Ende zu sehen, wenn man den Anfang nicht findet, ich sehe nur, dass wir mittendrin sind. Wenn ich die Gelegenheit hätte, könnte ich das dem Physiker sehr gut erklären, alles um mich herum ist so vertraut, ich bin so eingebettet, das Rohr des deutschen Panzers geht nach oben, der Turm dreht sich, die können uns hier doch gar nicht sehen, eine Salve wird abgefeuert, ein Splitter springt von der Wand zurück, trifft meine Hand, mein Handgelenk blutet, ich verbinde es mit einem Taschentuch, verspüre keinen Schmerz.

Mindestens eine Stunde ist vergangen, seit sie mit den Eimern fortgegangen sind.

In der Wohnung im zweiten Stock finde ich niemanden. Ich wage es nicht, in Évikes Zimmer zu gehen. Vera und das kleine Mädchen schmiegen sich auf dem Treppenabsatz aneinander. Veras Lippen sind aufgesprungen. Das Mädchen lutscht an einem Eisenstück. Sie sagt, sie habe es von ihrer Mutter. Vera leiht es sich aus. Wischt es sorgfältig an ihrem Mantel ab und nimmt es in den Mund.

Die Wohnung war doch nicht leer. Meine Mutter und Frau Klári waren in Évikes Zimmer.

Zwei Stunden ist es schon her, seit sie mit den Eimern weggegangen sind.

Meine Mutter umarmt mich. In der Dunkelheit sehe ich ihr Gesicht nicht.

Frau Klári sagt, wir sollten in den Keller gehen, der Beschuss sei heftig, sie bleibe mit Évike oben.

Vera sagt, sie wolle nicht in den Keller.

Viele sitzen auf den Treppen.

Jemand ruft von unten nach Frau Klári. Ich höre, wie ans Tor gehämmert wird. Ich renne in den vierten Stock hinauf. Viele Häuser in der Straße stehen in Flammen. Ich lehne mich hinaus, sehe, dass zwei Pfeilkreuzler ans Tor schlagen, sie feuern eine Salve hinein und rennen in Richtung Ring davon. Ich laufe zum Tor hinunter. Frau Klári kommt herauf. Ich sage ihr, dass zwei Pfeilkreuzler hineingeschossen haben, dann aber weggerannt seien. Sie sagt, zum Glück sei niemand verletzt. Ich gehe wieder in den vierten Stock.

Seit drei Stunden keine Nachricht von den Wasserholern.

Ich will nicht in der Nähe meiner Mutter sein. Ich will nicht, dass sie etwas sagt. Ich will nicht versuchen, ihr etwas zu sagen. Vera ist sowieso mit dem Mädchen und dem Eisenstück beschäftigt, an dem sie abwechselnd lutschen.

Drei Stunden, das ist sehr lang, um mit vollen Eimern zurückzukommen.

Drei Stunden, das ist sehr lang, um überhaupt zurückzukommen. Drei Stunden, das sind drei Stunden.

Ich bin nicht erschrocken.

Alles kann jederzeit geschehen. Dieses Wissen gehört zu mir. Das kann mir niemand nehmen. Ich kann nicht vergessen, was so sehr zu mir gehört, und wenn doch, dann vergesse ich mich selbst.

Ich muss meine Mutter suchen. Kann sein, dass sie schon im Keller ist.

Das Haus wird beschossen.

Eine Wand des Eckhauses bricht zusammen.

Vera und das Mädchen lutschen abwechselnd das Eisenstück.

Ich werde dem kleinen Mädchen die im Rucksack versteckte Muschel geben. Vielleicht gefällt sie ihr und sie vergisst für eine Weile, dass sie Durst hat. Vielleicht singt sie etwas hinein. Das kleine Mädchen und ihre Mutter ähneln sich, das habe ich gleich gemerkt, als ich sie sah, dass ihre Blicke ähnlich sind, trotzdem, ich weiß nicht, mir scheint das Gesicht der Mutter eher wie das eines Kindes und das des Mädchens wie das eines Erwachsenen zu sein.

Vom Donauufer höre ich Gewehrsalven.

Mein Taschentuch über der Wunde ist durchgeblutet.

Ich lehne mich aus dem Fenster.

Zwei Gestalten laufen von der Katona-József-Straße hierher.

Im Laufen schwingen sie Eimer. So leicht lassen sich nur leere Eimer schwingen.

Zwei Gestalten rennen auf unser Tor zu, nicht vier.

Ich stürze die Treppen hinunter. Rutsche aus. Schlage mir das Knie an, gehe hinkend weiter. Trete auf eine alte Frau, die in der Biegung sitzt, Verzeihung. Schreie von überall her, in jedem Stockwerk wird geschrien, in der Kellertür wird geschrien.

Meine Mutter steht im Tor, auf der anderen Seite Frau Klári.

Die vier Wachen eng nebeneinander. Einer hat eine Waffe. Der mit der Baskenmütze zielt aufs Tor, ich brülle, sie kommen, ich brülle nicht, dass nur zwei kommen. Meine Mutter und Frau Klári wollen das Tor öffnen, ich ziehe meine Mutter zurück, Frau Klári wird von dem Mann mit der Pistole zurückgerissen. Frau Klári befiehlt den Wachen sehr leise, das Tor zu öffnen. Der mit der Pistole wartet, sieht Frau Klári an, salutiert, öffnet das Tor. Das brennende Eckhaus glüht rot. Maschinengewehrsalven. Zwei Gestalten fallen durch das Tor. Die leeren Eimer fliegen ihnen aus der Hand. Frau Klári drückt den Hauswart an sich, Sie weichen nicht mehr von meiner Seite, ruft sie, umarmt ihn. Warum schreit sie, wenn ihr Mund doch dort ist, direkt am Ohr ihres Mannes? Mein Vater hebt einen der weggeworfenen Eimer auf, dreht ihn um, setzt sich darauf, sein Wintermantel bedeckt den Eimer, dass es so aussieht, als würde er dahocken, meine Mutter und ich nehmen ihn in die Mitte, ziehen ihn hoch, er flüstert: Der Junge hat seine Pistole gezogen, als sie uns alle in die Kolonne stießen, die zum Donauufer getrieben wurde, sie haben ihn sofort erschossen. Herr Laci brüllte unablässig die Pfeilkreuzler an, da haben sie ihn an der nächsten Ecke auch erschossen. Ich möchte mir die Ohren zuhalten, dieses Gebrüll ist unerträglich. Wer brüllt denn hier? Bomber kamen geflogen, die Pfeilkreuzler warfen sich zu Boden, wir zwei, der Hauswart und ich, sind unter einen Torbogen gesprungen, berichtet mein Vater. Dieses Gebrüll ist unerträglich, es hat ganz tief begonnen, jetzt ist es ein Aufschrei, ich verstehe nicht, wie

Frau Klári ihren Mann immer noch so freudig an sich drücken und gleichzeitig so brüllen kann. Der Hauswart murmelt etwas, ich glaube, er murmelt dasselbe, was mein Vater gesagt hat, Frau Klári küsst sein Gesicht und brüllt, ich glaube, man hört sie sogar bis zum Keller hinunter und bis in die oberen Stockwerke, denn es ist ja still im Keller und im Treppenhaus, vielleicht wollen alle den Weg freimachen für dieses Gebrüll, damit es sich ausbreitet, in die Ritzen eindringt, es durchbohrt mich, will aus mir herausbrechen, Vera schaut schreckensstarr, vielleicht erschreckt es sie, dass sie mein Gebrüll hört, wo doch mein Mund geschlossen ist, der Kommandant der Wache schaut mich an, warum schaut er mich so lange an? Mein Vater setzt sich wieder auf den Eimer, wartet, steht auf, umarmt meine Mutter, sie kommen zu mir, umarmen mich, das Gebrüll wird stärker, auch das kann man mir nicht mehr nehmen, dieses Gebrüll ist zugleich auch mein Wissen, der Mund von Frau Klári öffnet sich zu einem O, der Ton erfüllt alles, Vera hält sich die Ohren zu, das kleine Mädchen rennt vom Keller herauf, nimmt das Eisenstück aus dem Mund, reicht es ihr, der Arzt gibt Frau Klári eine Spritze in den Arm, das Gebrüll wird leiser, die brennenden Häuser leuchten, der Hauswart bestimmt vier neue Wachen.

Quellenverzeichnis

S. 10 ›Pesti Hirlap‹ (ungarische Tageszeitung) vom 18. Oktober 1944.

S. 19 Carl Lutz: »Das Rettungswerk des Schweizer Konsuls Carl Lutz im Jahre 1944 in Budapest«. Vortragsnotizen, wahrscheinlich Wien 1963. Privat A. Grossman. Zitiert nach Theo Tschuy: ›Carl Lutz und die Juden von Budapest‹. Mit einem Vorwort von Simon Wiesenthal. Zürich: Verlag Neue Zürcher Zeitung, 1995: S. 249.

S. 26/27 Memorandum der neutralen Vertreter an Szálasi vom 16. November 1944, das am 17. November 1944 unterbreitet wurde. Zitiert nach Tschuy: S. 263.

S. 30/31 Vgl. Memorandum Nr. 13–057 des Königlich-Ungarischen Außenministeriums vom 17. November 1944, die Entscheidung von Ferenc Szálasi betreffend, zur Information der ausländischen Botschaften. In: Jenö Lévai: ›Raoul Wallenberg‹. Budapest: Magyar Teka, 1948.

S. 45/46 Bericht von Friedrich Born. Zitiert nach Tschuy: S. 250–251.

S. 46 Bericht der Beauftragten der schweizerischen Gesandtschaft zur Untersuchung der Lage auf der Wiener Landstraße, Arje Breszlauer und László Kluger. Zitiert nach Tschuy: S. 251.

S. 46 Aus dem Protokoll, das von Raoul Wallenberg

	am 22. November 1944 in der schwedischen Botschaft angefertigt wurde. Zitiert nach Lévai: S. 131–132.
S. 47	Im Original französisch. Deutsche Übersetzung zitiert nach Tschuy: S. 415–416. Telegramm 481 EPD, Bern an schweizerische Gesandtschaft, Budapest 7.11.44. Bundesarchiv: E 2300 Budapest 4–6. Kilchmann war Erster Legationssekretär und Fontana Militärattaché.
S. 55	Zitiert nach Lévai: S. 39–40.
S. 56	Anordnung des Verteidigungsministers Károly Beregfy. Vgl. István Hiller in der Zeitschrift ›Valóság‹, Nr. 2/1980: S. 91–92.
S. 85	›Pesti Hirlap‹ vom 22. November 1944.
S. 97	Randolph L. Braham: ›A Magyar Holocaust. Második kötet‹. Budapest: Gondolat, 1988: S. 220.
S. 101	›Pesti Hirlap‹ vom 22. November 1944.
S. 102/103	Telegramm von Edmund Veesenmayer vom 3. April 1944, B.A.J.I. 186/1986 P.19. Hinterlassenschaft von Carl Lutz, Yad Vashem Institut, Jerusalem.
S. 116	Bekanntmachung, unterzeichnet von Karl Pfeffer-von Wildenbruch und Iván Hindy. Zitiert nach Kristián Ungvary: ›Budapest ostroma‹. Budapest: Corvina, 1998: S. 215 [dt.: ›Die Schlacht um Budapest 1944/45‹. München: F.A. Herbig Verlagsbuchhandlung, 1999.].
S. 120	Brief einer unbekannten jüdischen Frau. Zitiert nach Tschuy: S. 271.
S. 138/139	Protokoll Nr. 13/057 des Königlich-Ungarischen Außenministeriums. Zitiert nach Lévai: S. 105.
S. 144	Anweisung von Dr. Heinrich Rothmund. Zitiert in Alexander Grossmann: ›Elsõ a lelkiismeret. Carl Lutz és az ő budapesti akcióinak történelmi képe.‹ Budapest: C.E.T. Belvárosi Kiadó, 2003: S. 306 [dt.: ›Nur das Gewissen. Carl Lutz und seine Budapester Aktion‹. Wald: Verlag im Waldgut, 1986.].

S. 146   Auszug aus den ›Auschwitz-Protokollen‹, verfasst von Rudolf Vrba und Josef Lanik, April 1944. Zitiert nach Tschuy: S. 155–156.

S. 196   Bericht von Iván Hindy. Zitiert nach Ungváry: S. 217.

S. 201   Sándor Márai: ›Tagebücher 1943–1944‹. Ausgewählt und aus dem Ungarischen übersetzt von Christian Polzin. Hg. von Siegfried Heinrichs. Berlin: Oberbaum Verlag GmbH, 2001: S. 235–236.

S. 207   Tagebucheintrag von Carl Lutz vom 16. Juni 1914. Zitiert nach Tschuy: S. 32.

S. 207   Schreiben des Chefs des Konsulardienstes (ohne Unterschrift) an Carl Lutz vom 30. Mai 1938, im Original französisch. Zitiert nach Tschuy: S. 398. Bundesarchiv: E 2500 1982/12061. Personaldossier Carl Lutz.

S. 208   Schreiben des Konsulardienstes, EPD, Bern an Carl Lutz vom 17. September 1938. Zitiert nach Tschuy: S. 77–78. Bundesarchiv: E 2500 1982/12061. Personaldossier Carl Lutz.

S. 210   Hannah Arendt: ›Eichmann in Jerusalem. Ein Bericht von der Banalität des Bösen‹. 3. Auflage. München: Piper Verlag, 2008: S. 404.

S. 234   Telegramm von Heinrich Himmler an Herbert Otto Gille. Zitiert nach Ungváry: S. 160.

S. 247   Tagebucheintrag von Carl Lutz vom 26. Dezember 1944. Zitiert nach Tschuy: S. 308. Die drei gerade gesetzten Sätze sind Fiktion.

S. 292   Országos Magyar Izraelita Közművelődési Egyesület (OMIKE): Ungarisch-Israelitischer Kulturverein.

S. 305   Aus dem Tagebuch von Giorgio Perlasca. Zitiert nach: Elek László: ›Az olasz Wallenberg cimü könyvében‹. [Der italienische Wallenberg]. Budapest: Széchenyi Kiadó, 1989: S. 103–105.

S. 327   Bericht von Friedrich Born. Vgl. Tschuy: S. 328–329.

Trotz aller Bemühungen konnten leider nicht alle Rechteinhaber ermittelt werden. Der Verlag verpflichtet sich, rechtmäßige Ansprüche jederzeit in angemessener Form abzugelten.

Zur Aussprache ungarischer Wörter

c   wie z in Zorn
gy wie ein sehr weiches dj
ly wie j
s   wie sch in Schule
sz wie s
ty wie ein sehr weiches tj
z   wie s in leise
zs wie j in Journal

Akzente auf den Vokalen bezeichnen deren Längung.

Inhalt

1. Kapitel	7
2. Kapitel	24
3. Kapitel	60
4. Kapitel	91
5. Kapitel	122
12. Kapitel	149
6. Kapitel	163
7. Kapitel	189
13. Kapitel	211
8. Kapitel	225
9. Kapitel	243
14. Kapitel	256
10. Kapitel	287
15. Kapitel	310
11. Kapitel	323
Quellenverzeichnis	336

Die chronologische Reihenfolge der Kapitel wurde vom
Autor bewusst durchbrochen.